W0318578

FOLIO POLICIER

Dror Mishani

Une disparition inquiétante

Traduit de l'hébreu
par Laurence Sendrowicz

Gallimard

Titre original :
TIK N'EDAR

© Dror Mishani, 2011.
Publié initialement par Keter Books.
© Éditions Gallimard, 2023, pour la traduction française.
Cet ouvrage a précédemment paru sous ce titre aux Éditions du Seuil.

Né à Holon, Dror Mishani enseigne l'histoire du roman policier et la littérature israélienne à l'université de Tel-Aviv, où il vit. Un temps responsable de la rubrique littéraire du *Haaretz* ainsi qu'éditeur, il occupe une place de premier plan parmi les auteurs israéliens contemporains.

Ce livre est le fruit de l'imagination de l'auteur. Toute ressemblance avec une histoire ou des événements réels, ainsi qu'avec des personnes vivantes ou mortes, des noms existants ou ayant existé, ne pourrait donc être que totalement fortuite.

Pour Martha

Comment s'étaient-ils rencontrés ?
Par hasard, comme tout le monde.

DIDEROT,
Jacques le fataliste

PREMIÈRE PARTIE

1

Face à lui était assise une mère. Encore une.

Il en avait déjà eu deux pendant son service. La première avait sans doute fait un enfant trop tôt mais elle était très jolie. Elle portait un tee-shirt blanc moulant qui révélait de magnifiques clavicules, et tenait à déposer une plainte parce que son fils avait été tabassé à la sortie de l'école. Il l'avait patiemment écoutée puis renvoyée chez elle avec la promesse de s'occuper sérieusement de son problème. La deuxième avait exigé que des enquêteurs de la police prennent sa fille en filature afin de découvrir pourquoi la gamine chuchotait au téléphone et, la nuit, s'enfermait à double tour dans sa chambre.

Depuis quelque temps, chaque fois qu'il était de service, il perdait des heures avec ce genre de requêtes. La semaine passée, il avait même reçu une femme persuadée que sa belle-mère lui avait jeté un sort. Il soupçonnait les policiers de l'accueil d'aller arrêter les passants dans la rue et de leur demander de venir se plaindre de n'importe quoi, rien que pour le transformer en « chat noir ». Pendant la permanence de ses collègues, personne ne déposait de telles plaintes.

Il était dix-huit heures dix, et si dans le bureau d'Avraham Avraham il y avait eu une fenêtre, il aurait vu que dehors le jour commençait à baisser. Il avait déjà décidé de ce qu'il s'achèterait pour dîner en rentrant chez lui et de ce qu'il regarderait à la télévision en mangeant ce qu'il aurait acheté. Mais, pour l'instant, il lui fallait calmer sa troisième mère de la journée. Les yeux fixés sur son écran d'ordinateur, il attendait le bon moment.

— Savez-vous pourquoi il n'y a pas de littérature policière écrite en Israël ? lui demanda-t-il soudain.

— Pardon ?

— Oui. pourquoi ? Pourquoi, chez nous, on n'écrit pas de romans comme ceux d'Agatha Christie ou comme *La Fille qui rêvait d'un bidon d'essence et d'une allumette* ?

— Je ne m'y connais pas tellement en livres.

— Eh bien, je vais vous dire pourquoi. Parce que chez nous on ne commet pas de tels crimes. Chez nous, il n'y a pas de tueurs en série, pas d'enlèvements et quasiment pas de violeurs qui agressent les femmes dans la rue. Chez nous, si quelqu'un est assassiné, c'est en général le fait du voisin, de l'oncle ou du grand-père, pas besoin d'une enquête compliquée pour découvrir le coupable et dissiper le mystère. Oui, chez nous, il n'y a pas de vraies énigmes et la solution est toujours très simple. Bref, tout ça pour vous expliquer que la probabilité qu'il soit arrivé quelque chose de grave à votre fils est infime, et je ne le dis pas pour vous rassurer, c'est une question de statistiques. D'autant que nous n'avons aucun élément qui nous permettrait de penser le contraire, je me trompe ? Votre fils rentrera à la maison dans une, deux ou trois heures, au pire demain matin, je vous le garantis. Comprenez bien que si je lance dès maintenant une enquête pour disparition inquiétante, je serai obligé d'envoyer immédiatement des policiers à ses trousses. Telle est la procédure. Et croyez-en mon expérience, on risque fort de le retrouver dans une situation qui ne vous fera pas plaisir du tout. Qu'est-ce que je fais si on l'attrape en train de fumer un joint ? Je n'aurai pas le choix, c'est un délit et je devrai l'inculper. Mieux vaut donc ne rien précipiter, c'est ce que je vous conseille, sauf si votre instinct maternel vous dit qu'il lui est arrivé quelque chose et que vous pouvez m'en donner la preuve, justifier vos craintes. Dans ce cas, on lancera immédiatement un avis de recherche pour disparition inquiétante. Sinon, attendons demain matin, ça vaut mieux, croyez-moi.

Il la dévisagea pour mesurer l'impact de ses paroles. Elle paraissait désemparée. Voilà une femme qui n'a pas l'habitude de prendre des décisions. Ni d'insister.

— Je ne sais pas s'il lui est arrivé quelque chose de grave ou non, dit-elle, mais ce n'est pas son genre de disparaître comme ça.

Un quart d'heure plus tard, ils étaient encore là, assis dans son petit bureau, l'un en face de l'autre. Depuis cinq heures de l'après-midi, il n'avait pas fait de pause cigarette ; son paquet de Time posé devant lui avec, dessus, son briquet noir en témoignait. Il avait aussi un briquet dans chaque poche de son pantalon et dans celle de sa chemise.

— Récapitulons les grandes lignes de ce que vous m'avez expliqué et mettons-nous d'accord sur ce que vous allez faire en rentrant chez vous, au cas où il ne serait toujours pas revenu, d'accord ? Donc, il est parti ce matin au lycée comme d'habitude. À quelle heure ? Huit heures moins dix, c'est bien ça ?

— Je n'ai pas regardé ma montre, je vous l'ai déjà dit. Mais c'était comme tous les matins, peut-être huit heures moins le quart...

Il repoussa son clavier et prit une feuille de papier blanc sur laquelle il inscrivit de courtes phrases avec le Bic qu'il venait de trouver dans son tiroir. Il tenait toujours ses stylos d'une étrange manière, pressant les doigts à quelques millimètres de la pointe, si bien qu'il avait instantanément les dernières phalanges tachées d'encre bleue.

— L'heure exacte n'a pas d'importance, madame. Son cartable vous a-t-il paru normal ou particulièrement gros ? Y a-t-il quelque chose d'inhabituel qui aurait attiré votre attention ? Manque-t-il des vêtements dans son armoire ?

— Je n'ai pas fouillé dans son armoire.

— Quand avez-vous découvert qu'il n'avait pas pris son téléphone portable ?

— Vers midi, au moment où j'ai nettoyé sa chambre.

— Vous nettoyez sa chambre tous les jours ?

— Hein ? Non, pas tous les jours. Des fois. Quand c'est sale.

Il lui trouvait justement un air à faire le ménage tous les jours : petite, assise au bord de son siège, le dos voûté, et sur les genoux un vieux sac en cuir noir qu'elle serrait d'une main plutôt menue tandis que l'autre était refermée sur un téléphone bleu, un ancien Samsung. Dire que cette femme qui ployait l'échine, mère d'un garçon de seize ans, avait sans doute le même âge que lui, deux ans de plus à tout casser !

Sûr qu'elle n'avait pas dépassé la quarantaine. Il ne prit aucune note, rien de tout cela n'avait réellement d'importance.

— Et le téléphone était éteint, c'est bien ça ? C'est ce que vous avez dit ?

— Oui, il était éteint. Je l'ai trouvé sur le bureau de sa chambre.

— Vous l'avez rallumé ?

— Non. Vous pensez que j'aurais dû ?

C'était la première question qu'elle lui posait. Il la vit crisper les doigts autour de son sac et eut l'impression que quelque chose s'éveillait dans sa voix, comme s'il lui avait assuré que dès qu'elle aurait allumé le téléphone celui-ci sonnerait, que ce serait un appel de son fils lui disant de ne pas s'inquiéter, qu'il rentrait à la maison.

— Je ne sais pas, madame. Quoi qu'il en soit, je vous conseille de le faire dès que vous serez chez vous.

— Quand j'ai vu le téléphone, j'ai eu un mauvais pressentiment. Il ne l'a jamais oublié, ou alors je ne m'en souviens pas.

— Oui, vous me l'avez déjà signalé. Vous n'avez appelé son copain de classe que dans le courant de l'après-midi, c'est bien ça ?

— J'ai attendu jusqu'à quatre heures, parce que des fois il s'attarde un peu, et le mercredi, c'est une de ses plus longues journées, il ne rentre qu'à trois heures, trois heures et demie. J'ai appelé son ami à quatre heures.

— Et vous lui faites confiance, à cet ami ?

— Oui, répondit-elle, tandis qu'un doute la gagnait. Pourquoi ? Vous pensez qu'il aurait pu me mentir ?

continua-t-elle sur un ton hésitant. Il a bien compris que j'étais inquiète.

— Je ne peux pas deviner, madame, je ne le connais pas. Je sais juste qu'entre copains on se couvre parfois mutuellement. Si votre fils avait décidé de sécher les cours pour aller à Tel-Aviv se faire tatouer, par exemple, il aurait pu le raconter à son meilleur ami et lui interdire d'en parler.

Est-ce que c'est ce que j'aurais fait ? songea-t-il tout en se demandant si les élèves utilisaient encore le verbe « sécher ». Peut-être parce qu'elle était si raide, semblait si effrayée par la situation, par sa présence dans le bureau d'un policier, en uniforme de surcroît, peut- être simplement parce qu'il était tard, il ne lui révéla pas qu'il avait fréquenté le même lycée que son fils et qu'il se souvenait de certains matins où, au lieu d'aller en cours, il se dirigeait vers l'arrêt de bus, au bout de la rue Shenkar, et montait dans le 1 ou le 3 à destination de Tel-Aviv. Il n'en parlait jamais à personne, pas même aux rares amis qu'il avait. Et, pour le cas où il croiserait l'un de ses professeurs, il avait toujours un baratin préparé à l'avance.

— Pourquoi irait-il à Tel-Aviv sans me prévenir ? Jamais il n'a fait une chose pareille.

— Ce serait quand même bien de vérifier. S'il n'est toujours pas là à votre retour, je vous conseille de rappeler son ami et aussi d'en contacter d'autres et de leur demander s'ils connaissent des endroits que votre fils a l'habitude de fréquenter. Il a peut-être aussi une petite copine dont vous ignorez l'existence, ou que sais-je encore. Et essayez de vous souvenir s'il ne vous a pas parlé d'un plan qu'il aurait eu pour ce mercredi.

Il vous a peut-être donné une information que vous auriez oubliée ?

— Quel plan pouvait-il avoir ? Non, il ne m'a rien dit.

— Il a un frère et une sœur, n'est-ce pas ? Il leur a peut-être dit quelque chose qui serait susceptible de nous rassurer. Ou à un autre membre de la famille, peut-être ? Un cousin, un grand-père ?

Il eut l'impression que cette question la réveillait un peu, qu'une vague pensée lui traversait l'esprit, mais cela ne dura qu'un bref instant. D'ailleurs, peut-être se trompait-il. Si elle était venue au commissariat persuadée de trouver quelqu'un qui prendrait les choses en main et entamerait des recherches, eh bien, la tournure de la conversation la perturbait évidemment. Et puis, ce n'était pas elle qui aurait dû se trouver là : si son mari avait été en Israël, c'est lui qui aurait pris place face à Avraham Avraham, il aurait passé des coups de fil, menacé, essayé de faire jouer ses relations, pas comme elle, qui se laissait renvoyer à la maison avec quelques conseils, acceptait docilement de continuer à chercher seule et écoutait l'enquêteur lui parler de son fils comme s'il s'agissait de quelqu'un d'autre. Il avait employé la première personne du pluriel pour qu'elle se sente un peu moins abandonnée avec son angoisse, mais cela n'avait servi à rien. Il avait aussi l'impression qu'elle voulait abréger leur entretien, mais qu'en même temps elle n'avait pas envie de rentrer chez elle. Lui, au contraire, ne demandait que ça. C'est exactement à ce moment-là, sans qu'elle s'en aperçoive, qu'il écrivit en haut de sa feuille de papier « Ofer Sharabi » et souligna ce nom de deux traits un peu tordus.

— Il n'est pas très proche de sa sœur et son frère n'a que cinq ans, il leur parle à peine, dit-elle.

— Ça n'empêche pas de leur poser tout de même la question. Et sinon, vous avez des ordinateurs à la maison ?

— On en a un. Dans la chambre des garçons.

— Alors voilà encore une chose que vous pouvez faire : vérifiez ses mails et allez voir s'il a une page Facebook. Peut-être a-t-il écrit à quelqu'un quelque chose qui nous permettrait de ne plus nous inquiéter. Vous savez comment ça marche ?

Il avait déjà compris qu'elle n'avait aucunement l'intention de suivre ses conseils, alors pourquoi continuer ? Cette femme retournerait chez elle et attendrait. Chaque appel téléphonique, chaque bruit dans la cage d'escalier la ferait sursauter. Et même si son fils ne rentrait pas pendant la nuit, elle n'entreprendrait rien. Elle attendrait le matin et reviendrait au commissariat, vêtue des mêmes habits car elle ne se serait pas changée. Elle reviendrait le voir, lui. Peut-être appellerait-elle encore une fois son mari, mais il ne pourrait rien pour elle.

Un silence suivit sa question, elle ne répondait pas ; était-elle vexée ou avait-elle honte de reconnaître son incapacité à utiliser un ordinateur ?

— Voyez-vous, madame, j'essaie vraiment de vous aider. Votre fils n'a pas de casier judiciaire et vous assurez qu'il n'est impliqué dans aucune activité illicite. Les enfants raisonnables ne disparaissent pas comme ça. Ils peuvent décider de ne pas aller au lycée, fuguer pour quelques heures, parfois ils n'osent simplement pas rentrer à la maison à cause d'une bêtise qui leur paraît terrible et impardonnable mais qui, en général, ne se révèle jamais bien grave. Croyez-moi, ils ne disparaissent pas comme ça. Écoutez le scénario tout à fait plausible que je vous propose : votre fils a décidé de ne pas aller au lycée aujourd'hui parce qu'il avait un contrôle important et qu'il n'était pas prêt. Savez-vous s'il avait un contrôle ? Il faut vous renseigner auprès de ses copains. Il n'était pas prêt, et comme il a l'habitude d'avoir de bonnes notes et ne voulait pas décevoir ses parents, il a préféré sécher le cours, il a traîné dans la rue ou bien dans un centre commercial et là, il a croisé un de ses profs ou une de vos connaissances, alors il s'est affolé, a pensé que la terre entière était au courant et c'est pour ça qu'il n'est pas rentré. Voilà ce qui arrive aux enfants raisonnables. Alors si vous ne m'avez rien caché à son sujet, aucune raison de vous inquiéter.

— Qu'est-ce que j'aurais à cacher ? (Un tressaillement passa dans sa voix.) Je veux que vous le retrouviez. Sans son téléphone, il ne peut même pas appeler...

La conversation tournait en rond, il fallait y mettre un terme. Avraham Avraham soupira.

— Où sont vos deux autres enfants en ce moment ?

— Chez la voisine.

— Votre mari rentre dans quelques jours, n'est-ce pas ? demanda-t-il encore.

— Dans deux semaines. Il a embarqué pour Trieste et ne pourra quitter le bateau que dans quatre jours, au plus tôt. À leur première escale.

— Ce sera inutile, Ofer aura refait surface d'ici là.

Il se rendit compte que c'était la première fois qu'il prononçait le prénom de l'adolescent à haute voix. Ofer. Un joli prénom. Qu'il troqua aussitôt contre le sien, petit jeu qu'il se permettait chaque fois qu'il entendait un prénom dont la consonance lui plaisait. Dans sa tête se forma, une fois de plus, un nom qu'il n'aurait jamais : Ofer Avraham. Commandant Ofer Avraham, commissaire Ofer Avraham, Ofer Avraham. Le chef de la police, Ofer Avraham, a annoncé ce matin qu'il démissionnait pour des raisons personnelles.

— Je vous propose d'aller retrouver vos enfants et je vous assure qu'on ne se reverra pas. Je vais tout de même demander au standard qu'on vous appelle demain matin pour prendre de vos nouvelles. On fait comme ça ?

Il posa son stylo sur la feuille de papier, se redressa et s'appuya contre le dossier de sa chaise. La femme ne se levait toujours pas. S'il ne lui disait pas clairement que l'entretien était clos, elle ne partirait pas. Elle paraissait tellement craindre de se retrouver seule qu'il se creusa la tête pour trouver encore quelques questions à lui poser. Alors seulement il remarqua que, pendant toute leur conversation, il avait machinalement griffonné en bas de la feuille un petit bonhomme bleu – un long trait vertical pour les hanches, le ventre et le cou, ensuite deux traits obliques pour les jambes, à l'autre bout deux traits pour les bras et un rond au-dessus pour la tête – mais il avait attaché quelque chose autour de ce rond, une espèce de corde peut-être, d'où tombaient des gouttes de sang bleues. Ou peut-être des larmes ? Sans aucune raison, il posa la main dessus. Une main aux doigts maculés d'encre.

Lorsqu'il sortit du bâtiment, à dix-neuf heures passées, le ciel au-dessus du commissariat et de l'Institut de technologie était presque noir. Il tourna à droite dans la rue Fichman puis à gauche dans la rue Golda-Meir, où il fut aussitôt avalé par le flot des gens qui utilisaient le long parcours piétonnier reliant le quartier de Névé-Remez à Kiryat-Sharet pour leur exercice de marche quotidien. Il essaya de ne pas adopter le rythme sportif de ceux qui l'entouraient. Lentement, plus lentement. Profiter de l'agréable soirée de ce début du mois de mai. Bientôt l'été. Il n'y aurait plus beaucoup de soirées si douces.

Son allure d'escargot occasionna aussitôt des embouteillages, un agglutinement de marcheurs vêtus de pantalons de jogging et tee-shirts à manches courtes, qui avaient en majorité vingt à trente ans de plus que lui. Ils ralentissaient, hésitaient un instant puis descendaient sur le sable et, dans une rapide claudication, dépassaient le policier en uniforme qui entravait la circulation. Ensuite, ils remontaient sur le parcours d'asphalte. Une femme, qui aurait pu être sa mère, lui cogna le bras, se retourna, lâcha un bref « Pardon » et soudain le bruit des voitures sur la chaussée vint frapper ses tympans comme si on lui avait débouché les oreilles. Avraham Avraham se rendit compte qu'il n'avait rien entendu pendant quelques minutes, tant il était absorbé par des pensées contradictoires. La femme du commissariat ne le laissait pas en repos. Il se souvint du meurtre d'Inbal Amram. Les conclusions du tribunal, qui avaient été transmises par mail à tous les policiers du pays, insistaient sur la désinvolture avec laquelle les recherches avaient été entreprises et sur la responsabilité des forces de l'ordre dans la mort de la fillette. Certes, les circonstances étaient totalement différentes : le fils de la femme qui était restée si longtemps assise dans son bureau n'avait pas disparu de nuit et aucun élément ne pouvait justifier le déclenchement d'une procédure d'urgence. Oui, à ce stade, il n'y avait pas de raison de lancer des recherches de grande envergure, toujours très onéreuses. Sans compter qu'Avraham Avraham avait pris la peine d'appeler les hôpitaux de la région en sa présence pour vérifier s'ils n'avaient pas admis un adolescent répondant au nom d'Ofer Sharabi ou correspondant à son signalement. Avant de quitter le commissariat, il avait aussi demandé à ce qu'on lui transmette toute information sortant de l'ordinaire ; on pouvait l'appeler en pleine nuit si besoin, avait-il précisé. Il avait donné des directives à la mère pour qu'elle continue à chercher son fils par elle-même et avait aussi laissé à son collègue de permanence une description du sac à dos noir à bandes blanches d'Ofer, une copie de sac Adidas, au cas où quelqu'un en signalerait un abandonné dans le secteur. Pour l'instant, entreprendre d'autres investigations ne reviendrait qu'à gâcher de l'argent public et risquait, en plus, de lui valoir un blâme. Évidemment, s'il arrivait quelque chose à l'adolescent pendant la nuit, quelque chose qui aurait pu être évité, il se ferait doublement remonter les bretelles. Et pourquoi s'était-il une fois de plus raccroché à sa théorie sur les romans policiers et les statistiques de criminalité en Israël ? Il regrettait d'en avoir parlé à la mère. Inbal Amram avait été assassinée par un voleur de voitures qui ne la connaissait pas, au cours d'un cambriolage qui avait mal tourné. Il se promit d'arrêter de faire le malin avec sa théorie oiseuse.

Autrefois, il n'y avait là que du sable. Maintenant, tout était devenu transparent. Du verre partout. Sur les dunes qui séparaient Névé-Remez de Kiryat-Sharet, deux quartiers résidentiels gris où il vivait depuis toujours, des constructions avaient poussé comme des champignons : des tours d'habitation, une bibliothèque municipale, un musée du design et un centre commercial. Dans le noir, ces édifices ressemblaient à des stations spatiales plantées sur la Lune. À mi-chemin, lorsqu'il vit scintiller à sa gauche les enseignes lumineuses de Zara, de l'Office Depot et du café Cup o'Joe, il envisagea de traverser la rue, d'entrer dans le centre commercial, d'acheter un café-crème et un sandwich au fromage, de s'installer à une des tables vides de la terrasse, là où il pourrait suivre des yeux le ballet apaisant des phares de voitures, et prendre le temps de réfléchir. Mais, comme presque tous les soirs, il ne le fit pas.

Il voulait se concentrer sur d'autres enquêtes en cours. Il avait sur les bras trois cambriolages perpétrés en une semaine dans un même périmètre du quartier Ben-Gourion, et pas un début de piste. Ces cambriolages avaient tous eu lieu en plein jour, alors qu'il n'y avait personne sur place. Du travail très propre, sans serrures forcées ni barreaux sciés. Des professionnels, qui possédaient des informations précises sur les horaires de départ et de retour des habitants et savaient ouvrir les portes fermées sans faire le moindre bruit. Rien à voir avec un casse improvisé par des toxicomanes. Des bijoux, des carnets de chèques et de l'argent liquide avaient été volés. Dans l'un des appartements, on avait aussi forcé le coffre-fort. Dossier frustrant et, pour l'instant, il ne pouvait qu'attendre les prochains cambriolages en espérant que les malfaiteurs laisseraient derrière eux quelque chose pour la forensique. Jusqu'à présent, le labo n'avait rien à se mettre sous la dent... Si au moins quelqu'un de l'équipe tombait par hasard sur une partie du butin en allant perquisitionner dans un débarras quelconque, ils auraient enfin un premier complice à interroger ! Sur ce dossier, il avait une sensation qu'il n'osait pas partager avec ses collègues : seul un des cambriolages était réel, c'est-à-dire que, des trois, un seul avait une importance pour les braqueurs, et ce qu'ils cherchaient – et avaient peut-être trouvé – n'avait rien à voir avec de l'argent ou des biens de valeur. Les deux cambriolages supplémentaires n'étaient destinés qu'à leurrer la police.

Son autre dossier sur le feu avait, lui, pas mal avancé, mais depuis deux jours l'enquête devenait un véritable imbroglio. Un jeune gars de vingt ans, répondant au nom d'Igor Kintaev, exempté du service militaire, était soupçonné d'avoir harcelé et agressé des femmes sur la promenade de Bat-Yam pendant presque deux mois, par intermittence. De simples planques avaient mené à son arrestation : il avait attiré l'attention des inspecteurs par ses allers et retours incessants sur la promenade où il suivait des femmes – surtout plus âgées que lui, la quarantaine bien sonnée. Soudain, il faisait demi-tour ou traversait la rue, jusqu'à ce qu'une nouvelle proie apparaisse et qu'il recommence le même manège. Ils avaient organisé un tapissage et quatre de ses sept victimes l'avaient reconnu. Le suspect avait commencé par tout nier en bloc, et puis, il y avait de cela deux jours, en plein interrogatoire, il s'était soudain mis à table et avait même avoué des dizaines de méfaits qui n'avaient rien à voir avec l'enquête, comme par exemple l'incendie d'une maison de retraite à Hadera deux ans plus tôt, et une tentative d'incendie d'un restaurant à Givat-Olga, en 2005, qui n'avait jamais été rapportée. Ce type était bizarre et parlait un drôle d'hébreu, décalé. Sa mère vivait toujours à Kazan et son père était décédé en Israël. Il n'avait pas de domicile fixe, avait loué pendant quelque temps un sous-sol à Hadera, et six mois plus tôt il s'était installé à Bat-Yam, chez des proches, à cause de son travail. Avraham Avraham ne croyait pas un traître mot de ce qu'il racontait.

Au cours de l'une de ses agressions, ce détraqué avait agrippé le bras de la directrice de marketing d'une société de cosmétiques, une femme âgée de cinquante ans, et l'avait obligée à lui mettre la main dans le pantalon, comme ça, au milieu de la promenade du bord de mer, un vendredi soir. Lorsqu'il avait été arrêté, il n'avait pas de papiers et pas un sou en poche, mais portait un sac à dos contenant une boussole neuve particulièrement sophistiquée et un exemplaire d'*Une histoire toute simple,* le célèbre roman du Prix Nobel de littérature, Samuel Joseph Agnon – une édition scolaire tellement usée qu'il ne restait pas grand-chose du bleu de la couverture souple. Sur la page de garde figurait une dédicace datée du 10 août 1993 : « Pour Youlia, une histoire d'amour simple et ratée », signée par quelqu'un dont le nom avait été effacé au Tipp-Ex.

Avraham Avraham ne comprenait pas vraiment pourquoi ces pensées-là lui traversaient l'esprit. Puis, curieusement, il songea à l'écran d'ordinateur d'Ofer

Sharabi et de son frère. Un vieil écran, lourd, de couleur crème, se dessina devant ses yeux. Ce qui l'interpellait, c'était la différence d'âge entre les enfants de cette famille. Un garçon de seize ans, un de cinq et au milieu une fille de quatorze. Pourquoi avoir attendu neuf ans entre la fille et le petit dernier ? Pourquoi un couple du genre des Sharabi, qui a commencé à faire des enfants, s'arrêterait soudain pour reprendre tellement d'années plus tard ? Leur situation financière peut-être ? Des problèmes de santé ou une crise conjugale ? À moins qu'il n'y ait eu une ou plusieurs fausses couches ? Pourquoi, nom de Dieu, vouloir trouver une explication à tout ? Ensuite, il pensa à l'horaire – huit heures du matin. Les trois enfants partent à l'école, la mère reste seule, le silence envahit l'appartement, les chambres sont vides. On entend le froissement des rideaux blancs du salon. Que commence-t-elle par faire ? Erre-t-elle à travers les différentes pièces ? La chambre des garçons, la plus grande, est occupée d'un côté par un convertible d'une place et un petit bureau sur lequel est posé l'écran du vieil ordinateur, de l'autre par un lit d'enfant. Celle de la fille est petite, blanche, avec un long miroir accroché au mur, face à la porte, dans lequel elle croise son reflet chaque fois qu'elle entre. Sur l'image qui se forme dans son esprit, la gamine apparaît portant un panier de linge et marchant sur un sol en marbre.

Arrivé à l'entrée de Kiryat-Sharet, il avisa dans la rue principale, rue des Généraux-de-Tsahal, un groupe de cinq jeunes plantés devant l'arrêt du 97, un bus qui avait pour terminus la gare au nord de Tel-Aviv. Une des filles, une petite un peu grosse, débordante d'enthousiasme, vêtue d'un collant noir peu flatteur et d'un sweat-shirt Gap gris, était en train de montrer à l'un des garçons quelque chose sur son iPhone. Elle insistait pour qu'il se fourre un écouteur dans l'oreille, ce qu'il refusait avec un air dégoûté. Involontairement, Avraham Avraham les fixa d'un regard trop appuyé et lorsqu'il passa devant eux, tous se turent. Dans son dos, il devina leurs sourires railleurs, peut-être après un geste suggestif de la fille à l'iPhone. Ofer était-il là, parmi eux ? Il devait y être, et s'il n'y était pas, eh bien, il était à un autre arrêt de bus. En dernière minute, juste avant qu'elle ne se décide enfin à s'en aller, la mère lui avait avoué qu'Ofer avait déjà fugué par deux fois. La première, il n'avait pas encore douze ans et avait marché jusqu'à Ramat-Gan – « à pied, en tongs », avait-elle précisé – là où habitent ses grands-parents ; c'était pendant les fêtes et il s'était disputé avec son père. La seconde remontait à un an environ, il s'était disputé avec elle dans l'après-midi et avait claqué la porte en jurant qu'il ne reviendrait plus. Finalement, il était rentré après neuf heures du soir. Il avait ouvert avec sa clé, était directement allé dans sa chambre, n'avait rien dit de ce qu'il avait fait, et ensuite personne n'en avait reparlé. Avraham Avraham lui avait demandé pourquoi, à cette occasion, elle ne s'était pas adressée à la police, mais elle ne lui avait pas répondu. Sans doute, à ce moment-là, le père était-il à la maison. Une image se figea soudain dans son esprit : Ofer Sharabi, dont il ne savait même pas à quoi il ressemblait, posait son sac à dos noir sur le banc d'un jardin public plongé dans l'obscurité et totalement désert, s'allongeait sur le dos, se couvrait d'un sweat-shirt gris, du genre de celui que portait l'adolescente grassouillette à l'arrêt du 97, et se préparait à dormir. Dans ce jardin, il n'y avait personne à part Ofer. Tant mieux. Le gamin n'était pas en danger.

Avraham Avraham passa devant l'immeuble où il avait grandi, au 26, rue des Généraux-de-Tsahal. C'était là qu'habitaient encore ses parents. Machinalement, il leva les yeux pour voir ce qui se passait à la fenêtre du troisième étage. Tout était fermé, pas le moindre signe de vie. Depuis combien de temps n'était-il pas monté chez eux ? Au deuxième, les volets étaient ouverts et un homme torse nu, assis sur le rebord de la fenêtre, faisait face à un salon éclairé d'où lui parvenait le bruit d'un téléviseur allumé. Il parlait avec quelqu'un à l'intérieur de l'appartement, peut-être sa femme qui s'activait dans la cuisine. Bientôt l'heure des infos. Cet homme était un des voisins qui, quelques années auparavant, avaient retrouvé son père gisant inanimé dans les escaliers de l'immeuble, terrassé par une crise cardiaque.

Il continua à avancer le long de la rue et entra dans le supermarché des Géorgiens. Un instant, il envisagea de modifier son programme et de se préparer un vrai dîner, ce qui l'aiderait à se débarrasser de ses lourdes pensées et lui ferait un peu de bien. Pourquoi pas un petit côtes-du-rhône et des raviolis qu'il se servirait, une fois bouillis, avec un filet d'huile d'olive et du fromage râpé ? Mais, comme d'habitude, quelque chose l'en découragea. Il se dirigea vers la vitrine réfrigérée du magasin, en sortit un pot individuel de *tehina*[1]

1. Purée de graines de sésame. *(Toutes les notes sont de la traductrice.)*

pimentée, palpa les derniers petits pains frais qui se battaient en duel sur les étagères et finit par en trouver un pas trop dur. Une boîte de tomates cerises vint rejoindre la *tehina* dans son panier. S'il n'avait pas oublié de prendre la feuille sur laquelle il avait inscrit l'adresse des Sharabi, il serait allé chercher sa voiture chez lui et aurait fait un tour jusqu'à l'immeuble qui abritait en ce moment même une femme en proie à une angoisse extrême. Oui, il aurait planqué là-bas et attendu de voir Ofer Sharabi s'engouffrer dans le hall et monter les escaliers, ou d'entendre sa mère crier et pleurer. Après, il aurait mieux dormi. Dommage qu'il ait oublié cette feuille, alors que justement il l'avait pliée en quatre pour la glisser dans la poche de sa chemise. À moins qu'il n'ait pas voulu ramener chez lui son dessin, par trop dérangeant ? Il décida de téléphoner à Ilana pour lui demander conseil. Cette idée le rasséréna. Si elle lui disait de retourner au commissariat et de déclencher la procédure de disparition inquiétante, il le ferait immédiatement, malgré l'heure tardive. Sauf que cet appel révélerait à nouveau son manque d'assurance, ce qu'il ne voulait surtout pas. Il paya avec sa carte de crédit, préférant garder le peu de liquide qu'il avait sur lui.

Il reprit la rue des Généraux-de-Tsahal, passa à nouveau devant l'immeuble de ses parents et décréta qu'il n'avait aucune raison de monter. Son père devait être assis dans le noir devant la télévision, les yeux fixés sur les infos qui défilaient, c'était le moment où il ne fallait surtout pas le déranger, et sa mère, si elle n'était pas sortie faire sa marche, s'était sans doute attablée dans la cuisine pour papoter au téléphone. Il n'avait pas envie de l'entendre ; de toute façon, il savait déjà quels mots elle lancerait à son interlocutrice au bout du fil : « Oh, voilà Avi qui arrive, je dois vite lui réchauffer quelque chose à manger. » Il préférait dîner seul en regardant sur Hallmark Channel un épisode de la troisième saison de *New York, police judiciaire,* même s'il l'avait déjà vu un nombre incalculable de fois. À chaque nouvelle diffusion, il découvrait un détail qui lui avait précédemment échappé. Encore une erreur dans l'enquête, encore une manière erronée d'innocenter un suspect. Après avoir descendu toute la rue, il tourna à gauche, marcha environ trois minutes le long de bâtiments silencieux plongés dans le noir et arriva enfin chez lui, rue du Grand-Pardon.

Ne pas oublier de poser son téléphone portable près du lit, au cas où on l'appellerait du commissariat pendant la nuit.

2

Dès l'instant où il avait vu les voitures de police garées en bas de son immeuble, il avait compris pourquoi elles étaient là. Une sorte d'intuition aiguë et une profonde certitude intérieure. Il sentait aussi qu'il était prêt, bien qu'il ne sût pas pour quoi.

Étrange. Comme si la vie avait secrètement œuvré au cours de ces dernières années pour le mener à cet instant précis, sans qu'il s'en rende compte. Cela lui avait fait l'effet d'une explosion venue de ses entrailles, une espèce de naissance inattendue. À la seconde où il avait vu les voitures de police, il avait accouché d'un autre lui-même, d'un homme qu'il portait en dedans depuis toujours et qui attendait son heure. Avec Ilaï, cela avait été le contraire. Ils avaient beau s'être préparés pendant neuf mois, sa naissance leur était tombée dessus comme une bombe venue de nulle part. Ils ne s'étaient pas encore métamorphosés en vrais parents. Pour l'instant, le mécanisme ne se déclenchait pas, au contraire, ils se sentaient tellement impuissants face au bébé qu'ils étaient eux-mêmes carrément retombés en enfance.

Les véhicules de police, il les avait vus du carrefour, où il attendait que le feu passe au vert. Deux voitures étaient postées à l'entrée de son immeuble, portière conducteur ouverte. Adossée à l'une d'elles, une femme en uniforme parlait au téléphone. Il y avait aussi, garée en face, une Volkswagen Passat blanche avec des plaques minéralogiques aux couleurs de la police.

Il laissa son scooter en bas de chez lui ; la porte était ouverte, il pénétra dans la cage d'escalier. Entendit des voix qui provenaient de plus haut. Passa devant son appartement et continua jusqu'au troisième. La porte des Sharabi était grande ouverte et une femme en uniforme se tenait sur le palier. Toutes les portes sont ouvertes quand il arrive une catastrophe, songea-t-il. Était-ce cela qu'il avait senti, lui aussi, quelque chose qui s'ouvrait ? Dès que la policière le vit, elle voulut savoir qui il était.

— Je m'appelle Zeev, je suis le voisin du deuxième, dit-il. Que s'est-il passé ?

— Rien, lui avait-elle répondu en lui barrant le seuil de l'appartement pour bien lui indiquer que l'accès en était interdit. De toute façon, il n'avait pas l'intention d'entrer.

Assise sur le canapé du salon, Ilaï endormi à côté d'elle, Mikhal était encore en pyjama et regardait *Dr Phil* à la télévision. Volets baissés, l'appartement baignait dans la pénombre. Il lui demanda si elle savait ce qui s'était passé chez les voisins, mais elle n'avait rien remarqué, ni la présence de voitures de police en bas de l'immeuble ni l'agitation inhabituelle dans les escaliers. En revanche, elle s'étonna de ce qu'il rentre plus tôt que d'ordinaire ; en général, le jeudi, il n'arrivait pas avant deux heures de l'après-midi. Après lui avoir demandé en chuchotant s'il voulait manger quelque chose, elle alla coucher précautionneusement Ilaï dans sa chambre. De retour au salon, elle entrouvrit les volets de leur petit balcon transformé en véranda par des fenêtres coulissantes, regarda dehors puis s'approcha de leur porte d'entrée, l'entrebâilla et jeta un œil sur le palier. Deux policiers descendaient les marches quatre à quatre et elle se hâta de la refermer.

— Peut-être ont-ils été cambriolés, suggéra-t-elle.

Zeev répondit qu'on n'envoyait pas autant de monde pour un simple cambriolage.

— Il y a de quoi avoir peur, que peut-il bien se passer là-haut ? continua Mikhal.

— Certainement rien de grave, la rassura-t-il en la prenant dans ses bras.

L'après-midi, il corrigea ses copies installé sous la véranda qui lui tenait lieu de bureau inconfortable. Il put ainsi continuer à suivre le remue-ménage du dehors. Des policiers allaient et venaient. Voyant qu'un chauve de petite taille donnait des ordres aux autres, il en déduisit que c'était sans doute le plus haut gradé sur le terrain. L'homme semblait énervé, ne cessait de parler dans son portable et éleva la voix à plusieurs reprises. Zeev l'entendit dire, furieux : « Renvoyez-le ! Je n'ai pas le temps de m'occuper de lui maintenant, et ce n'est pas de ma faute si ces imbéciles n'ont pas transmis le message ! » À un autre moment, il cria dans son téléphone : « Je m'en fiche, j'essaie de la joindre depuis ce matin, je ne peux plus attendre. Sortez-la de sa réunion ! » Au bout d'un certain temps, ce même policier faillit trébucher sur un caillou en s'avançant dans le jardinet de devant, où il se mit à chercher quelque chose dans les buissons... mais il abandonna, apparemment sans avoir rien trouvé. Ses mouvements étaient un rien maladroits, il leva soudain la tête, sans doute pour échanger un regard avec un collègue accoudé à la fenêtre de la véranda, au troisième étage. Zeev ne savait pas ce qu'il cherchait, pas non plus s'il l'avait surpris, lui, à épier derrière son volet à claire-voie, bien qu'il se fût aussitôt reculé. Plus tard, Hannah Sharabi, entourée de trois policiers, apparut en bas de l'immeuble. Elle expliqua quelque chose en faisant des mouvements de mains, comme si elle leur indiquait une direction. S'il avait ouvert en grand, il aurait pu l'entendre. Et il n'était pas le seul ; d'autres habitants des immeubles alentour observaient la scène de leurs fenêtres. Il ne vit ni le mari ni les enfants de sa voisine.

Il essaya de se concentrer sur ses copies. Pas de problème pour la correction des exercices sur les temps, mais les courtes dissertations requéraient davantage d'attention. Il leur avait donné comme sujet : *What will the world look like in 25 years*, à quoi ressemblerait le monde dans vingt-cinq ans ? Le but était d'obliger ses élèves à employer le futur, et de se référer aussi à une discussion qu'il avait entamée en classe après la lecture de quelques pages du *Meilleur des mondes* d'Aldous Huxley. Entre chaque copie, il ne put s'empêcher de chercher si quelque chose lié à la ville de Holon ou au nom de Sharabi apparaissait sur les sites d'informations en ligne et sur Google News. Ilaï dormait depuis plus de deux heures, sieste anormalement longue. Mikhal s'était lavée et habillée. Il y avait eu un bref instant, pendant qu'elle se douchait, où Zeev s'était senti seul chez lui, et un calme intérieur remontant du plus profond de son être l'avait envahi. Elle le rejoignit sous la véranda et lui plaqua un baiser sur la joue.

— Tu avances ? s'enquit-elle.

Tout en se levant pour se préparer un thé au lait, il lui assura qu'il aurait terminé à temps.

Ilaï se réveilla un peu avant quatre heures de l'après-midi, en pleurs, comme d'habitude. Zeev termina à la hâte de corriger la dernière dissertation et prit la relève de sa femme. Elle s'installa à son tour sous la véranda, devant le bureau, à la place qu'il venait de libérer, et commença à préparer ses cours pour le lendemain. Quant à lui, il s'assit avec son fils sur le tapis du salon et tous deux se mirent à jouer aux cubes. Il construisit une petite tour avec des cubes en bois colorés qu'Ilaï se fit un plaisir de détruire en regardant fièrement son père. Ensuite, Zeev essaya de l'intéresser à deux albums cartonnés, l'un s'ornait même d'un miroir. Il y réussit pendant quelques minutes. Incontestablement, il était tendu, mais d'une tension positive, les sens en éveil. Il dut lutter contre son envie de mettre le petit dans son transat devant la télé pour aller jeter un coup d'œil sur ce qui se passait en bas. Ilaï s'en rendit apparemment compte, car il commença à geindre et essaya même de crapahuter jusqu'à sa mère. Zeev dit alors à Mikhal :

— Je pense que je vais l'emmener faire un tour, tu as besoin de quelque chose à l'épicerie ?

C'est sur un poteau électrique, tout près de l'immeuble, qu'il vit la première affichette : le visage d'Ofer un peu flou, au milieu d'une feuille de papier

A4 scotchée sur le pilier en béton. Peau mate, très maigre, yeux noirs et enfoncés, nez fin et petite bouche surmontée d'un soupçon de moustache noire qu'il fallait cependant déjà raser. Son jeune voisin paraissait sévère sur la photo. Ne souriait pas. Regardait droit dans l'appareil. Zeev n'avait pas oublié ce visage sérieux qu'il avait eu l'occasion de voir de près. Il trouva que cette photo lui donnait un air mexicain et ne rendait pas justice à la finesse de ses traits juvéniles. On aurait plutôt dit le portrait d'un suspect recherché que celui d'un adolescent disparu.

Au-dessus du portrait, en grands caractères gras, apparaissaient les mots « **Avis de recherche** » et, dessous, ce texte : « Ofer Sharabi a disparu mercredi 4 mai, tôt le matin. Il est très maigre, de taille moyenne, âgé de 16 ans, cheveux noirs et courts. Si quelqu'un a vu ce jeune homme, merci de prendre contact avec la famille ou avec la police. »

En bas de la page, des numéros de téléphone avaient été imprimés en gras.

Persuadé que ces affichettes n' avaient pas été préparées au commissariat, Zeev se demanda qui s'en était chargé. Elles avaient été collées tout le long de la rue de la Histadrout, sur les poteaux électriques et ceux des panneaux de signalisation. Il aurait bien récupéré discrètement un de ces avis, peut-être en aurait-il besoin, mais il n'osa pas. La mère d'Ofer les avait-elle rédigés toute seule ? Devant la maison de retraite, un vieux monsieur, qui portait une chemise à carreaux usée et tenait un sac en cuir marron clair, s'approcha tellement près du texte avec ses lunettes que son nez faillit toucher la feuille. Ilaï ne se calmait pas, essayait sans cesse de se détacher du harnais de la poussette. Ils prirent à droite dans la rue Shenkar, marchèrent jusqu'à la buvette au coin de la rue Tour-et-Palissade et là, Zeev acheta un petit paquet de chips qu'il ouvrit et posa sur les cuisses de son fils. C'est alors qu'il vit, juste en face, Sima, sa voisine du premier, en train de découper du scotch avec les dents pour fixer un avis de recherche à l'arrêt du bus. Il décida de rentrer. Le commissariat était tout près.

Des policiers frappèrent à leur porte en fin de journée, plus tôt qu'il ne s'y attendait. Ce fut sa première surprise. Mikhal et lui venaient de commencer les préparatifs pour le bain d'Ilaï. Il ouvrit et se trouva face à deux personnes, le maladroit de petite taille qu'il avait observé de sa fenêtre pendant l'après-midi et une jeune femme qu'il n'avait pas vue auparavant.

— Excusez-nous de vous déranger, commença le haut gradé, mais vous savez certainement que le fils de vos voisins n'est pas rentré depuis hier. Dans le cadre de nos investigations, nous faisons une enquête de voisinage et nous voudrions vous poser quelques questions. Est-ce possible maintenant ?

Mikhal émergea de la salle de bains, portant Ilaï déjà tout nu dans ses bras, et Zeev sentit que le policier était gêné. D'ailleurs, ce dernier ne ralluma pas la lumière du palier au moment où elle s'éteignit et poursuivit dans le noir :

— Si vous préférez, on peut aller questionner d'autres voisins et revenir plus tard.

— Non, non, ça va très bien maintenant, répondit Zeev, qui les convia à entrer. Le petit sera ravi de ce délai supplémentaire avant le bain.

Ilaï fixait les deux intrus qui pénétraient chez lui

d'un regard sérieux et concentré, comme toujours lorsqu'ils avaient des invités. Le nom de l'enquêtrice, Liat Manzour, était inscrit sur la plaque argentée épinglée à la poche de son chemisier. À cet instant, Zeev sentit la même explosion intérieure que dans l'après-midi, lorsqu'il était rentré et avait vu toutes les voitures de police. Son autre moi se tendit, aux aguets. Peut-être était-ce là que ça commençait, songea-t-il. Il lui fallait donc mémoriser chaque détail.

Les policiers le surprirent une deuxième fois : il ne s'attendait pas du tout à ce qu'on les interroge séparément et, surtout, il ne comprit pas pourquoi le chef avait décidé de s'installer avec Mikhal dans la cuisine (où l'assiette en plastique bleu avec le reste de la purée de légumes d'Ilaï entourée de morceaux de pain humides et de miettes traînait encore sur la table), ni pourquoi il l'avait laissé, lui, dans le salon, aux bons soins de sa subalterne.

— Vous voulez boire quelque chose ?

Elle déclina la proposition, posa sur ses genoux une tablette brun foncé sur laquelle était coincée une feuille de papier divisée en trois colonnes tracées au stylo noir – en haut de chacune étaient inscrites quelques lignes. Il prit place sur le canapé tandis qu'elle s'asseyait au bord du fauteuil, face à lui.

— Nous essayons pour le moment de collecter un maximum d'informations sur le disparu, déclara-t-elle. Pouvez-vous nous dire quand vous l'avez vu pour la dernière fois ? Peut-être d'ailleurs l'avez-vous croisé par hasard hier ou même aujourd'hui ? Vous ou votre femme ? Et puis, nous voudrions savoir, d'une manière générale, comment vous le décririez.

Ils suivaient sans doute la procédure, et cette procédure les obligeait à interroger tous les voisins, à leur poser à tous les mêmes questions, quitte à n'en tirer aucun profit. L'enquêtrice ne s'intéressa à rien de ce qu'elle avait sous les yeux, son attention ne fut attirée ni par l'unique décoration – une reproduction de *La Chambre à coucher* de Van Gogh – accrochée au mur en face du canapé, au-dessus de leur commode bancale, ni par le vieux canapé marron très laid et recouvert d'un drap blanc à rayures noires censé cacher les anciennes taches et éviter les nouvelles, ni par les jouets éparpillés sur le sol et qui donnaient à la pièce un air de débarras. Pas de quoi titiller l'inspiration. Pas de quoi éveiller la curiosité. Zeev vit pourtant, à travers le regard de la femme en uniforme, combien son appartement paraissait provisoire à la lumière trouble des lampes qu'il avait allumées en ce début de soirée.

— Je n'ai croisé Ofer ni hier ni aujourd'hui, dit-il. Et je le décrirais comme un gentil garçon, plutôt renfermé.

Elle prenait ses notes au stylo noir, mais qu'y avait-il donc à consigner dans ce qu'il venait de dire ?

— J'écris pendant que vous parlez, ça ne vous dérange pas, j'espère ? Quand l'avez-vous vu pour la dernière fois ? Vous ou votre femme d'ailleurs. Est-ce que vous vous en souvenez ?

— Je ne peux pas vous donner de date exacte. Cette semaine sans doute, dans les escaliers. Je suis professeur, j'enseigne dans un lycée, si bien qu'on part souvent à la même heure et il nous arrive de nous croiser.

— L'avez-vous trouvé dans son état normal ou y avait-il quelque chose d'inhabituel dans son comportement ? Avez-vous remarqué quelque chose de différent ?

Zeev était dépité de ne pas pouvoir entendre la conversation de Mikhal avec le policier. Ne lui parvenaient que les pleurs d'Ilaï qui, assis sur les genoux de sa mère et enveloppé de sa serviette de bain encore sèche, s'énervait sans doute de plus en plus. Non seulement le petit était fatigué, mais il supportait mal de ne pas être l'objet de leur attention.

— Vous ne voulez vraiment pas quelque chose à boire, vous ne voulez pas ? tenta-t-il dans l'espoir de pouvoir entrer dans la cuisine et aussi de gagner du temps pour réfléchir à quel moment il ferait sa révélation à l'enquêtrice... à moins qu'il ne réserve la surprise au chef, pensa-t-il.

— Non, merci, ça va. Bon, y a-t-il certaines choses concernant le disparu ou sa famille que vous voudriez nous communiquer ? Vous arrive-t-il d'entendre des disputes provenant de chez eux, des éclats de voix, des bruits de coups ?

À cet instant, il crut enfin deviner pourquoi le haut gradé avait choisi d'interroger sa femme : il supposait sans doute qu'elle restait beaucoup à la maison et en saurait donc plus que lui sur ce qui se passait dans l'immeuble.

— Non, jamais, répondit-il. Ils font parfois du bruit, il y a trois enfants et ils sont juste au-dessus de chez nous, mais j'ai l'impression que ces derniers temps, c'est nous qui faisons le plus de chahut dans cet immeuble.

Il sourit en se demandant si elle avait compris ce qu'il voulait dire. Elle gardait la tête penchée sur son écritoire en plastique toujours posée sur ses genoux et fixait sa feuille de papier comme une élève myope pendant un contrôle.

— On a emménagé ici il y a un peu plus d'un an, Ilaï n'était pas encore né. Avant, on habitait à Tel-Aviv et je continue à travailler là-bas. J'enseigne au lycée Ironi-Aleph, à côté de la cinémathèque, si vous voyez où ça se trouve.

— Et que pouvez-vous me dire du disparu ? Vous a-t-il donné l'impression d'être plutôt du genre calme ou avez-vous eu des conflits avec lui par le passé ?

Un vrai supplice. Elle n'écoutait pas les réponses qu'il donnait aux questions de routine qu'elle lui posait.

— Non, jamais. Je viens de vous dire que c'est un adolescent charmant et renfermé.

Après avoir hésité un instant, il lança à nouveau un regard vers la cuisine et reprit :

— D'ailleurs, nos rapports vont bien au-delà d'une simple relation de voisinage.

Elle ne releva même pas la tête. Continua à écrire.

— Ce qui veut dire ?

— Ce qui veut dire que je lui ai donné des cours particuliers pendant quatre mois. Des cours d'anglais.

— Et il était comment ?

— Qu'est-ce que ça veut dire, « il était comment » ? Vous voulez savoir ce que je pense de lui en tant qu'élève ?

— En tant qu'élève et en tant qu'être humain. Quelle a été votre impression, à vous, et à votre femme aussi ?

Le fait qu'elle répète le mot « impression » lui arracha un rire moqueur.

— Mon « impression », c'est qu'il voulait

sérieusement faire des progrès mais que l'anglais n'était pas son fort. Mon « impression », c'est qu'il s'agit d'un adolescent délicat, sympathique et renfermé, comme je vous l'ai déjà dit. Vous imaginez bien que je rencontre beaucoup de jeunes de son âge et je peux affirmer qu'Ofer était spécial. Et j'ai réussi, me semble-t-il, à nouer avec lui des relations assez étroites.

— Vous a-t-il parlé de son intention de fuguer ou peut-être de se suicider ? A-t-il évoqué des problèmes au lycée ?

— Non, jamais. On parlait surtout de son niveau d'anglais et, en anglais, il n'a jamais fait allusion à un suicide ou à une fugue.

— Donc, à votre avis, c'était un adolescent sans problèmes ?

— Pas du tout. J'ai dit qu'on ne parlait pas de ça. Pourquoi utilisez-vous le passé ? Vous me faites peur.

— Pardon, c'est juste une déformation professionnelle, se reprit-elle aussitôt, avant de se lever et d'ajouter : Excusez-moi un instant, je dois aller demander quelque chose.

Elle entra dans la cuisine et le laissa totalement désarçonné : il était chez lui et pourtant ne savait pas s'il avait le droit de se lever. Lorsqu'elle revint quelques minutes plus tard en compagnie de Mikhal et du petit chauve, tous les trois se dirigèrent vers la porte. Zeev leur emboîta le pas. Sa troisième surprise fut lorsque le chef se tourna vers lui et déclara :

— Votre femme m'a dit que vous aviez donné des cours particuliers à Ofer, il se peut donc que je repasse plus tard pour vous poser quelques questions supplémentaires. En attendant, merci beaucoup de votre aide.

La lumière de la cage d'escalier était éteinte et, à se fier au silence qui y régnait, les investigations semblaient terminées. Ils s'étaient arrêtés de part et d'autre de la porte. Dans le noir se tenaient un officier de police et son enquêtrice, de l'autre côté il y avait un homme, une femme et un bébé. Une porte ouverte – encore une ! – les séparait. Où était Hannah Sharabi ? Seule chez elle ? En compagnie d'autres policiers ?

— Pas de quoi, dit Zeev, même si je ne crois pas vraiment que nous vous ayons aidés. Je serai ravi d'en faire davantage. Si vous avez besoin de renforts pour des recherches, par exemple, enfin... je ne sais pas quels sont vos plans. Vous avez l'intention de poursuivre l'enquête pendant la nuit ?

Le policier parut étonné, comme s'il n'avait pas envisagé la possibilité de continuer quoi que ce fût pendant la nuit. Zeev chercha l'interrupteur sur le mur à côté de sa porte, et lorsque la lumière éclaira le palier, il vit que l'homme avait tiré de sa poche un paquet de cigarettes et le tripotait entre ses doigts. Il vit aussi qu'il s'appelait Avi Avraham.

— Merci, répondit Avi Avraham. Il se peut qu'on prépare une battue, mais nous ne savons encore ni où ni quand. Si on en organise une, il est certain que votre aide, ainsi que celle d'autres voisins, sera la bienvenue.

L'officier continuait à s'adresser davantage à Mikhal qu'à Zeev, qui ne put s'empêcher de demander :

— Avez-vous une hypothèse sur l'endroit où se trouve Ofer ?

— Malheureusement, pas encore. Nous espérons que le mystère sera rapidement levé.

Soudain, il le fixa et enchaîna, un peu crispé :

— Mais peut-être que vous, vous avez une idée ?

La question prit Zeev de court. Elle était si directe que ce fut sa quatrième surprise. La minuterie des escaliers s'éteignit, il la ralluma. Pour la première fois depuis que les policiers étaient entrés chez lui, il avait l'impression que quelqu'un lui parlait vraiment. Il ne lâcha cependant que quelques mots laconiques :

— J'aurais bien aimé en avoir une.

Ils étaient les seuls de l'immeuble à ne pas avoir mis leur nom sur la porte, ornée d'un fouillis de stickers colorés vantant des serruriers, des plombiers et des électriciens, ainsi que d'un magnet triangulaire de la pizzeria Centro. L'enquêtrice n'avait même pas pris la peine de lui demander son nom.

Pendant le bain d'Ilaï, Zeev adopta un ton délibérément détaché pour demander à sa femme :

— Alors, qu'est-ce qu'il a voulu savoir ?

En son for intérieur, il était contrarié qu'elle ne lui ait pas posé la question en premier et surtout qu'elle ne lui ait rien relaté de sa conversation avec l'officier de police. Sans compter qu'il était toujours dépité du choix d'Avi Avraham, qui avait préféré parler avec sa femme – dépit que les quelques paroles engageantes échangées sur leur palier n'avaient fait qu'accentuer.

— Sûrement les mêmes choses qu'à toi, répondit-elle. Est-ce que je connaissais bien Ofer, est-ce que j'ai remarqué quelque chose d'anormal, est-ce que je l'ai vu traîner avec des gens bizarres ?

— Et qu'est-ce que tu as dit ?

— Que non. Que tu lui avais donné quelques cours privés en début d'année, chez eux. Qu'il n'était jamais venu chez nous et que je ne lui disais jamais plus que bonjour-bonsoir dans les escaliers. Peut-être qu'une fois je lui ai demandé comment allait son anglais ou quelque chose comme ça. Et j'ai aussi dit au policier que, cette semaine, j'avais effectivement entendu une conversation animée, ça venait de chez eux, c'était même une dispute, assez tard dans la soirée, et qu'il me semblait que c'était avant-hier, mardi soir, la veille de sa disparition. Mais qui se bagarrait, pourquoi et est-ce que ça a un lien avec Ofer ? Ça, j'ai précisé que je n'en avais aucune idée. Peut-être que c'était une dispute entre les parents.

Sa cinquième surprise. Zeev en resta abasourdi.

— Tu les as vraiment entendus ? demanda-t-il.

— Évidemment, sinon, pourquoi est-ce que j'aurais raconté un truc pareil ? dit-elle en riant. Quoi, tu n'as rien entendu ?

— Non, pas que je me souvienne. Je devais déjà dormir. Peut-être que c'était leur télé ?

— Tu sais quoi ? Peut-être, oui.

Une fois Ilaï endormi, ils prirent un léger dîner en regardant la *Star Academy.* Aux infos, pas un mot sur la disparition d'Ofer. Mikhal s'isola à nouveau sous la véranda pour continuer à travailler et Zeev s'installa dans le salon et ouvrit *Sur la plage de Chesil* de Ian McEwan, un court roman anglais qui raconte une vie gâchée en un instant à cause d'une incapacité à dire les choses. Il le lisait depuis quelques jours, à petites doses, et chaque fois la tristesse le gagnait. Comment cet auteur britannique, qu'il découvrait, était-il arrivé à atteindre une telle économie de mots, une telle précision dans les détails ? Il entendit des petits geignements, alla dans la chambre d'Ilaï et lui remit la tétine dans la bouche. Il repoussait le moment de boire son dernier verre de thé parce qu'il attendait la deuxième visite du commandant Avraham : il avait l'intention de lui proposer un café et donc, ils boiraient ensemble. Quoi qu'il en soit, cette journée n'avait pas tenu toutes ses promesses, or il sentait qu'il avait tellement de choses à dire ! Il ne cessait d'entendre du bruit dans les escaliers, on montait et on descendait, mais impossible de déterminer si c'était lié aux recherches policières ou à la vie normale. Des voisins entraient et sortaient, une sonnette retentit, suivie d'une femme qui lança : « C'est moi ! » Claquements de porte, minuterie allumée puis éteinte. Dehors, la circulation se raréfia et après vingt-trois heures, ce fut le silence dans l'immeuble. Le policier ne viendrait plus. Zeev rangea dans le placard de la cuisine les deux tasses propres qu'il avait posées à côté de l'évier, se changea dans la salle de bains, se brossa les dents et se mit au lit.

Peu après, Mikhal entra à son tour dans leur chambre et, comme d'habitude, étendit son pyjama sur la couverture, se déshabilla puis l'enfila ; elle fit cela devant lui, lentement, tout en le contemplant. Il lisait et avait continué comme si de rien n'était, surtout ne pas lever les yeux vers elle au moment où elle enlevait son soutien-gorge. Quelque chose de malsain avait envahi la pièce. Elle se déshabillait devant un autre que lui, un homme qu'elle ne connaissait pas.

— Tu penses à Ofer ? lui demanda-t-elle soudain.

— Oui.

— Et tu penses quoi ?

— Que peut-être on devrait participer aux recherches. Au cas où ils en organiseraient à la fin de la semaine. On laissera Ilaï à ta mère, ou on le prendra avec nous dans le kangourou.

— Tu penses qu'Ofer a fait une fugue ?

— Je ne sais pas. Je n'ai pas l'impression qu'il soit assez indépendant et solide pour ça. Fuguer requiert un sacré courage. Ça fera sa deuxième nuit dehors, et il faut bien qu'il dorme quelque part.

Elle frissonna en entendant ses paroles.

— Comme je plains sa mère ! reprit-elle. Je n'arrive même pas à imaginer ce qu'elle doit ressentir en ce moment. Deux nuits sans savoir où se trouve ton fils. C'est horrible.

Il s'endormit avant elle, sombra très rapidement dans le sommeil. Il était éveillé et tout à coup ses paupières se fermèrent. Dès qu'elle l'entendit respirer calmement, elle alla dans la chambre d'Ilaï pour vérifier s'il était bien couvert. Le petit lâcha un soupir, lui tendit les bras au moment où elle le bordait et, sans se réveiller, marmonna des syllabes qu'elle ne comprit pas.

3

Le vendredi matin, une longue sonnerie à l'interphone le tira de son sommeil. Il était tard, bien plus tard que l'heure à laquelle il se réveillait en général.

— J'ai une livraison pour Avi Avraham.

Il appuya sur le bouton, luttant contre ce goût amer et pâteux que laisse dans la bouche une courte nuit de sommeil précédée d'une longue journée à fumer presque trois paquets de Time. Le coursier, qui arborait l'uniforme vert de ZER4U, l'Interflora local, n'avait pas enlevé son casque et restait caché derrière un grand bouquet dans les tons roses, blancs et mauves. Il y avait des lys, des lisianthus et des gerberas, le tout entouré de beaucoup de feuillage vert.

Il arracha la petite carte de vœux qui y était accrochée et lut :

Cher Avi,

Félicitations pour tes trente-huit ans. Nous te souhaitons un bon anniversaire, santé, bonheur et réussite

dans tout ce que tu entreprends et entreprendras.
Que la vie te sourie.
Tous nos vœux de succès,

Papa et maman qui t'aiment

Il n'appela pas ses parents pour confirmer une bonne réception du bouquet qu'il posa sur sa table de cuisine au lieu de le mettre dans un récipient avec de l'eau. Une lumière trop violente filtrait du balcon à balais, il posa sur le feu *son finjan*[1] avec une double dose de café à la turque puis alla dans la salle de bains expectorer la crasse de la veille. Un moteur de camion de déménagement sans doute stationné en bas de l'immeuble ronfla si fort que son plancher vibra. Quelle différence avec le silence dans lequel il avait l'habitude de se réveiller ! En général, il n' avait pas besoin de régler une alarme pour se lever avant six heures du matin. Il se brossait les dents tout en déambulant dans son appartement à peine éclairé par un jour encore pâle, mettait de l'eau à bouillir dans sa cuisine, entrait dans le salon, ouvrait son volet, continuait à se brosser les dents et contemplait la rue sombre à peu près déserte, bordée de voitures immobiles. Parfois, il voyait un homme partir travailler aux aurores. Il lui arrivait même de capter le pépiement d'un oiseau égaré.

À moins que, ce matin-là, le bruit ne vînt pas de la rue mais de quelque chose en lui. Il s'était réveillé inquiet, comme si, à l'instant où il avait entendu la

1. Sorte de bouilloire généralement en cuivre, haute et fine, utilisée pour la préparation du café turc.

sonnette de l'interphone, la journée précédente l'avait pris à la gorge d'un seul coup. Avec tout ce qu'il avait vu, dit, entendu. L'incertitude, Hannah Sharabi aperçue à travers la porte en verre poussiéreuse, les sonneries incessantes du portable, les appels au commissariat, la sensation de ne rien arriver à contrôler, Igor Kintaev, les voisins qui l'observaient de leurs balcons rue de la Histadrout, son errance au volant de sa voiture au milieu de la nuit, tout seul, sans but.

La veille aussi, sa première pensée en se réveillant à cinq heures cinquante avait été pour Hannah Sharabi. Il avait contrôlé sur son téléphone portable si on ne l'avait pas appelé pendant la nuit. Rien. Était-ce de bon ou de mauvais augure ?

Préférant être mobile pendant la journée – au cas où –, il avait renoncé à la marche à pied et pris sa voiture pour se rendre au commissariat, si bien qu'il n'était pas sept heures trente quand il entra dans le bâtiment encore presque vide. Le collègue de permanence l'informa qu'aucune trace du jeune disparu n'avait été signalée pendant la nuit, et ajouta que personne ne lui avait demandé d'appeler la mère tôt le matin pour vérifier si son fils était rentré à la maison sain et sauf.

Le pire, ce fut les deux heures suivantes, où rien ne se passa. Il envoya des mails, remplit un formulaire avec ses coordonnées personnelles à transmettre au département des ressources humaines en vue de son voyage imminent à Bruxelles, il lut les infos sur les sites Internet du *Haaretz* et de Ynet et enfin parcourut le dossier Kintaev pour préparer son prochain interrogatoire. La feuille de papier pliée en quatre sur laquelle, la veille au soir, il avait noté de courtes phrases pendant qu'il discutait avec la mère était posée sur son bureau, là où il l'avait oubliée.

Dans les rapports d'intervention de police pour la nuit écoulée, il ne trouva aucun signalement lié à Ofer Sharabi. Rue Eilat, un incendie dans les locaux d'une compagnie d'assurances situés au rez-de-chaussée d'un immeuble d'habitation avait nécessité l'intervention des pompiers. On soupçonnait un sinistre d'origine criminelle. Rue de la Colline-aux-Munitions, à quelques dizaines de mètres de chez lui, on signalait un vol de scooter. Il aurait pu contacter la mère pour dissiper son inquiétude, mais il avait le vague pressentiment que mieux valait ne pas défier le sort. Si elle n'avait pas téléphoné, c'était peut-être parce que tout était rentré dans l'ordre, un ordre qu'il préférait ne pas perturber par un coup de fil intempestif. Dans le cas contraire, c'est-à-dire si la catastrophe approchait, il était plus sage de l'attendre, pourquoi en précipiter l'arrivée ?

Il sortit de son bureau pour se préparer un café et photocopier un document du dossier Kintaev. La machine se trouvait juste derrière le comptoir d'accueil. Dans le hall, l'agitation matinale était déjà perceptible. Des administrés faisaient la queue devant le guichet et deux policières chargées de la circulation discutaient à l'entrée du commissariat. C'est alors qu'il la vit. Elle n'avait pas encore franchi le seuil, il l'aperçut à travers la vitre poussiéreuse de la porte. Comme il s'en était douté, elle portait les mêmes vêtements que la veille au soir, le même sac en cuir usé était accroché à son épaule par une fine bandoulière et elle tenait à la main son téléphone portable, à croire qu'elle ne l'avait pas lâché depuis qu'ils s'étaient séparés. Il fut surpris par le chagrin qu'il éprouva en la voyant.

Ofer n'était pas rentré.

Il resta un instant figé puis s'écarta de la photocopieuse et s'approcha d'elle d'un pas rapide. Il allait lui poser une main sur l'épaule lorsqu'il s'aperçut qu'elle n'était pas seule. Après avoir dévisagé l'homme qui se tenait à côté d'elle, il demanda tout bas :

— Il n'est pas rentré ?

— Je suis l'oncle d'Ofer, se présenta aussitôt l'accompagnateur de Hannah Sharabi. Mon frère m'a téléphoné à six heures ce matin et m'a raconté ce qui se passait. C'est avec vous qu'elle a parlé hier soir ?

Au lieu de répondre, Avraham se tourna vers la mère.

— Vous n'avez toujours aucune nouvelle de votre fils ?

Elle continuait à se taire, comme si la présence de son beau-frère la dispensait de parler.

— Aucune, dit l'oncle. Vous avez promis de commencer des recherches s'il n'était pas rentré ce matin.

Avraham Avraham les guida avec précipitation jusqu'à son bureau. Avant que quelqu'un, au poste, ne les remarque.

Ils restèrent avec lui jusqu'en fin de matinée, et pendant tout ce temps, il ne lâcha pas son téléphone. Il rappela les urgences des hôpitaux, passa au crible les événements ainsi que les signalements de la nuit et resta en contact permanent avec les responsables des patrouilles du secteur. À intervalles réguliers, il sortait de la pièce pour essayer de joindre sa chef, chose de plus en plus difficile depuis qu'elle avait été promue commissaire divisionnaire. En l'occurrence, elle avait éteint son portable et la secrétaire de la Criminelle lui expliqua qu'Ilana participait à une réunion au Central. Non seulement il aurait bien aimé lui demander conseil, mais surtout il voulait être le premier à lui relater l'affaire.

La mère était calme. Plus calme que la veille. Il lui demanda si elle voulait boire quelque chose mais elle fit non de la tête. Et il eut beau lui poser directement des questions, l'oncle répondait toujours à sa place. Ce n'est que lorsqu'il demanda combien mesurait Ofer et que la réponse fut « Un mètre soixante-cinq » qu'elle intervint pour rectifier :

— Un mètre soixante-dix. Pour à peu près soixante kilos.

Avec leur aide, il rédigea un court avis de disparition, obtint d'eux l'autorisation de le diffuser sur le site Internet ainsi que sur la page Facebook de la police. Il leur précisa que ce même avis passerait dans les médias. Hannah Sharabi posa sur le bureau un sachet en plastique, de ceux qui servent à emballer les sandwichs, et en tira six photos de son fils. Cet instant le poursuivrait toute la soirée, jusqu'à ce qu'il s'endorme enfin.

Ces photos, il n'avait pas pris le temps de les examiner et comprendrait son erreur au cours de la nuit. Aurait-il pu y déceler quelque chose ? Peut-être que oui, et de toute façon, même s'il n'y avait rien à en tirer, elle voulait qu'il regarde ce garçon qui avait disparu. Qu'il fasse un commentaire sur lui. Au lieu de cela, il avait demandé laquelle était la plus récente et alla toutes les scanner. En regagnant son bureau, il se souvint qu'on devait extraire Igor Kintaev de sa cellule à Abbou-Kabir et le lui amener à treize heures. Il appela pour annuler, on pouvait le garder encore quatre jours en prison, qu'il attende ! Ce qui l'étonna, au cours de toute cette matinée, fut le fait que personne ne l'accusa de rien. Ni l'oncle ni la mère. Ils ne lui reprochèrent pas de ne pas avoir immédiatement déclenché des recherches, ne déplorèrent pas que la nuit précédente aucun policier en Israël à part lui n'ait su qu'Ofer avait disparu. Et qu'on ne l'accuse de rien ne faisait que renforcer, à ses yeux, l'urgence de la situation. Vers midi, il réussit à rassembler une équipe de cinq policiers, dont une jeune gardienne de la paix qui venait de terminer son service mais s'était portée volontaire pour faire des heures supplémentaires, et un gars du département informatique qu'il embarqua dans sa voiture pour parcourir le chemin menant du commissariat à l'immeuble des Sharabi, rue de la Histadrout.

En prenant le volant, Avraham Avraham se dit que c'était certainement la première fois que Hannah Sharabi roulait dans un véhicule de police. Il l'observa dans le rétroviseur et la vit s'installer sur la banquette arrière et boucler consciencieusement sa ceinture de sécurité.

Ensuite, ce qu'il avait surtout senti, c'était que tout lui échappait. Qu'il n'arrivait ni à diriger son équipe improvisée ni à créer un périmètre correct de sécurité. Et cela uniquement à cause d'Ilana, oui, c'est ce qu'il avait pensé tout au long de ces heures qui filaient. L'absence de la divisionnaire l'empêchait, sans qu'il comprenne pourquoi, de réfléchir logiquement.

D'ailleurs, c'était un vrai scandale : avec autant de responsabilités, comment pouvait-elle se permettre de disparaître en plein milieu de la journée et de rester si longtemps injoignable ? Voilà qui dépassait son entendement !

Il essaya pourtant de commencer l'enquête avec ordre et méthode, d'une manière rationnelle, il suivait toujours à la lettre cette règle d'or. Le plus important, c'était qu'il arrive à s'entretenir avec Hannah Sharabi en tête à tête, dans le calme. Mais ce fut tout simplement impossible. L'appartement se trouva en un rien de temps ouvert à tous les vents, ses policiers entraient et sortaient, des voisins montaient, l'oncle avait rameuté d'autres membres de la famille et ne quitta pas un instant sa belle-sœur, il resta collé à elle comme un véritable garde du corps. Et les téléphones n'arrêtaient pas, soit chacun avec sa propre sonnerie, soit au contraire avec une même sonnerie, ce qui faisait bondir trois ou quatre personnes persuadées que c'était de leur poche que ça venait. Il ordonna à la gardienne de la paix de réguler le trafic dans l'appartement et de ne plus autoriser personne à y entrer. Il était persuadé que tout se résoudrait si seulement il parvenait à s'isoler quelques minutes avec la mère d'Ofer pour lui poser LA question qu'il ne lui avait pas encore posée et dont il ignorait tout, une question qui s'imposerait d'elle-même en cours de discussion et qui extirperait de cette femme une information qu'elle ignorait détenir et qui se révélerait cruciale. Elle se souviendrait de quelque chose qu'avait dit son fils. D'un copain qu'elle avait oublié de mentionner. Et ils sauraient alors où chercher. À peine plus de vingt-quatre heures s'étaient écoulées depuis la disparition de l'adolescent, tout était encore possible.

À un moment, il alla s'asseoir dans sa voiture pour réfléchir et c'est là qu'il reçut un appel du commissariat lui annonçant qu'Igor Kintaev était arrivé et attendait d'être interrogé. Ce fut la première fois de la journée qu'il éleva la voix. Il cria qu'il avait appelé deux heures plus tôt pour annuler et ordonna qu'on ramène immédiatement le suspect dans sa cellule. Une femme qu'il avait vue auparavant dans l'appartement s'approcha et lui demanda si elle pouvait coller des affichettes dans la rue. Il alluma une cigarette en faisant les cent pas devant l'immeuble tout en essayant à nouveau de joindre Ilana. Rinat Pinto, une enquêtrice qu'il avait chargée de glaner des informations au lycée d'Ofer, revint bredouille, lui fit son rapport au pied de l'immeuble, lui proposa de retourner interroger d'autres professeurs et camarades de classe s'il estimait que cela en valait la peine. Ilana restait injoignable. Le gars du département informatique, qui le croyait déjà de retour au commissariat, l'appela du troisième étage sur son portable pour lui annoncer que, après un rapide examen du courrier électronique et des SMS du disparu, il n'avait trouvé aucune information significative et voulut savoir s'il devait obtenir de la famille l'autorisation d'emporter le disque dur pour un examen plus approfondi.

— Attends-moi, je monte, lui répondit Avraham Avraham.

Et lorsqu'il entra dans l'appartement, sa première question fut pour savoir s'il pouvait fumer à la fenêtre.

Ilana ne le rappela qu'à quinze heures passées. Il

lui trouva un ton froid et très officiel. En arrière-fond, il entendait des voix, peut-être une radio allumée ? À moins qu'elle ne soit en voiture avec quelqu'un ? Il se retira sous la véranda pour lui parler sans témoins, alluma une nouvelle cigarette, posa paquet et briquet sur le rebord, mais comme la fenêtre était ouverte, le briquet tomba dans la cour. Il lui annonça qu'il avait juste organisé une enquête de voisinage, mais omit de mentionner la visite de la mère la veille, au poste. La divisionnaire jugea qu'il avait, jusqu'à présent, agi tout à fait correctement et n'estima pas devoir lancer des recherches plus approfondies.

— Si je comprends bien, il n'y a pas de facteurs particulièrement aggravants, ajouta-t-elle.

Qu'est-ce que ça veut dire, « des facteurs particulièrement aggravants », faillit-il hurler, personne ne sait où le garçon a passé la nuit ! Mais il se contenta de lui demander, espérant qu'elle ne décèlerait pas la tension de sa voix :

— Et que ferons-nous demain ?

— Qu'est-ce que ça veut dire, « que ferons-nous demain » ?

Elle n'avait rien décelé.

— Demain, c'est vendredi. Si je veux élargir les recherches, je devrai mobiliser des renforts.

— Ce n'est pas la peine pour l'instant, Avi. Pas tant que rien ne laisse croire à une disparition inquiétante. Et les premiers éléments que tu as recueillis n'indiquent pas que tel est le cas, je me trompe ?

Il lui avait déjà dit qu'il n'avait effectivement aucun élément particulièrement préoccupant. Pourquoi réitérait-elle sa question, d'une voix si forte et avec une telle insistance, alors que quelqu'un était assis à côté d'elle ?

— Dès l'instant où tu auras un élément suspect, on mobilisera les forces nécessaires, ce ne sera pas un problème.

— Y a-t-il une chance pour que tu passes dans le secteur aujourd'hui ?

— Je ne pense pas. Je rentre de Jérusalem et j'ai des réunions qui s'enchaînent au Central tout l'après-midi. Mais s'il y a une urgence, appelle-moi. Je veux que tu me tiennes informée de l'évolution de l'enquête, ce soir, pendant le week-end, peu importe, dès que vous aurez du nouveau, c'est clair ?

Si elle lui parlait sur ce ton, c'était uniquement parce qu'il y avait un ou des passagers dans la voiture. Et il avait l'impression que c'étaient des huiles. Peut-être le chef du district, voire même le chef de la police. Si bien qu'avoir parlé à Ilana ne lui fut d'aucun secours.

En fin de journée, l'immeuble de la rue de la Histadrout retrouva son calme. Tous les policiers avaient été libérés ou avaient terminé leur service. Il songea que quelque vingt-quatre heures auparavant, après avoir renvoyé la mère seule chez elle, il avait lui-même quitté le commissariat et était rentré chez lui à pied. C'est là qu'il décida de demander à Liat Manzour de se joindre à lui pour l'enquête de voisinage. Ils passèrent d'un appartement à l'autre, aucune des conversations qu'ils eurent ne se révéla digne d'intérêt. Personne n'avait rien vu, rien entendu, personne ne savait rien, personne ne connaissait Ofer Sharabi au-delà des échanges courtois de cage d'escalier – à l'exception de la voisine du premier qui lui avait demandé la permission de coller les affichettes dans la rue. Elle pleurait, s'était présentée comme « très liée à la famille » et avait déclaré qu'Ofer était « un amour de garçon ».

Avant de quitter les lieux, Avraham Avraham remonta une dernière fois chez les Sharabi. La porte était fermée et il toqua doucement. En attendant qu'on lui ouvre, il se dit que le moindre coup frappé à cette porte avait de quoi rendre la mère folle et il lança très fort, pour être entendu de l'intérieur :

— C'est le commandant Avi Avraham, pouvez-vous m'ouvrir un instant ?

Une femme d'une cinquantaine d'années, l'épouse de l'oncle, le fit entrer. Elle s'apprêtait visiblement à se coucher et avait pris le contrôle de la maison. La mère était assise dans le canapé en cuir noir du salon. À côté d'elle, une jeune fille qui paraissait avoir le même âge qu'Ofer regardait une émission de télévision sur la 2. Devant elles, la table basse était encombrée d'assiettes remplies de pistaches, de cacahuètes et autres douceurs à grignoter ; il y avait aussi une bouteille de Sprite light ouverte et des verres où séchait un fond de café. Comme pour la semaine de deuil qui suit traditionnellement un enterrement.

Avraham Avraham s'arrêta au milieu du salon, entre le canapé et le téléviseur allumé.

— Alors voilà, pour l'instant, nous en avons terminé ici et je rentre au commissariat. Il faudrait que vous dormiez un peu, dit-il, embarrassé.

— Oui, bientôt..., répondit la mère, mais il lut dans ses yeux qu'elle lui demandait s'il pensait vraiment qu'elle en était capable.

— Je reviendrai demain matin. S'il se passe quelque chose pendant la nuit, appelez-moi, quelle que soit l'heure. Vous avez mon numéro de portable, n'est-ce pas ?

La tante le raccompagna jusqu'à la porte.

— Je reste dormir ici avec ma fille, lui chuchota-t-elle.

Avraham Avraham déposa Liat Manzour à Néot-Rachel mais, au lieu de rentrer chez lui, il continua à rouler, sans but.

Il n'avait aucune raison de retourner au commissariat.

Son échec de la veille se doublait à présent d'un nouvel échec : il ne s'était pas comporté en chef d'équipe d'investigation. Il avait agi par automatisme, dans l'affolement, au lieu de prendre le temps de réfléchir. Et il n'avait pas observé. Ni écouté. Quoi qu'il puisse ou ait pu arriver à Ofer, où qu'il se trouve, une histoire commençait à se raconter. Et il ne l'avait pas écoutée. Non seulement il ne saurait peut-être pas comment cela se terminerait mais il avait assurément loupé le début. Il n'en connaissait pas les protagonistes. Oui, voilà ce qu'il allait faire dès le lendemain. Écouter l'histoire. Apprendre à connaître Ofer Sharabi, si possible aussi sa mère, son père qui pour l'instant était coincé sur un cargo en route pour Trieste, et les deux autres enfants de la famille, son frère et sa sœur, qu'il n'avait toujours pas vus.

Comme la veille au soir, en rentrant chez lui, il se chuchota : « Lentement, plus lentement. »

Il roula le long de la rue Sokolov, dans un sens, puis dans l'autre, deux fois. Observa les dizaines de jeunes qui l'avaient envahie et s'agglutinaient surtout au coin de la place Weizmann et de la nouvelle tour, Tzamcret-300. Jeudi, vingt-trois heures trente. Les cafés Aroma et Cacao étaient bondés, devant la porte du Kafé, il y avait même une file d'attente. La rue, qui le matin appartenait aux adultes, aux commerçants et à leurs clients, se livrait, la nuit, à la jeunesse. Il ralentit jusqu'à s'arrêter presque et remarqua le grand écran qui, accroché à l'extérieur d'une vitrine, diffusait en boucle des infos de sport. Quand il était adolescent, il n'y avait pas un seul café dans cette banlieue sud un peu méprisée de Tel-Aviv. Il se souvenait d'un ou deux glaciers, pas plus, de petites pizzerias qui faisaient systématiquement faillite, fermaient puis rouvraient sous un autre nom, et de la boulangerie Sami-Bourekas, où il avait travaillé un été. Impossible de savoir pour l'instant si ces cafés ou l'un des consommateurs installés à l'intérieur faisaient partie de l'histoire à laquelle il devait prêter attention.

Il s'arrêta place Struma dans l'intention d'acheter un falafel, se gara sur le trottoir. Malgré l'heure tardive, beaucoup de monde attendait devant le comptoir. Un groupe de filles et de garçons se pressaient autour d'un gars qu'il crut reconnaître pour l'avoir vu dans les pages sportives des journaux. Il n'acheta qu'une demi-portion, d'abord parce qu'il était tard, ensuite parce qu'il ne voulait pas dépenser tout le liquide qu'il avait sur lui. Il mangea debout, à côté d'une bande de jeunes adossés à une BMW rouge. Essaya de capter ce qu'ils disaient. Tellement d'années les séparaient ! D'ailleurs, minuit était passé, il venait donc précisément d'avoir trente-huit ans. Depuis combien de temps ne s'était-il pas retrouvé dans un café ou un restaurant à une heure pareille ? Il remonta dans sa voiture et reprit la route. Ralentit chaque fois qu'il voyait quelqu'un marcher seul sur le trottoir. Freinant à côté d'un véhicule à l'arrêt, il vit un couple assis à l'intérieur, dans le noir.

Tout cela lui rappelait un autre temps et avait éveillé en lui une étrange sensation de dédoublement. Il était à la fois lui-même et celui qu'il avait été mais qui n'existait plus. Lorsqu'il s'était garé devant son immeuble rue du Grand-Pardon, sa montre marquait deux heures du matin. Une fois arrivé chez lui, il avait allumé la lumière et fixé la télévision silencieuse. Ensuite il était entré dans la cuisine pour prendre un verre d'eau. Drôle de manière de fêter son anniversaire. Cette pensée l'avait amusé. Le sommeil n'était pas venu rapidement.

Une demi-heure après le coup de sonnette de l'interphone, ce fut son téléphone qui retentit. Il était déjà habillé, en civil ce jour-là, un jean propre et un large polo couleur moutarde, un des seuls dans lesquels il se sentait à l'aise. Sa mère lui demanda si elle le réveillait – à croire que d'habitude il dormait à une heure pareille !

— C'est qu'on voulait te souhaiter un bon anniversaire, continua-t-elle. Tu te souviens que c'est ton anniversaire aujourd'hui et qu'on t'attend ce soir pour dîner ?

Elle ne parla pas du bouquet de lisianthus et de gerberas (lui non plus, bien qu'il aurait pu l'en remercier) et passa le téléphone à son père, qui lui souhaita aussi un bon anniversaire en répétant mot pour mot ce qui était écrit sur la carte de vœux, on aurait dit qu'il les lisait sur un bout de papier :

— Nous te souhaitons un bon anniversaire, santé, bonheur et réussite dans tout ce que tu entreprends et entreprendras, que la vie te sourie, tous nos vœux de succès.

Sa mère se doutait-elle que personne ne lui souhaiterait son anniversaire ? Était-ce pour cela qu'elle avait pris la peine de le faire deux fois, une fois par écrit et une fois par téléphone ? À moins qu'elle n'ait cru qu'il recevrait au contraire tellement d'appels et de messages de vœux qu'elle avait juste voulu s'assurer la primeur des festivités ?

Avant de sortir de chez lui, il fourra tout de même le bouquet rose-blanc-mauve dans un vase qu'il remplit d'eau, mais sans enlever le papier froufroutant qui entourait les fleurs.

À la différence de la majorité de ses collègues, il aimait passer au commissariat le vendredi matin. De toute façon, il n'avait pas d'autres projets.

Dans le bâtiment régnait le calme habituel des débuts de week-end[1]. David Ezra, le collègue de permanence ce matin-là, l'accueillit avec une mine joyeuse. Il était au téléphone mais écarta le combiné pour lui chuchoter :

— Si tu es venu travailler sur la disparition du gamin, attends un instant.

Il lui tendit une feuille sur laquelle étaient consignés les appels liés au dossier et reçus depuis la veille, une

1. En Israël, les deux jours de repos hebdomadaires sont le vendredi et le samedi. La semaine de travail reprend donc le dimanche.

courte liste mentionnant le nom des appelants, leur numéro de téléphone et quelques mots sur le signalement qu'ils avaient transmis.

— C'est tout ? demanda Avi.

Ezra hocha la tête et reprit sa conversation.

Il se rendit compte que la veille, à cause du stress et sans doute aussi de la présence de la mère et de l'oncle, il avait quitté son bureau en oubliant d'éteindre son ordinateur et n'y était pas repassé après sa journée rue de la Histadrout. Il lut la liste qui venait de lui être remise et sélectionna quelques personnes qu'il marqua d'une petite étoile au stylo bleu. Ensuite, il ouvrit la page Facebook de la police nationale, alla sur la rubrique des disparus et s'étonna du peu de réactions suscitées par l'appel à témoins qu'il avait lancé à la suite de la disparition d'Ofer ; parmi elles, aucune qui lui semblât digne d'intérêt : des encouragements, deux propositions d'aide pour d'éventuelles battues et un commentaire qui affirmait voir un lien de cause à effet entre l'état de déliquescence de la jeunesse actuelle, la vente libre de drogues hallucinogènes dans des échoppes ayant pignon sur rue et le laxisme de la police à ce sujet.

À vrai dire, il ne savait pas pourquoi il était venu au bureau. Il aurait pu attendre chez lui qu'une information concrète leur parvienne et demander alors l'envoi d'une patrouille pour la vérifier. Mais il lui fallait se sentir actif. Plus le temps passait, moins ils avaient de chances de retrouver Ofer. Un impérieux besoin de pousser, presser, rectifier, provoquer les choses le taraudait, et il n'arrivait pas à se débarrasser de la sensation que les heures à venir seraient décisives. La veille, il s'était promis d'être plus à l'écoute et d'essayer de capter les frémissements de cette histoire. Il nota plusieurs questions destinées à Hannah Sharabi.

Ensuite, il essaya de joindre une des personnes qui avaient appelé. Pas de réponse à sa première tentative. Ce n'est qu'au quatrième numéro qu'une fillette décrocha.

— Bonjour, je suis le commandant de police Avi Avraham. Vous avez laissé un message au sujet de la disparition d'Ofer Sharabi.

— Un instant, je vous passe ma maman, lança la voix enfantine qui fut rapidement remplacée par une épaisse voix masculine.

Il se présenta à nouveau.

— Merci de nous rappeler, parce que moi et ma femme, on a vu le gamin qui a disparu. Hier soir.

L'homme continua en expliquant qu'ils avaient vu Ofer sur une aire de repos de la voie rapide en direction d'Ashdod. Ils s'y étaient arrêtés pour faire le plein et prendre un café dans la boutique Yellow de la station-service et avaient vu un adolescent qui fumait, assis tout seul à une des tables extérieures. Ils s'étaient installés juste à côté et étaient restés presque dix minutes. L'adolescent lui avait paru familier, mais comme il n'arrivait pas à se rappeler d'où il le connaissait, il n'avait cessé de le regarder discrètement, jusqu'à ce que le jeune se lève et s'en aille. Ce n'était qu'ensuite, après avoir repris la route, qu'il s'était souvenu de la photo du disparu qu'il avait vue l'après-midi même, sur le site Internet de la police. Au lieu de chercher à savoir pourquoi son interlocuteur avait consulté les avis de recherche de la police sur Internet, Avraham Avraham lui demanda :

— Est-ce que, par hasard, il avait un sac à dos noir ?

— Un sac noir ?

— Oui, peut-être avez-vous remarqué qu'il avait un sac noir ?

— Je n'ai pas l'impression d'avoir vu de sac.

— Pouvez-vous me décrire sa tenue ?

— Ah, non, pas vraiment... un tee-shirt blanc peut-être ? Ma femme saura.

— Pouvez-vous vous rendre au commissariat d'Ashdod pour faire une déposition un peu plus précise ? poursuivit Avraham.

— Pourquoi à Ashdod, on habite à Modiin ! C'est juste qu'on allait à un mariage à Ashdod.

— Dans ce cas, au poste de police de Modiin.

— Vous croyez qu'il y aura quelqu'un un vendredi ? On ne peut pas régler ça par téléphone ?

— J'aurais aimé qu'on vous montre des photos, mais vous pouvez y aller dimanche matin.

À l'évidence, l'homme n'avait pas d'informations supplémentaires. Ce qui était important, c'était de savoir s'il avait effectivement vu Ofer. S'il pouvait le reconnaître avec certitude, ce serait un élément positif, un premier signe de vie.

Étrange, mais en se garant rue de la Histadrout ce jour-là, un peu avant midi, il avait déjà presque l'impression d'arriver chez lui. Il s'arrêta devant l'entrée mais, à la différence de la veille, de l'autre côté de la rue. L'immeuble ressemblait à toutes ces barres construites dans les années cinquante ou soixante, et avait sans doute été rénové à un certain moment, mais il paraissait aussi négligé qu'un bateau rouillant au soleil après un naufrage. Sur plusieurs balcons s'agitaient encore des petits drapeaux d'Israël en nylon qui n'avaient pas encore été retirés bien que les célébrations de la fête de l'Indépendance fussent terminées depuis une semaine.

Il allait rester sur place presque toute la journée. Et sans chercher particulièrement à traquer les détails, il absorberait quelque chose de ce décor qui lui devenait de plus en plus familier.

À son arrivée, il trouva la porte de l'immeuble fermée. Il sonna à l'interphone mais n'obtint pas de réponse. Songeant soudain qu'aucun des proches d'Ofer ne l'avait appelé depuis la veille, il se demanda s'il y avait quelqu'un chez eux. Il attendit un instant puis sonna chez la voisine du premier, qui lui ouvrit, monta avec lui au troisième et frappa à la porte.

— Hannah, c'est la police ! lança-t-elle.

La mère ouvrit, assura qu'elle n'avait pas entendu l'interphone et Avraham Avraham douta soudain d'avoir effectivement appuyé sur le bouton.

Hannah Sharabi était seule, dans un appartement propre et rangé. Pas de vaisselle sur la table du salon, pas d'invités. La voisine ne cacha pas sa déception lorsque le commandant lui demanda de les laisser seuls. Mais il attendait cet instant depuis sa précédente visite et ne savait pas de combien de temps il disposait avant le retour des autres membres de la famille.

Ils s'assirent au comptoir qui séparait la cuisine de la partie salle à manger. La mère portait d'autres vêtements que la veille et avait les cheveux mouillés. Il accepta une tasse de café noir avec une cuillerée de sucre et elle posa à côté de lui une assiette de petits bagels.

— Vous avez du nouveau ? Quelqu'un vous a appris quelque chose ? commença-t-il pour le regretter aussitôt.

C'était à elle de poser la question et à lui de donner des informations, non le contraire. Convaincre cette femme qu'ils faisaient tout pour retrouver son fils et qu'il avait pris l'enquête en main revêtait soudain une importance cruciale. Peut-être cherchait-il aussi à s'en convaincre lui-même. Elle secoua négativement la tête.

— Où sont tous les autres ? continua-t-il.

— Je n'arrivais plus à supporter le bruit. J'imagine qu'ils vont revenir dans l'après-midi.

Il essaya de garder un ton officiel, et pourtant il avait l'impression de la connaître depuis longtemps.

— Je suis venu vous informer de l'avancée de l'enquête et vous poser quelques questions supplémentaires.

— Très bien.

— Depuis hier midi, nous menons différentes investigations en parallèle. Les premières sont les moins visibles et consistent à centraliser puis vérifier tous les témoignages qui commencent à nous arriver de gens ayant vu ou prétendant avoir vu Ofer. Ce matin, je suis passé au commissariat et j'ai déjà entrepris certains contrôles.

Après réflexion, il préféra ne pas mentionner sa conversation avec Ashdod ou plus exactement avec Modiin et enchaîna :

— Souvent, c'est un renseignement fortuit qui nous guide dans la bonne direction. Si, par exemple, on avait reçu trois appels affirmant qu'Ofer avait été vu à Eilat, il y aurait une grande probabilité pour qu'il soit vraiment là-bas. Malheureusement, tel n'est pas le cas. Pour l'instant. Notre deuxième série d'investigations est plus active. Nous interrogeons les amis d'Ofer et nous allons aussi explorer son ordinateur de fond en comble dans l'espoir de trouver des éléments qui nous mettront sur une piste. Une équipe de plusieurs policiers planche dessus depuis hier et ils vont continuer tout le week-end. Il est fort probable que quelque chose en ressorte. Sachez, madame, que tout acte laisse des traces, et d'autant plus un acte prémédité comme une fugue. Nous avons aussi averti les services de renseignements qui collectent des informations en permanence, et ils ont reçu des directives pour me communiquer tout ce qui leur semblera pertinent.

— Alors vous n'avez pas engagé de vraies recherches ? Avec des policiers, je veux dire.

— Toutes ces opérations sont menées par des policiers, madame. Mais si vous parlez d'envoyer des patrouilles sur le terrain, eh bien non, parce que pour l'instant nous ne savons pas où les envoyer.

Il aurait voulu lui expliquer qu'il était simplement impossible d'envoyer des policiers ratisser tout le pays en criant : « Ofer, Ofer, rentre à la maison, ta maman t'attend ! », comme elle l'aurait certainement espéré, mais il y renonça.

Elle attendait qu'il poursuive.

— J'aurais aimé parler avec le frère et la sœur d'Ofer, reprit-il. Où sont-ils ? Hier non plus, ils n'étaient pas là.

— Les parents de mon mari les gardent. À Ramat-Gan.

— Pourquoi ?

— Je ne peux pas m'en occuper toute seule en ce

moment, je n'en ai pas la force. Je vais peut-être les ramener dimanche...

Et tout à coup elle fondit en larmes, peut-être parce que évoquer la journée de dimanche signifiait qu'elle passerait le week-end sans Ofer. Ces pleurs, qu'elle tentait de retenir et qui s'échappaient par intermittence, faisaient penser à un chien qu'on aurait laissé dehors et qui suppliait qu'on le laisse rentrer.

— Et qu'en dit votre mari ?

— Je ne lui ai pas parlé aujourd'hui mais il est en contact avec son frère, Yossi. C'est par lui qu'il a des nouvelles. Il sera de retour dimanche.

Avraham Avraham attendit qu'elle se ressaisisse.

— Je sais que je vous ai déjà posé la question à plusieurs reprises, mais maintenant nous sommes seuls, tranquilles. Et vous avez peut-être aussi eu plus de temps pour y réfléchir, alors je vous le redemande : êtes-vous certaine qu'il ne s'est rien passé qui puisse conforter l'hypothèse de la fugue ? Ofer n'aurait-il pas un ami, peut-être quelqu'un en dehors du lycée, que vous pourriez nous indiquer et qui serait, selon vous, susceptible de savoir quelque chose ?

Pourquoi avoir parlé d'une fugue comme s'il était évident qu'Ofer avait disparu de son plein gré ?

— Je vous ai tout dit, commandant. Vous avez le nom de tous ceux qu'il connaît.

— Je vais essayer, madame, de vous expliquer pourquoi j'insiste là-dessus. Il n'est pas logique qu'un jeune garçon de son âge parte ainsi, sans soutien logistique. Il n'a pas de carte de crédit et, hier, vous nous avez dit qu'il n'avait pas non plus d'argent liquide. Il n'a pas de portable sur lui et ne peut donc pas aller loin sans recevoir de l'aide. Sans que quelqu'un lui donne de l'argent, lui fournisse un endroit où dormir, que sais-je ?

Croyait-il ce qu'il disait ou voulait-il, d'abord et avant tout, dessiner aux yeux de la mère une image rassurante, dans laquelle Ofer dormait sous un toit et n'était pas seul ?

— Savez-vous s'il connaît quelqu'un à Ashdod ?

— À Ashdod ?

Elle réfléchit un court instant avant de répondre :

— Il y est beaucoup allé avec son père. Au port. Mais on n'a pas de famille là-bas. Pourquoi Ashdod ?

— Simple vérification. Que pouvez-vous encore me raconter sur Ofer ? lui demanda-t-il soudain.

Elle leva les yeux vers lui, hésita un instant, peut-être cherchait-elle par où commencer.

— Je vous ai tout dit hier. C'est un bon élève, il est en première et suit la filière générale. Il ne sort pas, il n'a pas beaucoup d'amis. Il va au lycée, rentre à la maison, joue avec sa sœur et son frère, m'aide beaucoup... Ce n'est pas un grand parleur, ni avec moi ni avec son père...

— Il surfe sur Internet ? la coupa-t-il.

— Il est souvent devant l'ordinateur mais je ne sais pas ce qu'il y fait.

— A-t-il une petite copine ?

Elle marqua un temps avant de répondre :

— Non, je ne pense pas qu'il fréquente des filles.

— Et pour son service militaire, il sait où il veut être affecté ?

— Il a déjà reçu sa première convocation, mais on n'en a pas encore parlé. Que fera-t-il à l'armée ? Ce n'est pas un garçon très sociable.

— Vous pensez que l'échéance lui fait peur ? Il l'a évoquée avec vous ?

— Non. Je ne sais pas... oui, peut-être que ça lui fait peur.

Impossible qu'elle en sache si peu sur son fils, pensa-t-il. Et impossible que ce garçon, élève de première dans un lycée où il a passé déjà plus d'un an, n'ait jamais rien fait qui ait pu susciter le moindre commentaire, ne se soit non plus jamais exprimé sur rien, n'ait jamais parlé de quoi que ce soit avec qui que ce soit. Pourtant, c'était ce qu'on n'avait cessé de lui répéter au cours de ces dernières vingt-quatre heures.

— Je voudrais retourner dans sa chambre, je peux ?

Elle se leva et il la suivit jusqu'à la pièce où il était entré la veille à plusieurs reprises. Elle s'arrêta sur le seuil. Rien à voir avec les photos de chambres d'ados des publicités : il avait sous les yeux un assemblage de meubles disparates. Les volets étaient fermés, la pièce plongée dans la pénombre, personne n'y avait dormi la nuit précédente. Avraham Avraham alluma la lumière. À droite de l'entrée, une grande armoire en formica gris souris occupait tout le mur, un filet de basket en plastique était fixé à la partie supérieure d'une de ses portes. Sous le lit marron d'une place, il devina le ballon en mousse orange qui servait à s'entraîner. En face, au-dessus du lit, étaient accrochés deux posters, un de *Harry Potter* et l'autre représentant un jeune homme qu'il ne reconnut pas – aucun d'eux n'avait l'air récent, sans doute punaisés là depuis deux ou trois ans. À gauche du lit, une planche en formica noir faisait office de bureau et au-dessus quatre rayonnages, loin d'être surchargés, servaient à ranger des manuels scolaires, des cahiers, des dictionnaires, quelques boîtes de jeux vidéo, un réveil, des livres de lecture – pas beaucoup. Et une lampe de bureau. Tout était presque trop ordonné pour un garçon de l'âge d'Ofer. À côté de la lampe, l'écran d'ordinateur – un écran plat noir – et la souris argentée n'étaient plus reliés à rien vu que l'unité centrale avait été emportée par la police. Les affaires du petit frère, âgé de cinq ans, étaient plus visibles mais pas très nombreuses non plus, songea-t-il. Dans le coin droit de la pièce, à côté du lit d'enfant, il y avait un petit meuble de rangement avec des étagères sur lesquelles s'alignaient des voitures en plastique, des albums cartonnés et des peluches. D'autres jouets éparpillés sur le sol autour du lit ou en dessous ajoutaient un peu de couleur dans cet ensemble terne.

Il s'assit sur le lit d'Ofer. Hannah Sharabi, qui était restée debout à l'entrée de la pièce, vint s'asseoir à côté de lui et il sentit l'agréable odeur de savon qu'elle dégageait. Il commença à ouvrir les tiroirs du petit meuble sous le bureau après en avoir demandé l'autorisation.

Le premier tiroir contenait un vieux baladeur visiblement hors d'usage, des piles, des doubles décimètres, un compas, un chargeur de téléphone portable, un portefeuille en cuir vide et des clés ; le deuxième, des papiers officiels, sa carte d'assurance-maladie, sa première convocation militaire pour la journée de préparation à l'appel et un emploi du temps scolaire, imprimé. Quant au troisième, le plus grand, il était bourré de cahiers et de copies d'interrogations écrites, apparemment d'années antérieures.

Il sortit l'emploi du temps du deuxième tiroir et le trousseau de clés du premier puis les referma tous les trois. Si Ofer n'avait pas pris la tangente le mercredi matin, il aurait eu algèbre de huit à dix, puis anglais, sociologie et littérature. Plus une heure de sport.

— Je ne vois pas sa carte d'identité. Il l'a toujours sur lui ? demanda-t-il.

— Je ne sais pas. En tout cas, il en a une.

— Et un passeport ?

— Oui, mais ancien. Je pense que c'est mon mari qui le garde.

Il regarda le trousseau de clés dans sa paume ouverte comme s'il le soupesait.

— Ce sont les clés de chez vous ? Il ne les emporte pas quand il sort ?

— J'ai l'impression que c'est un vieux trousseau, on a changé la serrure. Je peux vérifier.

Il se leva et elle fit de même.

— Ofer est un enfant très ordonné, déclara-t-elle soudain.

Elle balaya la chambre du regard et il eut l'impression de lire de l'incrédulité dans ses yeux.

— Je ne savais même pas qu'il était ordonné à ce point. Je n'ai jamais ouvert ses tiroirs.

Lorsqu'il quitta Hannah Sharabi en début d'après-midi, il n'avait rien appris sur l'adolescent qu'il n'ait su avant sa visite. Il remonta en voiture et roula vers chez lui, mais cette fois il se gara devant le centre commercial, traversa la rue et s'installa à la terrasse du Cup o'Joe. Le café était presque vide. Il prit la pile de journaux du week-end puis commanda un express allongé et un gâteau à la carotte – sa manière à lui de fêter son anniversaire. La vérité, c'était qu'il n'avait pas la moindre piste. Il ne disposait d'aucun fait tangible pour orienter ses recherches, son seul espoir étant, sans qu'il sache vraiment pourquoi, la conversation téléphonique relative à Ashdod. Il avait laissé la mère seule chez elle. Ilana ne l'avait pas appelé de la matinée. C'était un vendredi semblable à tous les vendredis, ce jour où l'on sent approcher le shabbat et où, au fil des heures, chacun regagne ses pénates, où les familles se referment progressivement sous leur toit.

Les articles des journaux locaux étaient ridicules et parlaient en majorité de gens plus jeunes que lui. Ce n'est que dans le *Haaretz* qu'il trouva un article sur les conflits suscités par la nomination du nouveau chef de la police. On y décrivait de manière assez exacte la tourmente qui secouait l'état-major et on y faisait même allusion aux scandales sexuels liés à l'un des prétendants au titre, un homme qu'Avraham Avraham n'avait jamais rencontré mais dont il connaissait la réputation sulfureuse.

Il fuma cigarette sur cigarette et à dix-huit heures précises se rendit en voiture chez ses parents, qu'il surprit comme d'habitude en pleine dispute. Sa mère lui ouvrit la porte et après avoir embrassé ses joues mal rasées elle se tourna vers l'intérieur de l'appartement.

— Bon, allez, ça suffit maintenant, Avi est arrivé et on peut passer à table.

— Non ! D'abord, tu contrôles sur Internet, lança son père du salon tout en se débarrassant de la couverture en laine écossaise posée sur ses cuisses.

Il se leva de son fauteuil et vint serrer la main de son fils. Il portait un pantalon de jogging de couleur sombre et un vieux marcel.

— Qu'est-ce que tu dois contrôler ? demanda Avraham Avraham à sa mère.

Ce fut son père qui répondit :

— S'il y a des moustiques. Elle dit qu'il n'y a pas de moustiques en Israël avant juillet, mais moi, ils ont passé la nuit à me piquer.

— Ce ne sont pas des moustiques ! Mais monsieur m'oblige à fermer toutes les fenêtres, il allume la climatisation qu'il a réglée sur dix-neuf degrés et reste assis sous la couverture pendant que moi, je gèle. Pourquoi est-ce que je dois avoir l'impression d'habiter dans un hôpital ? Tu sais comme il fait bon dehors ? Pourquoi avoir un appartement si bien orienté si c'est pour vivre coupés de l'extérieur ? Avi, dis-lui comme il fait bon dehors !

Que pouvait-il bien dire sur le fond de l'air ?

— Madame se croit en Suisse. Il fait chaud dehors, et c'est à cause de ça qu'on a des moustiques.

— Bon, d'accord, on a des moustiques et maintenant, sois gentil, va t'habiller correctement. On fête l'anniversaire d'Avi, tu ne peux pas venir à table comme ça.

— Pourquoi ? Tu crois que toi, tu es mieux habillée ? Qu'y a-t-il de mal dans ma tenue ? Avi, ça te dérange que je reste comme ça ? Ce n'est pas un étranger avec qui je devrais faire des chichis !

Comme ils n'étaient que trois, sa mère n'avait pas dressé la grande table du séjour mais la petite de la cuisine, qu'elle avait cependant couverte d'une nappe blanche. Elle avait aussi sorti le beau service réservé aux invités et posé les couverts sur des serviettes en papier rouge joliment pliées. Au centre de la table, une bouteille de vin rouge servait de décoration puisqu'ils ne l'ouvriraient pas. Elle était furieuse.

— Tu sais quoi ? Mets ce que tu veux. Ne te change pas, viens t'asseoir à table avec les habits puants dans lesquels tu dors. Je n'ai pas la force de me bagarrer avec toi toute la journée !

Son père alla se changer dans sa chambre, qui avait longtemps été celle d'Avraham Avraham et qui, quelques années après son départ de la maison, lorsqu'il avait été clair qu'il ne reviendrait pas, avait été transformée en débarras. À son retour de l'hôpital après sa crise cardiaque, son père avait jeté son dévolu dessus. Ses parents y avaient installé la climatisation et faisaient chambre à part – pas seulement à cause de la différence de température.

Avraham Avraham s'assit et posa son paquet de cigarettes et son portable sur la table.

— Tu fumes toujours ? remarqua sa mère. Rien d'étonnant à ce que tu ne te sentes pas bien.

— Je me sens bien.

— Tu as reçu nos fleurs ?

— Oui, merci. Elles sont arrivées aux aurores.

— Alors pourquoi n'as-tu rien dit ? Quand je pense que je les ai appelés à midi en hurlant parce que leur coursier n'était pas encore passé chez toi ! Si ça se trouve, ils t'auront envoyé un deuxième bouquet. Ça t'en fera deux pour le prix d'un ! Mais le premier aura certainement fané, je suis sûre que tu ne l'as pas mis dans l'eau.

Son père revint, il avait enfilé un sweat-shirt sur son marcel blanc et n'avait pas changé de pantalon.

La conversation continua normalement. Sa mère lui posa des questions sur sa vie et il éluda.

— Avez-vous entendu parler des scandales au plus haut niveau de la police ? demanda-t-il.

— Quelle horreur ! Moi, j'aurais honte de travailler dans une institution pareille. Dis-moi, chez vous, à part toi, tous les hommes harcèlent les nouvelles recrues ? Après ça, il ne faut pas s'étonner qu'on ne soit pas en sécurité dans ce pays.

Sa mère alla chercher dans le réfrigérateur une bouteille de vin blanc déjà ouverte, ils trinquèrent et ses parents le congratulèrent à nouveau, avec les mêmes mots : « Santé, bonheur et réussite. » Puis son père rentra de plus en plus dans sa coquille, comme toujours depuis sa crise cardiaque, bien qu'il s'en fût remis à une vitesse qui avait laissé les médecins pantois. Oui, il s'en était bien sorti, sauf qu'il n'avait plus la même faculté de concentration, s'embrouillait souvent, disait des bêtises, et finalement, comme s'il avait conscience de son déclin, il s'exprimait de moins en moins, reportait son attention sur son assiette, s'appliquant à manger lentement. Avraham et sa mère avaient terminé et attendaient qu'il finisse sa soupe. La seule chose qui pouvait le réveiller était l'Iran et la forte probabilité pour que ce pays bombarde bientôt Tel-Aviv et sa banlieue – sur ce sujet, il était intarissable.

Plus ça allait, plus l'humeur d'Avraham Avraham s'assombrissait. Sa mère apporta le plat principal, préparé spécialement en l'honneur de son anniversaire : des foies de volaille frits avec des oignons, de la purée et une salade de tomates pimentée. Il cessa d'écouter les questions qu'elle posait. Mâcha la nourriture de plus en plus vite.

Il avait deux théories quant à l'influence de ses

parents sur son choix professionnel, l'une liée à sa mère et l'autre à son père. Selon la première, il était devenu enquêteur à l'époque où, enfant, il s'efforçait de deviner dès qu'il rentrait de l'école dans quel état mental il trouverait sa mère. À force de traquer le moindre signe, il avait développé une sensibilité exacerbée pour les indices et les expressions faciales ainsi que pour les modulations du timbre de la voix. Dès la cage d'escalier, il humait les odeurs de cuisson pour déterminer ce qu'elle avait concocté ce jour-là et en déduire si le déjeuner se terminerait par des coups. Si elle proposait un plat qu'il aimait, en général le repas se passait bien. Si elle mettait dans son assiette quelque chose qu'il avait du mal à avaler, étrangement, ça se terminait mal. Par exemple, une odeur de poivron ou de chou farci signifiait qu'il se ferait tabasser.

Selon l'autre théorie, c'étaient les promenades avec son père, souvent le shabbat, qui avaient fait de lui un enquêteur. Surtout un jeu qu'ils s'étaient inventé. Son père disait : « Je pense voir une femme qui porte un manteau bleu », et le petit Avi, alors âgé de trois ou quatre ans, examinait la rue assis dans sa poussette jusqu'à ce qu'il trouve la femme et, le cœur battant, qu'il pointe un doigt vers elle. Au fur et à mesure qu'il grandissait, leur jeu devint plus complexe. Le père disait : « Je crois que je vois un monsieur en retard à son rendez-vous » ; le fils examinait les alentours jusqu'à dénicher l'homme pas rasé qui traversait la rue au vert ; il recevait un « Fort juste » de l'adulte très fier qui le tenait par la main et cela suffisait à le rendre heureux.

— Comment tu vas, papa ? demanda-t-il pour

briser le silence, mais son père n'entendit pas sa question.

— Shlomo, intervint sa mère, Avi te demande comment tu vas. Qu'est-ce qui te prend ? Maintenant, en plus, tu deviens sourd ?

Son téléphone portable sonna alors qu'ils avaient terminé le repas et que sa mère mettait les assiettes dans le lave-vaisselle.

— Commandant Avraham ?

— Lui-même.

Il sortit de la cuisine.

— Agent Lital Levy.

Son interlocutrice, une jeune collègue qui appelait du commissariat, était une de leurs dernières recrues, sortie de l'école de police à peine quelques mois auparavant.

— C'est vous qui êtes chargé de l'enquête sur la disparition d'un adolescent ?

— Oui. Le dossier Ofer Sharabi.

— C'est ça, Ofer Sharabi. Nous venons de recevoir un appel anonyme qui vous intéressera peut-être.

— Peux-tu être plus précise ? C'est toi qui as pris l'appel ? demanda-t-il la gorge nouée, espérant qu'elle ne s'en apercevrait pas.

— Ça a été très bref et je n'ai pas bien tout compris, mais un homme a dit qu'on devrait chercher dans les dunes derrière les tours de H-300. Il a dit que le cadavre était là-bas.

4

Il finit tout de même par participer aux recherches, mais seul et pas dès le début. Tout d'abord, il se sentit complètement étranger à l'agitation ambiante, embarrassé de se retrouver parmi tous ces volontaires qui, sans lui, ne se seraient pas rassemblés à cet endroit.

Le matin, il s'était réveillé le premier. Ilaï dormait. Mikhal aussi. Il avait jeté un coup d'œil dehors, à travers les volets de la véranda. Cela faisait trois jours. Il n'avait rien remarqué de particulier dans la rue. Ni en bas de l'immeuble ni plus loin. Seuls deux vieux marchaient sur le trottoir, la pochette de velours bleu contenant leur châle de prière sous le bras. Zeev ne savait même pas où se trouvait la synagogue du quartier.

Le samedi, c'était le jour de Mikhal, ou plutôt son jour à lui, c'est-à-dire le jour où Mikhal faisait la grasse matinée et où c'était lui qui se levait pour Ilaï. Chaque minute supplémentaire avant le réveil du bébé avait un goût d'instant volé, délicieux.

Ce matin-là, il se trouvait dans un état d'émotion extrême. Il n'avait pas encore digéré ce qui lui arrivait depuis quelques jours. Juste avant de passer à l'acte, jamais il ne s'en serait cru capable. Des sensations inconnues et contradictoires se bousculaient en lui avec une puissance toute nouvelle. Il était submergé par tant de honte et de fierté à la fois qu'il craignait à chaque seconde d'exploser.

Ilaï se réveilla au moment où l'eau, ayant atteint son point d'ébullition, imposait à la bouilloire électrique des vibrations frénétiques. Comme toujours. Il l'écouta pleurer de la cuisine, lui prépara son biberon de lait chaud et se versa un verre de thé avec une tranche de citron et du sucre brun. Lorsqu'il le souleva du lit, son fils le dévisagea puis contempla la chambre d'un air surpris, encore hagard de sommeil. Ils dirent bonjour au dalmatien en peluche, au cheval de bois, au poisson rouge qui tournoyait dans son aquarium minuscule. Serrant le petit corps chaud contre lui, Zeev entra dans le salon, s'assit sur la chaise à bascule et lui donna le biberon. Son thé refroidissait.

Un peu plus tard, ils sortirent faire un tour en poussette.

La ville semblait avoir été abandonnée.

Il s'engagea sur leur chemin habituel, longea la rue de la Histadrout, tourna à droite dans Shenkar et continua jusqu'à Sokolov. Se retint et n'alla pas vers les dunes.

Il avait pris avec lui *Sur la plage de Chesil* au cas où Ilaï s'endormirait en route, mais il n'en fut rien. De toute façon, il n'aurait pas réussi à lire. À l'époque où ils habitaient Tel-Aviv, avant la naissance de son fils, il avait pour habitude de s'installer dans un café le samedi matin, le plus souvent rue Dizengoff, avec un livre ou un stylo et un cahier. Des heures sacrées. Les seuls moments sans doute où il n'était plus un petit professeur de lycée mais pouvait devenir l'autre, celui qu'il voulait vraiment être. Depuis jeudi, il l'avait retrouvé, cet autre lui-même, et avec lui le frémissement des prémices de l'écriture, après plus d'un an de blocage total.

Lorsqu'ils rentrèrent, Mikhal les accueillit en robe de chambre. Elle buvait son café dans la cuisine tout en mangeant un toast avec du beurre et de la confiture de prunes.

— Ça s'est bien passé ? demanda-t-elle.

Mais avant qu'il ne réponde, elle poursuivit :

— À propos, le voisin est venu tout à l'heure, ils organisent un groupe de volontaires pour aider la police dans ses recherches.

Comment réussit-il à ne rien lui raconter ? Non seulement il en fut le premier surpris, mais il regretta cette omission sans doute plus que tout. En quelques semaines, il se retrouvait détenteur d'au moins deux secrets non partagés avec elle, incroyable ! Surtout qu'il n'avait jamais eu l'intention de lui cacher l'atelier de Mickaël Rozen. Mais comme il ne lui en avait pas parlé lors de sa première visite, eh bien, le secret avait enflé et, à présent, impossible de lui révéler où il se rendait une fois par semaine. Quant à ce qui se passait depuis quelques jours, il ne pouvait bien évidemment rien en dire. Pas tant qu'il ne comprenait pas lui-même. Voilà donc qu'il se retrouvait à cacher à sa femme ce qui était en train de prendre le plus d'importance dans sa vie. La veille au soir, il lui avait dit qu'il allait à tel endroit, tout en sachant pertinemment qu'il irait ailleurs, et lorsqu'il était rentré, dans un état presque second, elle dormait. Une fois déshabillé, il s'était glissé dans le lit, elle s'était retournée vers lui et dans son sommeil, sans ouvrir les yeux, l'avait embrassé.

— Quand est-il venu ? demanda Zeev.

— Il y a un quart d'heure, j'ai eu du mal à me lever, il m'a réveillée au milieu d'un rêve tellement étrange. On était sur une espèce de bateau de croisière luxueux qui naviguait vers Istanbul et, tout à coup, je t'ai perdu de vue, alors Ilaï et moi avons commencé à te chercher sur le pont, dans toutes les cabines à l'intérieur, et c'est là que, dans l'une d'elles, j'ai vu ma mère... Tu te rends compte qu'à cause du voisin je ne saurai jamais où tu étais !

Elle lui passa les bras autour du cou, posa la joue sur son épaule et reprit :

— Ça a certainement un rapport avec les récents événements.

Elle avait toujours aimé lui raconter ses rêves. Il confirma en hochant la tête.

— Où font-ils les recherches ? s'enquit-il bien que la question fût totalement superflue – qui, mieux que lui, connaissait la réponse ?

Le périmètre à l'intérieur duquel s'organisait la battue était relativement petit, pas plus de quelques kilomètres carrés, que la police avait divisés en deux. La partie nord était comprise entre la rue Golda-Meir et la rue Menahem-Begin, elle incluait les cours et les parkings des tours déjà habitées ainsi que les bâtiments en construction. La seconde partie incluait la vaste surface sablonneuse au sud de la rue Menahem-Begin. Là, ce n'était que des dunes à perte de vue, des monticules de sable fin piqués de buissons secs qui s'étendaient jusqu'à Rishon-leZion.

Zeev y alla à pied et arriva en retard parce qu'il leur avait fallu du temps pour décider qu'il irait seul, et que Mikhal garderait Ilaï. Ensuite, il avait encore un peu traîné dans l'appartement. Il avait changé de vêtements et de chaussures, cherché les clés de son scooter puis décidé de ne pas le prendre, s'était demandé s'il avait besoin de son portefeuille ou juste d'un peu de liquide. Devrait-il montrer sa carte d'identité ?

Il arriva dans un quartier qu'il ne connaissait pas et dut continuer une trentaine de mètres avant de voir quelque chose qui ressemblait à une battue. Une voiture de police vide était garée à côté d'un préfabriqué de couleur marron qui n'était autre que le bureau de vente du nouveau complexe d'appartements de luxe construit par Shimshon Zelig Construction Co. Ltd. De loin, il reconnut quelques visages familiers. Des gens de sa rue. Parmi eux, il repéra le voisin qui était venu sonner à sa porte pour prévenir Mikhal de l'organisation des recherches. Son cœur battait à tout rompre. Il décida de laisser son cahier noir dans son sac. Mieux valait mémoriser les détails et ne dresser des listes qu'une fois de retour chez lui. La nuit précédente, il avait imaginé ce ratissage d'une tout autre manière. Le bureau de vente avait-il été transformé en quartier général improvisé ? Nulle part il ne vit de policiers en uniforme. Pas plus que de commandant.

L'idée lui était sans doute venue la veille, au moment où par hasard il avait croisé le policier dans les escaliers. C'était dans l'après-midi et Avi Avraham ne portait pas d'uniforme. Zeev devait-il, aujourd'hui aussi, le chercher parmi les groupes en civil ? Il s'étonna de connaître déjà le nom de celui qui semblait diriger les investigations, même si, en y réfléchissant un peu, cela n'avait rien d'anormal. Le commandant n'était-il pas venu chez lui jeudi soir ? Il s'était même assis dans sa cuisine, sur la chaise qu'il occupait d'habitude, face à sa femme et à son fils. Et le lendemain, ils s'étaient croisés dans les escaliers.

Le voisin était entouré de plusieurs personnes qui discutaient vivement. Tout le monde se connaissait et Zeev se demanda s'il devait aller se présenter quelque part. La police listait-elle les participants pour les répartir en groupes et leur confier des missions précises ou bien pouvait-il se joindre aux autres comme ça, choisir une zone et chercher ? Il s'approcha de son voisin, les deux hommes se serrèrent la main.

— Ça fait longtemps que ça a commencé ? demanda Zeev.

— Une heure, une heure et demie.

Jamais ils n'avaient échangé plus de quelques mots. Zeev savait que l'homme possédait un magasin de matériaux de construction, qu'il avait quelques années de plus que lui et deux enfants, qu'il conduisait une Corolla blanche. À peine s'étaient-ils installés dans l'immeuble que ce monsieur avait frappé à leur porte pour savoir si le scooter garé dans le parking lui appartenait et lui suggérer ensuite d'essayer, si ce n'était pas trop compliqué pour lui, de se garer ailleurs parce que le deux-roues bloquait le passage des poubelles. Depuis, Zeev se garait généralement en face, sur le trottoir. Ils se regardèrent avec embarras, comme deux personnes étrangères mais soudain liées par un sentiment proche de la fraternité. La paume de

Zeev garda longtemps le contact sec de leur poignée de main.

— Où se concentrent les recherches, en fait ? demanda-t-il.

— On nous a dit que c'était ici. La police est en train de passer au crible les dunes de derrière.

C'était sans doute là que se trouvait le commandant qui, le vendredi, ne s'était même pas arrêté en le croisant dans les escaliers. Pas de bonjour, pas non plus un mot pour s'excuser de ne pas être revenu le jeudi soir reprendre leur conversation comme il s'y était engagé. Lorsqu'il avait compris qu'Avi Avraham ne le reconnaissait pas, il avait continué à gravir les marches en faisant semblant de n'avoir pas non plus reconnu l'homme qui passait rapidement.

— Et on sait quoi chercher ?

— Ils n'ont rien dit. Tout ce qui peut paraître suspect, j'imagine. Des vêtements, des sacs.

Il n'arrivait pas à dominer un tremblement intérieur, mais rien ne perça à l'extérieur lorsqu'il osa insister :

— Je me demande pourquoi par ici justement. Est-ce que vous savez s'ils ont eu des informations indiquant que c'était ici qu'il fallait chercher ?

— Aucune idée, répondit le voisin. C'est sûrement la famille qui l'a exigé.

Non loin de là s'étaient regroupés quelques adolescents, sans doute des camarades de classe d'Ofer. L'un d'eux se pencha pour regarder sous les roues des voitures garées le long du trottoir et Zeev se demanda si des professeurs de leur lycée s'étaient aussi mobilisés.

— Est-ce que je peux faire quelque chose pour aider ? demanda-t-il.

— Pour l'instant, on attend. La police a appelé l'entrepreneur pour qu'il vienne ouvrir tous les chantiers de construction du quartier.

Il suivit son voisin à la trace jusqu'à ce qu'il se sente suffisamment à l'aise pour continuer seul et choisir son périmètre. Selon toute logique, un des proches aurait dû prendre la direction des groupes de volontaires, mais il ne vit personne de la famille. Pas davantage la mère d'Ofer. Avait-on préféré ne pas l'informer de l'appel anonyme ni de la décision d'organiser une battue dans les environs ? Il remarqua aussi qu'il y avait peu de femmes et fut content que Mikhal ait préféré rester avec Ilaï.

À l'arrivée du chef de chantier, ils furent six ou sept à pénétrer au cœur d'une immense structure grise. Ils se hissèrent d'un étage à l'autre grâce à des passerelles en béton sécurisées par des rampes en bois. Partout régnait une odeur de moisi. De sable et de pierre mouillés. Ils se faufilèrent entre des tiges de fer et des briques cassées.

— Attention, les gars, on n'a pas d'assurance ! lança quelqu'un derrière Zeev, dont les chaussures et le bas du pantalon étaient déjà couverts de poussière.

On lui confia le sixième des neuf étages construits et comme le voisin s'arrêta, lui, au cinquième, il continua tout seul. S'arrêta sur le seuil d'un immense labyrinthe.

Lorsque le chantier serait terminé, il y aurait trois appartements par étage, mais à ce stade, la plateforme était encore ouverte à tous les vents et n'offrait qu'un seul espace sans portes. Rien que des murs de brique nue avec des ouvertures larges et hautes, à travers lesquelles on voyait des pièces aux murs troués eux aussi d'ouvertures à travers lesquelles on apercevait d'autres pièces. Il se revit en train de monter les escaliers de son immeuble, jeudi, le jour où tout avait commencé. Il se souvint des portes ouvertes. Quoi qu'il fît, il se retrouvait encore et encore dans la même pièce.

On aurait pu, en le voyant, croire qu'il se concentrait sur ses recherches, pourtant Zeev était le seul de tous les hommes présents sur le chantier à savoir qu'on ne trouverait rien dans ces espaces vides. À l'intérieur d'une très grande pièce, quelques vieilles paires de chaussures de sécurité étaient alignées sous une fenêtre longue et large. Sur un fil de fer qui pointait, telle une liane, entre les briques, avait été accroché un sac en plastique contenant des boîtes de conserve vides. C'était apparemment le salon. Une demi-miche de pain sec et une bouteille de Coca-Cola presque pleine étaient posées sur le béton. Une autre pièce servait – d'après l'odeur et les saletés qui jonchaient le sol – aux ouvriers pour faire leurs besoins.

Zeev cessa de fouiller les lieux. Il avait retrouvé toute son assurance et s'approcha d'une fenêtre orientée vers le nord pour contempler la ville. La circulation clairsemée. Le petit groupe de volontaires, six étages plus bas. Il arriva même à voir l'arrière de son immeuble et le commissariat tout proche. Ensuite, il choisit une fenêtre orientée plein sud et observa les dunes. Il était tellement haut que les silhouettes bleues des policiers paraissaient minuscules. Certains tenaient en laisse des chiens miniatures.

Une femme en pantalon noir très bien coupé et chemisier de soie clair, chaussée d'escarpins vernis qui ne convenaient absolument pas à une battue dans les dunes, se tenait dos à la route et parlait avec Avraham. Zeev s'arrêta à une certaine distance du couple et fit semblant de sonder le sable à ses pieds. La femme devait avoir une quarantaine d'années et dépassait le commandant d'une bonne tête. Peut-être une haut gradée qui, en route pour un déjeuner familial, avait décidé de passer un petit moment sur zone, histoire de superviser les recherches. Parce que si elle avait été une volontaire ou quelqu'un de la famille venu participer au ratissage, elle aurait mis des vêtements plus confortables et d'autres chaussures.

Zeev était quasi certain de ne pas avoir prononcé le nom du commandant Avraham au cours de sa conversation téléphonique avec la police. Il avait d'abord prévu de demander à lui parler mais s'était ravisé. Pourtant, tel était indéniablement son but initial. Dans le tumulte des pensées contradictoires qui l'avaient assailli la veille, un éclair de lucidité lui avait fait deviner que le nom entier du policier était sans doute Avraham Avraham, et cette fulgurance lui avait paru révélatrice de l'homme ainsi appelé, comme si cela lui avait ouvert la porte de sa chambre à coucher. Il s'était très bien préparé, avait répété dans sa tête les courtes phrases qu'il prononcerait, et pourtant, au moment où il avait entendu la voix jeune et féminine qui répondait au téléphone, il avait perdu tous ses moyens. Il avait même failli raccrocher. Ne s'était ressaisi qu'à la dernière seconde et avait bafouillé des choses totalement différentes de celles qu'il avait prévues. Et très vite, il avait coupé, effrayé et bouleversé de ce qui lui avait échappé.

La conversation entre le commandant et la femme

en chemisier de soie tirait en longueur. Il ne vit nulle part de ruban de séparation ou un signe quelconque qui aurait délimité la zone en l'interdisant au public. Lorsque Zeev avait traversé le quartier en direction des dunes, il avait découvert que toutes les nouvelles rues au sud de ce quartier portaient des noms de compositeurs de chansons israéliens, tous défunts. Était-ce censé conférer un caractère lyrique à l'endroit ? De sa fenêtre, une femme âgée l'avait suivi du regard tandis qu'il traversait et avançait vers les dunes. Elle l'avait certainement pris pour un policier en civil.

Il s'étonna à nouveau du désordre ambiant et jugea que c'était là un détail important. Il pénétra, sans être inquiété le moins du monde, dans le périmètre que fouillait la police. Personne ne l'avait remarqué. Il n'y avait que cinq ou six policiers en uniforme à part Avraham, pas plus. Des gens en civil traînaient là aussi, certains étaient peut-être de la police, et les autres sans doute des volontaires comme lui. Deux enquêteurs promenaient sur le sable une espèce de tige noire qui ressemblait à un aspirateur, sans doute un détecteur de métaux. De tout ce qu'il voyait se dégageait une impression d'amateurisme et de manque d'organisation. Zeev se souvint d'un film français qu'il avait vu à la cinémathèque quelques années auparavant. Des centaines de policiers organisaient une chasse à l'homme pour retrouver un criminel en fuite. Ils formaient une longue rangée, se tenaient par la main et progressaient tous en même temps afin que pas un millimètre de forêt touffue ne leur échappe.

La femme élégante qui parlait avec Avraham monta enfin dans une voiture garée le long de la route. C'était l'occasion.

Il s'approcha du commandant par-derrière et lui effleura l'épaule.

— Excusez-moi, puis-je vous parler un instant ?

Il avait le souffle court, comme s'il avait couru un marathon. Avi Avraham se tourna vers lui et ne put réprimer un mouvement de surprise, causé à la fois par ce léger contact sur son épaule et par le visage qu'il vit en se retournant.

— Vous vous souvenez de moi ? demanda Zeev, qui ne lui laissa pas le temps de répondre et ajouta très vite : J'habite dans l'immeuble d'Ofer. Vous avez parlé avec ma femme jeudi et vous avez dit que vous reviendriez nous voir. Je suis le voisin du deuxième. Celui qui donnait des cours particuliers à Ofer.

— Oui, oui, je sais. Je n'ai pas trouvé le temps parce qu'on a eu trop de pression le premier jour. Mais on vous convoquera peut-être dans le courant de la semaine pour un complément d'information. Ou alors quelqu'un conviendra d'un moment et on passera chez vous.

Zeev n'arriva pas à déterminer si effectivement le policier se souvenait de lui. Il semblait aussi tendu et nerveux que le jeudi précédent, mais en plus il avait les traits tirés par la fatigue.

— En attendant, j'ai décidé de participer aux recherches. Je suis là depuis ce matin. On a d'abord fouillé les chantiers de construction du nouveau quartier, je suppose que c'est vous qui en avez donné l'ordre. C'est bien vous qui dirigez cette enquête, n'est-ce pas ?

Au lieu de répondre à sa question – parce qu'il n'était pas le responsable de l'enquête ou bien parce qu'il n'avait pas le droit de révéler cette information ? –, Avi Avraham lui demanda :

— Et vous avez trouvé quelque chose ?

— Non. Mais personne ne nous a exactement expliqué le but de ces recherches.

— Trouver tout ce qui pourrait être lié à Ofer.

— Je comprends. Mais comment pouvons-nous savoir à l'avance ce qui est lié à Ofer ?

Avraham sembla ne pas savoir quoi lui répondre, ou ne pas savoir comment se comporter avec quelqu'un qui lui avait effleuré l'épaule. Il commença à marcher et Zeev lui emboîta le pas, si bien qu'ils avancèrent côte à côte comme de vieilles connaissances ou comme un chef et son adjoint. Épaule contre épaule. Exactement ce qu'il avait espéré lorsque l'idée de l'appel anonyme avait jailli dans son cerveau. Alors pourquoi le commandant ne paraissait-il pas disposé à l'interroger davantage ? Si lui, Zeev, ne trouvait pas quoi dire, la conversation s'éteindrait d'elle-même. À tout instant, un policier ou un volontaire pouvait débarquer et couper court à leur échange. Ensuite, il ne pourrait pas reprendre la discussion avec la même facilité.

— Vous avez une piste ? demanda-t-il à Avraham, qui eut à nouveau l'air étonné, comme s'il n'avait pas remarqué qu'il l'avait suivi.

— Non. Et je n'ai pas l'impression que ceci donnera grand-chose.

— Alors pourquoi avoir organisé une battue justement dans ce coin ? Et je répète, qu'est-ce que nous cherchons exactement ?

— Rien de particulier.

Il y avait une bonne dose d'impatience, voire de

grossièreté dans le ton du policier et dans le fait qu'il continuait à marcher.

— C'est juste que ça m'intéresse de savoir pourquoi le responsable d'une enquête décide de ratisser un endroit plutôt qu'un autre. C'est le genre de disposition qu'on prend sur la base d'informations fiables, non ?

Avraham s'arrêta à nouveau.

— Pour l'instant, nous n'avons rien de concret, lâcha-t-il. On a reçu un signalement imprécis disant qu'on l'aurait vu traîner par ici.

Comme au premier jour, Avi Avraham réussit à étonner Zeev. Qu'est-ce que cela voulait dire, « traîner » ? La femme à qui il avait parlé au téléphone n'avait-elle pas bien entendu ses paroles ou était-ce son interlocuteur qui mentait ? Le plus drôle étant que c'était exactement ce qu'il avait eu l'intention de leur raconter au téléphone, mais, pris de panique, il avait laissé échapper qu'on devait chercher un cadavre avant de raccrocher précipitamment.

Rien dans la soirée de la veille ne s'était déroulé comme prévu.

Au début, Zeev avait eu l'intention d'utiliser le téléphone public de la rue Sprinzak, située entre la cinémathèque et le lycée où il enseignait, mais il était arrivé à la conclusion que ce n'était pas une bonne idée. Il avait tout de même roulé jusqu'à Tel-Aviv. Là, il avait dû faire quatre kiosques à journaux avant de trouver, dans le cinquième, une carte téléphonique normale et non pour portable. Il avait décidé de passer son appel du sud de la ville, près de l'ancienne gare routière, dans le quartier où s'entassent aujourd'hui les réfugiés africains et les travailleurs sans papiers, mais, peu rassuré dans la pénombre des rues vides, il avait poussé plus au nord. Rue Allenby, il avait arrêté son scooter, enlevé son casque et l'avait posé sur son siège. Le téléphone public ne marchait pas. Aux abords de la mairie, devant le cinéma Gat, il trouva enfin un appareil en état de fonctionnement. Le carrefour était trop bruyant, il aurait voulu une cabine dans une rue plus tranquille... Mais c'était maintenant ou jamais. Il allait prendre le combiné en main lorsqu'une voix féminine l'appela par son nom. Il sursauta, affolé.

Orna Abiri, une jeune collègue qui enseignait les mathématiques, s'avança vers lui et l'embrassa sur les deux joues, ce qu'elle ne faisait jamais quand ils se croisaient au lycée. Elle le présenta aux deux amies qui l'accompagnaient et lui demanda ce qu'il faisait là. Pris de court, il lâcha sans réfléchir qu'il sortait du cinéma. Par chance, elle ne voulut pas savoir ce qu'il pensait du film, mais lui proposa, bien qu'ils ne soient pas particulièrement proches, de venir prendre un verre avec elles dans un bar. Il s'excusa, prétextant qu'il allait justement retrouver des amis.

— Tu as besoin d'un téléphone ? lança-t-elle encore au moment de se séparer.

— Quoi ?

Il la dévisagea, stupéfait : il avait cru comprendre qu'elle lui proposait de lui donner son numéro de portable.

— Pardon, j'avais l'impression que tu allais te servir du téléphone public. Si tu as besoin de joindre quelqu'un, je peux te prêter mon portable.

— Merci, je viens d'appeler.

Il lâcha un petit rire pour masquer son mensonge.

— J'ai oublié de prendre l'adresse et j'ai laissé mon téléphone à la maison.

Un peu avant dix heures du soir, il avait enfin trouvé le moyen de le passer, ce satané coup de fil. D'une cabine de la banlieue de Rishon-leZion.

Il ne réussit pas à cacher sa surprise tant la réponse d'Avraham l'étonnait.

— Vraiment? demanda-t-il. On a vu Ofer traîner par ici? Ce qui veut dire que vous savez qu'il est vivant?

— Pourquoi ne serait-il pas vivant?

Zeev se troubla.

— Ce n'est pas ce que je voulais dire... Je voulais dire que vous savez où il se trouve?

— Nous n'avons aucune certitude. Nous nous efforçons simplement de vérifier toutes les informations que nous récoltons.

— Mais celle-là, j'imagine que vous y prêtez foi? insista Zeev. Vous n'organisez quand même pas de battue chaque fois que vous recevez un appel...

Avi Avraham le considéra d'un regard empreint d'une grande perplexité.

— Nous nous efforçons de tout vérifier, répéta-t-il.

Une jeune policière s'approcha, tenant entre deux doigts une loque qui avait été un pantalon en velours côtelé brun.

— Bon, excusez-moi, reprit le commandant avec impatience, mais je dois y retourner. Je vous remercie de vous être joint aux fouilles et je vous recontacterai pour un interrogatoire complémentaire dans le courant de la semaine, promis. Rappelez-moi juste votre nom.

— Zeev Avni, et heureusement que vous me posez la question parce que la fille qui m'a interrogé jeudi ne me l'a même pas demandé. Je serais très content de vous parler d'Ofer. Je ne sais pas ce que vous avez eu le temps d'apprendre à son sujet jusqu'à présent, mais moi, j'ai beaucoup de choses à dire sur lui. Certes, on est arrivés ici il y a juste un an, avant on habitait Tel-Aviv où je travaille encore, mais je pense avoir réussi à bien cerner sa personnalité durant la période où je lui ai donné des cours d'anglais.

Sur un signe de main du commandant, la jeune femme glissa le pantalon en velours côtelé dans un grand sac en plastique noir tout en ironisant :

— Tout ça pour ça ! Enfin, au moins, on nettoie les dunes à la place de la société de protection de la nature !

Après s'être séparé d'Avi Avraham, Zeev n'alla pas rejoindre les volontaires toujours occupés à quadriller la zone. L'abondance des renseignements qu'il avait glanés lui procurait une indéniable satisfaction – certes ternie par l'amertume que lui laissait sa conversation écourtée avec le commandant. Il était déçu, lui qui avait pensé avoir enfin le temps de discuter longuement avec lui. Échanger des informations et même des idées. Il décida de rentrer chez lui et regretta d'être venu à pied.

Sur le chemin du retour, il se sentit gagné par un étrange malaise. Au début, il ne comprit pas pourquoi. Avait-il soudain pris la mesure de la gravité de ce qu'il avait fait ? Était-ce à cause de l'impatience d'Avi Avraham, qui ne s'était même pas souvenu de lui avant qu'il ne se présente ? Il espérait vraiment que ce coup de téléphone ne se métamorphoserait pas en coup pour rien. Il lui semblait avoir quand même réussi à éveiller brièvement l'intérêt du policier, qui avait vraiment l'intention de le convoquer pour discuter d'Ofer plus en profondeur.

Ce fut alors qu'il comprit.

Et il sentit ses jambes se dérober sous lui. Ou plutôt, il eut l'impression de se figer sur place alors qu'au contraire il accélérait le pas sans s'en rendre compte.

Dans une des questions qu'il avait posées à Avraham, il avait lâché, comme s'il s'agissait d'une évidence, que la battue était organisée à la suite d'un appel téléphonique, or à aucun moment le commandant ne l'avait mentionné. Bon, il pourrait toujours expliquer qu'il en avait été informé par quelqu'un de la famille ou prétendre avoir saisi une conversation entre des enquêteurs, non ?

Il aurait été incapable de dire comment il avait réussi à rentrer chez lui tant il était affolé. Il espérait trouver Mikhal à la maison, mais dès qu'il ouvrit la porte il comprit que l'appartement était vide. Il s'allongea sur le lit de leur chambre et serra très fort les paupières, comme les enfants.

Il s'attendait à ce que, d'un instant à l'autre, la police vienne frapper à sa porte.

5

Le moment où il abaissait la poignée de la porte du bureau d'Ilana était un de ceux qu'Avraham Avraham affectionnait le plus dans son travail. L'instant d'avant, il se trouvait encore dans les locaux du Central de Tel-Aviv et l'instant d'après, une fois la porte refermée derrière lui, il était ailleurs. Chez lui. Parfois même, si elle savait qu'il arrivait, elle l'accueillait sur le seuil.

Pourtant, ce bureau, situé au deuxième étage du nouvel immeuble de la rue Shalma, n'était pas tellement différent des autres : une large table de travail en bois sombre sur laquelle était posé un écran plat Dell, et aux murs une succession de diplômes et de décorations officielles encadrés. Accrochée à côté des portraits du président de la République et du Premier ministre, une photo, très grande, représentait un magnifique coucher de soleil multicolore sur le Lions Gate de Vancouver – là où Ilana avait été envoyée en mission et où elle avait vécu quelques années avec sa famille. Elle disait d'ailleurs que quelque chose d'elle « était resté dans cette ville gelée, n'avait pas réintégré Israël ». Et il y avait aussi deux photos plus petites : sur l'une, on la voyait au côté de l'ancien président de la Cour suprême, Aharon Barak, et sur l'autre, prise de nombreuses années auparavant – Ilana était toute jeune et avait de longs cheveux bruns pas encore striés des mèches grises qu'il lui avait toujours connues –, elle posait avec la chanteuse de variétés Yardena Arazi. Mais la photo qui lui était la plus précieuse se trouvait sur son bureau, dans un cadre noir. On y voyait toute sa famille devant le Sacré-Cœur de Montmartre, le cliché avait été pris pendant le voyage à Paris qu'ils avaient fait avant la mobilisation d'Amir, l'aîné d'Ilana. Le garçon s'était placé au milieu, radieux, dominant d'une tête ses deux petits frères et sa sœur, aussi grand que son père et sa mère qui le tenaient par les épaules, chacun d'un côté. Quelques mois plus tard, pendant son service militaire, il serait tué dans un accident d'entraînement.

— Entrez ! lança Ilana.

Avraham, déçu, constata que Sharpstein l'avait devancé et semblait en pleine discussion avec la chef qui riait très fort.

— Entre, Avi, Eyal est en train de me donner les résultats de la battue d'hier.

— C'est-à-dire les non-résultats, précisa l'intéressé.

— Oh, mais un blouson en cuir, c'est honorable, répliqua Ilana, sans doute en réaction à ce qui venait de lui être rapporté. On peut le rafraîchir, j'ai lu quelque part que le cuir revenait à la mode.

— Et n'oublie pas le pantalon en velours côtelé ! ajouta l'inspecteur en essayant lui aussi de faire de l'humour.

Avraham Avraham se sentit aussitôt agressé par

la bonne humeur ambiante. D'autant qu'il n'avait toujours pas compris pourquoi, la veille au soir, Ilana avait décidé de lui fourrer ce Sharpstein dans les pattes. Pourquoi avait-elle tenu à ce que ce jeune loup fasse partie de l'équipe ? Il se remémora les arguments qu'elle lui avait donnés : « Il est disponible en ce moment et tu sais qu'il est brillantissime, Avi, même s'il est aussi, parfois, insupportable. C'est toi le chef, ce dossier est le tien, tu n'auras qu'à l'utiliser comme bon te semblera et, crois-moi, il te sera utile. »

— Où est Eliyahou ? demanda-t-il dans l'espoir de couper court à leur hilarité partagée.

— Il arrive, répondit Ilana, il sera là dans trois minutes. Eyal, sais-tu que nous devons congratuler notre commandant ? C'était son anniversaire vendredi.

Sans doute cherchait-elle à lui faire plaisir, mais il se crispa encore plus sur sa chaise.

— Tous mes vœux de bonheur, ça te fait quel âge ? demanda Sharpstein.

Sentant apparemment qu'elle l'avait mis mal à l'aise, Ilana s'empressa de répondre à sa place :

— Même pas quarante ans ! Un gamin. Avi, tu as encore deux ans pour profiter du statut de jeune flic prometteur. Le qualificatif est valable jusqu'à quarante ans.

— Super, moi, j'en ai encore pour dix ans ! claironna Sharpstein.

Eliyahou Maaloul entra enfin. Malgré la chaleur, il portait une sorte de coupe-vent gris. Après un bonjour, il lança sa phrase habituelle :

— Je vois que mon arrivée augmente la moyenne d'âge de la pièce et abaisse son capital beauté !

Il posa une main sur l'épaule d'Avraham Avraham et, tout en s'asseyant sur la chaise libre à côté de lui, lui chuchota à l'oreille :

— Ravi de te voir.

— OK, commençons, je n'ai pas beaucoup de temps. Avi, tu nous fais un compte rendu du dossier, et essaie d'être le plus précis possible.

Il posa sur la table un dossier plutôt mince d'où il tira les trois feuilles de papier qu'il avait tapées et agrafées le matin même au commissariat.

— Alors voilà. Ofer Sharabi, domicilié à Holon, né en décembre 1994, inconnu des services de police, a disparu depuis mercredi matin. Il est sorti de chez lui avant huit heures comme d'habitude pour se rendre au lycée mais n'y est jamais arrivé. Il n'a laissé ni lettre ni indice quelconque pouvant indiquer qu'il s'agisse d'une fugue. Son portable a été retrouvé dans sa chambre, si bien qu'on ne peut pas compter sur une géolocalisation. La disparition a été signalée jeudi au commissariat par Hannah Sharabi, la mère du...

Mais déjà Sharpstein l'interrompait. Il leva le doigt et commença aussitôt à parler, en bon élève sûr de lui et qui n'a pas besoin de l'aval du professeur pour intervenir en plein cours :

— Donc plus de vingt-quatre heures après la disparition de son fils. C'est un peu beaucoup, non ?

— Pas exactement, car elle a compris seulement dans l'après-midi du mercredi qu'Ofer n'était pas arrivé au lycée. En ne le voyant pas rentrer à la maison. Et, à vrai dire, elle est venue au commissariat du secteur mercredi en fin de journée, mais elle hésitait à déposer une plainte.

Ilana gardait le silence mais l'inspecteur insista :

— Ça veut dire quoi, elle « hésitait » ? Qui l'a reçue ?

— Moi. C'est moi qui étais de permanence, dit Avraham Avraham. Elle est arrivée en fin de journée et ne savait pas trop si elle voulait déclencher toute une procédure...

— Continuons, intervint la divisionnaire. Ces détails n'ont, pour l'instant, aucune importance. Si ça change, on y reviendra tout à l'heure. Avançons.

— Comme je l'ai déjà dit, reprit Avraham Avraham, l'enquête a été ouverte jeudi matin. On a fait passer un avis de recherche dans les journaux et sur Internet, on a commencé les premiers interrogatoires de la famille, des amis et des voisins. On a procédé à une première fouille de la chambre du garçon, y compris de son ordinateur et de son téléphone portable. On a aussi entrepris les démarches habituelles auprès des services de renseignements. J'avoue que très peu de gens se sont manifestés, peut-être parce qu'on n'a encore rien diffusé aux infos. Les quelques éléments rapportés au Central ou dans les différents postes de police du district ne sont pas assez concrets pour que nous avancions...

— Sauf cet appel anonyme qui nous a baladés toute la matinée du samedi dans les dunes, à nettoyer le sable, lança à nouveau Sharpstein.

L'expression perplexe qu'affichait Eliyahou Maaloul indiquait qu'il se demandait s'il ratait une allusion entre les lignes.

— Quelles dunes ? marmonna-t-il.

— Attends un instant, j'y arrive..., le rassura Avraham. D'ailleurs, non, je vais en parler tout de suite. Vendredi soir, un correspondant anonyme a appelé le commissariat en prétendant que le corps du disparu se trouvait dans les dunes, derrière les tours de H-300. Bien que je n'aie pas eu le moyen d'authentifier cet appel, j'ai décidé d'organiser hier matin des recherches circonscrites dont le but était surtout d'écarter cette possibilité. J'ai aussi pensé que s'il y avait une chance, même infime, que le gamin soit là-bas encore en vie mais blessé, incapable de bouger ou sans connaissance, l'opération valait le coup.

— Si une telle chance existait, on n'aurait jamais dû attendre toute la nuit du vendredi au samedi pour organiser cette battue.

— Tu as raison, sauf que des recherches de nuit en extérieur, ce n'est ni le même matériel ni le même budget. Nous savons tous combien c'est compliqué.

— Cette décision a été prise par Avi sous ma responsabilité, déclara Ilana.

— Et tu penses maintenant pouvoir totalement écarter cette possibilité ? demanda Eliyahou Maaloul.

Par son sérieux et son côté taciturne, Maaloul renvoyait toujours Avraham Avraham à son propre père, celui d'avant la crise cardiaque. De petite taille, très maigre, le teint mat, le policier avait de grands yeux un peu enfoncés qui témoignaient d'une infinie patience. Ses questions, toujours franches et dénuées de sous-entendus, vous donnaient envie de ne rien lui cacher, même s'il ne vous avait lancé qu'un simple « Comment ça va ? ». Cet homme avait pris la décision de rejoindre la Brigade des mineurs plus de vingt-cinq ans auparavant, guidé par une réelle volonté d'aider ceux qui étaient encore en âge de modifier leur parcours de vie. Il avait davantage une âme de travailleur social que d'enquêteur, mais Avraham avait toujours pris un grand plaisir à leur collaboration. Évidemment, un tel policier, qui faisait son travail sans esbroufe mais avec méthode et application, n'était jamais qualifié de « brillantissime ».

— Pas à cent pour cent, mais je pense que oui. Et même si on n'a pas creusé avec des engins lourds, on a bien couvert la zone. Les vêtements qu'on a trouvés ont été présentés à la famille pour identification et aucun n'appartient à Ofer Sharabi.

Maaloul hocha la tête.

— Et on n'a rien tiré du téléphone public d'où a été passé ce mystérieux appel, n'est-ce pas ? demanda Ilana.

— Rien pour l'instant, confirma Avraham Avraham.

Il sortit alors d'autres feuilles du dossier et les leur distribua.

— Je vous ai photocopié les PV de tous les interrogatoires. Ilana les a déjà vus, rien de significatif. D'autre part, le disparu n'était pas très actif sur Internet, les réseaux sociaux, etc. Il a une adresse mail chez un fournisseur d'accès et peu de noms dans ses contacts. La majeure partie de son courrier électronique est constituée de publicités et le dernier mail qu'il a envoyé remonte à une semaine à peu près. Il n'a pas de page Facebook.

— *Quid* des sites pornos ? Des paris en ligne ? demanda Sharpstein.

Depuis quelques années, cette question revenait à chaque nouvelle enquête, comme si surfer sur Internet était à la fois la source de tous les délits et le principal chemin aidant à lever les mystères.

— Dans l'historique, on retrouve quelques visites

sur des sites pornos, mais rien de particulier. Il n'y a qu'un seul ordinateur chez eux, il est installé dans la chambre que le disparu partage avec son frère, ce qui n'offre pas tellement d'occasions de regarder du porno. J'ai demandé au département informatique de vérifier s'il n'y avait pas de traces de visites sur des sites de voyages ou d'agences de voyages, mais ils n'ont rien trouvé. La majeure partie de son activité est liée à des jeux vidéo. Nous n'avons récolté aucune information significative des amis et des membres de la famille que nous avons interrogés. Personne n'a été mis au courant d'une éventuelle intention de fugue, et le disparu n'a jamais été signalé comme souffrant de problèmes psychologiques ni de troubles du comportement. Nous savons en revanche qu'il a fugué deux fois par le passé, à la suite de disputes avec ses parents. Certes, seulement pour quelques heures, mais cela pourrait contribuer à rendre une nouvelle fugue crédible. À part ça, le disparu est en première générale au lycée Kugel de Holon. Considéré comme un assez bon élève, calme. Pas particulièrement populaire, mais pas non plus antisocial. Nous n'avons recueilli aucun témoignage faisant état de mauvais traitements ou de harcèlement qu'il aurait pu subir de la part d'autres élèves. Et vous ai-je déjà précisé que nous n'avons aucune information reliant le disparu à quelque activité criminelle que ce soit ?

Il leva la tête de ses feuilles et regarda Ilana. Elle soupira.

Au cours de ces quatre dernières années, depuis qu'elle avait été nommée à la Criminelle du district de Tel-Aviv, ils s'étaient si souvent retrouvés assis de la sorte dans son bureau, à revenir, pendant des heures et des heures, sur chaque détail, à lire à haute voix des passages de retranscriptions d'interrogatoire, croyant comprendre une chose puis une autre l'instant d'après, à associer les faits entre eux pour essayer de façonner une hypothèse ! Chaque fois que des enquêtes qui semblaient aller dans le mur s'étaient terminées en réussite, cela s'était passé ici, dans ce bureau, grâce à leurs échanges sans fin.

— Bref, dit Eliyahou Maaloul, on n'a aucun élément qui indiquerait qu'on est en présence d'une disparition inquiétante ou suspecte.

— Non. Je pencherais plutôt pour une fugue. Ou, dans le pire des cas, pour un suicide.

— Pourquoi ?

Il hésita un instant devant le regard si bienveillant de Maaloul.

— Principalement parce que le disparu n'a fait l'objet d'aucun signalement jusqu'à présent et qu'on n'a rien qui le rattacherait à une activité criminelle. Mais pas seulement pour ça. C'est ce qui me semble ressortir des témoignages qu'on a récoltés et aussi de quelque chose dans cette famille que je n'arrive pas encore à définir. J'ai l'impression que ce gamin a quasiment pas de copains, qu'il est extrêmement introverti et ne communique pas avec ses parents. D'après mon expérience, mais tu peux me corriger, ce genre de caractère mène plutôt à la fugue et au suicide qu'à autre chose...

— C'est possible, dit Maaloul.

— Mais la fugue aurait pu mal tourner ?

— Qu'entends-tu par « aurait pu mal tourner » ? demanda Ilana.

— Imagine qu'il ait eu l'intention de fuguer pour

quelques heures ou pour la journée mais se soit retrouvé dans une situation imprévue. Enfin, je n'en sais pas plus.

— Eh bien moi, je ne suis pas d'accord, déclara Sharpstein, ce qui lui valut aussitôt les regards étonnés de la divisionnaire et de Maaloul.

— Pourquoi ? demanda-t-elle.

— Parce que je ne crois pas qu'un adolescent de... quel âge a-t-il ? Quinze ans ? Seize ans... ?

— Seize ans et demi, précisa Avraham.

— Eh bien, je ne crois pas qu'un adolescent de cet âge puisse disparaître sans laisser ne serait-ce qu'une seule trace que nous n'aurions pas découverte au bout de trois jours d'investigation, même sans avoir lancé l'enquête la plus approfondie du monde. Il a obligatoirement laissé quelque chose sur son passage. Il a dû tirer de l'argent avant ou après sa disparition, non ? Et à supposer que ça ait mal tourné, comme tu dis, la probabilité pour que cela nous échappe est minime. Tu sais quoi ? Même s'il avait décidé de se suicider sans que personne soit au courant, il aurait fallu qu'il trouve comment accomplir un tel acte, non ? Qu'il vole un pistolet, des pilules dans l'armoire à pharmacie de ses parents, un couteau de cuisine, que sais-je ! D'ailleurs, celui qui se suicide veut justement qu'on le retrouve, c'est en tout cas ce qu'on m'a appris à l'école.

La chef tourna la tête vers Avraham Avraham, comme pour l'enjoindre à relever le défi lancé par le « brillantissime » jeune inspecteur qu'elle avait inclus d'office dans son équipe d'investigation.

— Des médicaments, on peut en acheter à la pharmacie, marmonna-t-il.

— C'est ça, ta théorie ? Qu'il a acheté deux boîtes de Doliprane à la pharmacie sans en parler à personne et qu'ensuite il a gentiment été les avaler dans les dunes ? Ça n'a aucune logique, répliqua Sharpstein en regardant Ilana.

Elle confirma d'un hochement de tête.

— Toi, tu penses que nous sommes face à un acte criminel ? continua-t-elle. De quel type ?

— En ce qui me concerne, l'enquête n'a pas encore commencé. Il faut envisager toutes les possibilités et il est clair que nous avons été trop longs à l'allumage. Même s'il a fugué – et je n'y crois pas une seconde –, chaque nuit supplémentaire l'a éloigné. Et je ne sais toujours rien sur lui – c'est ce qui m'inquiète le plus et qui m'oblige à n'écarter aucune éventualité : enlèvement, participation à un acte criminel, cavale, tout. Y compris un meurtre. Enfin, comment expliquez-vous qu'un gosse de seize ans et demi soit parti de chez lui depuis cinq jours et n'ait contacté personne ? Personne de chez personne ?

Avraham ne comprenait pas pourquoi ces questions le mettaient dans un tel état de colère et d'énervement. D'autant qu'à certains moments il pensait la même chose. Combien de fois, au cours des derniers jours, ne s'était-il pas répété la phrase : impossible qu'un jeune de seize ans et demi ait disparu et que personne n'ait le moindre indice à fournir ! Donc ce qui le contrariait venait sans doute du ton péremptoire de Sharpstein, de cette manière qu'il avait d'affirmer les choses comme si tout ce qu'il alléguait était obligatoirement juste.

— Il a peut-être pris contact avec quelqu'un que

nous n'avons pas encore déniché, lâcha-t-il, davantage pour lui-même que pour ses interlocuteurs.

— Ah, voilà encore autre chose, grommela Sharpstein.

Maaloul n'intervint dans la conversation qu'au moment où Ilana se tourna vers lui pour lui demander si, d'après son expérience, l'hypothèse de la fugue tenait la route. Comme à son habitude, l'inspecteur de la Brigade des mineurs ne répondit pas tout de suite. Ses yeux bruns se fermèrent un instant puis se rouvrirent tandis qu'il passait ses doigts fins sur son crâne. Il lança vers Avraham Avraham un regard d'excuses avant de commencer :

— D'après ce qui a été dit jusqu'à présent, non. À cet âge – et je veux rester prudent –, il y a presque toujours des signes qui alertent. Les fugueurs sèchent de plus en plus de cours, voire sont carrément déscolarisés, ils ont des fréquentations douteuses comme des bandes de rue, et on a chez nous des signalements pour abus d'alcool ou usage de stupéfiants. Le fait que le disparu n'ait rien de tel à son actif, si je comprends bien, renforce chez moi la crainte qu'il ne lui soit arrivé quelque chose. Désolé de te contredire, Avi. Mais, à nouveau, nous devons rester très prudents. Et je pense comme Eyal qu'il faut agir vite, déployer dès maintenant le maximum d'efforts. Cinq jours sans signe de vie du gamin, c'est beaucoup trop.

Ilana ôta ses lunettes rectangulaires. Depuis quelques semaines, Avraham avait l'impression qu'elle les mettait quand elle ne regardait rien du tout et les enlevait chaque fois qu'elle voulait examiner sérieusement un point précis. Elle se pencha sur les clichés d'Ofer étalés sur la table devant elle. La pendule murale accrochée au-dessus de leur tête indiquait qu'il leur restait de moins en moins de temps.

— Je suis contente que vous ayez des impressions divergentes, dit-elle. Je considère cela comme une bonne chose pour l'enquête, surtout parce que je vous demande de ne pas laisser vos intuitions vous souffler des conclusions hâtives et vous pousser à bâtir des théories sans fondements. Pour l'instant, il est évident que nous n'avons rien. Nous nous trouvons au tout début de la collecte d'éléments et, à ce stade, il nous faut éviter les idées préconçues, sinon, nous risquons de passer à côté de certains indices et d'en privilégier d'autres. Je sais que c'est la chose la plus difficile pour nous tous, mais nous devons accepter de rester dans l'incertitude, l'appréhender sans paniquer et essayer de comprendre ce qu'elle nous dit. Le manque d'informations aussi est révélateur – il me semble d'ailleurs qu'Eyal et Eliyahou l'ont sous-entendu – même si on ne sait pas ce qui manque. Bref, je vous demande d'être attentifs à ce que nous avons autant qu'à ce que nous n'avons pas. Essayons de ne pas nous focaliser sur telle ou telle hypothèse.

Elle prononça ces mots en le regardant justement lui, Avraham.

— À propos, Avi, est-ce que tu as demandé un relevé des communications du portable d'Ofer au cours des dernières semaines ? enchaîna-t-elle.

— Non, je n'ai pas eu le temps, je vais m'en charger tout de suite.

— C'est déjà fait, lâcha Sharpstein. Sur l'année écoulée. J'ai parlé à son opérateur ce matin. Bon, comme d'habitude, ça va leur prendre un ou deux jours, mais grâce à mes relations, j'essaie de faire activer les choses. Je passerai en revue les factures détaillées dès qu'elles arriveront.

L'atmosphère dans la pièce vibrait de cette énergie volontariste de début d'enquête, quand les rôles viennent d'être distribués aux membres de l'équipe et que chacun se hâte d'aller remplir sa mission. Seul Avraham n'arrivait pas à lutter contre une extrême fatigue, comme écrasé par une sensation de déliquescence générale, aussi bien physique que mentale, une sensation qui ne l'assaillait normalement que lorsqu'il refermait un dossier ou pendant les vacances. Peut-être devrait-il demander à Ilana de le décharger de cette affaire. Peut-être – c'est ce qu'il espérait – avait-elle remarqué son malaise.

— À part ça, continuait Sharpstein, j'ai commencé ce matin à passer en revue toutes les infractions recensées dans la région au cours des dernières semaines. J'ai l'intention de contrôler si l'un des habitants de la rue ou du quartier a des antécédents criminels et si des délinquants connus de nos services habitent dans les parages. À mon avis, il faudrait aussi vérifier ce qu'on a sur la criminalité dans son lycée. Je ne dis pas que ça donnera quelque chose, mais ça ne peut pas faire de mal.

— Excellente initiative, approuva Ilana. Je te demande juste de tout coordonner avec Avi pour éviter les doublons. Et tu peux aussi solliciter le service informatique. Rassemble le maximum d'informations et passe tout au crible. Eliyahou, on est bien d'accord, tu retournes au lycée et tu interroges à nouveau les camarades de classe d'Ofer. Si besoin, tu peux prendre avec toi un autre enquêteur de la Brigade des mineurs. Quant aux membres de la famille, répartissez-vous la suite de leurs interrogatoires.

Sharpstein demanda à Eliyahou s'il était possible d'avoir accès aux casiers judiciaires des élèves du lycée, et ce dernier lui répondit que tout était possible, puis il inscrivit quelque chose sur un minuscule carnet qu'il tira de la poche intérieure de son coupe-vent.

— Il faudrait qu'on réfléchisse à notre politique vis-à-vis des médias, continua Sharpstein. Si nous voulons un sujet aux infos, c'est à nous de le leur proposer, ce n'est pas eux qui viendront nous chercher.

Il n'y avait pas un seul policier du secteur qui ignorait que la sœur d'Eyal Sharpstein étant une des productrices du journal télévisé de la dixième chaîne, le brillant inspecteur pouvait transformer n'importe quel chat écrasé en reportage à rebondissements.

Avraham se sentait de plus en plus las. Il était arrivé au Central, tôt dans la matinée, gonflé à bloc, persuadé que cette réunion dirigée par Ilana donnerait un coup de fouet à l'enquête, qui s'était un peu ensablée dans les dunes. Et pendant un instant d'enthousiasme il avait été sur le point de croire que le dossier serait bouclé dans la journée. Quelque chose s'était enrayé.

— Inutile de nous précipiter sur les médias, répondit Ilana. Je ne voudrais pas que nous laissions filtrer des informations dont nous ne mesurons pas encore la signification. Ah, encore un mot : le père. Si j'ai bien compris, il rentre aujourd'hui en Israël. C'est un membre important du syndicat de la compagnie maritime Zim et il est engagé au sein de la section travailliste de Holon. J'ai déjà reçu plusieurs coups de fil de caciques du parti qui voulaient savoir comment nous avancions et s'assurer que nous avions tout mis en œuvre pour retrouver Ofer. Bref, inutile que je vous fasse un dessin.

Les trois policiers se levèrent comme un seul homme et Eliyahou Maaloul lança :

— Au boulot !

Avraham lui demanda pourquoi il portait un coupe-vent par une telle chaleur et il répondit :

— Quelle drôle de question, Avi ! Pour couper le vent.

Ilana ouvrit la large fenêtre qui donnait sur la rue Shalma et posa sur la table un petit cendrier en verre. L'air frais qui envahit soudain la pièce requinqua un peu Avraham tandis que le ronronnement des bus qui passaient en bas, sur la chaussée, l'apaisait.

— Tu as l'air déprimé, commença-t-elle.

Il alluma une cigarette.

— Je suis fatigué.

— C'est à cause de mercredi soir ?

Maintenant qu'ils n'étaient plus que tous les deux, elle lui parlait avec beaucoup plus de sollicitude.

— Je ne sais pas.

— Tu as tort d'en faire un plat. Tu as pris une décision, peut-être juste, peut-être pas, mais qui, dans le contexte de toutes nos activités, peut se comprendre et se justifier. Quoi qu'il en soit, ça ne sert à rien de ressasser. Tu as une enquête compliquée sur les bras, tu dois agir vite et avec concentration, en gardant les idées claires. Tu veux un café ? On a dix minutes.

Il la regarda avec perplexité.

— En gardant les idées claires ? répéta-t-il.

— Oui, où est le problème ? On ne peut pas diriger une enquête en culpabilisant, sans même savoir si c'est à raison ou à tort. Tu es capable de te ressaisir, je n'en doute pas une seconde, on travaille ensemble depuis suffisamment de temps, non ?

— Mais enfin, jamais je n'aurais dû la renvoyer sans rien déclencher ! Alors oui, j'ai une bonne raison pour m'en vouloir ! On découvrira peut-être que ça n'aurait rien changé, mais tout de même. Quand je pense au monologue que je lui ai infligé pour la persuader qu'elle n'avait aucun motif d'inquiétude ! Et comment je lui ai décrit le retour d'Ofer à la maison !

— Ne me dis pas que tu lui as resservi ton discours sur l'inexistence de romans policiers en hébreu ? Je croyais que tu avais juré d'arrêter !

Elle s'était efforcée d'adoucir encore sa voix et termina sa phrase avec un sourire généreux censé le dérider. Ils se connaissaient depuis presque neuf ans. Avant d'avoir été nommée à la Criminelle de Tel-Aviv, Ilana Liss était très estimée, considérée comme un des plus fins limiers du district. Quant à Avraham, affecté au secteur Ayalon de ce même district quelques mois après avoir terminé l'école d'officiers, il avait été intégré à une équipe qu'elle dirigeait pour enquêter sur un avocat bulgare soupçonné d'avoir volé des millions de shekels à ses clients, exclusivement des personnes âgées. La manière dont elle lui avait parlé du travail, sans occulter ni ses sentiments ni ses craintes, l'avait rempli d'admiration. Elle avait écouté les idées qu'il proposait et ensemble ils avaient élaboré une stratégie qui, au bout d'une garde à vue marathonienne, avait réussi à ébranler le suspect. Avraham avait été particulièrement frappé par la capacité d'Ilana à instaurer la confiance et une réelle intimité en interrogatoire. Jamais auparavant, que ce soit dans la police ou à l'extérieur, il n'avait rencontré quelqu'un de sa trempe. Pour fêter leur victoire, elle avait sorti du vin rouge qu'ils avaient bu dans des gobelets en plastique. Il était presque trois heures du matin, elle l'avait remercié pour sa contribution à la réussite de l'enquête, déclarant qu'elle avait tellement apprécié leur collaboration que dorénavant elle l'intégrerait à toutes les équipes d'investigation qu'elle dirigerait. Ils avaient trinqué en cet honneur, et les années suivantes, jusqu'à ce qu'elle soit promue divisionnaire, ils avaient effectivement presque toujours travaillé ensemble. Leurs liens n'avaient cessé de se resserrer. Il avait rencontré son mari à plusieurs reprises, à l'occasion d'événements familiaux ou de cérémonies officielles. Il se trouvait dans son bureau lorsque les soldats de l'administration militaire étaient venus lui annoncer la mort de son fils. Il l'avait prise dans ses bras au moment où elle s'évanouissait, et avait conduit sa propre voiture jusqu'à la base d'entraînement de Tséélim. Elle était sans doute la personne qui lui était le plus proche, même s'ils ne parlaient que de travail ou presque.

— Tu sais ce qui est le plus difficile, dans les disparitions inquiétantes ? dit-elle. Ne savoir qu'au moment où on retrouve les gens si on a fait les bons choix. Tu n'as aucun moyen de le découvrir plus tôt. Tu peux fouiller de fond en comble les trois quarts de la terre alors que ton disparu se trouve dans le quart que tu auras négligé. C'est comme pour la battue d'hier. Tant qu'on n'aura pas retrouvé Ofer ailleurs, on ne saura pas si on a bien cherché.

— Ce n'est pas ça. Ce qui est dur, c'est de ne pas savoir si on s'occupe d'un délit ou pas. Parce que nous avons appris à enquêter sur des actes criminels, à manipuler les truands ou faire pression sur eux. Alors que dans un dossier de disparition tu ne sais même pas, la plupart du temps, s'il y a eu crime ou non. Tu te retrouves à soupçonner tout le monde, les voisins, les amis, les proches, le disparu lui-même, tous ces gens qui s'inquiètent comme toi pour leur proche – pardon, ils s'inquiètent bien plus que toi –, mais tu es obligé de les soupçonner, tu n'as pas le choix, tu dois agir comme si tous te cachaient quelque chose. Et, dans la majorité des cas, tu finis par découvrir qu'aucun crime n'a été commis et que personne ne t'a rien caché. Qui nous dit qu'Ofer Sharabi n'est pas, en ce moment, en train de se dorer la pilule sur une plage de Rio sans que personne le sache et sans qu'il y ait un responsable à sa disparition ?

— Faux. Tu sais très bien qu'il n'est pas à Rio. D'où te vient tout à coup cette idée saugrenue ?

— Comment puis-je savoir qu'il n'y est pas ? Je ne sais rien.

— Tu n'as qu'à te renseigner auprès de la police des frontières pour savoir s'il a quitté le pays. Si oui, tu regardes sur les listings des compagnies aériennes qui travaillent avec le Brésil et tu vois si, depuis mercredi, son nom apparaît sur un vol à destination de Rio ou d'une correspondance pour Rio. Il n'aura pas pris l'avion avec un faux passeport, ce n'est pas un agent secret, c'est un lycéen.

Avraham soupira, tout en appréciant qu'elle ait ouvert la fenêtre et permis ainsi à l'air frais d'entrer dans la pièce.

— D'accord, Ilana, tu as gagné. Il n'est pas à Rio.

— Et on a enfin parlé d'autre chose que de ton sentiment de culpabilité. J'espère avoir aussi réussi à te redonner un peu de force et d'envie, dit-elle en le regardant droit dans les yeux, avec cette sincérité qui l'ébranlait toujours autant. Je ne comprends pas comment tu es capable de te laisser parfois démoraliser si vite. Et par quoi ! Le plus petit Eyal à la noix arrive à te déstabiliser, comme si c'était toi, et pas lui, qui avais intégré la police la veille ! Comme si tu n'étais pas un de nos meilleurs enquêteurs.

Ilana savait parler de ce que, par honte, il n'osait pas aborder. Et elle se débrouillait, en plus, pour ne pas l'embarrasser. Depuis qu'il la connaissait, il ne lui était arrivé qu'une fois, une seule, de rêver qu'elle posait une main sur la sienne. Juste une main, rien de plus. Une main qu'il avait découverte froide. Ils discutaient comme à présent, mais dans son précédent bureau. Au fil du temps, il avait oublié s'il s'agissait d'un vrai rêve ou d'un rêve éveillé. De toute façon, il s'était interdit d'y repenser.

— Pour ce qui est de Sharpstein, je m'y ferai, répliqua-t-il. Pour le reste, ce n'est pas qu'une question de culpabilité, mais aussi l'impression d'avoir lâché quelqu'un qui avait besoin de nous. Tu sais ce qui me saute tout à coup aux yeux ? On fait travailler les proches à notre place, la famille enquête aussi, c'est elle qui placarde les affichettes, qui organise des recherches, qui téléphone aux amis. En tout cas, moi, je leur ai demandé de s'activer. Mercredi soir, quand j'ai renvoyé la mère d'Ofer chez elle, je lui ai conseillé de commencer à téléphoner aux copains de son fils. Depuis, si tu savais combien il m'est pénible de laisser cette femme seule chez elle et de rentrer chez moi comme si de rien n'était ! Je sais que je ne peux pas rester à lui tenir la main, qu'il n'y a aucune raison pour cela, mais elle est sans doute en train de vivre les pires moments de sa vie et nous, on s'en fiche. En plus, on lui suggère de se charger de la majorité du boulot.

— Tais-toi, Avi, la police n'est pas la nounou de ses administrés. Tu le comprendras peut-être quand tu auras des enfants. D'ailleurs, la police ne peut pas non plus se charger seule de la sécurité des citoyens, tu le sais pertinemment. Les parents doivent veiller sur leurs enfants et les adultes sur eux-mêmes. Celui qui a compris que la police n'était ni son papa ni sa maman, qu'elle ne protégeait pas la terre entière vingt-quatre heures sur vingt-quatre, agit en personne responsable, pose une porte blindée et une alarme, s'abonne à une société de gardiennage et, oui, cherche aussi par lui-même son enfant quand il disparaît, qu'est-ce que tu crois ?

Il n'avait pas pensé que la description d'une mère attendant son fils puisse la mettre en colère ou la peiner.

— Ce qui me ronge, reprit-il après un long silence, c'est de me dire qu'Ofer Sharabi risque de devenir le prochain Guy Hever ou Adi Yaacobi et qu'au bout de dix, quinze ans, on ne saura toujours rien de ce qui lui est arrivé, pas même s'il est mort ou vivant... rien, à part le fait qu'il est sorti de chez lui un mercredi matin mais n'est jamais arrivé au lycée. Qu'on n'aura aucune idée, nom de Dieu, de ce qui s'est passé sur un trajet qui n'est pas censé prendre plus de dix minutes !

La silhouette d'Ofer apparut à nouveau devant lui, descendant les escaliers, son sac à dos noir sur l'épaule. Il est sorti dans la rue, a tourné à droite en direction du lycée. A croisé des gens mais personne ne l'a remarqué. Et s'il avait tourné à gauche et non à droite, comment savoir ? Non loin de l'immeuble, mais dans la direction opposée, il y avait une épicerie. Sans raison évidente, Avraham s'y était arrêté le matin même, avant d'arriver au commissariat. Il avait présenté une photo d'Ofer à la patronne en lui demandant si elle avait vu le garçon mercredi, le jour de sa disparition. La femme, qui n'avait pas besoin de photo étant donné qu'elle connaissait très bien Ofer, était au courant de sa disparition, tout le monde en parlait dans le quartier, tout le monde voulait participer aux recherches. Elle affirma que presque tous les matins depuis qu'il était en âge de le faire Ofer venait acheter du lait, du pain frais et des berlingots de boisson chocolatée. Et elle était quasi certaine de ne pas l'avoir vu mercredi matin. Son mari confirma ses dires. « Attendez un instant, je peux vérifier ! » s'était-elle soudain exclamée et, après avoir ouvert l'épais cahier dans lequel ses clients réguliers inscrivaient ce qu'ils prenaient à crédit, elle avait repris : « Sharabi, trois shekels et demi, c'était mardi et depuis, aucune course », lança-t-elle, aussi émue que si, grâce à elle, on venait de retrouver le garçon. Ses derniers achats se soldaient à quarante-quatre shekels et soixante centimes ; à côté de la somme, il avait signé au stylo vert.

— Il ne sera ni Guy Hever ni Adi Yaacobi, rétorqua Ilana, tu sais très bien que ça n'a rien à voir.

Ce fut à cet instant qu'il explosa, un flot irrépressible de pensées qui s'entrechoquaient, comme s'il n'avait pas entendu la dernière phrase de sa supérieure.

— Tu te rends compte que toute l'enquête se concentre dans un rayon de deux kilomètres à peu près ! C'est absurde. La famille habite à un kilomètre et demi du lycée, notre commissariat se trouve à mi-chemin, et même moi, j'habite à cinq minutes en voiture de chez eux. C'est comme enquêter dans un village et malgré ça, malgré tous nos moyens technologiques et tous nos experts Internet et médias, tous nos Sharpstein et compagnie, eh bien, on n'a déniché personne qui aurait vu ce gosse aller au lycée ou ailleurs ni personne qui pourrait nous donner des informations intéressantes sur cette famille... C'est simplement incroyable !

— Les interrogatoires des amis et des voisins n'ont rien donné ?

— Trois fois rien. Dans leur immeuble, il y a un voisin un peu bizarre qui est venu nous aider hier dans les dunes et qui prétend avoir connu Ofer mieux que quiconque. Je vais le convoquer pour un complément d'information. Peut-être demain, une fois qu'on en aura terminé avec le père.

— Oui, ça me semble judicieux. Et sinon, tu es prêt pour ton voyage ? Tu pars quand ?

— La semaine prochaine. Enfin, pas sûr que j'y aille. Je me demande si je ne vais pas annuler...

— Hors de question ! Il s'agit d'un déplacement professionnel de six jours, et si on n'a pas bouclé le dossier d'ici là, on pourra continuer sans toi, en espérant juste qu'on ne nous le retire pas.

Il resta un instant interloqué. Comment pouvait-elle lancer cette menace tout de go, et cela juste avant de le pousser hors du bureau parce qu'elle n'avait plus le temps.

— Ça veut dire quoi, « en espérant juste qu'on ne nous le retire pas » ?

— Ça veut dire qu'on veut tous que dans une semaine l'enquête soit bouclée, je me trompe ? Tu sais très bien que si ça se complique ou si on sent que cette disparition inquiétante risque d'évoluer vers autre chose, par exemple vers un homicide, on sera sans doute obligés de former une autre équipe d'investigation, donc le dossier pourra atterrir chez quelqu'un d'autre. Ça ne dépendra pas de moi, surtout s'il y a des pressions du côté de la famille. Peut-être qu'ils préféreront le confier à la police nationale. Pour l'instant, je te demande de ne pas y penser. Tu enquêtes sur une disparition inquiétante, ce dossier est le tien, et ce n'est que s'il se transforme qu'on avisera. On a le temps.

Et lui qui avait cru reprendre du poil de la bête et retrouver un peu de la lucidité dont elle parlait, il la fixa du regard le plus sincère possible et murmura :

— Ilana, je t'en supplie, ne m'enlève pas cette affaire. Il y a une demi-heure, j'étais sur le point de te demander de m'en décharger, mais je ne m'en remettrais pas et tu le sais. C'est mon dossier. Depuis l'instant où cette mère est entrée au commissariat. Je ne le lâcherai pas tant que je ne lui aurai pas ramené Ofer.

Il avait une semaine. L'insinuation d'Ilana était claire. S'il n'avait pas progressé avant son voyage, il reviendrait de Bruxelles et trouverait quelqu'un d'autre sur l'affaire. Et même si une équipe d'investigation dirigée par un plus haut gradé que lui n'était pas formée, même si on ne refilait pas le dossier à la police nationale, comment mesurer les dégâts que

Sharpstein était capable de causer en son absence? Qui dit que ce jeune loup n'en profiterait pas pour lui arracher Ofer? La pensée que l'enquête puisse être bouclée justement pendant les six jours où il serait à Bruxelles lui donnait des sueurs froides.

Pour regagner son commissariat de Holon, il prit par Jaffa et en profita pour s'arrêter devant Aboulafia afin d'acheter un samossa au fromage. L'atterrissage du vol El-Al 382 en provenance de Milan était prévu pour vingt-deux heures cinquante. Il avait le choix entre attendre le père dans le hall d'arrivée de l'aéroport et l'emmener directement dans son bureau pour interrogatoire ou bien le laisser passer la nuit en famille et ne le convoquer que le lendemain matin. Il pouvait aussi, simplement, se rendre lui-même chez les Sharabi et frapper à leur porte. Il voulait absolument retourner dans cet appartement, dernier endroit où Ofer avait été vu avant de disparaître, et il voulait les voir ensemble, chez eux – la mère et le père. Il n'avait pas recroisé Hannah Sharabi depuis le vendredi. Peut-être qu'en présence de son mari elle aurait moins peur et pourrait lui en dire davantage sur son fils. Il voulait s'imprégner des détails du visage du père et imaginer à quoi ressemblerait Ofer au même âge. Il voulait entrer avec lui dans la chambre de l'adolescent, s'asseoir avec lui sur le lit étroit, ouvrir avec lui les tiroirs qu'il avait déjà ouverts le vendredi. Est-ce qu'une observation attentive des expressions de cet homme lui livrerait plus d'éléments sur son fils et la vie qu'il menait que ne lui en avaient livré les traits figés de la mère? N'était-ce pas toujours ainsi? De plus, s'il interrogeait le père chez lui, il pourrait ensuite passer chez le voisin. Ne pas oublier de contacter Zeev Avni au préalable pour s'assurer qu'il serait présent à son domicile.

Son portable sonna exactement au moment où il entrait dans le parking du commissariat. Un numéro masqué.

— Je voudrais parler avec le célèbre commandant Avraham Avraham.

Il reconnut la voix, bien qu'il ne l'ait pas entendue depuis au moins six mois, et regretta aussitôt d'avoir répondu.

— C'est moi.

— Bonjour, Avraham Avraham, Ouri Ouri à l'appareil. Du Shabak Shabak.

Le rire de l'officier des services de sécurité intérieure était toujours déroutant et aussi criard qu'un rire de gamin.

— Je t'appelle au sujet du disparu disparu.

Avraham continua à rouler jusqu'à sa place de parking habituelle et resta assis dans sa voiture.

— Tu es toujours là ? Ne te vexe pas, tu sais bien que si je blague, c'est par empathie. Tu ne trouves pas que les policiers de district sont devenus drôlement susceptibles depuis qu'on nomme des femmes pour les diriger ?

Sans jamais avoir rencontré cet agent secret, il le détestait. Six mois auparavant, ils avaient eu des échanges téléphoniques liés à une enquête sur un voleur de voitures originaire d'un village proche de Naplouse mais qui avait été arrêté à Bat-Yam. Le Shabak avait réquisitionné le dossier sous prétexte que le jeune Palestinien était aussi suspecté d'appartenir à une organisation terroriste et qu'il avait un frère, de dix ans son aîné, condamné à plusieurs années de prison pour activités menaçant la sécurité de l'État. Déjà à ce moment-là, Ouri lui avait parlé comme le patron d'un restaurant s'adresserait au dernier de ses plongeurs, or cet agent était peut-être plus jeune et moins gradé que lui. Il n'avait cependant pas osé refuser de lui communiquer le dossier avec tout le matériel qu'ils avaient récolté au prix d'un dur et long labeur.

— Je voulais juste t'informer qu'à ce stade votre enquête ne nous intéresse pas du tout. On a fait des vérifications, il ne s'agit pas d'un acte qui relève de la qualification d'acte de terrorisme ou constituant une menace à notre sécurité. Mais si, au détour de vos investigations, tu vois tout à coup surgir ne serait-ce qu'une seule lettre en arabe, tu me préviens tout de suite, je peux compter sur toi ?

— Oui, lâcha Avraham.

— Parfait. C'est ce qu'on appelle une bonne collaboration entre les services.

D'où appelait-il ? Où se trouvaient les bureaux des agents du Shabak ? Il songea pendant un bref instant qu'en Israël il y avait une police parallèle dont il ne savait presque rien, sauf qu'elle s'occupait uniquement des Arabes. Sans commissariats, sans numéros de téléphone.

— Bon, c'est tout, ou tu avais besoin d'autre chose ? osa-t-il demander.

— À vrai dire, encore un tout petit truc. J'ai une surprise pour toi. Tu es prêt ? Mon petit doigt m'a dit que tu cherchais à comprendre pourquoi il n'y avait pas de romans policiers écrits en Israël, je me trompe ? J'ai raison ou pas ?

Il frémit de tout son corps. Le Shabak n'écoutait tout de même pas les conversations téléphoniques des policiers, ni ce qui se disait dans les salles d'interrogatoire !? Qui donc parmi ses collègues l'avait trahi ?

— Quoi ? marmonna-t-il. Je n'ai pas compris.

— Mais si, ça gazouille dans les services ! Alors écoute, on a organisé une réunion d'urgence pour discuter de ce point et nous sommes à présent en mesure de te donner une réponse officielle. Tu veux l'entendre ?

Non, songea-t-il en son for intérieur, non, je ne veux pas l'entendre.

— Eh bien, voilà la réponse : les policiers israéliens ne s'occupent que de dossiers futiles et aucun ne vaut d'être rapporté dans un livre que de toute façon personne ne voudra lire. De plus, ces policiers ne sont, en majorité, pas des lumières. Les enquêtes importantes sont confiées aux agents du Shabak, et de nous, personne ne sait rien à part ceux qui savent mais qui n'ont pas le droit d'écrire. Tu as pigé pigé ?

6

La vieille dame s'approchait de plus en plus de sa fin. D'une voix tremblante, elle décrivait sa mère descendant du vieux bus délabré et marchant dans une rue de Jérusalem sous une pluie drue qui lui lavait le visage. Elle marquait de temps en temps une pause dans sa lecture, parfois même au milieu d'une phrase, soupirait, essayait de respirer profondément pour donner plus d'assise à ses phrases, sans succès. Peut-être espérait-elle leur faire croire que c'était le contenu du récit qui la mettait dans un tel état, et non le simple fait de lire sa prose tout haut, debout face aux autres participants ?

Zeev ne se souvenait pas comment s'appelait celle qui, à tout instant, risquait de s'étouffer d'émotion, en revanche il se souvenait qu'en la voyant, juste avant le début de la première séance, il avait failli repartir. Elle était assise sur une des chaises disposées en cercle dans la petite salle où se tenait l'atelier. Il lui avait trouvé un air de retraitée à qui des cours de bridge conviendraient parfaitement. Ce n'est qu'en voyant entrer, une ou deux minutes après lui, un homme d'à peu près son âge, suivi de deux jeunes femmes qui s'étaient présentées comme des étudiantes, qu'il avait décidé de rester.

Comme on pouvait s'y attendre, la courte nouvelle se terminait par la mort de la vieille mère. La lectrice-narratrice regagna sa place, visiblement soulagée. Il n'y eut pas d'applaudissements car il en avait été décidé ainsi à la première rencontre. Et aucune main ne se leva. Tous savaient que Mickaël ne dirait rien mais tous l'observaient. Le professeur était assis sur sa chaise, dans la position qu'il adoptait toujours pour écouter, penché en avant, coudes posés sur ses genoux et front soutenu par ses poings, de sorte que les élèves ne pouvaient pas distinguer son visage. Ils essayaient cependant tous de deviner ce qu'il pensait pour abonder dans son sens, mais là, personne ne prit le risque de briser le silence qui s'était instauré dans la salle et commençait à tirer en longueur, même si Mickaël insistait souvent sur le fait que « se taire est aussi une réponse à un texte ».

— Bon, le fond est évidemment très touchant, mais je pense que cette histoire est ratée ; sur un plan littéraire, s'entend.

Comme au cours des précédentes séances, celui qui venait de prendre la parole était un homme de l'âge de Zeev, prénommé Avner, qui lors des présentations du premier jour s'était déclaré journaliste et qui, dès le début, avait endossé le rôle du mauvais coucheur. Il semblait tellement se délecter de la posture insatisfaite et ridicule dont il ne se départait jamais qu'il n'hésitait pas à tenir tête même à Mickaël.

— Je ne crois pas au retournement de situation de dernière minute, expliqua-t-il. C'est artificiel. La fille en veut à sa mère pendant toute l'histoire et soudain elle s'adoucit sans que je comprenne pourquoi.

Toujours la même réaction. Ce type ne comprenait jamais que les gens changeaient et il qualifiait tout bouleversement affectif de « soudain » et d'« artificiel ». Comment aurait-il expliqué l'état second dans lequel Zeev se trouvait depuis une semaine et tout ce qui en avait découlé ? Lui, plus ça allait, plus il pensait qu'on ne pouvait justement pas expliquer, ni comprendre, un vrai bouleversement affectif. À huit heures moins le quart ce matin-là, il avait téléphoné au secrétariat de son lycée pour prévenir qu'il était malade : après sa conversation avec Avi Avraham dans les dunes, il avait passé tout le reste du samedi au lit. Mikhal, qui était rentrée dans l'après-midi de chez ses parents avec Ilaï, l'avait trouvé tremblant de fièvre. Il avait dormi, peut-être même parlé en dormant, s'était réveillé à trois heures du matin, était allé se préparer un thé au lait, s'était assis dans le salon et avait attendu. Dans le silence de l'aube, le moindre bruit en provenance des pièces mitoyennes secouait son corps comme un coup de tonnerre. Et puis, lentement, il avait compris que plus de douze heures s'étaient écoulées depuis sa conversation avec le commandant et le moment où il s'était trahi. Personne n'était venu l'arrêter, donc apparemment personne ne viendrait. Il pouvait préparer ses cours mais décida de ne pas se rendre au lycée. Il était terrorisé à l'idée que des policiers risquaient de faire irruption dans sa classe : il se voyait traverser la cour menotté, sous les regards des professeurs et des élèves qui l'observaient du haut des fenêtres. Il ne s'était recouché qu'après cinq heures du matin.

La plus grande partie de la journée, il l'avait passée à Tel-Aviv. Il était allé voir un film anglais en costumes, au cinéma Lev ; de toute façon, inutile de traîner à la maison, d'autant que le dimanche, c'était sa belle-mère qui gardait Ilaï.

Une des deux étudiantes vola à la rescousse de la lectrice.

— Qu'est-ce que vous ne comprenez pas ? Évidemment qu'il y a une raison. L'héroïne se souvient de ce qui s'est passé dans le car.

— Et elle ne s'en souvenait pas avant ? D'ailleurs, si ça ne lui revient que maintenant, il faut un élément déclencheur qui tienne littérairement la route.

Mickaël se taisait toujours. Zeev ne dit rien non plus. Il n'avait pas encore pris la parole dans l'atelier. Et, pour l'instant, n'avait pas non plus écrit de textes. Il observait, notait des choses intéressantes dans son cahier noir, il avait même l'impression que son mutisme intriguait les élèves, accentuait leur envie de savoir ce qu'il pensait de leurs histoires. Peut-être aiguisait-il aussi la curiosité de Mickaël qui, lors de leur discussion dans sa voiture après le cours précédent, l'avait engagé, sans le presser bien sûr, à lire en classe quelque chose de sa plume. Il y avait de cela une semaine, c'est-à-dire avant Ofer, avant la mère d'Ofer, avant le commandant Avraham, avant l'appel anonyme, avant la battue dans les dunes. Il ne savait toujours pas s'il allait raconter quelque chose à Mickaël lorsqu'il le ramènerait en voiture ce soir-là, après le cours. Ils ne se connaissaient que depuis quatre semaines, mais Zeev sentait se tisser entre eux cette connivence silencieuse, souvent annonciatrice de réelle amitié.

Le récit de la femme âgée débutait dans un hôpital où, sur son lit d'agonie, une vieille mère se mourait d'un cancer. D'après ce que disait la fille, qui était aussi la narratrice, il était clair que leurs relations se plaçaient sous le signe de la froideur et du ressentiment. Elle ne pouvait par exemple pas retenir sa colère si la malade se soulageait dans son lit alors qu'elle venait d'en changer les draps. Et puis, un instant avant que ne vienne la mort, la fille se souvient d'une scène douloureuse de son enfance : elle revoit ce jour d'excursion scolaire annuelle où sa mère (elles sont toutes les deux fraîchement arrivées de Pologne) l'accompagne jusqu'au vieux car bleu, garé devant l'école, le matin du départ. La scène se passe en hiver. Le véhicule est bondé, des enfants excités hurlent, certains entonnent des chants folkloriques dans un hébreu parfait (cette description servait à représenter l'époque et à marquer la différence entre ces deux immigrantes polonaises et les camarades de classe, nés sur la terre d'Israël). Malgré l'insistance de la fille qui veut se séparer de sa mère loin des autres enfants, celle-ci tient à monter dans le car pour l'aider à ranger son sac à dos au-dessus du siège. Elle veut aussi y placer le bortsch qu'elle a préparé dans une grande casserole en fer-blanc dont le couvercle est maintenu par une corde, mais au moment où elle la soulève, cette casserole lui échappe des mains, la ficelle qui n'est pas bien attachée lâche, la soupe de betterave rouge se répand, épaisse et acide, sur le siège et sur la robe loqueteuse de la mère. Alors la fille la renvoie d'une voix stridente et dans un hébreu désuet : « Hors d'ici ! Hors d'ici ! » lui lance-t-elle. La mère se fraie péniblement un chemin entre les élèves hilares et, tête basse, sort du car en marmonnant : *« Wybacz mi ukochany »,* ce qui signifie en polonais : « Pardonne-moi, ma chérie. »

La discussion dans la salle tournait en rond et devenait ennuyeuse.

Sachant que Mickaël réfléchissait, Zeev attendait.

Enfin, le professeur leva la tête et dit d'une voix posée :

— J'ai été très touché par votre histoire.

Un peu surpris de la formulation choisie, Zeev essaya de capter son regard pour savoir s'il avait effectivement été ému, mais ses yeux de braise restaient fixés sur la vieille dame qui, elle, s'efforçait toujours de calmer sa respiration. Le silence se fit dans la classe et il continua :

— Je pense que vous êtes très douée pour brosser une scène en quelques phrases. Et je voudrais insister là-dessus. En deux pages et demie, vous avez créé quatre personnages aux sentiments crédibles, parce qu'il y a la fille et la mère dans le présent, et la fille et la mère dans le passé – ce ne sont pas les mêmes personnages. C'est ainsi qu'il faut les considérer et c'est ce que vous avez fait. De plus, vous avez installé deux plans narratifs très éloignés l'un de l'autre, mais sans utiliser de repères temporels, uniquement grâce à des détails d'époque, comme la modernité de la chambre d'hôpital face au vieil autocar. Il y a des écrivains connus et reconnus qui n'y arrivent pas aussi bien.

La pique, qui assurément n'était destinée qu'à lui, Zeev (le professeur savait que parmi tous les participants assis dans cette pièce il était le seul capable de percevoir la violence contenue dans ces propos), l'aida à dissiper quelque peu la perplexité causée par les compliments adressés si généreusement à la retraitée. Cette remarque n'était en effet que la suite de la discussion qu'ils avaient eue, tous les deux, la semaine précédente : ils avaient évoqué les articles que Mickaël publiait régulièrement dans les suppléments littéraires et où il analysait avec une profonde acuité les livres d'auteurs plus âgés et plus renommés que lui, tels qu'Avraham B. Yehoshua ou Yoram Kaniuk. La semaine précédente, Zeev avait profité du trajet en voiture pour lui dire qu'il lisait toujours ses chroniques, ce à quoi l'autre avait répondu qu'il envisageait d'arrêter : « Ça ne m'apporte que des ennuis à cause des gens que je blesse », avait-il expliqué modestement.

— Cependant, il me semble, au moins en ce qui me concerne, que votre nouvelle aurait pu être bien meilleure et bien plus forte – elle est déjà magnifique, je tiens à le souligner – si vous n'étiez pas tombée dans le piège dont je ne cesse de parler depuis notre première rencontre, c'est-à-dire si vous n'aviez pas écrit de la littérature, continuait Mickaël du même ton calme, bien qu'il soit passé au stade de la critique. Encore une fois, cela n'engage que moi, et certains lecteurs penseront sans doute différemment. Il y a dans votre texte une réelle douleur, mais j'ai l'impression que dès qu'elle devient trop insupportable vous vous réfugiez dans la littérature, enfin la littérature entre guillemets, c'est-à-dire que vous avez recours à des figures de style comme l'analogie ou le symbole. Or, dans la réalité, il n'y a ni analogies ni symboles, il n'y a pas de pluie qui mouille le visage de la mère, pas de fin avec la fille qui ferme les yeux de la morte et chuchote : « Pardonne-moi, ma chérie » en polonais, reprenant ainsi les mots utilisés par sa mère des années auparavant.

L'opposition totale entre le physique débraillé du professeur et la douceur de ses paroles toujours d'une remarquable sensibilité étonnait Zeev depuis qu'il s'était inscrit à cet atelier. Mickaël Rozen avait une barbe fournie et hirsute, des yeux rouges, et lorsqu'ils s'étaient trouvés assis l'un à côté de l'autre dans la voiture, son sweat-shirt noir dégageait une forte odeur de tabac et de transpiration, peut-être aussi d'alcool. Il avait tenté, à maintes reprises, de se représenter l'appartement et surtout le bureau de l'écrivain. Des cendriers débordant de mégots, des piles de livres et des bouteilles de vin à moitié vides éparpillées sur sa table de travail. Ce ne serait sans doute pas encore ce soir, même s'il le raccompagnait, que Mickaël l'inviterait à monter chez lui, mais il restait plusieurs semaines d'ici la fin de l'atelier, et cela pouvait arriver.

Le professeur continuait à couver la vieille dame du regard.

— Vous vouliez donner à votre récit une fin harmonieuse, c'est pour cela que vous l'avez terminé avec la reprise par la fille des paroles de sa mère. Mais cette histoire ne doit pas, du moins à mon avis, se terminer ainsi. Elle ne doit pas finir sur une réconciliation. S'il y avait eu réconciliation, jamais ce texte n'aurait été écrit. Je pense que vous avez voulu terminer en harmonie parce que nous pensons tous que la littérature, l'art en général, le Beau signifient harmonie, et que la colère n'y est pas à sa place. Moi, je dis que je me fiche de ce qu'est la littérature. Je vous l'ai expliqué à notre première séance, je ne peux pas et ne veux pas vous aider à faire de la littérature. Je veux vous aider à écrire.

— Quel mal y a-t-il à faire de la littérature ? intervint l'étudiante qui avait déjà parlé. Écrire, tout le monde peut le faire.

— Il n'y a pas de mal à ça, Eynat, c'est simplement que dans ce cas vous empruntez des mots et des modèles qui viennent de quelqu'un d'autre. La fillette dans le car n'a pas vu de larmes dans la pluie qui inondait le visage de la mère. Et je suis presque certain que la femme assise à l'hôpital au chevet de sa mère ne lui a pas demandé pardon au moment de la mort. Elle s'est affolée. Elle a paniqué. La mort, ce n'est pas quelque chose d'harmonieux, c'est quelque chose d'effrayant. Or je pense justement que c'est ce quelque chose d'effrayant qu'il faut essayer de saisir. De plus, je ne suis pas d'accord quand vous dites que tout le monde peut écrire. Souvenez-vous du passage de la lettre de Kafka que je vous ai lu à notre première rencontre (il ferma les yeux et cita de mémoire :) « Si le livre que nous lisons ne nous réveille pas d'un coup de poing sur le crâne, à quoi bon le lire ? Nous avons besoin de livres qui agissent sur nous comme un malheur, comme si nous étions relégués au fin fond de la forêt, comme un suicide – un livre doit être la hache fendant la mer gelée qui est en nous. » Remarquez bien que Kafka ne parle pas de littérature mais de livres.

Le regard de Mickaël balaya la classe puis s'arrêta sur Zeev. Y vit-il ce que lui-même ignorait encore, c'est-à-dire qu'à cet instant précis l'écriture pointait ? À moins que le déclenchement n'ait eu lieu qu'un peu plus tard, dans sa voiture, en même temps que la conversation prenait un tour plus personnel, devenait plus intime. Il avait senti que Mickaël le poussait vers quelque chose. Comme s'il savait.

La vieille dame, qui à l'évidence avait un jour été la petite fille du car, celle qui avait vertement renvoyé sa mère, s'était remise des émotions suscitées par sa lecture à haute voix et osa enfin répondre :

— Mais je voulais traiter du regret, c'est le sujet que vous nous avez donné, se défendit-elle avec un manque de réceptivité évident.

— C'est juste, le regret. Mais qui a dit que dans le regret il y avait réconciliation, résignation ou beauté ? Au contraire, dans le regret, du moins selon mon entendement, il y a surtout le tumulte intérieur, la douleur et la haine. Dans le récit de Gershon Shoffman qu'on a évoqué ensemble, il y avait du regret mais aucune résignation ni rien de littéraire. Il n'y avait que la perplexité et le chagrin.

Il fouilla dans son sac à dos et en tira un volume bleu dont la couverture tombait en lambeaux.

— Ce qu'il y a dans ce texte, reprit-il alors, c'est le mépris de la littérature. Vous ne vous souvenez pas que le narrateur s'en prend à la neige, ou plutôt à l'image littéraire de la neige qu'il accuse d'avoir fait de lui un père, alors qu'il ne voulait pas avoir d'enfants. Je lis : « Qu'est-ce qui, en fait, m'a piégé ? Par quoi ai-je été leurré ? Par l'amour ? Le grand amour ? J'en doute. Davantage qu'à l'amour lui-même, j'en veux à toutes ces choses malicieuses dont elle » – la littérature – « a entouré l'amour : les nuages, le vent, la neige... oui, la neige, la neige, c'est elle qui m'a abusé ! » Cette histoire n'a pas de fin harmonieuse. Le héros regrette d'avoir eu des enfants et il est condamné à vivre jusqu'au bout avec ce regret et ce chagrin.

Mais la vieille dame, qui était incapable de comprendre les extraordinaires explications de Mickaël, s'entêta :

— Pourtant, je crois que ma mère et moi, nous nous sommes vraiment réconciliées. À la fin.

Il tardait. Sans doute retenu par l'étudiante qui s'était approchée de lui à la fin de la séance. Zeev l'attendait sur l'esplanade du musée. La nuit était tombée et un flot de couples en tenue de soirée se dirigeait vers le théâtre Caméri et l'Opéra.

Au bout de quelques minutes, le professeur émergea du bâtiment, toujours flanqué de la jeune étudiante, et le remarqua aussitôt :

— Vous m'attendiez ?

— À la semaine prochaine, lança alors la jeune femme.

Mickaël alluma une cigarette qu'il tira d'un paquet de Noblesse froissé.

— Je me suis dit que je pourrais vous ramener, comme la dernière fois.

Ils s'étaient arrêtés face à face sur les escaliers qui menaient à la bibliothèque Beith-Ariéla, Mickaël sur une marche, Zeev en dessous.

— C'est gentil mais je suis invité chez une amie, dit-il, les yeux rouges et brillants.

Zeev réagit rapidement :

— Aucun problème, je vous dépose là où ça vous arrange.

— Ce n'est vraiment pas dans votre direction, elle habite au sud de Tel-Aviv, à Yad-Eliyahou.

La semaine précédente, lorsqu'il l'avait attendu pour lui proposer de le déposer en voiture, il avait menti et raconté qu'il habitait au nord de Tel-Aviv, dans le même quartier que lui, tout au bout de la rue Ben-Yéhouda, là où effectivement il avait habité avec Mikhal avant la naissance d'Ilaï.

— Ça ne me dérange pas du tout de faire un détour.

Ils se dirigèrent vers le parking où il avait laissé sa vieille Daihatsu. Le professeur marchait comme si la ville lui appartenait, tandis que lui avait toujours l'impression de découvrir les feux et l'éclairage des rues, un peu comme un enfant qui les voit pour la première fois. Ce n'était que pour pouvoir le raccompagner qu'il avait décidé de renoncer à son scooter et demandé à Mikhal de lui laisser la voiture ce matin-là, ce qui l'avait obligé à la déposer à son lycée. Des livres et des CD traînaient sur le siège passager et sur le tapis de sol en caoutchouc. Il les poussa en s'excusant du désordre.

— Ça alors, c'est carrément une bibliothèque ambulante que vous avez là ! s'exclama Mickaël.

Zeev alluma le lecteur CD et soudain la musique du *Quatuor à cordes* de Chostakovitch retentit à leurs oreilles. Il l'arrêta aussitôt.

— Je n'ai pas envie de ça maintenant, marmonna-t-il comme pour lui-même.

À la radio, il tomba sur les informations de vingt heures. Il avait laissé le siège d'Ilaï sur la banquette arrière. La fois précédente, Mickaël l'avait remarqué et lui avait demandé combien d'enfants il avait et de quel âge. « Un seul, avait-il répondu. Il a presque un an et je ne m'y suis toujours pas habitué. »

Il fit semblant d'hésiter sur le chemin à prendre

pour se rendre à Yad-Eliyahou, tourna à gauche sur Ibn-Gvirol et continua tout droit dans Yéhouda-Halevy.

— C'était un cours pénible, non ? Elle n'a pas compris un mot de ce que vous disiez, commença-t-il.

Mickaël lui lança un regard surpris.

— Je pensais justement que la séance avait été productive. Elle m'a étonné. Elle a écrit un beau texte, j'espère qu'on n'a pas mal interprété mes propos.

Arrivé devant le bâtiment du journal *Maariv,* Zeev tourna à droite au lieu de s'engouffrer sur la voie Yitzhak-Sadeh.

— Pas grave, vous pouvez faire demi-tour n'importe où, mais si ça rallonge trop votre trajet, vous pouvez me laisser ici, dit Mickaël avant de lui demander à brûle-pourpoint : Et vous, quand est-ce que vous allez nous lire quelque chose ? Je ne m'adresse jamais à vous en classe parce que je ne veux obliger personne, mais...

Zeev avait très envie de lui révéler qu'il sentait que ça venait. L'écriture. Après si longtemps. Devant ses yeux se dessinait le visage d'Ofer tel qu'il l'avait vu pour la dernière fois et il savait déjà comment il le décrirait, avec sa moustache naissante, son rire embarrassé. Depuis trois jours, il tenait son sujet, et s'il n'avait pas encore cerné les mots justes, il les avait sur le bout de la langue.

— Je pense que je vais commencer cette semaine. Je crois tenir mon fil. Grâce à vous.

Et comme le professeur, prudent, restait silencieux et ne lui demandait rien, il en profita :

— Et vous ? Est-ce que vous êtes en train d'écrire ?

Ils venaient de s'arrêter à un feu rouge. Mickaël

soupira. Il était mal assis, coincé dans la voiture trop petite pour ses longues jambes.

— Je suis toujours en train d'écrire, mais ça fait des mois que je n'ai rien produit de valable, ou du moins que je juge digne d'être publié. C'est pour ça que j'ai accepté d'animer cet atelier. Dans l'espoir que ça m'aide, moi aussi, à régler quelque chose dans mon processus d'écriture.

Ce soupir et l'aveu qui avait suivi contribuèrent assurément à rapprocher les deux occupants de la voiture. Zeev avait lu le dernier livre de Mickaël, paru deux ans auparavant – au début avec les réticences qu'avait éveillées en lui le jeune âge de l'auteur, ensuite avec étonnement et admiration. Cet homme avait déjà publié trois livres, deux recueils de nouvelles et un court roman. Aucun ne s'était très bien vendu, mais tous avaient eu droit à un vrai succès d'estime. Le tee-shirt rouge de Mickaël dégageait la même odeur forte que le sweat noir de la semaine précédente, et Zeev se demanda si c'était l'odeur de sa peau.

— Vous avez de longues périodes où vous n'écrivez pas?

— J'écris tout le temps. Mais il y a des périodes où je n'écris rien de bon.

— Qui décide?

— Moi.

Zeev lâcha un petit lire, Mickaël resta sérieux, comme si ce qu'il venait de dire était totalement dépourvu d'humour.

— En fait, comment avez-vous commencé à écrire?

— Je ne m'en souviens même plus. Je sais qu'à l'école primaire j'écrivais déjà. J'étais assis en classe, mais je n'écoutais pas un mot de ce que disait la maîtresse parce que j'écrivais des poèmes.

Comme Zeev détestait cette réponse chaque fois qu'il la lisait dans les interviews que les écrivains donnaient aux journaux ! Lui ne se serait jamais permis de rater un mot de ce que disaient ses professeurs, et son principal souvenir de l'école primaire était sa terreur d'être interrogé par l'institutrice.

— Et vous, depuis quand écrivez-vous ? lui demanda soudain Mickaël en baissant la radio. J'ai curieusement l'impression que vous n'êtes pas du genre à fréquenter les ateliers d'écriture, que vous savez très bien ce que vous voulez écrire et comment vous y prendre.

Ces paroles le laissèrent sans voix.

Avait-il réussi à mystifier Mickaël, à lui cacher ce qu'il était vraiment, ou au contraire cet homme à la sensibilité exacerbée avait-il repéré une chose dont lui-même n'avait pas encore conscience, qui lui était encore inaccessible, une profondeur intérieure en laquelle il n'osait pas encore croire ?

— Je n'écris pas du tout, qui vous a dit que j'écrivais ? se défendit-il en riant afin de masquer son trouble. Pour être honnête, c'est totalement par hasard que je me suis inscrit à votre atelier. J'y suis entré sans le faire exprès, après être tombé sur l'affiche en passant devant Beith-Ariéla. J'ai décidé de venir jeter un œil, non pas pour apprendre à écrire mais plutôt pour voir comment c'était et sur quoi les autres écrivaient. Je n'étais pas sûr de vouloir rester, ce qui m'a convaincu, c'est ce que vous avez dit à la première séance. Ça m'a fortement impressionné et j'ai senti que quelqu'un comme vous pouvait m'apporter quelque chose. Et je pense que j'ai effectivement déjà appris pas mal de choses. Je pense que ça approche.

À ce moment de leur conversation, Zeev avait été à deux doigts d'avouer. Mais à cause de l'embarras de Mickaël – peut-être ne savait-il pas comment prendre le compliment qui venait de lui être adressé –, le silence s'instaura dans la voiture.

Ils étaient arrivés à Yad-Eliyahou.

— Il est devenu très bien, ce quartier, dit enfin l'écrivain dont les yeux rouges s'étaient tournés vers la fenêtre. J'envisage d'emménager par ici. Les loyers sont beaucoup plus abordables que dans notre coin.

— Oui, à Tel-Aviv, c'est de la folie, répondit aussitôt Zeev.

Le moment de vérité était passé. Il reprit :

— Nous aussi, nous envisageons de déménager. Notre propriétaire veut augmenter le loyer et de toute façon on a besoin d'un appartement plus grand, il nous faut une chambre de plus pour le petit. Tel-Aviv est devenu une ville où même une famille avec deux salaires d'enseignants ne peut pas trouver à se loger.

— Et vous iriez où ?

— On pense à Holon, mais on hésite encore. On a du mal à quitter Tel-Aviv. Moi en tout cas.

— Moi, justement, je serais bien allé m'installer à Holon. J'ai souvent l'impression que c'est le bon endroit.

— Le bon endroit ? Dans quel sens ?

— Un endroit où il fait bon vivre et bon écrire. J'en ai assez de me focaliser sur Tel-Aviv. J'en suis au stade où je cherche à écrire avec de plus en plus de simplicité, et peut-être que pour atteindre ce but il faut vivre simplement, au milieu de gens simples. J'en ai marre de la littérature trop sophistiquée. Mais je ne sais pas, c'est peut-être très naïf, ce que je dis.

Zeev se sentit soudain visé par la pique.

— Vous haïssez la littérature à ce point ?

— Non, non, j'espère que ce n'est pas ce qui ressort de mes propos. Mon Dieu, j'ai vraiment l'impression de ne pas avoir été compris. Je devais être aujourd'hui d'une humeur massacrante et c'est ce que je vous ai fait passer. Je vais réparer ça dès la semaine prochaine. J'essaie juste de vous aider à cesser de vous demander ce qui est ou n'est pas de la littérature afin que vous puissiez exprimer, à travers l'écriture, ce que vous avez en vous. Le texte le plus fort jamais écrit, du moins à mes yeux, n'a pas été conçu comme une œuvre littéraire. Vous connaissez la *Lettre au père,* de Kafka ?

Honteux d'avouer qu'il ne l'avait pas lue, mais tout aussi honteux d'être pris en flagrant délit de mensonge s'il disait le contraire, Zeev se demanda si Mickaël lui posait la question parce qu'il l'avait déjà catalogué parmi les gens simples qui vivaient simplement. Certes, il aurait pu noyer le poisson par des généralités du genre : « Je l'ai lue il y a longtemps, je ne m'en souviens plus vraiment », mais il décida de dire la vérité.

— C'est parfait, je vous en lirai un extrait la semaine prochaine, pas tout, parce que le texte est long. En plus, une nouvelle traduction vient de sortir. Il s'agit d'une lettre que Kafka a écrite à son père en 1920 je crois, ou 1919, quelques années avant sa mort, mais qui n'est jamais parvenue à son destinataire. Pensez-y, une des plus grandes œuvres littéraires de tous les temps n'a pas été pensée en tant qu'œuvre littéraire mais écrite comme une lettre qui n'aurait dû être lue que par une seule personne – une personne qui ne l'a pas lue ! Ça me bouleverse chaque fois que j'y pense. C'est ainsi que je veux écrire, comme s'il n'y avait qu'un destinataire unique et particulier que je chercherais à bousculer. La lettre commence par les mots : « Tu m'as demandé récemment pourquoi je prétends avoir peur de toi. » Magnifique, vous ne trouvez pas ?

Ce fut à cet instant précis qu'apparurent les premiers mots.

Et tout l'après-midi qu'il avait passé, les derniers jours aussi peut-être, l'idée qui n'arrivait pas jusque-là à se formuler, tel un bébé ne sachant pas encore parler, oui, tout s'était soudain cristallisé en mots clairs qu'il ne restait plus qu'à noter sur une feuille de papier.

Les heures qui suivirent furent totalement différentes de ce qu'il avait vécu avant et après avoir appelé anonymement le commissariat de police le vendredi.

Cette fois, il n'agit pas dans l'affolement et ne se trompa à aucun moment. Chaque chose fut accomplie avec un parfait calme intérieur. La peur qui le faisait trembler depuis la veille et l'avait perturbé même lorsqu'il s'était réveillé au milieu de la nuit et avait constaté que tout était silencieux autour de lui, oui, cette peur avait disparu sans laisser de traces. Tout se passait bien, exactement comme il s'était imaginé que se déclencherait l'écriture.

De Yad-Eliyahou, il ne rentra pas directement chez lui après avoir déposé Mickaël. Il appela sa femme pour lui demander s'il pouvait encore s'attarder en ville, sous prétexte qu'il voulait aller au cinéma. Ensuite, il se souvint du film anglais qu'il avait vu le matin et se rassura : il n'aurait même pas à mentir s'il devait le lui raconter. Il s'assit derrière la vitre d'un café place Masaryk, commanda une tisane et ce fut là que les premiers mots s'écrivirent comme d'eux-mêmes sur la page de son cahier noir :

Maman et papa,

Je sais que vous me recherchez depuis quelques jours, alors un conseil : arrêtez. C'est peine perdue, vous ne me retrouverez pas. Pas plus que la police, même avec des chiens.
Sur les affichettes que vous avez collées dans la rue, j'ai vu qu'il était écrit que j'avais disparu mercredi matin, mais nous savons tous les trois que cela n'est pas vrai, nous savons tous les trois que j'ai disparu bien avant, que j'ai disparu sans que vous vous en aperceviez, parce que vous ne m'avez jamais vraiment observé et qu'en plus cela ne s'est pas fait en un jour. Ce fut un long processus, et à la fin vous aviez encore l'impression que j'étais à la maison simplement parce que vous n'avez pas essayé de regarder vraiment.
Je me demande pourquoi vous avez, justement maintenant, commencé à me chercher et alerté la police. Pourquoi ne l'avez-vous pas fait au cours des années ou des mois précédents, période durant laquelle s'écrivait la chronique de ma disparition annoncée ? Pendant un certain temps, j'ai pensé que c'était parce que vous étiez trop occupés avec vous-mêmes, happés par vos vies, mais j'ai abandonné cette explication puérile au moment où j'ai compris que la vraie raison venait de ce que vous aviez simplement du mal à vous approcher de moi. Chaque être humain a peur de voir

ce qui arrive vraiment à son prochain, et peut-être plus encore ce qui arrive à son enfant, surtout si celui-ci est autre. Et en l'occurrence, cet enfant est tellement différent de vous que vous ne le comprenez pas, qu'il vous paraît n'être qu'une bizarrerie ambulante.
Je sais que cette lettre vous fera du mal, mais c'est sans doute que je cherche à vous rendre ce que vous m'avez fait. Tout cela aurait pu être évité si vous aviez réagi à temps, mais vous ne vous êtes souvenus de mon existence que trop tard.
Vous vous demandez certainement où je suis maintenant, d'où je vous écris – la seule chose que je peux dire, c'est que je suis loin, très loin, dans un lieu où tout est parfait.

Ofer, qui n'est plus votre fils

Il relut la lettre plusieurs fois avant de quitter le café.

Il ne ressentait ni joie ni satisfaction particulières, rien qu'une soif du détail. Ne garder que les mots justes et effacer les autres. Il assembla certaines phrases et en coupa d'autres, purgea la lettre de ce qui lui sembla des formulations trop complexes pour un adolescent de l'âge d'Ofer. De ce qui ne pouvait pas être la voix d'Ofer.

Lorsqu'il rentra chez lui, Mikhal lui demanda comment il se sentait.

— Très bien, répondit-il.

Ils s'installèrent dans le salon et elle alla chercher un melon qu'elle coupa en quartiers, un melon bien orange, le premier de la saison. Il lui parla du film anglais qu'il avait vu et elle de sa journée de cours et de sa soirée avec Ilaï. Le petit n'avait cessé de geindre et elle l'avait trouvé plus nerveux que d'habitude. Sûr qu'il cherchait son père. À onze heures et demie, elle lui annonça qu'elle allait se coucher et lui demanda s'il venait aussi.

— Pas encore. Je pense que je veux écrire quelque chose, lâcha-t-il dans un sourire.

Elle leva vers lui des yeux étonnés.

— Il était temps, dit-elle.

Zeev s'assit à son bureau sous la véranda, mais avant de sortir de son sac les gants stériles achetés dans une pharmacie sur le chemin du retour et de tirer une feuille blanche d'une ramette toute neuve, il alla jeter un coup d'œil dans la chambre pour s'assurer que Mikhal dormait. Il s'appliqua ensuite à recopier lentement ce qu'il avait écrit au café, arrondit et espaça les lettres pour transformer sa propre écriture, d'ordinaire serrée et pointue. Il renonça à « chronique de ma disparition annoncée », qu'il trouva trop cliché, et à l'image de « bizarrerie ambulante », qu'Ofer n'aurait certainement pas employée. À la fin de la lettre, après le mot « fils », il ajouta : « À suivre. » Il plia la feuille en deux à l'aide d'une règle et la glissa dans une enveloppe brune.

En rentrant le soir, il avait noté que Mikhal avait remonté le courrier. Il ramassa donc dans le petit panier de la cuisine la facture d'électricité qui n'avait pas encore été décachetée et prit aussi le sac-poubelle – qui pourrait justifier l'utilisation de gants en latex au cas où quelqu'un le verrait et s'en étonnerait. Évidemment, personne ne le vit. Il glissa la facture dans sa propre boîte aux lettres puis la ressortit et en profita pour pousser l'enveloppe brune dans celle des Sharabi. Il veilla à laisser dépasser un des coins par la fente métallique de telle sorte qu'il soit impossible de ne pas la remarquer. Il enleva ses gants et les mit dans le sac-poubelle qu'il alla jeter dans la benne commune. De retour chez lui, il réintégra la véranda, s'assit à son bureau face à l'ordinateur allumé et, par les fentes des volets, observa ce qui se passait dehors. Il ne ressentait toujours aucune émotion significative. Bizarre. Il était dans un état de tension très particulier, un état à la fois familier et totalement étranger à ce qu'il vivait dans son quotidien. Il y avait peu de chance pour qu'il voie quelqu'un entrer ou sortir de l'immeuble à une heure pareille, mais il ne pouvait se résoudre à aller dormir. Peut-être éprouvait-il la même chose qu'un jeune écrivain qui attend avec impatience le journal du matin pour y lire son premier texte publié ? Et soudain, il se dit que n'importe quel voisin pouvait très bien descendre, passer devant les boîtes aux lettres et prendre l'enveloppe sans que lui, Zeev, le sache. Il attrapa les clés de son scooter et fonça comme pour aller chercher quelque chose dans le coffre. L'enveloppe était à sa place.

Il surfa sur Internet et termina le melon.

Un instant avant d'éteindre l'ordinateur, il entendit une voiture s'arrêter en bas de l'immeuble. La portière du siège passager fut ouverte et un homme mit pied à terre. Le père d'Ofer. Il tira du coffre un sac de voyage qu'il continua à porter même lorsqu'il alla serrer la main du chauffeur par la vitre baissée. Ensuite, il se tourna vers le chemin qui menait à l'immeuble et s'engouffra dans le hall d'entrée.

Il était une heure et demie du matin.

7

Rétrospectivement, ce fut ce jour-là que l'enquête changea de direction.

Mais il ne s'en rendit pas compte tout de suite. En effet, il lui fallut du temps pour comprendre que le dossier prenait une tournure qu'il n'avait pas envisagée, et lorsqu'il le comprit, il avait déjà atterri à Bruxelles.

Cela dit, en rentrant à pied chez lui le lundi soir – il avait de nouveau opté pour le parcours piétonnier qui reliait la rue Fichman à Kyriat-Sharet –, Avraham sentit, pour la première fois depuis le début de l'enquête, que le disparu du mercredi matin était, pour lui du moins, sorti du statut de total absent. Il avait enfin réussi à capter, au-delà du visage qui apparaissait sur les photos qu'on lui avait confiées, le timbre de la voix et les pensées d'Ofer.

À sept heures, ce matin-là, il avait téléphoné au père du garçon, qui était finalement arrivé en Israël après minuit, pour lui demander de passer au commissariat. Ensuite, il avait appelé Zeev Avni, le voisin qu'il aurait dû contacter la veille. Manque de chance, il l'avait loupé de quelques minutes : il était déjà parti travailler, lui expliqua sa femme, qui lui donna le numéro de portable d'Avni mais le prévint que ce dernier avait plusieurs heures de cours d'affilée et ne pouvait répondre que pendant les brefs interclasses. Avraham appela et tomba donc sans grande surprise sur le répondeur. Il ne laissa pas de message.

Il en profita pour reprendre le dossier Kintaev afin de le boucler en vue d'une présentation au parquet de Tel-Aviv. Il aurait dû, la veille, convoquer le suspect pour un nouvel interrogatoire, mais la réunion avec ses collègues l'avait tellement déstabilisé, il en était sorti tellement paralysé qu'il avait choisi de s'en dispenser – au prétexte qu'Ilana lui avait donné l'ordre de se concentrer sur la disparition d'Ofer Sharabi. De toute façon, il avait assez d'éléments pour que dans deux jours le juge décide d'une mise en examen et demande une détention préventive jusqu'à la fin de l'instruction. Il décida de rédiger ses conclusions à partir des PV d'interrogatoires et du reste du matériel qu'ils avaient déjà rassemblé. À la lecture des retranscriptions, ses conversations avec Kintaev lui parurent encore plus étranges que sur le vif. Il consacra un paragraphe spécial aux aveux que ce drôle de personnage avait faits concernant des délits qui n'étaient pas inclus dans le dossier et un autre où il commenta les conversations téléphoniques qu'ils avaient interceptées. Quant au récit de la tentative d'assassinat par électrocution sur une vieille parente dont le suspect espérait hériter, il conseilla de transmettre l'affaire au district Nord pour complément d'information. Une expression étonnante attira son attention pendant qu'il rédigeait ses notes, des mots qui revenaient sans cesse dans la bouche de Kintaev : « Si on est copains. »

« Si on est copains, je te parle. Si on est copains, je t'aide à boucler ton enquête. Si on est copains, je te raconte des choses que tu ne sais pas. »

Avraham n'y avait répondu qu'à une seule reprise par un « D'accord, on est copains », et Kintaev avait alors bruyamment éclaté de rire et lancé : « Si on est copains, tu me libères maintenant et on va tous les deux chez toi ! »

À onze heures moins le quart, il essaya de nouveau de joindre Zeev Avni et tomba de nouveau sur son répondeur.

Il reçut le coup de fil d'Eliyahou Maaloul alors que le père d'Ofer venait de s'asseoir dans son bureau.

— Ça ne peut pas attendre une heure ou deux ? demanda-t-il.

— Vaut mieux pas.

Il s'excusa auprès de M. Sharabi, sortit de la pièce et reprit la conversation avec son collègue qui était retourné le matin même au lycée, comme convenu, pour interroger d'autres camarades de classe d'Ofer ainsi que des professeurs. Maaloul s'était installé dans le bureau de la conseillère principale d'éducation et avait reçu les élèves avec elle, misant sur la présence de cette femme pour les rassurer et aussi les pousser à en dire plus.

— Certains élèves craignent davantage l'autorité tangible du personnel éducatif qu'ils côtoient tous les jours que l'autorité abstraite de la police, expliqua l'inspecteur, qui paraissait essoufflé, comme s'il marchait vite. Avi, crois-moi, tu te trompes sur ce gosse, il n'a pas disparu de son plein gré et ne s'est pas non plus suicidé, j'en suis à présent convaincu.

Cette affirmation se rapportait à la conversation téléphonique qu'ils avaient eue la veille au soir pour préparer les opérations du lendemain. Avraham lui avait une nouvelle fois expliqué pourquoi il était persuadé qu'Ofer avait fugué.

— Tu as découvert quelque chose ?

— Pas exactement... ou plutôt, tu sais quoi, si ! Vendredi soir, deux jours après sa disparition, Ofer était censé aller au cinéma avec une fille. Et si j'ai bien compris, ce n'était pas le genre de chose qui lui arrivait souvent. C'était peut-être même la première fois. Le copain qui me l'a révélé s'appelle Yaniv Nesher. Il est dans la même classe qu'Ofer et c'est apparemment son meilleur ami, bien qu'il n'ait pas l'air d'en savoir beaucoup. Quoi qu'il en soit, trois jours avant sa disparition, donc dimanche dernier, Ofer lui a raconté qu'il devait aller au cinéma le vendredi suivant avec une fille qu'il avait rencontrée grâce à lui.

Ce jour-là, Avraham recroiserait le mot « cinéma » mais bien plus tard, dans un autre contexte et prononcé par quelqu'un d'autre. Il se souviendrait alors du rendez-vous d'Ofer le vendredi soir et dans ses pensées relierait les deux films, rapprochant ainsi deux conversations qui n'avaient au premier abord rien à voir entre elles.

— Qu'est-ce que ça veut dire, « rencontrée grâce à lui » ? demanda-t-il à son collègue.

— Plus exactement grâce à la sœur du copain. Ofer était chez eux, il venait échanger un jeu vidéo ou faire une partie. Ce Yaniv a une sœur d'un an plus jeune qui, au même moment, recevait une copine. Ofer a plu à cette copine, on lui a fait passer le message en lui donnant le numéro de téléphone de la fille. Apparemment ça lui a pris du temps, mais il a fini par l'appeler, ça remonte à la semaine dernière. Écoute, les détails n'ont aucune importance, ce qui compte, c'est qu'ils se sont fixé rendez-vous pour aller au cinéma vendredi soir. Deux jours après sa disparition !

Aucune importance ? Au contraire, détails cruciaux ! L'information n'avait certes rien de transcendant, mais elle révélait un autre Ofer, différent de l'adolescent qu'on lui avait décrit jusque-là : Ofer qui ne sortait pas de chez lui et ne se confiait à personne. Tout à coup, voilà qu'il allait chez un copain. Qu'il avait l'intention de passer une soirée au cinéma. Qu'il avait plu à une fille alors qu'Avraham était persuadé qu'il ne plaisait à personne.

— Tu lui as parlé, à elle ? le pressa-t-il.

— Non, elle fréquente un autre lycée, celui de Kyriat-Sharet. Je suis en route. Et aussi, je ne savais pas qu'ils avaient une fille attardée.

— Qui ? demanda-t-il sans comprendre.

— Ses parents. D'après ce que m'a dit le copain d'Ofer, j'en ai déduit qu'il y a une gamine trisomique chez les Sharabi.

Il tombait des nues mais n'avait pas vraiment envie de l'avouer à Maaloul. Comment expliquer qu'au bout de cinq jours d'investigation, et alors que depuis le vendredi il s'était justement mis en condition pour « écouter l'histoire » et apprendre à connaître les protagonistes, il soit passé à côté d'une telle information, certainement capitale dans la vie du disparu ?

— Je ne savais pas que leur fille était trisomique. Je ne l'ai pas encore vue, les grands-parents sont venus les chercher, elle et son petit frère, mercredi ou jeudi. Voilà qui explique pourquoi la mère ne pouvait pas à la fois s'occuper de ses enfants et se débrouiller seule avec la disparition d'Ofer.

— C'est aussi ce qui explique pourquoi ce gosse est si renfermé, ajouta Maaloul. Par exemple, il n'a jamais invité son copain chez lui. Et s'il ne l'a pas fait, c'est certainement à cause de sa sœur.

Avraham se rendit compte que lors de ses visites chez les Sharabi il n'était pas entré dans la chambre de leur fille. Ni le jeudi ni le vendredi. Il avait même senti comme une pression tacite de la mère pour qu'il ne pénètre pas dans cette pièce dont la porte restait tout le temps close. Cela dit, il n'avait pas vu non plus la chambre à coucher des parents. Soudain, il se souvint d'un détail qui l'avait interpellé le premier soir, lorsqu'il était rentré chez lui après avoir renvoyé la mère sans ouvrir d'enquête : la différence d'âge entre les enfants. Deux ans après la naissance d'Ofer, Hannah Sharabi avait mis au monde une fillette trisomique. Ensuite, plus d'enfants. Pendant presque dix ans.

— Bon, qu'est-ce que ça nous donne, à ton avis ? reprit-il au bout d'un instant de réflexion.

— Un bout de piste me semble-t-il, non ? La fille avec laquelle Ofer avait rendez-vous a peut-être un petit copain qui n'aura pas apprécié ? Quoi qu'il en soit, la fugue est de plus en plus improbable. Tu imagines que deux jours avant de sortir pour la première fois de sa vie avec une fille Ofer décide de disparaître ? Autre point à éclaircir : il a peut-être raconté quelque chose à cette fille. Il a même peut-être pris contact avec elle depuis mercredi. Bref, il se peut que ce soit elle le maillon manquant. La personne qu'Ofer aurait contactée et sur laquelle nous n'avions pas encore mis la main.

— Et elle n'aurait rien dit depuis tout ce temps ?

— Écoute, mon vieux, je n'en sais rien, je suis en route pour son lycée, je lui pose toutes ces questions et je te ferai part de ses réponses.

Cinq jours – et il était resté dans l'ignorance la plus totale. Des relations d'Ofer avec cette fille et de la sœur trisomique. Inclure Maaloul dans l'équipe d'investigation avait été incontestablement une bonne idée. Vexé, il regagna son bureau au plus vite, avec la ferme intention d'obliger le père à lui raconter tout ce qu'il était possible de savoir sur Ofer et sa vie – l'entretien dût-il se prolonger tard dans la nuit.

Il fut surpris par Raphaël Sharabi. Non seulement par son physique, mais aussi par la manière dont il s'exprimait. Et par le contenu de ses paroles. Sachant que c'était un marin doublé d'un syndicaliste engagé, Avraham s'était attendu à voir débarquer une armoire à glace, rigide et forte en gueule. Il s'était préparé à se faire traiter avec rudesse, à s'entendre reprocher le retard dans le déclenchement de l'enquête, peut-être à essuyer des menaces. S'il avait bien compris les allusion d'Ilana, une intervention de cet homme risquait de les priver du dossier, qui atterrirait dans une cellule dirigée par un plus haut gradé que lui, ou carrément dans un service national.

— Excusez-moi, dit-il en s'installant, je viens de recevoir les dernières informations d'un de nos enquêteurs sur le terrain.

— Du nouveau ? demanda le père.

Il secoua négativement la tête.

— Pas pour l'instant. On verra plus tard.

Il se dégageait de la morphologie et des traits de Raphaël Sharabi, qui ne le dépassait que de quatre ou cinq centimètres, quelque chose d'étonnamment doux. Presque de féminin. Le père d'Ofer était un peu enrobé et avait dans les quarante-cinq ans. Cheveux bouclés poivre et sel, coupés court autour d'un visage rond, joues pleines, couvertes de poils de barbe gris comme s'il ne s'était pas rasé pour cause de deuil. Cette réflexion rappela à Avraham l'aspect de l'appartement au premier jour de l'enquête, envahi par les proches et les amis, les boissons sans alcool, les assiettes de cacahuètes et autres graines sur la table du salon. À ce moment-là, le père faisait route vers Trieste.

Eh bien non : Raphaël Sharabi ne le menaça pas et ne mentionna pas son refus d'ouvrir une enquête dès le mercredi soir. Il écouta le compte rendu des investigations avec calme et patience et à la fin proposa son aide pour tout ce dont la police aurait besoin. Il expliqua que ses collègues de travail ainsi que sa famille s'étaient portés volontaires pour des battues si besoin était. Avraham ne put s'empêcher de se demander si sa femme ne lui avait rien dit de la manière dont il l'avait tout d'abord éconduite. Aurait-elle eu peur qu'il ne lui reproche, à elle, de ne pas avoir assez insisté ? Cet homme n'avait pourtant pas l'air d'un mari terrorisant. Au début, après la poignée de main et les présentations, Avraham avait commencé l'entretien en déclarant qu'il se doutait à quel point cela avait dû être pénible pour lui de se trouver si loin, en pleine mer, et dans l'impossibilité de revenir vite.

— Oui, mais qu'est-ce que je pouvais faire ? Je suis rentré dès que nous avons jeté l'ancre, se défendit Raphaël Sharabi, comme s'il se sentait obligé de se justifier.

La mer, pensait-il, calme, tourmentée. Les marins restaient-ils pendant toute la traversée dans le ventre du bateau ou bien montaient-ils sur le pont respirer un peu d'air frais dès qu'ils avaient un moment de libre ? La mer comptait-elle particulièrement dans leur vie ou bien le bateau était-il un lieu de travail comme un autre, une sorte d'immeuble de bureaux d'où, simplement, on ne sortait pas ?

— Pour l'instant, ce qui me semble le plus compliqué dans cette affaire, reprit Avraham, c'est que j'ai l'impression de ne pas avoir assez d'informations sur Ofer. Et c'est là que j'ai vraiment besoin d'aide. Votre femme a beaucoup de mal à parler et je la comprends, mais du coup je n'arrive pas à construire le profil psychologique de votre fils. Et de ce fait, d'autant que pour l'instant nous n'avons aucun élément matériel que nous puissions exploiter, c'est très difficile de savoir dans quelles directions poursuivre nos investigations.

Le père soupira. Ne dit rien. Peut-être était-il encore en pleine mer. Peut-être avait-il du mal à se libérer de la culpabilité de ne pas avoir été auprès des siens au moment où ceux-ci avaient eu le plus besoin de lui.

— Si je comprends bien, vous restez éloigné de chez vous pendant de longues périodes. Pouvez-vous m'expliquer un peu comment ça se passe ? Vous partez pour combien de temps et avec quelle régularité ?

— Je suis maintenant plutôt sur les courtes distances, Limassol ou la Turquie. Des voyages de moins d'une semaine. Et une fois tous les quelques mois, je fais des moyen-courriers, en général jusqu'à Koper ou Trieste. Après chaque traversée, j'ai quelques jours de repos à la maison, ça peut même aller jusqu'à deux semaines. De temps en temps, je travaille au port, de sept heures et demie à cinq heures du soir, dans la maintenance.

Avraham se demanda où se trouvait Koper. Peut-être était-ce une ville portuaire en Méditerranée. Chaque fois qu'en cours d'interrogatoire quelqu'un lui parlait de choses qui dépassaient le domaine de ses propres connaissances, il sentait qu'il était sur la bonne voie. Qu'il repoussait ses limites grâce à de nouveaux acquis. Il lui semblait que le père, à la différence de la mère, voulait discuter avec lui et qu'une porte était en train de s'ouvrir, même si, pour l'instant, ce n'était qu'une porte de bateau. Il s'était rendu deux fois chez les Sharabi, le jeudi et le vendredi, la mère l'avait accompagné dans la chambre d'Ofer, avait fouillé avec lui armoires et tiroirs, s'était assise à côté de lui sur le lit étroit du garçon, et pourtant il avait senti qu'elle refusait de le laisser entrer.

— Comment définiriez-vous votre rôle ?

— Je suis chef mécanicien.

— Un poste à haute responsabilité ?

— On s'occupe de toutes les machines à bord. C'est un poste auquel on ne peut accéder qu'au bout de vingt ans de carrière.

— Et comment avez-vous commencé ?

Raphaël Sharabi lui lança un regard étonné tant, pour lui, la réponse allait de soi.

— J'ai fait mon service militaire dans la marine, après j'ai suivi la filière mécanique de l'école navale de Saint-Jean-d'Acre, ensuite j'ai intégré la Zim et j'ai bénéficié de l'avancement normal.

— Ce qui veut dire que c'est vous le commandant du bateau ?

Y avait-il un commandant sur les bateaux, il n'en était pas sûr.

— Non. Le chef mécanicien n'est responsable que des machines. Celui qui commande, c'est le capitaine, et pour cela il faut avoir suivi la filière des métiers de pont. Le capitaine est responsable de tout sur le bateau, y compris de la cargaison ; il supervise les opérations de chargement et de déchargement.

— Sur quels bateaux travaillez-vous ?

— Pas sur de très gros tonnages, parce que je ne fais plus les longs cours. Des feeders en général.

— C'est quoi ?

— Ah pardon, vous m'avez posé la question comme si vous vous y connaissiez, s'excusa Raphaël Sharabi. Chaque type de navire de charge a un nom différent. Les feeders ne sont pas très grands, ils peuvent transporter entre mille et trois mille conteneurs standards.

Avraham prit des notes sur une feuille de papier identique à celle sur laquelle il avait gribouillé distraitement son horrible dessin le mercredi soir précédent – une feuille qu'il avait d'ailleurs cherchée la veille en vain, dans son bureau et chez lui.

— Ce n'est pas un travail pénible ? Je veux dire quand on a une famille, demanda-t-il, espérant qu'il n'y avait aucune accusation dans sa voix.

— Ça fait partie du métier.

Il hésitait à lui demander combien gagnait un chef

mécanicien. Cinq mille shekels ? Dix mille ? Trente mille ? Il n'en avait aucune idée, or il voulait justement discuter avec cet homme de ce que lui, commandant de police, ne connaissait pas. Il savait, d'expérience, que c'était toujours une clé.

— Qu'en pense votre femme ? Comment vous êtes-vous rencontrés, tous les deux ?

— Elle l'accepte. A-t-elle le choix ?

Bien enrobé sous sa douceur se cachait tout de même quelque chose de dur. L'impatience de celui qui n'a pas l'habitude qu'on lui pose des questions et encore moins d'avoir à y répondre. De celui qui donne des ordres d'un ton sec et professionnel, sur les bateaux et apparemment aussi chez lui.

— Comment vous êtes-vous rencontrés ? répéta Avraham.

— Hannah a fait comme moi son service militaire dans la marine. Pendant les périodes plus difficiles, après la naissance des enfants, je me suis efforcé d'être davantage à la maison. Et avec l'alternance de ce travail, je reste parfois à terre jusqu'à deux semaines d'affilée, sans rien faire.

Le père était-il étonné que la conversation se concentre sur sa vie professionnelle et ses absences ? Avraham eut au contraire l'impression que, si la conversation s'orientait ainsi, c'était parce que son interlocuteur avait envie d'en parler.

— À quel âge vous êtes-vous mariés ? poursuivit-il.

— À quel âge ? J'avais vingt-six ans et Hannah vingt et un.

Il essaya de se représenter le couple le jour de ses noces. Raphaël, il arrivait facilement à le visualiser âgé d'une vingtaine d'années. Sans doute plus mince, un peu plus droit, avec certainement la même bonhomie qu'aujourd'hui mais moins d'assurance. Elle, par contre, il fut incapable de l'imaginer à vingt ans, au début des années quatre-vingt-dix.

— Et quand est-ce qu'Ofer est né ?

— J'étais déjà en stage de fin d'études quand nous nous sommes mariés. Je partais longtemps et il m'arrivait de ne pas rentrer à la maison pendant plus d'un mois. Alors on a attendu. J'ai eu mon diplôme et dès que j'ai été embauché, on a fait Ofer. Il est né à l'hôpital de Tel-Hashomer.

— Et comment votre fils a-t-il vécu tout ça ?

— Tout ça quoi ?

— Vos longues absences.

Tiens, en fait, Ofer imite son père, il s'est absenté, lui aussi, songea-t-il sans rien dire.

Raphaël Sharabi avait de grandes mains. Poilues. Qu'il posa sur le bureau, devant lui, et fixa du regard au moment où il reprit la parole :

— Petit, c'était pénible. Au point qu'à un de mes retours d'un long voyage il ne m'a pas reconnu. Il s'est obstiné à ne pas vouloir que je sois son père et m'a appelé tonton. Ça a duré plusieurs jours. En grandissant, ça s'est arrangé, et aujourd'hui, il aide beaucoup sa mère quand je ne suis pas là. Il reste à la maison, participe aux tâches domestiques. Dès qu'il aura dix-sept ans, on a l'intention de l'inscrire au permis. Hannah ne conduit pas. Peut-être que tout cela a été trop difficile pour lui.

— De quoi parlez-vous ?

— Il se peut qu'on lui ait mis trop de pression sur les épaules et qu'il ait craqué. (Il se tut un instant.) J'ai grandi au sein d'une famille qui avait de grosses difficultés financières, j'ai commencé à travailler très jeune et j'ai mis un point d'honneur à ce que mes enfants vivent dans de bonnes conditions et puissent étudier. Ofer se débrouillait bien à l'école. Mais on exigeait de lui certaines choses : d'aider à la maison tout en ne relâchant pas ses études. Peut-être que c'était trop.

Toujours pas un mot sur la sœur.

— Vous diriez qu'Ofer ne s'épanouissait pas dans son cadre familial ?

— Possible. Je trouvais ça naturel et je ne me suis jamais posé ce genre de question avant qu'il ne disparaisse. Lui ne s'est jamais plaint. Au moment d'entrer au lycée, il a voulu intégrer un centre d'instruction naval, en fait, il visait l'internat de Saint-Jean-d'Acre. Je n'étais pas contre, c'est Hannah qui s'y est opposée. Elle préférait le garder auprès d'elle.

Avraham continua d'avancer prudemment :

— Lui imposiez-vous des règles strictes par rapport à ses sorties, ses fréquentations ?

— Non, sur ce point justement, on est très coulants. On le pousse à sortir le soir, à aller s'amuser avec des amis. Après le coucher des enfants, Hannah a moins besoin d'aide. Mais je pense qu'on lui a fait porter trop de responsabilités, surtout pendant mes voyages.

À l'évidence, il n'était pas au courant que son fils avait prévu d'aller au cinéma le vendredi soir avec une fille à qui il plaisait et cela peut-être pour la première fois. Lorsque Avraham lui demanda ce qu'il savait des relations extrascolaires d'Ofer, sa réponse le confirma :

— Je ne pense pas qu'il sortait avec des filles, mais c'est normal. Moi aussi, à son âge, j'étais timide. J'ai toujours pensé que l'armée lui ferait du bien, comme à moi. Que ça le décoincerait un peu.

— Il parlait de son service militaire ?

— Il voulait intégrer la marine et je l'y ai encouragé. Bien que je ne lui souhaite pas un avenir de marin. Vous ne pouvez pas vous imaginer combien j'étais fier de le voir étudier sérieusement, faire ses devoirs, se servir de l'ordinateur. C'est lui qui m'a appris à surfer sur Internet.

Leur entretien dura quatre heures, dans le bureau. De onze heures du matin jusqu'à trois heures de l'après- midi. Et plus le temps passait, plus Avraham Avraham sentait à quel point cet échange lui était important. Après le quasi-mutisme de Hannah Sharabi, il était presque reconnaissant envers le père de lever ainsi le voile sur leur vie.

À treize heures trente, il sortit pour commander deux plateaux déjeuner à la cafétéria de l'Institut de technologie. Et deux cafés crème. En attendant qu'on lui prépare les repas, il alla fumer une cigarette sur le parking. Son portable sonna. Zeev Avni. Il ne se souvenait pas de lui avoir laissé son numéro, aucune importance d'ailleurs... Il lui demanda de passer au commissariat pour un complément d'information le lendemain matin, mais le voisin expliqua qu'il devait garder son fils et l'invita à venir chez lui. Après une brève hésitation, Avraham préféra lui proposer un autre horaire, en fin d'après-midi, aux environs de dix-sept heures. Rendez-vous fut convenu, l'autre voulut encore savoir comment il trouverait le commandant dans le bâtiment et conclut en lançant : « Bon, eh bien alors, à tout à l'heure ! », comme s'ils étaient des amis qui devaient se retrouver au café.

Eliyahou Maaloul ne répondait pas à son portable. Peut-être était-il en pleine conversation avec la gamine du lycée de Kiryat-Sharet ? À contrecœur, Avraham appela Sharpstein qui, apparemment, rentrait juste dans son bureau et ne décrocha qu'au bout de dix sonneries. Le jeune policier déclara d'emblée qu'il travaillait sur « une piste très intéressante ». À la différence de Maaloul, il n'avait pas jugé bon d'appeler son chef pour l'en informer, alors qu'il avait très certainement communiqué avec Ilana.

— C'est quoi, ta piste intéressante ?

— Rien n'est encore très clair, je te mettrai au courant si ça se précise. Disons qu'en gros j'ai découvert que dans ce quartier s'est installé un mec qui a été condamné pour infractions sexuelles plus violences sur mineurs et bénéficie maintenant d'une libération conditionnelle. Et même si c'est surtout pour harcèlement qu'il a été poursuivi, tu sais comment ça évolue. J'en suis à la collecte d'informations et on envisage de le convoquer au poste. Tu veux assister à l'interrogatoire, si on le fait venir ?

Quelle question, évidemment ! Il faillit appeler la divisionnaire, mais décida d'attendre la fin de l'interrogatoire avec le père. Sharpstein avait une fois de plus réussi à lui mettre les nerfs en boule, même si l'effet était moins violent que les jours précédents. L'enquête bougeait, bien qu'il fût encore difficile de savoir dans quelle direction. Le tableau commençait à se remplir de détails, la vie d'Ofer n'était plus une toile blanche ; y figuraient à présent un mariage célébré au début des années quatre-vingt-dix, un jeune père qui avait terminé sa formation de chef mécanicien dans la marine et que son travail gardait éloigné de la maison pendant de longues périodes. Une sœur trisomique dont la famille refusait de reconnaître l'existence. Il y avait des bateaux de charge qui transportaient des milliers de conteneurs, des ports à Chypre ou en Slovénie ; une responsabilité trop lourde imposée à l'adolescent par les absences du père et l'état de sa sœur, une responsabilité qui ne l'avait pas rendu plus fort, peut-être le contraire. Était-ce parce qu'on ne lui demandait pas de prendre vraiment la place de ce père ? Il y avait aussi un copain du nom de Yaniv Nesher, des jeux vidéo, une gamine qui l'appréciait, une séance de cinéma programmée pour le week-end ; à cela, on pouvait ajouter le désir contrarié de quitter la maison pour un internat et la volonté déclarée de faire son service militaire dans la marine. La mer n'était-elle pas en train de devenir une sorte de décor à cette histoire ? Pas la mer-plage que tout le monde connaissait, y compris Avraham qui, certains samedis d'été, allait y passer un moment (sans pour autant enlever sa chemise !). Non, il s'agissait d'une autre mer, synonyme de lieu de travail, synonyme de distance entre un père et son fils, une femme et son mari. Il eut envie de regarder à nouveau les photos d'Ofer, mais elles se trouvaient toutes dans son bureau et il préférait ne pas les exhiber en présence du père. Il écrasait sa deuxième cigarette lorsque Zeev Avni le rappela pour lui demander avec quels papiers d'identité il devait se présenter.

— Une carte d'identité suffit.

— La mienne est vieille et je n'ai pas fait mon

changement d'adresse, si bien qu'il est écrit que j'habite à Tel-Aviv. Ça ira quand même?

Avraham raccrocha après l'avoir rassuré, pestant à l'avance contre les heures qu'il allait perdre en compagnie du professeur d'anglais. Et s'il se débarrassait de cet interrogatoire en le déléguant à Sharpstein? Il sourit. En voilà une excellente idée!

La dernière partie de l'interrogatoire fut surtout consacrée à la journée du mardi. Avraham demanda à Raphaël Sharabi de reconstituer les vingt-quatre heures qui avaient précédé la disparition d'Ofer et d'essayer de se souvenir du moindre détail inhabituel.

— Comme j'allais partir le lendemain, j'ai passé presque toute la journée à la maison, expliqua le père.

Il s'était levé à six heures du matin, avait réveillé les deux garçons tandis que sa femme réveillait la fille – il n'avait toujours pas mentionné sa trisomie et parlait d'elle comme si de rien n'était –, le bus scolaire était venu la chercher à sept heures et demie.

Avraham notait chaque mot.

— Ofer a-t-il été à l'épicerie? demanda-t-il.

— Je pense que oui. Il y passe tous les matins, mais je ne me souviens plus. C'est important?

Ensuite, Raphaël Sharabi avait pris sa voiture pour accompagner le petit à l'école. Ofer était parti au lycée, comme d'habitude. À pied. Il ne savait pas ce qu'avait fait Hannah. C'était l'instant qu'avait imaginé Avraham le premier soir, l'instant où la mère se retrouvait seule.

De la maternelle, le père était allé régler diverses choses, il était passé à sa banque, avait conduit la voiture au contrôle technique à Jaffa, était revenu à la maison chercher Hannah pour faire des courses dans la zone industrielle et il avait mangé dehors. Ofer était rentré le premier, sans doute avant quatorze heures, mais il ne le savait pas exactement parce qu'il faisait la sieste à ce moment-là. Il pensait qu'en général Ofer déjeunait seul, peut-être parfois avec Hannah, mais pas avec son frère ni sa sœur, qui rentraient plus tard. Il ne se souvenait pas de l'avoir vu après s'être réveillé, mais Ofer était assurément resté à la maison, comme l'avait dit sa femme. Sans doute à faire ses devoirs ou préparer un contrôle. Sans sortir de sa chambre, Raphaël Sharabi avait commencé à préparer son sac de voyage. Sa femme l'avait aidé. Il n'avait entendu aucune conversation téléphonique d'Ofer dans l'autre pièce. Le petit dernier était rentré à la maison à quatre heures, raccompagné par la mère d'un copain de l'école. La fille après cinq heures.

— Si tard ? Mais dans quel lycée étudie-t-elle donc ? ne put s'empêcher de demander Avraham.

Le père le fixa alors droit dans les yeux et murmura :

— Hein ? Elle est dans un établissement spécialisé.

— Pourquoi ?

— Parce qu'elle est lourdement handicapée. Mais c'est un bon établissement, ils leur donnent des cours pendant la journée et leur apportent beaucoup.

Maintenant que le sujet était enfin abordé, curieusement, il ne trouva plus de questions à poser. Comme si tout ce qu'il avait voulu obtenir était juste que les parents cessent de nier l'existence de cette enfant différente.

— Donc, votre fille vit à la maison ? demanda-t-il pourtant. Vous ne l'avez pas placée ?

— Non, Hannah ne veut pas. Elle a même eu du mal à l'inscrire là où elle est maintenant. Elle voulait la garder à la maison et être la seule à s'en occuper. D'ailleurs, c'est ce qu'elle a fait jusqu'aux sept ans de la petite. C'est pour ça qu'elle a arrêté de travailler. Avant, elle était employée dans une crèche.

— Et comment a réagi Ofer ?

— Moi, j'étais d'avis d'essayer de lui trouver un internat, à cause de nos deux autres enfants. Évidemment, pour lui, ça n'a pas été facile, mais il l'a beaucoup aidée. Sa sœur. Sa mère aussi. Petit, c'était plus dur à gérer, il avait tellement honte qu'à l'école il prétendait être fils unique. C'était avant la naissance de son frère. Mais depuis quelques années on peut vraiment compter sur lui.

Avraham Avraham posa son stylo et songea à cette mère, tellement silencieuse. Elle avait renoncé à son travail pour s'occuper de sa fille, lui éviter les blessures du monde extérieur et sous son toit l'avait aussi défendue contre le père qui voulait la mettre dans une institution. À cause des autres enfants, c'est-à-dire des garçons.

— Comment s'appelle-t-elle ? demanda-t-il.

— Ofer est le premier de la famille à avoir appris la langue des signes, parce qu'elle a un gros problème d'audition. C'est fréquent dans son état. Elle s'appelle Danite.

Ils en revinrent au mardi et Avraham recommença à prendre des notes. Ils avaient dîné aux environs de dix-neuf heures, tous ensemble. Le père avait donné le bain au petit et l'avait couché pendant qu'Ofer regardait la télévision dans le salon. Sa femme avait aidé Danite à se laver et à se mettre au lit. Dès que le petit s'était endormi, Ofer avait réintégré sa chambre, sans doute pour jouer à l'ordinateur en coupant le son, comme d'habitude. Le père n'avait pas l'impression de l'avoir vu écrire des mails, ni surfer sur Internet. Il ne l'avait pas non plus entendu parler au téléphone. À vingt et une heures trente, ils étaient sortis, lui et Hannah, comme ils le faisaient avant chaque départ. Ils avaient retrouvé un couple d'amis dans un café du centre-ville. Qu'avait fait Ofer pendant ce temps-là ? Il n'en avait aucune idée. Quand ils étaient rentrés, relativement tôt, peut-être vers vingt-trois heures, son fils dormait, ce qui n'avait rien d'étonnant ; c'était, lui semblait-il, l'heure à laquelle il allait se coucher.

— Vous êtes-vous disputés ce soir-là ?

— Avec qui ?

— Avec votre femme par exemple. Ou peut-être avec Ofer.

— Pas que je me souvienne. Pourquoi ?

— Une simple question.

— Non, je ne m'en souviens pas. Parfois, on est tous un peu à cran avant que je parte, mais avant mon dernier voyage, sauf si j'ai oublié, nous n'avons eu aucune dispute.

— Et le lendemain ?

— J'ai quitté l'appartement à cinq heures du matin. Je me suis réveillé à quatre heures et quart. Hannah s'est levée avec moi et on a pris un café ensemble. Je me suis rendu à Ashdod avec ma voiture que j'ai laissée au port, comme toujours. D'après ce que m'a raconté ma femme, il n'y a rien eu de spécial le mercredi matin, tout était parfaitement normal.

À ceci près que le mercredi matin Ofer était parti au lycée et ne l'avait jamais atteint. Que, depuis, il avait disparu. Non, le père n'était pas allé embrasser ses enfants avant son départ, mais il affirmait que ses deux garçons dormaient. Il n'avait rien entendu en provenance de leur chambre.

Avraham réfléchit pour s'assurer qu'il n'avait rien oublié des questions qu'il souhaitait poser à Raphaël Sharabi.

— Pendant votre sortie du mardi soir, lui demanda-t-il encore, est-il possible qu'Ofer vous ait pris de l'argent ou une carte de crédit sans que vous ou votre femme vous en soyez rendu compte ? Peut-être dans un tiroir où vous cachez du liquide ?

— Je ne cache rien. Je laisse toujours de l'argent liquide dans la poche intérieure d'une de mes vestes accrochées dans l'armoire. Ofer le sait et quand je ne suis pas là, ils se servent, lui et Hannah. Quant à une carte bleue, il n'en a pas. Et il n' a rien pris de la maison. C'est une des premières choses que j'ai demandé à ma femme de vérifier.

Effectivement, Avraham se rappela qu'elle le lui avait dit.

— Et depuis votre retour, avez-vous remarqué qu'un objet, qu'il aurait pu emporter, manquait ?

Les feuilles de papier posées devant lui se remplissaient. Des listes au stylo bleu, de sa petite écriture penchée. Tiens, pour une fois, il ne s'était pas taché les doigts.

— Y a-t-il quelque chose que vous voudriez ajouter et que je ne vous aie pas demandé ?

Le père secoua négativement la tête.

Avec la mère, il n'aurait pas osé, mais il sentit Raphaël Sharabi suffisamment solide pour une dernière tentative.

— Pourriez-vous me dire, là, comme ça, sans réfléchir, où peut se trouver Ofer et ce qui lui est arrivé, selon vous ? Pouvez-vous l'imaginer dans un endroit quelconque à cet instant précis ?

La réponse fut inattendue :

— Je n'ai aucune idée et j'avoue que je suis très en colère contre lui. Si vous saviez ce que je donnerais pour avoir de ses nouvelles ! J'ai dit à Hannah ce que je pensais : à mon avis, il a décidé de fuguer quelques jours pour nous faire peur. Peut-être nous en veut-il pour une remarque, qu'il aurait ressentie comme une brimade. Mais moi, je suis furieux du supplice qu'il nous impose. Surtout à sa mère. Mais elle ne me croit pas, elle est persuadée qu'il lui est arrivé quelque chose.

Il ne s'attendait pas à ce que le père mentionne la colère. Était-ce sa manière à lui d'éviter de penser au pire, en imaginant leurs retrouvailles comme la directe continuation de leurs relations habituelles, c'est-à-dire d'un dialogue envenimé ? Cette colère s'était-elle parfois transformée en violence ? Y avait-il eu une période où le père avait battu son fils ? À nouveau, les yeux d'Avraham Avraham furent attirés par les grandes mains de son interlocuteur.

— À ce propos, comment va votre femme ?

— Elle fait des cauchemars. Jusqu'à hier, elle affrontait seule la situation et elle n'a presque pas fermé l'œil.

Ilana était bien sûr au courant de la « piste très intéressante » de Sharpstein et elle trouvait que c'était une bonne idée de convoquer le suspect pour interrogatoire.

— Suspect de quoi ? aboya Avraham dans son téléphone. Aux yeux de qui ?

— À nos yeux. Convoquez-le. Que nous puissions écarter un maximum d'hypothèses.

Elle ne parut nullement impressionnée par le résumé qu'il lui fit de sa conversation avec Raphaël Sharabi. Pas plus que par le tableau de l'enquête beaucoup plus rempli qu'il lui dressa. La piste totalement arbitraire de Sharpstein la charmait bien davantage.

Il alla frapper à la porte du bureau de l'inspecteur mais n'arriva finalement à le joindre que par téléphone. Il lui demanda s'il pouvait revenir au commissariat pour interroger Zeev Avni à sa place. Le jeune policier refusa net, ses investigations avançaient à grands pas, d'autant que l'agent de surveillance en charge du détenu en liberté conditionnelle qui habitait le quartier venait de lui transmettre un renseignement de première importance : le type n'était pas venu pointer la semaine précédente, comme la loi l'exigeait.

Avraham Avraham fut donc obligé d'attendre Zeev Avni dans son bureau.

Ilana avait peut-être raison. Malgré la conversation franche et l'image globale de cette famille qui s'était étoffée grâce à Raphaël Sharabi, il ne comprenait toujours pas la nature des relations entre le père et son fils. Ses absences, oui. Sauf qu'après chaque traversée il restait à la maison pendant plusieurs jours. Or quand il lui avait demandé s'il connaissait les amis d'Ofer, il avait haussé les épaules et dit : « Je ne pense pas qu'il ait beaucoup d'amis. Je ne sais pas. »

Il avait raconté qu'Ofer lui avait appris à surfer sur Internet, mais à part ça, rien de ce qu'il avait évoqué ne dénotait la moindre intimité entre eux, juste une responsabilité partagée, une répartition des tâches dictée par un besoin d'aide domestique. La mère s'occupait seule de la fille. Le père, quand il était là, soulageait sa femme en se chargeant du petit dernier, le matin il l'emmenait à la maternelle, le soir, il lui donnait le bain. Et Ofer dans tout ça ?

Avraham Avraham balaya du regard les murs de son bureau que n'égayaient ni fenêtre ni tableau, et pensa à Igor Kintaev, qui attendait la fin des investigations en détention provisoire. Soudain, il eut très envie de partir pour Bruxelles. À cet instant, un avion décollait sans doute de l'aéroport Ben-Gourion et se dirigeait vers l'ouest. Survolait la mer. Loin en dessous naviguaient de minuscules cargos.

Plus que quelques jours à tenir.

S'il ne se passait rien d'ici là et s'il n'annulait pas son voyage en dernière minute.

Que ferait-il pendant une semaine en compagnie de cet excité de Jean-Marc Carrot ?

Jamais il n'oublierait comment, quelques mois auparavant, son homologue belge, qui était à présent chargé de le recevoir là-bas, lui était apparu dans le hall d'arrivée de l'aéroport Ben-Gourion, costume noir et cravate, la trentaine ou peut-être moins, aussi grand qu'un joueur de basket et aussi élégant qu'une star de cinéma... alors que lui, Avraham, attendait, engoncé dans son uniforme d'apparat avec une pancarte sur laquelle était écrit « Jean-Marc Carrot ». En cet après-midi de fin mars, il faisait un temps magnifique. Il avait expliqué au Belge qu'il le conduirait tout d'abord à son hôtel de Tel-Aviv et que dès le lendemain il pourrait se joindre à lui et suivre son travail quotidien au commissariat.

« Parfait. On dépose les valises et on va faire la tournée des putes. »

Telles avaient été les premières paroles de son invité. Il avait cru à une plaisanterie. Ensuite, il avait compris que c'était ce que Jean-Marc Carrot avait l'intention de faire en Israël. L'homme, marié et père de deux enfants, se fichait complètement des formations professionnelles et des échanges de compétences. En revanche, il ne voyait aucun inconvénient à partager avec son collègue des parties de jambes en l'air.

Avraham se souvint soudain qu'il n'avait pas vérifié son passeport. S'il n'était plus valide, tant pis, il serait obligé d'annuler son voyage.

On frappa à sa porte.

8

Il n'était jamais entré dans un commissariat.

Bien sûr, il était déjà passé à plusieurs reprises devant celui du secteur Ayalon. De l'extérieur, il avait toujours trouvé que c'était un digne représentant de tout ce que Holon avait de plus laid. Un long bâtiment gris, bas de toit. Aplati. Comme si quelqu'un l'avait écrasé. De loin, on aurait même dit plusieurs mobile homes accolés. Entouré de dunes et sans une once de solennité. Le bâtiment typique d'une ville dont les habitants ne pensent pas à vivre mais à survivre. Mickaël Rozen les avait décrits comme des gens simples, menant une existence simple, mais c'était peut-être parce qu'il n'avait jamais habité à Holon.

Quelques années auparavant, Zeev avait failli porter plainte au commissariat central de Tel-Aviv pour un vol de vélo dans le local de son immeuble mais, persuadé que la police ne ferait rien, il y avait renoncé. Cette fois, il était convoqué. Il poussa la porte vitrée. À gauche, derrière un comptoir, il vit une femme en uniforme qui mangeait des galettes de riz soufflé. Le lieu était encore plus minable que l'antenne locale du ministère de l'Intérieur.

Il n'était pas angoissé mais tendu. S'il avait été convoqué un jour plus tôt, il n'aurait pas tenu le coup. Mais les heures passant, il avait retrouvé sa force. Et même, la veille au soir, après l'atelier et sa discussion avec Mickaël, sa peur s'était dissipée. En tout cas suffisamment pour qu'il puisse écrire. Il s'approcha de l'accueil.

— J'ai rendez-vous à cinq heures avec le commandant Avi Avraham, pouvez-vous m'indiquer son bureau ?

— Est-il prévenu de votre visite ? lui demanda la policière, comme si ce qu'il venait de dire ne rendait pas la question superflue.

Il ignorait ce que savaient exactement les enquêteurs, et cela leur donnait un avantage sur lui. Malgré son étourderie dans les dunes, il était presque sûr de ne pas avoir été démasqué comme auteur de l'appel anonyme. Sinon, ils seraient déjà venus l'interroger. Et pour la lettre, ils en savaient encore moins. C'était absolument certain. Lorsqu'il était sorti de chez lui pour se rendre au commissariat, elle était encore dans la boîte des Sharabi, bien qu'il l'y ait glissée plus de douze heures auparavant et que le père d'Ofer soit passé devant au moins deux fois : de la fenêtre de son balcon, Zeev l'avait vu arriver de nuit, et le matin ils s'étaient par hasard croisés dans les escaliers – une rencontre qui avait d'ailleurs eu quelque chose d'ironique : parce qu'ils discutaient des opérations engagées pour retrouver Ofer et avaient continué à parler en sortant de l'immeuble, le père d'Ofer n'avait pas remarqué l'enveloppe brune. Quelques heures plus tard, alors qu'il rentrait du lycée, il avait vu que l'enveloppe était toujours là et avait même songé un court instant qu'il était encore temps de la récupérer.

Le commandant l'attendait dans une pièce très mal éclairée, si petite qu'il n'y avait de place que pour une table avec une chaise de chaque côté. Il portait son uniforme et ne se leva pas pour l'accueillir ni pour lui serrer la main.

Une fois assis, Zeev demanda :

— C'est la pièce réservée aux interrogatoires ?

— C'est un bureau.

Il avait tout de même un avantage sur la police : ces derniers jours, il n'avait cessé de penser aux enquêteurs. Depuis jeudi, il les avait observés au travail du haut de sa véranda, puis dans son salon et enfin pendant la battue. Et il se préparait à ce rendez-vous depuis qu'Avi Avraham lui avait promis de revenir chez lui. Il avait pensé au commandant bien davantage que le commandant n'avait pensé à lui, de cela, il était totalement sûr.

Le policier lui demanda sa carte d'identité, il la lui tendit en lui rappelant que l'adresse était erronée.

— Ma bonne adresse, vous vous en souvenez, n'est-ce pas ? dit-il en souriant, mais il n'eut pas l'impression que son trait d'humour avait fait mouche.

C'était la quatrième fois qu'ils se rencontraient.

La première avait eu lieu le jeudi précédent. Chez lui. Le commandant avait choisi de l'ignorer et préféré discuter avec Mikhal dans la cuisine. Lui, on l'avait laissé aux bons soins d'une subalterne. Ensuite, ils avaient échangé quelques mots sur le pas de sa porte. Le vendredi, ils s'étaient mutuellement ignorés dans la cage d'escalier. Et il y avait eu la battue du samedi, dont il portait l'entière responsabilité. À chaque nouvelle rencontre, il avait essayé, en vain, d'attirer l'attention d'Avraham. À présent, ce serait différent. Même si son interlocuteur lui parut éteint et que les premières questions restèrent sèchement formelles : depuis combien de temps habitaient-ils l'immeuble (rien ne lui fut demandé sur leur précédent domicile) ; quel était son métier ; où travaillait-il... jusqu'à ce que le commandant ne lui lance, à brûle-pourpoint :

— Pouvez-vous définir vos relations avec le disparu ?

— Je lui donnais des cours particuliers. C'est pour ça que je suis là, non ?

— Vous êtes là parce que vous avez demandé à être là, le reprit Avraham. Vous m'avez dit que vous aviez des informations à me communiquer au sujet de l'enquête. Je suis tout ouïe.

Le SMS de Mikhal, reçu pendant l'interclasse de dix heures, lui avait d'abord donné un coup de stress. Elle avait écrit que le commandant cherchait à le joindre afin de convenir d'un rendez-vous. Elle lui avait aussi transmis le numéro de téléphone du policier et il l'avait rappelé, mais de là à dire, sans ambiguïté, que s'il avait été convoqué c'était parce qu'il l'avait demandé ! Parfait, il pouvait être totalement rassuré quant à son étourderie dans les dunes. À moins que ce ne soit une ruse.

— Il ne s'agit pas exactement d'informations. Je voulais vous parler d'Ofer. Vous donner des clés pour le comprendre. Dans l'espoir qu'elles vous aideront dans vos recherches. Je suis sûr que vous avez rencontré ses professeurs du lycée, mais moi, j'ai pu observer la vie d'Ofer sous un angle très particulier. Je lui donnais des cours particuliers, dans sa chambre, je connais donc son environnement personnel, ses parents et les gens de son entourage. C'est un gros avantage, me semble-t-il, non?

Avi Avraham voulut savoir comment cette relation avait commencé, et Zeev eut l'impression que sa réponse intéressait le commandant, même si, à ce stade de la conversation, il était encore incapable de lire ou de décrypter correctement les expressions du visage de l'homme assis en face de lui et qui, de temps en temps, jetait un coup d'œil sur la montre qu'il portait au poignet droit, une simple montre digitale. Zeev aurait voulu lui demander pourquoi ses parents l'avaient appelé Avraham alors qu'ils savaient que donner à leur fils son nom de famille en guise de prénom risquait d'attirer les moqueries. Surtout entre gamins. S'il avait pu, il lui aurait aussi demandé comment il était devenu policier et ce qu'il avait étudié à l'université. Avait-il toujours su qu'il ferait ce métier?

Les Sharabi, ses voisins du dessus, avaient appris qu'il était professeur d'anglais dans un lycée de Tel-Aviv, sans doute par Mikhal. Un soir, la mère avait frappé à sa porte, seule, et lui avait demandé s'il était prêt à donner des cours particuliers à son fils, Ofer. C'était quelques semaines après le début de l'année scolaire, certainement en septembre. Dans la classe, avait-elle expliqué, on avait réparti les élèves en plusieurs groupes et Ofer avait été mis avec les plus faibles. Elle et son mari voulaient qu'il ait une bonne note au bac. Zeev avait eu l'impression que c'était surtout important pour elle. Pour Hannah. Il avait hésité parce qu'il n'avait jamais donné de cours particuliers et s'il avait finalement accepté, c'était non seulement parce qu'ils étaient voisins, mais surtout parce que Ofer, qu'il croisait souvent dans l'immeuble, avait attiré son attention par sa timidité. Il avait donc accepté de commencer et de voir comment les choses évolueraient.

— Et vous vous faisiez payer, j'imagine? s'enquit Avraham.

— Évidemment. Mais comme je ne le faisais pas pour l'argent, j'ai demandé quatre-vingt-dix shekels de l'heure, ce qui est très inférieur au tarif normal. Ça, on ne peut pas dire que ces cours m'ont enrichi! Je le faisais pour le gamin.

Avi Avraham ne réagit pas. Peut-être attendait-il de plus amples précisions. Zeev sourit en ajoutant :

— J'ai tout déclaré au fisc.

— Combien de fois par semaine?

— Une fois et deux en cas de contrôle. Au début, on a surtout travaillé la grammaire, ils insistent beaucoup là-dessus dans son lycée, ce qui est une erreur, bien entendu. Ce n'est pas comme ça que les enfants doivent apprendre à parler une langue étrangère. Moi, j'ai une autre méthode avec mes élèves. Par chance, Ofer comprenait vite, il avait de la rigueur, était très appliqué, et comme il a rapidement progressé, nous avons pu passer à autre chose. Au vocabulaire, à la conversation, à la lecture et à la rédaction. Tout ce qui, à mes yeux du moins, est vraiment important, et là, il avait plus de mal. Voulez-vous que j'essaie de vous expliquer ce qui, chez lui, a particulièrement retenu mon attention?

— Allez-y... Mais avant cela, il me semble vous avoir entendu dire à la collègue qui vous a interrogé précédemment que les cours se passaient chez eux, dans la chambre d'Ofer, vous me le confirmez ? C'est bien ça ?

La question laissa Zeev perplexe.

— Oui. Je vous l'ai dit à vous aussi, il y a une minute à peu près, lâcha-t-il.

Avi Avraham baissa les yeux vers les feuilles éparpillées devant lui.

— Effectivement, confirma-t-il. Vous pouvez continuer.

Enfin le moment qu'il attendait ! Le début de ce qu'il avait prévu de révéler. Les premières phrases, il les avait tellement répétées qu'elles étaient polies à merveille. Il se les formulait intérieurement depuis le vendredi, lorsqu'il avait imaginé la vraie conversation qu'il aurait avec Avraham le lendemain, sur le site des recherches qu'il avait initiées, dans cette intention en fait.

Avant de se rendre à la convocation, il se les était une nouvelle fois remémorées.

— J'enseigne au lycée Ironi-Aleph depuis cinq ans. J'ai des élèves de l'âge d'Ofer. Des premières et des terminales. Je ne sais pas si vous connaissez ce lycée, mais c'est un établissement fréquenté par des enfants issus de milieux favorisés. Des fils et des filles d'acteurs, de chanteurs, d'auteurs de théâtre et de journalistes. Il se trouve en plein centre de Tel-Aviv, à côté de la cinémathèque. On peut y suivre un cursus cinéma, un cursus théâtre et un cursus danse. La majorité des élèves, pas tous bien sûr mais beaucoup d'entre eux, sont des gosses persuadés que le monde leur appartient. Ils parlent très bien anglais, et pas seulement anglais. En fait, ils savent tout mieux que leurs professeurs. À quatorze ans, ils sont réalisateurs, poètes, écrivains, ils ont créé leur groupe de rock et travaillent sur leur album... Cette assurance ne vient pas de ce qu'ils sont mais de ce que sont leurs parents, du milieu dans lequel ils grandissent, des signaux que leur renvoie la société. On ne cesse de leur seriner qu'ils peuvent tout. Qu'ils sont bons en tout. Ne vous méprenez pas, je ne les critique pas, je me contente de décrire une réalité. Ofer ne vient pas de ce genre de milieu et n'est pas un enfant comme les autres. Vous comprenez ce que je veux dire ? Il suffisait de le croiser pour savoir que vous aviez affaire à un garçon qui n'avait pas confiance en lui et qui se sous-estimait terriblement. Un garçon très sensible aussi. Et, surtout, j'ai senti chez lui une fragilité d'artiste.

Le commandant était de plus en plus captivé par ses paroles. Exactement ce qu'il avait prévu.

— Que voulez-vous dire par fragilité ? l'interrompit-il.

— Je pouvais voir la portée du moindre mot que je lui disais. La résonance intérieure que ça prenait. Si je lui faisais un compliment, que je le félicitais pour une rédaction ou un exercice de grammaire bien résolu, il rayonnait intérieurement. Même s'il n'extériorisait pas grand-chose. En revanche, s'il se trompait ou si je critiquais son travail, tout s'écroulait. Et je tiens à préciser que ce n'était pas parce qu'il se mettait en colère ou qu'il n'était pas capable d'accepter la critique, non, non. Ce qui l'annihilait, c'était sa colère contre lui-même. Comme si la moindre petite erreur suffisait à déclencher un sentiment d'échec, d'impuissance insurmontable. Et comprenez bien que cela n'avait rien à voir avec ses capacités réelles. C'est à cause du milieu d'où il vient. Ce que j'appelle le déterminisme social.

Le commandant n'avait pris aucune note pendant son long exposé, ce qui, Zeev le savait d'expérience, prouvait à quel point il était captivé par ses paroles. Quand les élèves posent leur stylo et relèvent la tête de leur cahier, c'est là qu'ils écoutent vraiment.

— Tous les enfants ne sont pas comme ça ? s'étonna Avi Avraham.

Il lui offrit son plus beau sourire pour répondre :

— Vous n'avez pas d'enfant, n'est-ce pas ?

Le commandant secoua négativement la tête.

Cet homme lui avait plu dès l'instant où il l'avait vu de la fenêtre de sa véranda, le jeudi après-midi. Il s'agitait sans répit en bas de l'immeuble. Et il savait depuis le début qu'il arriverait à capter son attention, même lorsqu'il avait été grossièrement ignoré. Au cinéma, on disait souvent : « S'ils s'étaient rencontrés dans d'autres circonstances, ils auraient pu devenir des amis. » Là, en l'occurrence, c'était le contraire. S'ils s'étaient rencontrés dans d'autres circonstances, il est fort peu probable que Zeev se soit intéressé à Avi Avraham. Il est fort peu probable qu'ils aient trouvé des sujets de conversation à partager. Seules les circonstances qui les réunissaient leur permettaient de discuter ainsi.

— Tous les enfants ? Certainement pas, reprit-il. D'ailleurs, je pense que les policiers – et pas seulement les policiers mais les professeurs aussi – devraient suivre une formation de psychologie qui leur permettrait de ne pas tomber dans ce genre d'idées préconçues. Pour la majorité des élèves de mon lycée, recevoir des compliments coule de source puisqu'ils savent qu'ils sont les meilleurs. Celui qui les critique se trompe, tout simplement, c'est lui qui a tort, évidemment. Pas eux. Eux ne se trompent jamais.

Avi Avraham paraissait très calme. Zeev ne savait pas combien de temps s'était déjà écoulé. Une heure, peut-être deux. Le commandant ne regardait plus sa montre, il buvait ses paroles et lui, au fur et à mesure, se rendait compte que ses analyses étaient plus pertinentes et plus profondes encore que ce qu'il avait cru. De temps en temps, en voyant le policier noter quelques mots sur ses feuilles, il eut envie de lui révéler à quel point ce dossier était lié au processus même d'écriture. Pour sa part, il avait d'ailleurs prévu de reprendre la plume le soir même. Dans sa tête, une nouvelle lettre se précisait.

Il donnait des cours à Ofer depuis quelques semaines lorsqu'il avait compris qu'il voulait aider son élève au-delà de l'apprentissage d'une langue étrangère. Il voulait l'atteindre pour l'aider à s'ouvrir au monde. Et Ofer l'avait senti. Sous prétexte d'améliorer son vocabulaire anglais – mais surtout pour le sensibiliser à une autre réalité, différente de ce qu'il vivait chez lui – il lui avait conseillé des films ou des séries télé de qualité, en anglais, à voir sans sous-titres. Il lui avait prêté un DVD avec des épisodes de la première saison de *Dr House* et un coffret de films de Scorsese contenant *Taxi Driver, Raging Bull* et *Casino.* Tous avaient été vus en une semaine. Le cours d'après, il avait essayé d'engager la conversation sur ces films, en anglais, bien sûr, mais Ofer restait bloqué, très embarrassé, non pas à cause de la langue, mais parce qu' on ne lui avait jamais demandé son avis sur un film. Il avait continué en lui prêtant un coffret de Hitchcock. Et il conclut par :

— Au risque de paraître un peu présomptueux, je pense sincèrement avoir fait découvrir le cinéma à Ofer.

— Qu'est-ce que vous entendez par là ? l'interrompit alors Avraham, qui semblait soudain en alerte. Vous pensez qu'il s'intéressait particulièrement au cinéma ?

— Oui, et si vous voulez mon avis il aimerait devenir acteur. Lors d'un des derniers cours que je lui ai donnés, il m'a apporté un contrôle surprise qu'il avait fait en classe. C'était un texte sur le théâtre et on a discuté des écoles de théâtre, *acting classes,* comme on dit. Il ne savait même pas que ça existait. Tellement c'était loin de sa réalité. Il pensait que les acteurs ou les artistes en général appartenaient à une autre espèce, qu'ils naissaient comme ça, ce qui signifiait que lui n'avait aucune chance. Vous comprenez ? Il m'a demandé si on enseignait le jeu d'acteur à l'université. J'ai essayé de savoir si c'était ce qu'il voulait faire plus tard, en anglais bien sûr, il m'a répondu que non et ensuite peut-être que oui, sauf qu'il n'était pas sûr que ça lui conviendrait. Je lui ai expliqué qu'il ne devait pas attendre l'université. Qu'il y avait des ateliers théâtre pour adolescents, à Holon aussi, sans aucun doute, peut-être même dans son lycée. J'ai envisagé d'en toucher un mot à ses parents puis j'y ai renoncé parce que ça devait venir de lui. À mon avis, ils ne l'auraient de toute façon pas laissé s'inscrire.

— Pourquoi ? Vous pensez qu'ils étaient durs avec lui ?

— Non, ne vous méprenez pas sur mes paroles. Je

pense le plus grand bien de ses parents. De tous les deux. La mère est une femme paisible et intelligente qui sait ce qu'elle veut. Le père aussi. Il me paraît être un homme simple et honnête, qui travaille dur. Mais ni l'un ni l'autre ne connaît ce côté-là d'Ofer. Et donc ni l'un ni l'autre ne peut l'encourager dans cette voie. Je ne pense pas que ce soit de la mauvaise volonté, c'est juste que ça ne fait pas partie de leur monde. Seule une personne extérieure pouvait se rendre compte que leur fils était un enfant hors du commun, avec une sensibilité autre, une âme d'artiste, comme je vous l'ai dit, et le pousser dans ce sens.

— Comment, pendant toute la période où vous êtes allé chez eux, avez-vous perçu cette famille ? Les relations du garçon avec ses parents ? Pensez-vous par exemple qu'il leur en voulait ?

— Vous n'y êtes pas du tout, franchement. C'était une famille chaleureuse. Ofer a une sœur très lourdement handicapée, vous le savez certainement, et ils s'en occupent avec beaucoup d'amour. Lui aussi. Sans doute ont-ils davantage donné à cette gamine, à cause de son état, mais là n'est pas le problème. Je dis simplement qu'ils ne voyaient pas le potentiel d'Ofer parce qu'ils ne pouvaient pas le voir. Cela les dépassait. Il y a des choses que certains parents sont incapables d'apporter à leurs enfants et qui doivent être détectées et encouragées par une personne extérieure.

— Vous n'avez donc pas eu l'impression qu'on imposait à Ofer de trop lourdes tâches à cause des absences du père et de l'état de la sœur ?

Zeev n'arrivait pas à comprendre pourquoi Avi Avraham se braquait sur ce sujet. Il ne savait pas non plus à quoi il faisait référence lorsqu'il évoquait les « absences du père ».

— Je ne sais pas trop, mais pourquoi me posez-vous la question ? Vous pensez que la disparition d'Ofer est liée à une réalité trop difficile à la maison ? À mon avis, c'est une fausse route et je vais essayer d'être plus précis dans mon analyse. La question n'est pas qu'ils le briment ou quoi que ce soit, c'est juste qu'ils ne voient pas en quoi il est différent. Il y a une nuance, vous comprenez ? Ces gens n'ont jamais vu ce que moi j'ai discerné. C'est la raison pour laquelle j'ai vraiment regretté qu'on arrête les cours.

— Effectivement. Pourquoi se sont-ils arrêtés ? Et au bout de combien de temps ?

— Il y a quelque chose d'ironique là-dedans : je pense qu'on a arrêté pour cause de succès. Ofer a eu de meilleures notes et il avait bon espoir de passer dans l'autre groupe d'élèves. Si vous voulez mon sentiment, les parents ont décidé d'arrêter parce qu'ils supportaient mal l'influence de mes cours sur leur fils. Le prétexte a été qu'ils cherchaient tout à coup des cours de maths. J'ai eu beau leur dire que j'étais prêt à continuer gratuitement, ils n'ont rien voulu entendre. Ce sont des choses que ne comprennent pas ces gens-là.

— Et Ofer voulait continuer ?

— J'en suis sûr.

— Il vous l'a dit ?

— Jamais il n'aurait osé prendre position contre ses parents.

— Et après l'arrêt de vos cours, êtes-vous restés en contact ? L'avez-vous revu ?

— Évidemment, qu'est-ce que ça veut dire ? On se

croisait dans l'immeuble. De temps en temps. Je lui demandais comment il allait, comment ça avançait, je lui ai même proposé de lui prêter des films, mais j'ai eu l'impression qu'il m'évitait, qu'il était gêné de ne pas continuer l'anglais avec moi. Qu'il était mal à l'aise, comme s'il se sentait coupable. Sans aucune raison, bien entendu.

Épuisé. Il était épuisé. Une fois rentré chez lui, il découvrit que son entretien avec Avi Avraham avait duré plus de deux heures. Mikhal l'attendait pour préparer le bain d'Ilaï mais elle et le petit avaient déjà dîné. Elle lui demanda comment cela s'était passé, il répondit « Bien » et s'affala sur le canapé du salon. Comme elle voulait remplir la baignoire en plastique bleu, elle lui confia le bébé qui tenait à la main des vieilles lunettes de soleil cassées. Il essaya de les lui poser sur la tête et, malgré la fatigue, Zeev éprouva un grand bonheur à le serrer dans ses bras, à savoir qu'ils passeraient ensemble la matinée du lendemain. Comme il avait besoin de ses yeux brillants et de son humour enfantin si vif !

— Mais qu'est-ce que tu leur as tellement raconté, là-bas ? lança soudain sa femme de la salle de bains.

— J'ai parlé d'Ofer au commandant. Mais je ne sais pas si ça va servir à son enquête.

Il détestait ces échanges d'une pièce à l'autre qui les obligeaient à crier au lieu de parler.

En vérité, cette lassitude et surtout le désarroi dans lequel il était plongé résultaient de la manière dont l'entretien avait pris fin. Et de ce qui s'était passé sur le chemin du retour. Zeev avait réussi à dire tout ce qu'il avait prévu de dire et comme Avi Avraham continuait à lui poser des questions, ses réponses étaient devenues de plus en plus courtes. Les questions aussi s'étaient raccourcies, tout en gardant un caractère routinier : « Ofer a-t-il laissé entendre qu'il était impliqué dans des affaires douteuses ? », « A-t-il évoqué une fugue éventuelle ? », « Avez-vous remarqué quelque chose d'anormal dans le comportement d'Ofer avant sa disparition ? », « Vous a-t-il parlé de ses amis ? »...

À toutes ces questions, il avait brièvement répondu par la négative.

Toutes ces questions lui avaient déjà été posées le jeudi précédent.

Le commandant avait jeté un coup d'œil sur les feuilles éparpillées devant lui avant de continuer :

— Au cours de son premier interrogatoire, quand nous sommes passés chez vous, votre femme a déclaré, voyons voir, oui, elle a déclaré avoir entendu, un soir, une altercation chez les Sharabi. Elle a même parlé d'une violente dispute et a quasiment affirmé que c'était la veille de la disparition d'Ofer. Est-ce que vous vous souvenez d'un tel incident ?

Il avait dit que non. Un incident ? Quel incident ? Mikhal avait sans doute entendu la télévision.

— Vous entendez tout ce qui se passe à l'étage du dessus ?

— En général non. On n'entend ni plus ni moins que dans n'importe quel autre bâtiment. D'ailleurs, comme je l'ai dit à votre collègue, celle qui m'a interrogé, il me semble que nous sommes les plus bruyants de l'immeuble.

Avi Avraham lui avait demandé ensuite s'il avait quelque chose à ajouter, il avait secoué négativement la tête et c'est alors que le policier avait voulu qu'il lui dise, comme ça, ce qui à son avis était arrivé à Ofer.

— Est-ce que vous auriez une intuition ? Essayez d'imaginer où il peut se trouver en ce moment. À cette minute précise.

Zeev était resté muet. Si la question lui avait été posée au début de leur entretien, il aurait eu plus de force pour bâtir une théorie.

— Que... j'essaie d'imaginer où il se trouve ? avait-il fini par bafouiller. Comment voulez-vous que je le sache ? J'espère juste qu'il ne lui est rien arrivé. Et qu'il est dans un endroit sûr.

Au moment de se lever, il avait pointé un doigt en direction de sa carte d'identité, toujours posée sur le bureau :

— Je peux ?

Mais son interlocuteur avait autre chose en tête.

— Vous donniez vos cours à quelle heure ? Les parents étaient-ils toujours dans l'appartement ?

— Comment voulez-vous que je m'en souvienne ? Mais oui, je pense qu'en général Hannah était là.

— Et c'était à quelle heure ?

— Ça variait mais le plus souvent on se retrouvait vers cinq ou six heures du soir.

— L'avez-vous vu ailleurs ? Je veux dire à l'extérieur de l'immeuble ?

Abasourdi par le sous-entendu qu'il venait de capter, Zeev avait lâché un vif « Non ».

— Pourquoi l'aurais-je vu ailleurs ? avait-il poursuivi. Vous me soupçonnez de quelque chose ?

— Mais non, qu'allez-vous penser ! Vous auriez pu l'avoir croisé un jour par hasard et j'ai besoin de vérifier ce genre de détails... J'enquête. C'est mon boulot.

Sur le chemin du retour, Zeev envisagea de récupérer la lettre dans la boîte des Sharabi. Peut-être à cause de ces derniers propos, qui avaient éveillé en lui une sourde angoisse.

La lettre n'y était plus.

Il alluma la lumière de la cage d'escalier et chercha l'enveloppe brune dans la petite poubelle en plastique du hall puis revint sur ses pas pour regarder méticuleusement autour des boîtes aux lettres.

Ce soir-là, il n'écrivit rien. Harassé, il se mit au lit tôt, mais n'arriva pas à s'endormir. Il resta allongé sur le dos à fixer le plafond et à se remémorer les longues jambes de Mickaël Rozen et l'odeur qui émanait de sa peau. Il regretta de ne pas avoir emprunté à la bibliothèque la *Lettre au père* de Kafka. Sa femme entra dans la chambre après avoir étendu le linge. Il ferma les yeux et fit semblant de dormir. Elle se coucha, attrapa le roman d'Eshkol Nevo posé sur sa table de chevet et se mit à lire. Au même moment, dans l'appartement du dessus, à trois ou quatre mètres de distance, quelqu'un relisait peut-être sa lettre à lui. La mère ? Le père ?

Depuis la veille, il essayait de les imaginer. Imaginer ses premiers lecteurs. Avaient-ils lu ensemble ou chacun séparément ? Comment avaient-ils réagi ? Quel dommage qu'il n'ait pas trouvé le moyen de pouvoir suivre l'évolution des expressions de leur visage pendant qu'ils découvraient ses mots. Il continua à feindre le sommeil et se tourna, collant son dos à celui de Mikhal. Dire qu'elle était si proche et ne savait rien ! Il le regrettait beaucoup.

Son sommeil fut de courte durée, sans rêves, comme d'habitude.

Il se réveilla tôt le matin et, en slip et maillot de corps, gagna rapidement la véranda. Sans s'être brossé les dents ni s'être préparé un verre de thé. Dehors, la nuit commençait à bleuir et dans la rue rien ne dissipa le silence pendant qu'il écrivait sa deuxième lettre.

*

Avraham Avraham était assis dans son bureau, au commissariat. La journée tirait à sa fin.

Au bout de cinq jours d'enquête, quelque chose avait enfin bougé, assurément. Dans le monde et en lui. Il était presque vingt heures. Il avait faim et soif. Il nota quelques questions supplémentaires à poser aux Sharabi. Sans oublier qu'il devait absolument les interroger sur Zeev Avni. Il devait entendre ce qu'ils avaient à dire sur ces fameux cours d'anglais, c'était l'évidence même. Pourquoi avaient-ils décidé de les interrompre ? Il lui fallait comprendre ce qu'ils pensaient de leur voisin, ce qu'Ofer en pensait. Quelque chose dans la conversation avec le professeur d'anglais le tracassait.

Pendant qu'il discutait avec Avni, Maaloul était passé au poste et avait déposé à l'accueil les PV des interrogatoires menés le matin même au lycée avec le camarade de classe d'Ofer ainsi qu'avec la gamine de Kiryat-Sharet. Il y jeta un coup d'œil, connaissant d'avance, pour avoir déjà travaillé avec l'inspecteur, la grande rigueur dont il faisait preuve : il notait toutes les questions posées et toutes les réponses obtenues. Entre collègues, on blaguait souvent en imaginant qu'il consignait aussi de la sorte ses disputes avec sa femme. La gamine ne savait pas grand-chose. Ofer n'avait pas annulé le rendez-vous prévu pour le vendredi soir. La disparition, elle l'avait apprise par sa copine, la sœur du copain de classe.

Sharpstein lui avait envoyé un SMS lui annonçant « Je me tire chez moi » et aussi que sa piste étant « de plus en plus chaude » il espérait pouvoir, dès le lendemain, convoquer son suspect pour interrogatoire. « Sûr qu'il y a anguille sous roche – question d'intuition », avait-il ajouté.

Avraham aussi devait « se tirer chez lui ». Où rien ne l'attendait. Hallmark Channel diffusait ce soir-là un épisode de la série *New York, police judiciaire* qu'il avait vu au moins cinq fois et dont il avait déjà découvert toutes les incohérences professionnelles. Sans raison particulière, il relut la deuxième page de la retranscription de l'interrogatoire – totalement dénué d'intérêt – de Maayan Aharon, élève de seconde au lycée de Kiryat-Sharet.

Question : Combien de fois as-tu parlé avec lui ?
Réponse : Je pense deux fois.
Question : Quand ?
Réponse : Je sais pas, peut-être le jeudi et le mardi d'après. Non, le lundi.
Question : Le jeudi, il y a une semaine et demie ?
Réponse : Pas jeudi dernier, celui d'avant.
Question : C'est Ofer qui t'a appelée ?
Réponse : Oui.
Question : Les deux fois ?
Réponse : Oui.
Question : Et vous vous êtes dit quoi ?

Réponse : Il m'a demandé si je voulais aller avec lui au ciné le lendemain.
Question : C'était la première fois que vous vous parliez ? Le jeudi ?
Réponse : Oui.
Question : À quelle heure il t'a appelée ?
Réponse : Comment je peux m'en souvenir ? Je pense que c'était le soir.
Question : Et tu lui as dit quoi ?
Réponse : Je lui ai dit que je serais ravie mais que j'avais un dîner de famille et que je pouvais pas demain.
Question : Et ensuite ?
Réponse : Il m'a dit, pas grave, peut-être une autre fois. J'ai cru qu'il pensait que je me défilais alors je lui ai dit je peux samedi et après je me suis rappelé que le samedi non plus je pouvais pas.
Question : Alors comment vous êtes-vous mis d'accord pour le vendredi ?
Réponse : Je lui ai dit qu'on pouvait se voir le vendredi d'après et que ça me ferait plaisir. Il a accepté.
Question : Si je comprends bien, il se peut qu'il ait cru que tu essayais de le repousser. Tu penses qu'il était sûr que vous iriez au cinéma ?
Réponse : Oui. C'est pour ça qu'il m'a rappelée le lundi. On voulait voir *Twilight,* et il a appelé pour dire que le film ne se jouerait apparemment plus le vendredi au Globus Max de Rishon, et qu'on devait ou trouver un autre film ou aller voir le film ailleurs. C'était mignon qu'il appelle juste pour ça. Comme s'il avait pensé à la soirée. On a décidé qu'il me rappellerait le jeudi pour fixer.
Question : Il t'appelait de chez lui ?

Réponse : Comment je peux savoir ? Je pense que oui. Peut-être que j'ai le numéro dans mon téléphone. Et peut-être aussi qu'on pourra voir l'heure de l'appel.
Question : OK. Tu peux vérifier ?
Réponse : ...
Question : Est-ce qu'Ofer t'a laissé entendre, dans une de vos conversations, qu'il aurait été en danger ou que quelque chose n'allait pas ?
Réponse : Non.
Question : Tu es sûre ? Essaie de te souvenir. Peut-être qu'il a dit un truc qui t'a fait penser qu'il avait peur de quelque chose.
Réponse : Pourquoi il m'aurait dit un truc pareil ? On se connaissait pas bien.
Question : Peu importe, essaie de te souvenir. Peut-être qu'Ofer a dit qu'il n'était pas sûr de pouvoir venir le vendredi ? Que s'il lui arrivait quelque chose, il devrait annuler ?
Réponse : Non.
Question : Tu as un petit copain ?
Réponse : Vous pensez que si j'en avais un, je sortirais avec un autre mec ?
Question : Et avant, tu en avais un ?
Réponse : Un sérieux ?
Question : Un garçon avec qui tu sortais.
Réponse : Non.
Question : Tu as quel âge ?
Réponse : Quinze ans et deux mois.
Question : Pourquoi as-tu demandé qu'on passe ton numéro de téléphone à Ofer ?
Réponse : Quoi ? J'ai rien demandé. J'ai juste dit qu'il était mignon et que je sortirais bien avec lui.

Yaniv a proposé de lui donner mon numéro et j'ai dit d'accord, que ça me ferait plaisir.

Question : Et qu'est-ce que tu lui as trouvé ?

Réponse : Je comprends pas...

Question : Qu'est-ce qui t'a plu chez Ofer, justement ? Pourquoi as-tu demandé qu'on lui donne ton numéro ?

Réponse : Comment je peux savoir ? Et je vous ai dit, c'est pas moi qui ai demandé. Je le trouvais mignon. Il était pas frimeur. Ça m'a donné envie de le connaître mieux et d'essayer de sortir avec lui. C'était pas plus que ça.

Il reposa les feuilles devant lui. Impressionné par l'efficacité avec laquelle Maaloul avait mené l'interrogatoire. À ce stade, il ne s'occupait plus que de ce seul dossier. Retrouver Ofer. Mais cela allait bien plus loin.

Il décida à l'avance de ce qu'il irait acheter à l'épicerie en rentrant chez lui pour le dîner. Ensuite, il mit son ordinateur en veille, éteignit la lampe et sortit de son bureau.

DEUXIÈME PARTIE

9

Qu'est-ce que je fais à Bruxelles ?

Cette question l'accompagnerait toute la semaine, jusqu'au vendredi soir, car ce soir-là son séjour se métamorphoserait à tel point que même les journées précédentes passées à se morfondre lui laisseraient finalement un tout autre goût.

Le dimanche après-midi, Avraham Avraham sortit du terminal et avança dans le hall des arrivées de l'aéroport de Bruxelles.

Jean-Marc Carrot était de ceux que l'on remarquait au premier coup d'œil. Si on ne le voyait pas, cela signifiait qu'il n'était pas là. Et il ne vit personne d'autre avec une pancarte sur laquelle aurait été écrit « Avraham Avraham », ni même « Abraham Abraham » ou, à défaut, *« Brussels Police ».* Il attendit.

Par chance, il avait veillé à ranger dans une pochette tous les documents relatifs à son voyage, y compris la confirmation de sa réservation d'hôtel. Le trajet en taxi prit moins d'une demi-heure et lui coûta cinquante-cinq euros, cinq euros de plus que le défraiement journalier remis dans une enveloppe par le département des ressources humaines, somme sur laquelle il comptait faire des économies.

À l'hôtel Espagna, il trouva un message de Jean-Marc : « Désolé de ne pas être venu à l'aéroport. Contacte-moi d'urgence. »

Il appela de sa chambre, la 307. Son collègue lui répondit en français. Il était dans tous ses états. En arrière-fond, on entendait des cris et des sirènes de police, à croire qu'il se trouvait sur la scène d'un attentat ou en pleine révolution.

Le commandant ne pouvait pas tomber plus mal. En effet, ce jour-là, vers midi, deux cyclistes avaient découvert le corps de Johana Gätz, dans un champ de pommes de terre aux abords de Bruxelles. Il s'agissait d'une jeune architecte paysagiste, âgée de vingt-cinq ans, qui avait disparu exactement une semaine auparavant et, depuis, la police était sur les dents.

Avraham se mit aussitôt à frissonner.

Cependant les circonstances étaient totalement différentes, comme il le comprit par la suite : dès l'instant où le petit ami de Johana Gätz, un graphiste de presque trente ans, avait signalé la disparition de sa compagne, il avait été clair que quelque chose de grave lui était arrivé. Elle était rentrée le dimanche soir dans l'appartement du nord de Bruxelles qu'ils partageaient avec un troisième colocataire. D'après les indices retrouvés sur les lieux, elle avait dû être emmenée de force quelques minutes plus tard. Son sac et son porte-monnaie étaient restés sur la table de la cuisine et dans le four se desséchait la pizza qu'elle avait manifestement mise à réchauffer. Les journaux belges avaient largement commenté l'affaire et certains suggéraient aux jeunes femmes de ne pas sortir seules le soir, voire de ne pas rester seules chez elles, tant que cette disparition ne serait pas élucidée. À présent qu'on venait de retrouver son corps – dans un état dont les médias ne savaient rien –, la peur s'était amplifiée, et avec elle la pression exercée sur la police.

Il alluma le petit téléviseur de sa chambre. Sur l'une des six chaînes qu'il captait en clair, il suivit ce qui lui parut être un reportage en direct de la zone où le corps avait été découvert. Il ne repéra pas Jean-Marc parmi les nombreux policiers gantés et bottés qui avaient investi la scène de crime, mais il supposa qu'il était dans les parages. Tout ce programme de formation et d'échange entre Belges et Israéliens ne rimait à rien s'il ne pouvait avoir recours aux services d'un interprète, songea-t-il.

Il était dehors depuis à peine deux minutes lorsqu'il fut surpris par la pluie, en jean et polo à manches courtes. Il se trouvait dans une allée sombre qui n'en finissait pas et ne vit aucune plaque de rue. Tout Bruxelles était terne, avec ses magasins fermés. Au lieu de s'installer dans quelque bistro local, il dîna dans le Subway où il s'était réfugié pour échapper à la pluie qui ne s'arrêtait pas. Un sandwich de pain blanc avec un saucisson non identifié, de la mayonnaise et un peu de moutarde. Il regarda un match de basket féminin entre une équipe de Kaunas et une de Prague, diffusé sur Eurosport 2. Lorsqu'il regagna son hôtel, il était exactement vingt et une heures. Ses parents appelaient toutes les dix minutes sur son portable bien qu'il les ait avertis du surcoût des communications internationales. Que faire, son père tenait à s'assurer qu'il avait bien atterri, comme si, en cas de crash ou de détournement, on n'en aurait pas déjà parlé aux informations, et il ajouta, comme s'il divulguait un grand secret :

— J'ai vu sur Internet qu'il pleuvait à Bruxelles.

L'espoir de voir l'enquête avancer rapidement s'était éteint au fil des jours qui avaient précédé son départ. Une lente extinction, rythmée de quelques soubresauts et de spasmes. La piste de Sharpstein, qui avait réussi un instant à enthousiasmer toute l'équipe, lui y compris, ne les avait finalement menés qu'à une impasse. Le prisonnier en liberté conditionnelle, un certain Toukatli, avait été convoqué pour interrogatoire mais avait nié fermement tout lien avec l'affaire et affirmé qu'il se trouvait à Jérusalem la semaine de la disparition d'Ofer, un alibi qui avait été confirmé. Sharpstein, qui se sépara non sans regrets de son suspect sur le pas de la porte du commissariat, lui promit qu'ils se reverraient, et continua aussi sec à chercher s'il y avait d'autres délinquants déjà fichés qui habitaient le quartier.

En parallèle, Avraham avait revu deux fois Raphaël et Hannah Sharabi. Une fois ensemble et une fois séparément. Il était revenu sur une éventuelle dispute, ou une vive discussion entre eux, peut-être avec Ofer, le mardi dans la soirée, et les parents avaient répété que ça ne venait pas de chez eux. Il avait essayé de recueillir dans l'immeuble d'autres témoignages de voisins susceptibles d'avoir entendu quelque chose, mais ceux qui habitaient en face, sur le même palier, étaient à une bar-mitsva ce soir-là.

Il y avait aussi eu un deuxième tour pour Zeev Avni

car les Sharabi avaient affirmé que l'interruption des cours d'anglais s'était faite à la demande de leur fils : Ofer trouvait qu'il avait suffisamment progressé et voulait du soutien en mathématiques. Pour leur part, ils appréciaient ce professeur particulièrement dévoué, mais Ofer avait catégoriquement refusé de continuer. Était-il arrivé quelque chose entre eux ? Avni avait-il pu, d'une manière ou d'une autre, porter préjudice à l'adolescent ? Non, du moins pas d'après les parents. Le disparu avait juste insisté sur le fait qu'il n'avait plus besoin de soutien en anglais, et ils s'étaient rangés à son avis. Avraham avait aussitôt envoyé Eliyahou Maaloul discuter de manière informelle avec le proviseur du lycée où enseignait Avni. L'inspecteur s'était présenté dans l'établissement le jour où celui-ci n'y travaillait pas, il avait d'abord rassuré le chef d'établissement ; non, non, la police n'avait aucun signalement relatif à une attitude déplacée du professeur d'anglais envers ses élèves, mais cette conversation aurait certainement des répercussions désagréables. C'était inévitable. Maaloul apprit qu'aucune plainte n'avait jamais été déposée à l'encontre du voisin. Deux ans plus tôt, un élève avait prétendu avoir volontairement été mis en échec lors d'un contrôle, mais cet élève était un râleur permanent. Le professeur d'anglais n'avait jamais posé de problèmes de discipline, sans pour autant être un professeur aimé.

— Ai-je des raisons de m'inquiéter ? avait demandé le proviseur. Pensez-vous que je doive le suspendre temporairement ou ouvrir l'œil tout particulièrement ?

— Pour l'instant non. Quant à ouvrir l'œil, ça ne fait jamais de mal.

Ils avaient reçu très peu de coups de téléphone à la suite de leur appel à témoins, tous inutiles et qui s'étaient raréfiés de plus en plus. Le mardi, la police de Tibériade avait lancé des recherches après avoir reçu une information selon laquelle deux garçons – la description de l'un correspondait globalement à Ofer – avaient été vus en train de fumer du haschisch sur la plage puis avaient été mêlés à une rixe. Le mercredi, Ilana avait appelé avant huit heures du matin pour lui annoncer la disparition depuis la veille au soir d'un autre adolescent de Holon. Mais cela aussi s'était rapidement révélé une fausse alerte. Le jeune n'avait rien à voir avec Ofer, il s'agissait d'un punk ou d'un gothique et il avait été retrouvé le lendemain vers midi dans l'appartement d'une amie, complètement défoncé : il dormait dans le lit des parents, nu à part le boxer et les chaussures militaires qu'il n'avait pas quittés.

Plus les jours passaient, plus grandissait la crainte qu'il soit arrivé quelque chose de grave à Ofer. Ne leur restait qu'à contacter les médias, et le mercredi après-midi, une semaine après la disparition, un communiqué fut rédigé sur ordre de la divisionnaire, qui en avait pris la décision. Du coup, Avraham Avraham passa son jeudi au téléphone, aux prises avec des journalistes d'investigation de presse et des chargés de production. Personne ne réagit avec un enthousiasme délirant vu que, pour l'instant, il n'y avait pas vraiment d'histoire – c'est du moins ce que quelques-uns de ses interlocuteurs lui dirent clairement. Une journaliste voulut savoir s'il pensait avoir affaire à un kidnapping ou à un meurtre et s'il avait l'intention de le suggérer dans le reportage, parce que, sans cela, elle craignait de ne plus avoir de « plage » dans son « conducteur ». Finalement, on lui concéda trois minutes et demie d'antenne, enregistrées le jeudi mais qui ne passèrent que le dimanche suivant, dans la quotidienne d'informations de dix-sept heures. À ce moment-là, il était déjà dans l'avion. Et pendant tout ce temps, il n'était pas arrivé à se débarrasser du lourd nuage menaçant qui allait sous peu éclater au-dessus de sa tête : être dessaisi du dossier.

Le lundi matin, Jean-Marc vint le chercher à son hôtel au volant d'une Peugeot bleu foncé toute neuve. Il portait un pull fin de la même couleur que sa voiture, un pantalon gris, et avait l'air si frais et dispos qu'on aurait cru qu'il avait passé son week-end à dormir. Il claqua la portière et serra son collègue contre sa poitrine. Les rues étaient encore plongées dans l'obscurité, la chaussée brillait de pluie et le commandant Carrot conduisait comme un fou.

Le parking souterrain dans lequel ils s'engouffrèrent était rempli de véhicules de police et de camionnettes.

À huit heures et demie, Avraham assista à une réunion d'urgence dans les locaux de la Division centrale de la police de Bruxelles. Autour d'une table de conférence ovale avaient pris place plus d'une quinzaine d'enquêteurs de différents services, qui avaient tous à la main un gobelet en carton fumant. Il s'assit derrière eux, sur une chaise coincée contre un mur. De là où il se trouvait, il voyait le ciel gris et lourd qui se dessinait par la fenêtre. Un grand tableau sur lequel étaient accrochés des plans et des croquis occupait un coin de la pièce et un ordinateur portable connecté à un rétroprojecteur permettait de visionner des photos ainsi que quelques courts passages des vidéos prises dans le champ de pommes de terre où avait été retrouvé le cadavre de Johana Gätz. La victime, qui n'avait pas été dévêtue, portait des traces de coups sur le bas-ventre et le dos. Elle avait été tuée par strangulation.

Au bout d'une heure, l'équipe d'investigation décida de faire une pause. Jean-Marc se tourna vers Avraham et lui demanda en anglais, avec un lourd accent français :

— Alors, tu en penses quoi ?

— Je n'ai pas compris un seul mot.

D'un commun accord, ils décidèrent donc qu'il irait attendre au café d'en face que le policier belge essaie de voir s'il était possible de leur adjoindre un interprète et surtout de trouver une manière de concilier la formation de son collègue étranger avec son enquête urgente. La police de Bruxelles était sur le pied de guerre, toutes les forces concentrées pour résoudre ce seul dossier.

— Tu es vraiment venu au pire moment, lui répéta Carrot.

Au moins, le café de ce bistro se révéla excellent. Avraham s'installa derrière la large vitre et regarda la rue. Les locaux de la Division centrale se trouvaient dans un petit immeuble rectangulaire de cinq étages, à la façade marron clair. Il était presque dix heures du matin et le soleil n'avait pas encore percé. Il remarqua que les longues fenêtres étroites des bureaux hauts de plafond étaient toutes pourvues de vieux châssis en bois et qu'il en émanait une chaude lumière orange. Difficile d'imaginer que derrière ces murs on interrogeait des assassins, des violeurs et des toxicomanes. De dehors, le bâtiment ressemblait à une bibliothèque. Par la fenêtre d'une des pièces du rez-de-chaussée, il vit une vieille commode en bois sur laquelle étaient posées trois casquettes de policier. Bleue, blanche et noire.

Jean-Marc Carrot aurait certainement préféré qu'Avraham Avraham lui dise : « Laisse tomber l'interprète, donne-moi plutôt des adresses de maisons closes en ville et on se reverra, s'il le faut, dans le courant de la semaine. » N'était-ce pas ce que lui-même avait fait en Israël ? Après une brève apparition au commissariat puis une visite au Central de Tel-Aviv où il avait rencontré Ilana, le Belge avait passé sa semaine à bronzer sur la plage malgré l'hiver qui n'était pas totalement terminé, et à chercher des « lieux coquins et coquets où l'on pouvait prendre du bon temps ». Un jour, après le travail, Avraham Avraham l'avait aussi emmené dans un bon restaurant en bord de mer. Son collègue n'avait pas montré le moindre intérêt pour les dossiers dont il avait essayé de lui parler, mais s'était enfilé deux bouteilles de vin blanc avec le poisson.

Au bout d'une heure et demie assis dans le bistro, Avraham en eut assez et sortit se promener.

L'immeuble de la Division centrale se dressait à l'intersection de deux rues étroites et pittoresques, la rue du Midi et la rue du Marché-au-Charbon. Il se trouvait dans ce qui lui parut être un vieux quartier de Bruxelles, toutes les rues y étaient étroites et très propres, bordées de vieilles bâtisses si penchées que les toits se touchaient presque, comme les cimes des arbres quand ils se courbent. Parmi les boutiques – de luxe d'après les prix exorbitants qu'elles affichaient –, il vit des antiquaires, des marchands de pralines et de nombreuses petites galeries de peinture qui présentaient derrière leurs vitrines proprettes des œuvres abstraites qui le laissèrent perplexe. À croire que les Belges ne savaient plus peindre un arbre, un ciel d'orage ou une jeune femme allongée dans un champ de pommes de terre. En face de la Division centrale, il tomba en arrêt devant un endroit appelé Homo Erectus, un bar gay doublé d'une galerie. Il fut encore plus étonné lorsqu'il découvrit que la rue étroite le menait jusqu'à la Grand-Place, le seul endroit de Bruxelles qu'il ne devait absolument pas manquer d'après ce qu'il savait, ou plutôt d'après ce qu'il avait récolté comme informations sur les différents sites Internet qu'il avait consultés avant de quitter Holon. En la voyant, il ne réussit cependant pas à comprendre pourquoi Victor Hugo l'avait qualifiée de « plus belle place d'Europe ».

Et Eliyahou Maaloul ne l'avait pas encore appelé. Eliyahou Maaloul, sa seule chance de ne pas perdre le contrôle de l'enquête.

L'inspecteur avait promis de l'appeler tous les jours pour le tenir au courant du résultat des recherches systématiques qu'ils continuaient à mener – le dimanche matin, par exemple, ils devaient faire la tournée de tous les hôpitaux – ou des témoignages suscités par son passage à la télévision. Lorsqu'ils s'étaient croisés juste avant qu'Avraham ne parte pour l'aéroport, il s'y était engagé par ces mots : « Avi, je sais ce que tu crains mais ne t'inquiète pas. Je protège tes arrières. »

Le mardi et le mercredi, il traîna encore derrière Jean-Marc. Sans interprète. Depuis que les normes européennes étaient entrées en vigueur et que les vagues d'immigration des pays de l'Est et d'Afrique s'étaient intensifiées, l'utilisation civile de caméras de surveillance s'était étendue un peu partout. La police possédait donc des images datant du dimanche soir, déformées et dans des tons verdâtres, de Johana Gätz dans un pub en train de siroter une bière, peu avant son kidnapping. Il y avait aussi des images où on la voyait acheter une pizza surgelée, une bouteille de lait et des cigarettes dans une supérette sur le chemin du retour. Une caméra placée dans sa rue l'avait filmée quelques secondes avant qu'elle n'entre dans son immeuble. C'était une jeune femme longue et mince, aux cheveux blonds, qui n'avait pas l'air ivre.

Qu'est-ce que ça vous donne, songea-t-il, puisque vous aviez parfaitement compris qu'elle était rentrée chez elle ? Les caméras de surveillance auraient pu filmer un homme la suivant dans la rue mais tel n'était pas le cas. Elles n'avaient pas non plus filmé le moment où on l'entraînait dehors sous la contrainte. De plus, les enquêteurs belges étaient perturbés par le fait que le corps avait été retrouvé tout habillé mais sans chaussures et qu'une chaussette rose avait disparu. Lorsque Jean-Marc lui parla de cette chaussette manquante, Avraham eut l'impression qu'ils se transformaient, lui et son collègue, en deux personnages d'Agatha Christie. Des photos de l'autre chaussette avaient été diffusées à la télévision. Pensaient-ils que le meurtrier avait pris cette chaussette en souvenir ? « Les services de police recherchent toute personne pouvant apporter des éléments susceptibles d'aider à retrouver un homme qui aurait une chaussette rose de femme morte accrochée au milieu de son salon... » Les techniciens de la police scientifique étaient déjà en mesure de dire que le cadavre avait séjourné plusieurs jours au milieu des pommes de terre. Un rongeur du coin n'aurait-il pas pu arracher cette chaussette d'un pied déjà froid ? Pensant au peu de romans policiers écrits en hébreu et surtout au peu de policiers qui les lisaient, Avraham se dit que c'était peut-être une bonne chose.

Afin de rassurer l'opinion publique, la brigade criminelle de Bruxelles se hâta de mettre deux suspects en garde à vue : le petit ami de Johana, qui se trouvait être à Anvers le week-end où celle-ci avait disparu, et le propriétaire de l'appartement où elle logeait, un célibataire un peu étrange de soixante-deux ans qui habitait au troisième étage du même immeuble. Retraité, ancien professeur et directeur d'école primaire. Sur les photos, il avait l'air d'un fou. Avraham ne put s'empêcher d'y voir une similitude avec sa propre enquête, et en eut la chair de poule. Ce n'était pas son collègue qui menait les interrogatoires de garde à vue, on les avait confiés aux deux plus vieux limiers de la division, qui étaient aussi les plus gradés.

Le jeudi, Jean-Marc ne vint pas le chercher à son hôtel. Tôt le matin, il avait dû intervenir d'urgence à l'autre bout de la ville et avait appelé vers midi pour s'excuser. Il lui conseilla de consacrer les deux jours restants à visiter la ville en touriste et, pour le dédommager de tous ces contretemps, l'invita le vendredi à un dîner familial chez ses parents. Avraham eut beau essayer de se défiler, étrangement, Jean-Marc y tenait et ne voulut rien entendre : son père et son frère travaillant aussi dans la police, discuter avec eux en anglais aurait valeur de formation. Et le samedi, ils concluraient ensemble son séjour à Bruxelles dans le meilleur restaurant de moules de la ville, promis !

La réceptionniste de l'hôtel tenta laborieusement, dans un mauvais anglais aux accents espagnols, d'expliquer à Avraham Avraham comment arriver au centre-ville, parce que les environs de l'hôtel n'avaient aucun intérêt. Il tourna à droite, se retrouva dans l'avenue Brugmann, c'était apparemment là qu'il avait marché le premier soir sous la pluie et dans l'obscurité. Il passa devant une épicerie polonaise, une cantine thaï, un traiteur japonais et un restaurant où l'on proposait de la cuisine de Côte-d'Ivoire, mais n'arriva nulle part. Les grandes artères, il ne les trouva simplement pas. Pas plus que les palais dont, de toute façon, il avait vu les photos sur Wikipédia, ni les jardins normalement en pleine floraison au mois de mai.

Il avait mal aux pieds d'avoir trop marché, le pantalon trempé, et ne se rendit pas compte que depuis un moment il tenait à l'envers le plan de la ville qu'on lui avait donné à l'hôtel. La pluie ne cessait pas mais il ne voulait pas héler un taxi : persuadé qu'il serait obligé de se débrouiller seul pour aller à l'aéroport, il préférait économiser. L'après-midi, il se perdit dans un labyrinthe de ruelles en pente, étroites et mal entretenues, passa devant des cités HLM et des vieux messieurs qui semblaient être turcs. C'est ainsi que sans le vouloir il arriva dans le « quartier rouge » qui, à sa grande surprise, s'étendait au pied des tours rutilantes des instances européennes.

Il ne put résister et s'engagea dans la rue de la Prairie. Voilà qu'il se comportait comme Jean-Marc. Dans les vitrines, derrière des rideaux crasseux entrouverts, étaient assises des femmes de couleur. Jeunes et belles, bien en chair. Vêtues de combinaisons noires, un foulard rose autour du cou. Très souriantes. La porte de l'une des maisons s'ouvrit et un client en sortit. Un homme d'une soixantaine d'années, mal rasé, occupé à compter l'argent qui restait dans son portefeuille. Avraham pressa le pas et quitta rapidement les lieux. Il tomba sur ce qui lui sembla être une artère principale et se retrouva à nouveau devant un Subway. C'est alors que Maaloul appela pour lui annoncer que le sac à dos d'Ofer venait d'être retrouvé. Exactement deux semaines après le début de l'enquête.

L'inspecteur était très ému.

— Avi, nous avons enfin un indice tangible ! déclara-t-il.

Le sac à dos noir avait été retrouvé et rapporté à l'un des commissariats de Tel-Aviv par un entrepreneur en bâtiment qui retapait un appartement non loin du stade de basket de Yad-Eliyahou et ne supportait pas tous ces habitants qui profitaient de sa benne à ordures pour y ajouter leurs détritus. Ça prenait de la place et chaque benne coûtait cher, de plus, s'il déversait à la déchetterie du bâtiment des ordures ménagères, il risquait une amende. Il avait d'ailleurs collé sur sa benne un écriteau en carton : « Propriété privée ». Peine perdue ! Bref, le matin même, cet homme avait découvert le sac à dos noir entre des briques cassées et des gravats. Il avait tout d'abord voulu le jeter dans la poubelle de l'immeuble, mais en l'attrapant il s'était rendu compte, à cause de son poids, que le sac était plein. Ni une ni deux, il l'avait ouvert. Avait vu qu'il contenait des livres et des cahiers. Avait trouvé la carte d'identité d'Ofer Sharabi dans une des poches. S'était souvenu que ce nom et cette photo avaient été diffusés à la télévision. D'après sa déposition, le sac ne se trouvait pas là depuis plus de trois jours, puisqu'il avait vidé sa benne le lundi.

Avraham posa son sandwich sur la table et écouta attentivement son inspecteur.

— Ce qui veut dire que quelqu'un l'a déposé cette semaine, entre lundi et aujourd'hui, dit-il.

— Oui, on penche plutôt pour lundi ou mardi. Il est couvert de sable et de poussière – pourtant l'entrepreneur l'a secoué – et pas en très bon état.

— Quel idiot ! lâcha Avi avant d'ajouter : Ça peut venir d'Ofer comme ça peut ne pas venir de lui.

Que n'aurait-il pas donné pour tenir le sac entre ses mains ! Le tourner et le retourner. L'ouvrir, regarder à l'intérieur. En extraire les livres et les cahiers un à un.

— Certainement pas d'Ofer ! rétorqua Maaloul. Quoi, il se serait baladé deux semaines avec son cartable sans que personne l'ait vu, et tout à coup il s'en débarrasse ?! Tu veux me faire croire qu'il a traîné avec ses livres et ses cahiers comme s'il allait encore au lycée ?

Avraham Avraham écoutait son collègue, mais ses pensées partaient déjà dans plusieurs directions.

— Il se peut que ce sac soit resté à un autre endroit jusqu'à ce que quelqu'un le trouve et le jette dans cette benne, dit-il encore.

— Possible, mais moi, je n'en suis pas du tout convaincu. Tu imagines que quelqu'un irait ramasser un sac abandonné au coin d'une rue pour aller le jeter ailleurs ?

Maaloul était-il impatient ou n'était-ce qu'une impression ? Il en avait peut-être assez de devoir faire son rapport au chef de l'équipe d'investigation qui voulait téléguider les opérations de loin. Avraham refréna sa violente envie de toucher ce sac à dos et s'efforça de ménager la sensibilité de son interlocuteur.

— Alors qu'est-ce que vous en avez fait, du sac ? demanda-t-il.

— Sharpstein est allé le récupérer et on va l'envoyer au labo central de la police scientifique, même si on ne sait pas encore si des empreintes digitales ou d'autres traces seront exploitables. Moi, je ne l'ai pas encore vu et il se peut qu'on n'arrive pas à en tirer quoi que ce soit.

— Même si on retrouve des empreintes digitales dessus, ça ne nous donnera pas grand-chose.

— Pourquoi ?

— Tu sais combien de gens l'ont touché, ce sac ? Ofer, ses parents, peut-être son frère et sa sœur, peut-être tous ses copains de classe. Y a-t-il des taches de sang dessus ? Quelque chose qui semble ne pas appartenir au disparu ?

— Des livres, des cahiers, une carte d'identité, quelques feuilles et un stylo. C'est tout. Ah, deux billets de vingt shekels et quelques pièces de monnaie. Pas de clés, pas de portefeuille.

— Et des taches ?

— Je t'ai dit que je ne l'avais pas vu, Avi ! Mais je ne crois pas.

— Et vous avez convoqué ses parents pour qu'ils viennent le reconnaître ?

— Le plus important, c'est de l'envoyer au labo. C'est le sac d'Ofer, aucun doute. On y a trouvé sa carte d'identité et il correspond exactement à ce qu'on cherchait.

Le soir où la mère était venue au commissariat, il avait laissé à son collègue de permanence une description de ce sac de classe. Il l'avait fait avant de s'en aller, cela avait été son premier réflexe d'enquêteur. Il se souvint : un sac à dos noir avec des bandes blanches, imitation Adidas. Une grande poche principale au milieu et une plus petite devant, une poche de chaque côté, toutes zippées. Un sac déjà usé.

Maaloul ne disait rien.

Quant à lui, il avait la gorge nouée par l'impuissance dans laquelle l'enfermait sa lamentable semaine à Bruxelles. Il était là depuis cinq jours. À suivre sans rien comprendre l'enquête sur la mort d'une jeune femme qui ne le concernait pas. Et pendant ce temps, son enquête – pour l'instant, c'était toujours la sienne – continuait sans lui à Holon. En plus, ce sac à dos qui lui échappait ! C'était une avancée de ce genre qu'ils avaient tous attendue et il lui était insupportable de laisser quelqu'un d'autre prendre la direction des opérations.

— Avez-vous convoqué l'entrepreneur pour qu'il fasse une déposition au commissariat ? demanda-t-il en s'efforçant d'adopter un ton posé.

— Oui, il doit arriver dans une heure.

— Et vous avez envoyé une équipe de techniciens fouiller la benne pour voir s'il n'y avait pas d'autres indices ?

— Oui, Avi, on les a envoyés.

— Bon, surtout pas un mot au sujet de ce sac dans les médias, c'est clair ? S'il le faut, vous faites passer une note pour rappeler à tout le monde ce qu'est le secret de l'instruction.

Maaloul ne répondit pas.

— Et à part ça, vous faites quoi ?

— On a prévu une enquête de voisinage dans le quartier, au cas où des témoins auraient vu quelqu'un jeter ce sac.

Une telle opération nécessitait des renforts. Donc Ilana était au courant.

— Bonne idée. Il y a peut-être aussi une caméra de surveillance dans ce coin ?

— Tu rigoles ! Tu te crois dans la banlieue huppée de Herzlya-Pitouah ? On est à Yad-Eliyahou.

— Vérifie quand même. Peut-être des caméras de surveillance de la circulation, insista-t-il.

Maaloul soupira avant de lui répondre :

— D'accord. Et toi ? Tu ne déprimes pas trop ? À ta voix, on dirait que tu n'as vraiment pas le moral. Essaie quand même de profiter. Crois-moi, on n'en a plus pour longtemps. Ce sac à dos va nous mener quelque part. Obligé. On va le triturer jusqu'à ce qu'il nous crache quelque chose. Nous approchons du but.

« Nous approchons » ? Il était dans un Subway à Bruxelles. La seule chose qui le rapprochait du but et qui n'était pas hors d'atteinte, c'était le téléphone fixe de la chambre 307 de son hôtel. Il réfléchit : le scellé arriverait au labo en fin de journée et on n'y toucherait pas tout de suite, peut-être même pas avant le week-end. Espérait-il que les techniciens attendent le dimanche pour s'en occuper, c'est-à-dire le jour de son retour en Israël ?

Finalement, il rentra à l'hôtel en taxi. Essaya de joindre la section des Traces et indices pour s'assurer qu'on ne chercherait pas uniquement des empreintes papillaires mais aussi des fibres et de l'ADN : il fallait vérifier à l'intérieur et à l'extérieur s'il n'y avait pas quelque chose qui n'aurait jamais dû s'y trouver.

— De quel sac à dos vous parlez ? rugit la standardiste du service.

Il lui laissa le numéro de téléphone de sa chambre. Ouvrit la fenêtre et se mit à fumer à la chaîne, tout en sachant que c'était formellement interdit.

Il essaya aussi de joindre Sharpstein. En vain.

Lorsque son portable sonna, il finit par le dégoter sous sa valise qu'il avait posée sur le lit pour en sortir son calepin. Et parmi tous les gens susceptibles de l'appeler, qui donc était au bout du fil ? Zeev Avni. Incroyable.

— Je voudrais prendre un nouveau rendez-vous, dit le professeur d'anglais.

Avraham lui expliqua qu'il ne pourrait pas le voir avant le dimanche ou même le lundi et demanda :

— Avez-vous de nouvelles informations à nous communiquer au sujet de l'enquête ?

— Pas directement au sujet de l'enquête. C'est quelque chose de...

— Dans ce cas et si c'est urgent, je vous conseille d'appeler le commissariat. Je m'occupe exclusivement de la disparition d'Ofer.

— Je ne veux parler à personne d'autre. Rien qu'à vous et je peux attendre dimanche, ça n'est pas urgent.

Le voisin s'exprimait avec beaucoup moins d'assurance que lors de son interrogatoire.

Le téléphone de la chambre sonna et Avraham coupa court à la conversation. La standardiste des

Traces et indices confirma la réception du sac à dos noir.

— Mais je ne vous promets pas qu'on commencera à travailler dessus aujourd'hui, précisa-t-elle.

Le lendemain soir, alors que le laboratoire national de la police scientifique basé à Jérusalem était fermé pour cause de shabbat, Avraham Avraham, lui, était attablé dans la salle à manger d'un pavillon d'Anderlecht, une des communes bourgeoises de Bruxelles. Il était encadré, à sa droite par Jean-Marc et à sa gauche par le frère de Jean-Marc, Guillaume, qui ressemblait à son aîné, mais en moins flamboyant. Cela dit, ces deux forces de la nature belges avaient tout simplement l'air de gringalets à côté de leur père, un policier qui avait troqué le travail de terrain pour une fonction de direction à l'École nationale supérieure des officiers de police. Le patriarche trônait en bout de table.

La femme de Jean-Marc, Élise, mesurait plus d'un mètre quatre-vingts, membres longs et musclés, épaules dénudées, sublime. Pas un de ses gestes qui ne fût un spectacle. Avec Mme Carrot mère, elle était la seule de la pièce à ne pas travailler dans la police. Sans compter bien sûr les deux enfants. Pour l'instant. Élise était directrice commerciale chez Mercedes.

Une jeune femme, Marianka, était assise à la gauche de Guillaume, si bien qu'Avraham Avraham put difficilement lui parler pendant le repas. Il se fit juste la remarque qu'ils étaient, elle et lui, les deux étrangers de la tablée.

Car impossible de ne pas se rendre compte immédiatement que Marianka était étrangère.

Toute la famille fit des efforts pour parler anglais,

mais de temps en temps le naturel reprenait le dessus et ils revenaient au français, surtout à cause des enfants. On évoqua le meurtre de Johana Gätz, les coupes dans le budget de la police, la cuisine belge et la cuisine israélienne, la ville de Tel-Aviv.

— Oui, Jean-Marc m'a raconté que vos plages étaient magnifiques mais qu'il avait à peine eu le temps d'en profiter parce que vous l'aviez obligé à travailler, lui lança Élise, ce qu'il confirma avec un sourire embarrassé.

Les tranches de saumon fumé accompagnées d'asperges au beurre servies en entrée furent suivies d'un plat de canard. Le père resta silencieux presque tout le dîner. Lorsqu'il ouvrit la bouche, Avraham faillit s'étrangler : M. Carrot voulait savoir si la famille de son invité était, comme tous les Juifs, du moins en Belgique, dans le business du diamant et de l'or. L'homme mastiquait lentement, la bouche fermée, et après chaque déglutition, il prenait une gorgée de bière.

Marianka était celle qui s'exprimait le mieux en anglais mais elle ne parla pas beaucoup et, malgré ses efforts pour sourire, elle était visiblement tendue ou devait rester concentrée pour arriver à suivre ce qui se disait autour de la table. Cela devenait parfois compliqué parce que tout le monde intervenait en même temps. Après le plat principal, elle proposa son aide à la mère de Jean-Marc et de Guillaume pour débarrasser la table. La jeune femme ne sortait avec Guillaume que depuis trois mois – ils étaient tous les deux rattachés au service de l'ordre public et de la circulation – et c'était la deuxième fois qu'elle était invitée à dîner dans la famille. Née en Slovénie, elle était arrivée adolescente à Bruxelles, mesurait à peu près un mètre soixante et avait un corps svelte et juvénile. Cheveux bruns et courts. Yeux bruns. Elle portait un jean noir et un pull gris dont elle remontait le col sur son menton dès qu'elle pensait qu'on ne la voyait pas.

Le café et le gâteau furent servis au salon et là, quelqu'un demanda à Avraham comment il trouvait Bruxelles. Il avait bu suffisamment de vin pour avouer qu'il n'avait pas vu grand-chose et que le peu qu'il avait vu ne l'avait pas vraiment impressionné. Il ajouta qu'il espérait profiter du lendemain pour une visite accompagnée, mais Jean-Marc lui annonça qu'il devait annuler leur programme, y compris le restaurant de moules : les derniers rebondissements dans le dossier Johana Gätz l'obligeaient à travailler le lendemain aussi.

— Eh bien, mais nous, nous pourrions organiser cette visite guidée ! intervint Marianka en lançant un coup d'œil vers son petit ami.

Malheureusement, celui-ci avait d'autres plans.

— Aucune importance, dit Avraham. De toute façon, je n'ai qu'une demi-journée, je dois être à l'aéroport en fin d'après-midi.

Marianka répliqua qu'en une demi-journée on avait le temps de voir beaucoup de choses et, à la fin de la soirée, insista pour le raccompagner à l'hôtel avec Guillaume.

Cette demi-journée fut si remplie qu'il en oublia presque son enquête, Ofer, le sac à dos retrouvé dans la benne qui attendait qu'un technicien daigne l'examiner. Il en oublia presque les heures vides passées dans cette ville qui lui apparut soudain sous un jour totalement différent. Il retrouva Marianka devant son hôtel, après avoir libéré sa chambre et laissé sa valise à l'accueil. Dehors, il faisait encore nuit et très froid. Elle portait le même jean que la veille, mais son col roulé était noir et elle avait posé un béret à rayures de biais sur sa tête. Jamais on ne l'aurait prise pour une gardienne de la paix.

— Tu as bien dormi ? demanda-t-elle.

Elle commença à marcher si vite qu'il eut du mal à la suivre. Elle s'engouffra dans l'avenue Brugmann qui, cette fois, les mena à une vaste esplanade. S'offrit alors à leurs yeux une vue imprenable sur toute la ville, magnifique dans le lever du soleil.

Avraham Avraham aurait voulu rester sur cette place Poelaert pour contempler les toits des immeubles et les clochers des églises aux nuances de bleu et d'orange. Il alluma une cigarette, désireux de s'imprégner de tant de beauté, mais elle le pressa ;

— On doit continuer. On a encore des tas de choses à voir.

Il se demanda si elle prenait plaisir à cette visite au pas de course ou si elle s'acquittait d'un devoir.

Pour se réchauffer, ils entrèrent dans un petit café au coin d'une rue de la vieille ville, non loin de la Division centrale de la police.

— Pas plus d'un quart d'heure, le prévint-elle.

Les deux femmes âgées qui se tenaient derrière un comptoir en bois les accueillirent d'un « Bonjour, la jeunesse ! » et Marianka leur fit la bise. Déjà attablés dans la salle, les premiers clients, en majorité des vieux moustachus, feuilletaient les journaux sportifs mis à la disposition des consommateurs. Avraham enleva son manteau et huma la bonne odeur de café.

Une fois rentré en Israël, ce qui l'étonnerait lorsqu'il repenserait à cette matinée avec Marianka, ce serait de constater qu'à aucun moment il n'y avait eu de gêne entre eux.

Il la questionna sur son histoire et elle commença à raconter : elle était arrivée à Bruxelles à l'âge de treize ans, il y avait de cela déjà quatorze ans – un rapide calcul lui permit de constater qu'elle avait une bonne dizaine d'années de moins que lui. Son père avait voulu quitter la Yougoslavie dès l'éclatement du pays, mais il lui avait fallu plusieurs années pour trouver un emploi stable. À Bruxelles. Six ans après leur arrivée, elle avait fait une demande pour obtenir la nationalité belge et quelques mois plus tard, elle était naturalisée.

— Ton père est aussi policier ?

— Pas exactement, sourit-elle. Il est professeur de karaté.

— Vraiment ? Professeur de karaté ?

— Oui, ça t'étonne ? Mais il ne fait pas que ça. Il est aussi formateur en théologie au séminaire de Liège. C'est un homme très particulier. Tu aurais pris plaisir à discuter avec lui.

— Formateur en théologie, ça veut dire qu'il est prêtre ?

— Je ne vois pas comment il serait prêtre, répondit-elle en riant. Pour autant que je sache, il est marié et a des enfants. Mais il rêvait effectivement de devenir prêtre, sauf qu'il a rencontré ma mère... ce qui l'a obligé à modifier ses plans.

— Toi aussi, tu pratiques le karaté ?

— Évidemment. Il m'a entraînée depuis mon plus jeune âge.

Quand elle souriait, Marianka ressemblait à un adolescent et son visage rayonnait de joie.

— Tu n'as pas souffert à ton arrivée ici ? demanda-t-il.

— Non. Pourquoi ?

— Parce que tu laissais derrière toi tes amis, ta maison.

— Ma maison est ici. On retourne parfois en Slovénie. Tous les trois, quatre ans, en été, mais à peine débarquée je ne pense qu'à rentrer à Bruxelles. Je n'ai plus aucune attache avec ce pays.

Il lui demanda si elle venait de Ljubljana, la seule ville slovène dont il connaissait le nom, mais elle était née et avait grandi à Koper, une ville portuaire sur l'Adriatique.

Ce fut le signal.

— Ça alors, c'est incroyable ! s'exclama-t-il. Merci, je sais enfin où se trouve Koper !

— Pourquoi ? Tu as perdu quelque chose là-bas ?

Oui, un gamin de seize ans et demi, eut-il envie de répondre. Alors il commença à lui raconter l'histoire d'Ofer, un adolescent qui était sorti de chez lui un matin pour aller au lycée mais n'y était jamais arrivé. Ofer, dont la disparition était considérée comme de plus en plus inquiétante. Il lui parla du père qui, à son retour en Israël, avait mentionné le nom de Koper au cours de leur premier entretien et lui avait ainsi fourni le premier détail tangible d'un tableau qu'il tentait de reconstituer. Il ajouta que, depuis, il ne s'était pas passé grand-chose, jusqu'à l'avant-veille et la découverte du sac à dos.

Le quart d'heure imparti par Marianka s'était écoulé depuis longtemps. Elle commanda deux autres cafés.

— Si tu veux mon avis, dit-elle, tu ne retrouveras pas ton disparu à Koper. Il n'y a pas beaucoup de touristes là-bas.

— Comment est la ville ?

— C'est une bourgade de province. Charmante. De mon enfance, je me souviens surtout du port. Mon père et moi, on y allait le dimanche matin, avec les chiens.

Trois heures plus tard, ils avaient vu tout ce qu'il fallait voir à Bruxelles. Le Manneken-Pis qui urinait sur l'envahisseur hollandais, le Mont-des-Arts avec les palais royaux transformés en musées, l'imposante statue équestre du roi Albert face à la statue de son épouse, la reine Élisabeth, le couple se regardant pour l'éternité de part et d'autre de la chaussée. Marianka lui présenta toutes ces merveilles avec fierté, comme si la ville lui appartenait, et peut-être effectivement lui appartenait-elle. À plusieurs reprises, Avraham lui demanda de le laisser souffler. Ils renoncèrent au déjeuner et mangèrent une gaufre, debout, pour ne pas perdre de temps... Un temps qui pourtant s'écoulait. Ils constatèrent tout à coup qu'il leur restait à peine deux petites heures.

Marianka avait prévu de finir le tour de Bruxelles aux environs de l'hôtel. Mais avant d'y arriver, Avraham vit un banc sur une place entourée de vieux immeubles luxueux et l'obligea à s'y asseoir : il ne pouvait simplement plus marcher. Levant les yeux, il découvrit l'énorme bâtiment hideux, en forme de bateau, qui se dressait sur le terre-plein central. Avant qu'il ait dit quoi que ce soit, Marianka lui expliqua que c'était son église et qu'en fait elle n'habitait pas loin de l'hôtel, un petit appartement en colocation avec une amie qui travaillait au ministère des Affaires étrangères.

— Tu te plais dans la police ? demanda-t-il.

La frimousse juvénile fit à nouveau son apparition.

— Pas du tout, répondit-elle. Je n'avais même jamais pensé y entrer.

— Et qu'avais-tu envie de faire comme métier ?

— Danseuse. Quand j'étais petite. Après, j'ai pensé à devenir médecin. J'ai intégré la police par hasard.

— Comment intègre-t-on la police par hasard ?

— Par une annonce dans le journal. Comme pour n'importe quel autre boulot. Mon père l'a vue, l'a découpée et m'a dit que ça me convenait. Mais je ne suis pas sûre d'y rester encore longtemps.

Ils n'échangèrent pas un mot sur Guillaume.

— Et tu feras quoi ?

— Peut-être professeur de sport. J'ai un diplôme d'EPS. Ou bonne sœur, lâcha-t-elle en pointant un doigt vers l'église.

Elle lui expliqua que dans le cadre de ses fonctions elle était en train d'apprendre à conduire les grosses cylindrées. Si elle arrivait à intégrer une compagnie motocycliste de la police elle resterait sans doute encore quelques années, sinon... Elle se tourna vers lui.

— Toi, tu as toujours voulu être policier, pas vrai ?

— Oui. Je ne m'en souviens plus, mais mes parents m'ont raconté que petit j'avais une casquette de policier bleue dont je ne me séparais jamais, même pour aller à l'école. Ma mère l'a jetée un jour sans me prévenir tellement elle en avait marre.

— Tes parents sont toujours en vie ?

— Oui.

— Ils font quoi ?

— Ils se disputent, dit-il en riant. Mon père était avocat et ma mère professeur de lettres. Ils sont tous les deux à la retraite.

Ils se levèrent et reprirent lentement le chemin de l'hôtel en passant par une belle avenue où les accueillit la statue de l'écrivain argentin Julio Cortázar. Une jeune femme les dépassa en courant, moulée dans un pantalon stretch, des écouteurs plaqués aux oreilles. Marianka lui raconta qu'elle venait souvent s'asseoir sur un banc de cette avenue pour écouter de la musique.

— Et que fais-tu quand tu n'es pas policier ? lui demanda-t-elle soudain.

— Policier.

Elle éclata de rire.

— Et le week-end ? Tu n'as pas de passe-temps ? Tu ne prends pas des cours de karaté, par exemple ?

— Non. Je reste sans doute policier, que je sois en service ou pas. La vérité, c'est que j'ai un hobby secret. Peu de gens sont au courant.

— Je jure de ne rien révéler. Non... attends... Laisse-moi deviner. Toi aussi tu collectionnes les vieux pistolets ?

— Non. Et pourquoi « aussi » ? Qui collectionne les vieux pistolets ?

— Guillaume.

— Moi, quand j'ai le temps, je lis des romans

policiers, je regarde des films policiers et des séries télé et j'apporte la preuve que l'enquête s'est fourvoyée.

Elle ne comprit pas. Personne ne comprenait.

— Tu l'apportes à qui ?

— À moi-même. Je lis le roman policier jusqu'au bout, ensuite je refais l'enquête, je traque les erreurs, volontaires ou non, et j'arrive à prouver que le détective s'est trompé. Que la vraie solution est toujours différente de celle proposée par le héros.

— C'est vrai pour tous les romans policiers que tu as lus ?

— Oui.

Il était même prêt à jurer que c'était vrai pour tous les romans policiers.

— Alors donne-moi un exemple.

— Choisis un roman que tu aimes. Tiens, par exemple Hercule Poirot, tu connais ? Je viens seulement de me souvenir qu'il était belge. Il n'y a pas longtemps, j'ai lu sa première enquête. C'est le premier livre qu'a écrit Agatha Christie. Eh bien, j'ai découvert qu'un des personnages est accusé alors qu'il est totalement innocent.

— Comment ça ?

— Poirot enquête sur l'empoisonnement d'une riche vieille dame. À la fin du livre, il désigne sa domestique comme l'assassin alors qu'en fait elle est innocente. Pourtant, il l'accuse. Je peux démontrer ce que j'affirme.

— Mais pourquoi ferait-il ça ?

Les yeux de Marianka exprimaient une sincère perplexité.

— Oh, les raisons ne manquent pas mais c'est une très longue histoire, lâcha-t-il.

Soudain il remarqua qu'à la fenêtre du deuxième étage d'un des majestueux immeubles de l'avenue s'agitait un drapeau bleu, blanc et rouge. Il s'approcha. La plaque indiquait le consulat de Slovénie.

— Donc ton avenue préférée de Bruxelles est celle où se trouve le consulat de Slovénie ! Et tu continues à prétendre n'éprouver aucune nostalgie ?

Elle sourit.

— Ça n'a aucun rapport ! L'avenue est très jolie, c'est tout. Et si tu la voyais en décembre, juste avant Noël, tout illuminée !

J'en aurais bien envie, songea-t-il.

En attendant devant son hôtel l'arrivée du taxi, il la remercia chaleureusement.

— Bravo, on a eu le temps de tout voir, me semble-t-il.

— Absolument pas ! Si tu savais tout ce que j'aurais encore pu te montrer ! Dommage que tu n'aies eu qu'une demi-journée.

— Dommage. Mais je te remercie quand même.

Au moment où il montait dans la voiture, elle lui tendit sa carte de visite et lui demanda de l'informer par mail de l'avancement de son enquête sur la disparition d'Ofer.

— Et si tu découvres qu'il est tout de même à Koper, je suis prête à t'aider, proposa-t-elle.

Le taxi démarra.

Jean-Marc Carrot l'appela pour lui dire au revoir.

— Le dossier est bouclé ! lui annonça-t-il.

— Quel dossier ?

— Johana Gätz. C'est pour ça que je n'ai pas pu

m'occuper de toi aujourd'hui. On a arrêté le meurtrier ce matin.

Les policiers belges étaient-ils à ce point plus performants qu'eux ? Comment avaient-ils réussi, si vite ?

— C'était qui ? demanda-t-il.

— Le voisin. Enfin, un autre voisin, pas le propriétaire de l'appartement de la victime, mais un type qui habitait au premier étage. Un psychopathe.

— Et pourquoi a-t-il fait ça ?

— On n'a pas encore éclairci ses motivations parce que rien n'est clair. On l'interroge, mais c'est lui, aucun doute. Il n'a d'ailleurs opposé aucune résistance quand on a frappé à sa porte, il n'avait même pas l'air étonné.

Jean-Marc s'excusa à nouveau de ne pas s'être occupé de lui pendant son séjour. Surtout ce samedi.

— Mais tu as vraiment débarqué au pire moment, répéta-t-il pour la énième fois.

10

Mikhal finirait par tout découvrir. Bien sûr. Il le savait.

Et ce qu'il attendait arriva deux semaines, jour pour jour, après le début de l'enquête. Le jeudi après-midi. Ni lui ni elle n'enseignaient.

Il s'était installé à son bureau sous la véranda et travaillait, comme ce fameux jeudi où, à travers les fentes du volet, il avait suivi du regard les allées et venues d'Avi Avraham et de ses hommes. Mikhal avait fait déjeuner Ilaï dans la cuisine en lui passant un CD de ses chansons pour enfants préférées, puis elle l'avait couché pour la sieste.

Il avait de plus en plus de mal à résister à la tentation. Son cahier noir lui envoyait des signaux. Il devait l'ouvrir. Mais au beau milieu de la journée, c'était trop dangereux. Zeev relut tout de même les trois premières lettres et le premier paragraphe de la quatrième, commencée la nuit précédente. Après s'être douchée, Mikhal vint lui demander s'il voulait déjeuner avec elle. Sous prétexte qu'il avait trop de travail, il répondit qu'il se contenterait d'un sandwich devant l'ordinateur. Avait-il insinué quelque chose ? Espérait-il que la conversation prenne ce tour-là ?

Il ne se sentait pas encore prêt à lui avouer qu'il s'était inscrit à un atelier d'écriture, mais combien de temps pourrait-il encore lui cacher que le processus s'était à nouveau enclenché ? Et pourquoi le lui cacher alors qu'il avait partagé avec elle toutes ses vaines tentatives, sa frustration de ne trouver ni le temps ni le lieu propices à ce qu'il désirait tant, son angoisse aussi de ne plus être porté par un élan créateur, d'en être privé à tout jamais ?

Mais il n'avait pas imaginé que cela se passerait ainsi. Ce fut une des pires journées de sa vie.

L'écriture faisait partie des premières choses dont Zeev avait parlé à Mikhal. Ils s'étaient rencontrés pendant leurs études, au séminaire de préparation à l'enseignement. Ils y avaient été admis après avoir obtenu leur licence, lui en littérature anglaise à l'université de Jérusalem, elle en sciences politiques à l'université de Tel-Aviv. C'était bien loin maintenant. À l'époque, quand on demandait aux étudiants s'ils voulaient vraiment devenir enseignants, tous répondaient par la négative. Sauf elle. Elle avait vingt-sept ans, lui un an de moins. Tous les deux étaient célibataires après être passés par une série de liaisons plus ou moins sérieuses. Zeev lui avait raconté qu'il écrivait ou qu'il voulait écrire, et Mikhal ne lui avait pas demandé ce qu'il écrivait, elle s'était contentée de dire que c'était magnifique et qu'elle espérait, un jour, lire ses textes. À ce moment-là, il n'avait d'ailleurs pas compris s'il devait l'interpréter comme une ouverture vers une relation durable entre eux ou si, sur un plan plus général, elle était tellement convaincue de son talent que, quoi qu'il arrive, elle savait qu'il serait publié.

Lorsqu'elle s'approcha de lui, il referma son cahier. Elle lui passa une main dans les cheveux, au-dessus de la nuque. Il ne se retourna pas.

— Il y a quelque chose que tu veux me dire ? demanda-t-elle.

— Non, pourquoi ?

— J'ai l'impression que si. Tu travailles sur un texte depuis un certain temps, tu penses que je n'ai rien vu ?

Répondre à cette question était la chose la plus compliquée au monde. Parce qu'il avait pensé qu'elle voyait et en même temps qu'elle ne voyait pas. Il avait espéré qu'elle voie et en même temps qu'elle ne voie pas. Cela faisait longtemps qu'ils étaient convenus qu'elle ne lui demanderait plus s'il travaillait sur quelque chose – inutile de retourner le couteau dans la plaie. Alors il biaisa :

— Ce n'est qu'un premier jet. Je ne sais pas si je peux déjà en parler.

Mais il était si ému qu'il lui communiqua son trouble.

— Attends, dit-elle, je vais me préparer un café, et après tu me racontes. Tu en veux un aussi ?

Pendant qu'elle était dans la cuisine, il décida de ne rien lui cacher. Son désir de tout partager avec elle l'emporta sur sa peur.

Elle revint, lui annonça d'un ton solennel qu'elle était prête, s'assit dans le fauteuil marron et posa sa tasse sur la petite table en rotin. Il tourna sa chaise et s'installa face à elle.

— Bon, alors, voilà, commença-t-il, je participe depuis quelques semaines à un atelier d'écriture.

Elle n'eut l'air ni choquée ni embarrassée.

— Je n'avais pas l'intention de m'inscrire et je regrette de ne pas t'en avoir parlé dès le début. Ça s'est fait par hasard, je passais devant Beith-Ariéla, j'ai vu une affiche et je suis entré. Juste pour voir comment c'était. Je n'avais pas l'intention de rester. Mickaël Rozen anime cet atelier, je ne sais pas si ce nom te dit quelque chose, mais c'est un jeune écrivain assez connu et nous avons beaucoup sympathisé. C'est surtout pour lui que je suis resté. Et je te demande pardon de ne pas t'en avoir parlé plus tôt.

— Depuis quand ? Comment se fait-il que jusqu'à présent je ne me sois doutée de rien ?

Malgré tout, elle paraissait sincèrement ravie.

— Le dimanche après-midi, quand je te disais que j'allais travailler à la bibliothèque, c'était pour ça. L'atelier se tient là-bas... donc ce n'était pas totalement un mensonge.

— Mais ça ne me dérange pas du tout ! Le principal, c'est que tu aies fini par le faire. Et ça t'aide ? Tu sens que quelque chose se débloque ?

Elle aurait pu lui rappeler la manière vindicative dont il avait, jusque-là, repoussé les propositions qu'elle lui avait faites de s'inscrire à ce genre d'atelier, mais elle s'en abstint.

— Oui, je le sais à présent. Il est en train de m'arriver quelque chose de positif, répondit-il.

À bien y réfléchir, Mikhal était la seule personne à croire en lui. Une confiance indéfectible, même au cours des semaines, des mois où lui-même avait perdu la foi, où il désespérait tellement qu'il avait cessé de rêver à l'instant où il pourrait lui lire une histoire de son cru. Une histoire aboutie, qu'elle écouterait captivée. Il sentait qu'à présent il avait la matière, mais ne savait pas encore si l'occasion était la bonne. Il n'ignorait pas que ce qu'il avait écrit était difficile à digérer, il craignait une sanction de sa part.

La deuxième lettre contenait, du moins à son avis, les phrases les plus profondes exprimées par Ofer. Il l'avait écrite juste après sa longue conversation avec Avi Avraham dans le bureau du commissariat, en écho à la prise de conscience suscitée par son échange avec le commandant. Ofer analysait dans ces lignes la peur qu'il inspirait à ses parents, ou plutôt que sa différence inspirait à ses parents. Il essayait de cerner, pour eux autant que pour lui-même, l'origine de cette peur. La lettre se terminait par une phrase cruelle : « Pendant des années vous avez cherché à m'affamer, à me priver de ce dont j'avais besoin, vous vouliez me détruire pour que ma vie ne soit pas meilleure que la vôtre, pour que ma vie ne vous renvoie pas à la figure, comme dans un miroir déformant, la médiocrité de la vôtre. » Il avait à nouveau signé par les mots : « Ofer, qui n'est plus votre fils », et en dessous il avait ajouté : « À suivre ? »

Le style de la deuxième lettre était beaucoup plus travaillé que celui de la première. Dans le but de créer une voix crédible et semblable d'une lettre à l'autre, il avait volontairement réutilisé des expressions qui apparaissaient dans la première lettre ainsi qu'une syntaxe qu'il avait cernée à force de se relire. Il avait ajouté quelques expressions saisies en classe ou pendant les interclasses et qu'il avait recopiées dans son cahier après ses cours. Il savait aussi à présent comment utiliser ses coudes et ses avant-bras pour ne pas poser les doigts sur la feuille de papier blanche pendant qu'il recopiait son texte au propre. Il avait acheté une autre enveloppe, n'avait pas jeté les gants en latex dans la poubelle de son immeuble mais les avait enfouis dans la poche de son pantalon et s'en était débarrassé dans une benne proche du lycée. La lettre était restée deux jours dans la boîte des Sharabi avant de disparaître.

Mikhal le regardait, survoltée, les sens en éveil.

— Alors, qu'est-ce que tu écris là-dedans ?

— Un instant, je dois d'abord t'expliquer...

Mais elle le pressa, impatiente :

— Il vous donne des exercices ? Comment ça fonctionne ?

— Sur le principe, oui. Mickaël donne des exercices d'écriture sur un sujet particulier, les élèves travaillent chez eux, lisent leur texte en classe et on en discute. Mais moi non. Moi, j'ai tout à coup eu une idée, pas pendant l'atelier, même si ça m'a sans doute aidé. Et je me suis attelé à quelque chose de plus sérieux et de plus long.

Elle lui sourit comme si, bien sûr, elle savait qu'il n'allait pas perdre son temps avec de simples exercices.

— Bon, alors, est-ce que monsieur l'écrivain peut me révéler ce qu'il écrit ?

— Je ne sais pas.

Son hésitation était sincère, il ne s'agissait aucunement de coquetterie destinée à aiguiser la curiosité de sa femme. Il n'avait pas pu voir les réactions de ses premiers lecteurs, que ce soient les parents d'Ofer ou la police. À peine les deviner. Son visage à elle, il le verrait en temps réel pendant la lecture.

— C'est toi qui décides, dit-elle. Sache que j'ai vraiment très envie de te lire. Et de toute façon, j'aimerais bien qu'on célèbre l'événement d'une manière ou d'une autre.

— Célébrer ? Il n'y a encore rien à célébrer. Tu dois d'abord lire et me dire ce que tu en penses.

Lui donner ou ne pas lui donner ?

Elle était si excitée qu'il ne put résister davantage et posa son cahier devant elle. Ouvert. Sur la table.

— Je n'ai encore rien retranscrit sur l'ordinateur, dit-il. Pour l'instant, tout est dans ce cahier. Tout, c'est-à-dire trois lettres entières qui sont comme trois chapitres.

— Ah, je vois, c'est un roman épistolaire.

Et elle commença.

Ilaï dormait dans le plus grand silence, mais Zeev avait l'impression que le sommeil de son fils pesait sur chacun de ses muscles. Il était tendu à l'extrême. Ce qu'il redoutait le plus, c'était que le petit se réveille, se mette à pleurer et empêche Mikhal de tout lire dans la continuité puisqu'elle devrait s'arrêter et aller le chercher. Et si c'était lui qui allait le chercher, il ne pourrait pas voir les réactions sur le visage de sa femme. Pour l'instant, il suivait du regard le mouvement des pupilles le long des lignes manuscrites. À l'affût de la moindre modulation de son expression. Si son fils se réveillait trop tôt, ils ne pourraient pas non plus discuter du texte juste après la lecture, ils devraient attendre le soir, et ce ne serait plus un échange à chaud.

La troisième lettre était la plus longue et la plus complexe à ses yeux, parce qu'elle fonctionnait réflexivement et concernait le processus de lecture des lettres précédentes. Elle prenait aussi en compte la possibilité que le destinataire mette en doute l'identité de l'expéditeur. Comme les deux précédentes, elle commençait par les mots « Maman et papa », mais juste après, Ofer leur adressait une liste de questions en style direct, dont le sujet était la lecture des premières lettres.

Où vous trouviez-vous quand vous avez lu les deux lettres que je vous ai envoyées ? Dans ma chambre ? Dans le salon ? Qu'avez-vous pensé en les lisant ? Vous êtes-vous dit qu'elles n'étaient pas de moi, qu'elles ne pouvaient pas être de moi, tant vous vouliez vous protéger de leur contenu ? Avez-vous tenté de vous persuader que quelqu'un d'autre les écrivait à ma place, tant vous refusiez d'avoir à affronter la douleur éveillée par ce que j'essayais de vous dire ? Qu'avez-vous fait de mes lettres après les avoir lues ? Les avez-vous détruites pour être sûrs de ne pas avoir à relire des mots que vous ne vouliez pas entendre ? Moi, jamais je ne cesserai d'écrire.

Cette troisième lettre, il l'avait déposée dans la boîte des Sharabi en pleine journée et presque sans crainte. Il portait des gants en cuir, très fins, achetés dans un magasin d'accessoires automobiles, comme s'il en avait besoin pour conduire son scooter.

Il essaya d'imaginer ce qui pouvait passer par la tête de Mikhal pendant qu'elle lisait son texte. Elle avait un visage sérieux. Une fois, elle n'arriva pas à déchiffrer le mot « enterré », et lui demanda ce qu'il avait écrit. Une autre fois, il eut l'impression qu'elle le dévisageait d'un regard étrange mais quand il lui demanda : « Oui, quoi ? », elle baissa de nouveau les yeux vers le cahier noir, continua à lire, jusqu'au bout, puis elle les releva vers lui.

— C'est quoi ? dit-elle en toute simplicité.

— Comment ça ?

— Ce sont les lettres de « notre » Ofer ? Celui qui habite au-dessus de chez nous ?

Justement parce que la disparition de l'adolescent et les recherches pour le retrouver l'avaient profondément marquée – au point de la poursuivre jusque dans ses rêves –, il savait qu'elle serait une lectrice parfaite.

— Oui. Ce sont des lettres qu'il écrit à ses parents pour expliquer ce qui s'est passé.

Elle ne réagit pas. Il attendit encore un moment avant d'oser poser la question cruciale :

— Alors, tu trouves ça comment ?

Mais elle ne lui parla pas du texte. Pas sur le moment. Ni du fond ni de la forme.

— Je ne comprends pas ce que tu racontes : il explique ce qui s'est passé, mais toi, comment sais-tu ce qui s'est passé ?

— Je ne sais pas. J'essaie d'imaginer, c'est tout l'enjeu de ce que j'écris ! Je me mets dans sa peau, j'essaie d'adopter son point de vue et de comprendre ce qui lui est arrivé.

— Mais tu ne peux pas écrire ces choses-là sans savoir ce qui s'est réellement passé !

— Bien sûr que si. On n'est ni dans un roman policier ni dans un reportage. Je me fiche des faits. Ce qui m'intéresse, ce sont les processus intérieurs qui l'ont poussé, ou plutôt ce que j'imagine être les processus intérieurs qui ont abouti à sa disparition.

Elle se tut. Assurément, il ne s'attendait pas à une telle réaction. Leur conversation était-elle audible à l'étage au-dessus ? Mikhal feuilleta le cahier à rebours. Recommença à lire la première lettre.

— Alors, qu'est-ce que tu en dis ? répéta-t-il en chuchotant.

— Ça me fait peur.

Il ne discerna aucun enthousiasme dans sa voix.

— Si ça fait peur, c'est bon signe, non ? risqua-t-il avec un sourire. C'est l'effet que doit produire la vraie littérature, non ?

— Je ne sais pas ce qu'est la vraie littérature.

— Il n'y a qu'une seule question à se poser : qu'est-ce que tu as ressenti en lisant ? Est-ce que tu as tout de suite été happée ? Est-ce que tu voulais continuer ou est-ce que, au contraire, ça t'a ennuyée ? As-tu entendu, dans ses lettres, la voix réelle d'un adolescent qui parle à ses parents ?

— Je pense que oui.

— C'est ce qui m'importe. Je t'accorde que je mets les pieds dans quelque chose d'un peu effrayant. Entrer dans la tête d'un adolescent de seize ans, et surtout écrire à la première personne – oui, le « je » est un grand risque en littérature, et ce qu'il m'importe de savoir, c'est si je suis sur la bonne voie.

Elle s'entêtait à répondre à côté de la question.

— Pourquoi as-tu choisi Ofer ? demanda-t-elle.

— Parce que je le connais et je sais que je peux me servir de lui pour construire un personnage fascinant. Avec une histoire fascinante. Mais il faut aussi qu'on comprenne qu'il ne s'agit pas uniquement de lui. Je suis sûr que tu l'as remarqué, j'y ai glissé des tas d'autres éléments, des détails personnels sans doute aussi, peut-être.

— Tu n'as pas peur que quelqu'un lise ça et pense que tu es impliqué dans sa disparition ?

— Mais qu'est-ce que tu vas imaginer ! Cela dit, et même sans savoir ce qui lui est arrivé, je pense y être pour quelque chose. J'ai exercé une certaine influence sur lui, sur sa vie, et c'est aussi pour ça que je peux comprendre de l'intérieur son personnage et son histoire.

Elle le fixa à nouveau d'un regard étrange, qu'il n'arriva pas à interpréter.

— Et qu'ont-ils dit à ton atelier ? lâcha-t-elle soudain.

— Pour l'instant, rien. Je ne leur ai pas lu mon texte. Et je ne suis pas sûr de le leur présenter. Je vais peut-être juste le donner à Mickaël. Mais la vérité, c'est que j'hésite à dévoiler mon idée. Pas seulement l'idée en elle-même, mais la construction du livre. Parce que ce sera un roman composé intégralement des lettres qu'un adolescent disparu envoie à ses parents. Je ne crois pas qu'un tel roman ait jamais été écrit, en tout cas en hébreu.

— C'est effrayant, murmura-t-elle à nouveau.

Elle tenait toujours le cahier entre les mains, fixait les petits caractères tracés à l'encre noire, les ratures et les flèches qui couraient sur toute la longueur de la page, mais elle ne lisait pas.

— Effrayant, c'est bon signe, s'entêta-t-il.

Il faillit lui citer le passage de la lettre de Kafka qu'il avait trouvée sur Internet quelques jours plus tôt, le passage mentionnant la hache qui fendait la mer gelée, mais elle reprit :

— Si tu décides de le publier, tu devras changer les noms. Tu as une idée de la manière dont ses parents risquent de réagir ?

— J'ai peut-être un moyen de le savoir, répondit Zeev sans réfléchir, puisque je les leur ai envoyées.

Était-ce là qu'avait été son erreur ? Lui avoir raconté ça aussi ? Ensuite, au cours de ces heures interminables où il attendrait qu'elle l'appelle, à l'affût d'un signe qui témoignerait qu'elle ne l'avait pas quitté et qu'il ne se retrouvait pas livré à lui-même, il se demanderait s'il avait eu tort de tout lui révéler. Peut-être était-ce une leçon à retenir. Non, car telles n'avaient jamais été leurs relations.

Au début, Mikhal ne le crut pas. Il était encore temps de changer d'avis et de nier.

— Tu as fait quoi ? murmura-t-elle.

— Je leur ai envoyé les lettres, répéta-t-il très simplement. Ou plutôt, je les ai glissées dans leur boîte aux lettres.

Et puis, comme elle refusait encore de le croire, il continua :

— Ne t'inquiète pas, je ne les ai pas signées. Mais comprends que je n'avais pas le choix, parce qu'ils en sont les vrais destinataires. Celui qui écrit de telles lettres veut bouleverser, avec ses mots, des cibles précises, clairement définies, tu comprends ?

— Je ne crois pas que tu aies fait ça. Tu ne les as pas mises dans leur boîte aux lettres.

Des larmes apparurent au bord de ses paupières.

Il était encore temps de lui dire : « Mais non, je plaisantais. Évidemment que je n'ai pas déposé ces lettres dans leur boîte. »

Mais il ne le fit pas.

Mikhal se leva et sortit de la pièce.

Il la trouva dans la cuisine, assise, les coudes posés sur la table, les mains plaquées sur les yeux. Incapable de parler, il essaya de la prendre dans ses bras mais elle le repoussa.

— Zeev chéri, dis-moi que tu n'as pas mis ces lettres dans leur boîte. Tu voulais juste me faire marcher, n'est-ce pas ?

Il ne répondit pas.

— Je ne peux pas croire que tu l'aies fait. Comment as-tu pu ? Qu'est-ce qui t'a pris ?

Ce qui le déstabilisa, ce fut la douleur qui la submergeait. Une douleur contagieuse.

— Ils ne savent pas que c'est moi, répéta-t-il, essayant de la rassurer.

— Qu'est-ce que ça change, qu'ils le sachent ou non ? Tu comprends ce que tu as fait ?

Évidemment qu'il comprenait. C'était d'ailleurs pour cela qu'il avait envoyé ses lettres. Il continua à se taire et à lui caresser les cheveux. Elle parlait, pressant toujours les mains sur ses yeux, visage tourné vers le bas.

— Tu dois aller trouver la police et leur avouer que c'est toi. Ils sont certainement en train de chercher d'où proviennent ces lettres. Peut-être croient-ils que c'est Ofer qui les a envoyées !

— La police ? Pourquoi la police ?

Et soudain elle leva la tête, écarta les mains et le fixa de ses yeux bruns écarquillés.

— Zeev, il s'est passé quelque chose entre toi et Ofer ?

Il en resta sans voix. On lui posait la question pour la deuxième fois. Et à présent, c'était Mikhal.

Le pire moment de cet horrible après-midi fut lorsqu'ils se rendirent compte que le petit s'était réveillé. Ils avaient apparemment haussé le ton. Mais justement parce qu'il entendait du bruit autour de lui, en l'occurence les voix de ses parents, il ne pleurait pas, il papotait dans une langue que lui seul comprenait, comme s'il offrait une version simplifiée de leur conversation. Mikhal essuya ses larmes avant d'aller le chercher, mais elle l'avait à peine soulevé qu'elle éclata en sanglots, déposa un Ilaï tout étonné sur les genoux de son père, courut se réfugier dans la salle de bains et ferma la porte... pour en ressortir très vite. Elle récupéra aussitôt son fils en l'arrachant presque des bras de Zeev et l'emmena avec elle dans la chambre à coucher ; il les suivit et s'assit avec eux sur le lit. Le bébé, qui ne comprenait rien et était ravi de se retrouver ainsi sur le grand matelas, s'amusait à ramper de l'un à l'autre.

— Tu veux vraiment que j'aille trouver la police ? demanda-t-il.

— Zeev, tu as un fils, comment as-tu pu ne serait-ce que concevoir une chose pareille ? Je n'arrive pas à comprendre.

Il voulut la rassurer et tendit une main vers elle, mais Ilaï l'intercepta, s'y accrocha pour se mettre debout, après quoi, il se jeta contre son père. Ils n'avaient pas parlé littérature et n'en parleraient apparemment pas. Comme si, à l'instant où elle s'était laissé convaincre que ces lettres avaient de vrais destinataires, celles-ci étaient passées du statut d'œuvre littéraire à celui d'acte immoral, de délit. Comme si les mots qu'il avait écrits s'étaient transformés en projectiles blessants, générateurs de souffrance.

— C'est la décision la plus sage, me semble-t-il. Tu préfères attendre qu'ils enfoncent la porte de l'appartement, perquisitionnent et finissent par t'arrêter sous les yeux de ton fils et des parents d'Ofer ?

Ce qu'il ne comprenait pas, c'était pourquoi elle était persuadée que la police voudrait l'arrêter. Elle mélangeait tout. Il tenta encore une fois de lui expliquer calmement qu'on ne ferait jamais le rapprochement entre lui et les lettres. Il avait veillé à les écrire sur du papier ordinaire, avait utilisé des enveloppes banales, n'avait pas laissé d'empreintes digitales et avait fait bien attention à ne pas être vu pendant qu'il les glissait dans la boîte des Sharabi. Une semaine et demie s'était écoulée depuis le premier envoi, et il n'avait pas été inquiété. Elle réussit cependant à lui communiquer sa peur et il sentit à nouveau l'angoisse monter en lui.

— Nous ne pouvons pas le cacher, répéta-t-elle.

— Pourquoi ? Qu'est-ce qui te fait dire ça ?

— La police finira par le découvrir, alors mieux vaut que ça vienne de toi. Mieux vaut que tu y ailles de ton plein gré et que tu leur expliques. On ne peut pas garder ça pour nous parce que ce que tu as fait est horrible. Imagine que les parents se raccrochent à l'espoir qu'Ofer est vivant et qu'il va bien, uniquement à cause de tes lettres. Tu dois dire la vérité. Si tu y vas et que tu avoues, peut-être la police acceptera-t-elle de ne pas leur révéler l'identité de l'expéditeur. Et les gens de l'immeuble, tu y as pensé ? Tu crois qu'on pourra rester ici si jamais on découvre que c'est toi qui as écrit ces horreurs ?

— Et s'ils m'arrêtent au moment où j'y vais ?

— On va d'abord demander conseil à un avocat. Tu n'as rien fait de mal, tu t'es contenté d'écrire des lettres. Donc, tu vas aller trouver la police, dire la vérité et exprimer tes profonds regrets. Comme ça, ils ne te soupçonneront pas d'être impliqué dans ce qui est arrivé à Ofer. Tu expliqueras que tu ne sais rien et que ce n'était qu'un exercice littéraire.

Elle s'efforçait de ne pas céder à la panique, chuchotait et réfléchissait au moyen de le protéger, pourtant, cette dernière phrase était un coup bas.

— Je n'ai pas besoin des conseils d'un avocat, répliqua-t-il. S'il le faut, je suis prêt à parler à Avi Avraham. Je suis sûr qu'il me comprendra, lui.

— Eh bien, appelle-le. Tout de suite. Je ne pourrai pas supporter d'attendre davantage.

Comme tout cela était étrange !

Il finit par retrouver la carte de visite du policier dans son cahier noir. Il ne se souvint de l'endroit où il l'avait rangée, entre la dernière page et la couverture, qu'après avoir fouillé dans son portefeuille, dans sa sacoche et dans tous les tiroirs de son bureau.

Mikhal le suivit dans la petite véranda et resta derrière lui, Ilaï dans les bras, tandis que de l'appareil s'échappait la voix du commandant. Zeev lui expliqua qu'il devait le rencontrer pour lui parler de quelque chose. Avraham lui répondit qu'il ne pourrait pas le recevoir avant dimanche ou lundi car il se trouvait à l'étranger et lui demanda s'il s'agissait d'une information urgente liée à l'enquête. Lorsque Zeev bafouilla que non, qu'il l'appelait pour un motif un peu différent, le policier lui recommanda de s'adresser directement au commissariat. Bien qu'il ait senti son interlocuteur lointain et comme en proie à un tumulte intérieur incontrôlable, Zeev insista : il ne parlerait qu'avec lui.

— J'attendrai que vous me rappeliez dimanche pour me dire quand vous pourrez me recevoir au poste, conclut-il, et il le salua avant de raccrocher.

Mikhal alla chez ses parents pour réfléchir et Zeev resta seul dans l'appartement. La nuit tomba. Il n'osait plus s'approcher de la véranda qui donnait sur la rue et d'où les passants, s'ils levaient la tête, auraient pu le voir par les interstices des volets. Alors seulement il comprit que tout était fini. Tout ce qui avait été ouvert deux semaines plus tôt se refermait. Les fenêtres et les portes, l'autre homme, sa renaissance, Mickaël Rozen, l'écriture. L'écriture qui l'avait attendu pendant tant d'années. La réaction de Mikhal puis leur discussion avaient transformé son idée si exaltante en une chose malsaine et terrifiante. Il n'irait plus à l'atelier. Il n'écrirait plus de lettres, ni pour lui ni pour personne. Le cahier noir resta posé sur son bureau, fermé, aussi repoussant qu'une main de lépreux. Il ne l'ouvrit pas et ne relut pas le premier paragraphe de la quatrième lettre qui commençait par la question : « Maman et papa, est-ce que vous continuez à lire les mots que je vous envoie, de cet endroit où je me trouve ? »

S'il avait pu sortir, marcher des heures et des heures dans le noir pour se fatiguer, épuiser ses jambes en même temps que sa peur ! Mais c'était impossible. Il avait l'impression d'être transpercé par des regards froids qui le guettaient de toutes parts. Comme si tout le monde savait. Mais savait quoi, nom de Dieu ! La pensée de devoir, au matin, se rendre normalement au lycée, affronter ses élèves et ses collègues, lui fut insoutenable et il décida d'appeler la secrétaire à la première heure le lendemain pour annuler ses cours. De toute façon, il ne tarderait pas à être licencié. Sans aucune raison valable. Rien n'avait changé et pourtant il sursautait à tout bout de champ, le moindre bruit déclenchait dans sa tête comme une sirène de police. Il essaya de se raisonner. But une camomille sans sucre dans une grande tasse mais n'y gagna qu'une forte nausée. Avi Avraham comprendrait. Il lui ferait des reproches, aucun doute, mais ne l'arrêterait pas. De cela il était certain, bien qu'il n'eût rien pour étayer son assurance à part la profonde empathie qu'il avait sentie entre eux deux. Mais comment le commandant pouvait-il avoir quitté le pays en pleine enquête ? Son voyage était-il lié à la disparition d'Ofer ? Se pouvait-il que l'adolescent ait réussi à fuir à l'étranger ?

Zeev songea de nouveau à Mickaël Rozen. Aux yeux rouges et à la forte odeur corporelle que dégageait l'écrivain. À ses longues jambes si inconfortablement repliées sous le siège de la Daihatsu trop petite. Ils ne se reverraient plus, dommage. Zeev ne se souvenait pas s'il avait laissé ses coordonnées au secrétariat de la bibliothèque et ne savait donc pas si Mickaël pourrait le recontacter au cas où. Pour lui demander par exemple pourquoi il avait disparu de l'atelier d'écriture. Une pensée le tétanisait : que des gens qu'il connaissait, surtout quelques lointains parents ou d'anciens camarades de l'université, aient vent par les journaux de ce qu'il avait fait. Mickaël l'apprendrait-il lui aussi ?

Il devait arrêter de penser. Et tant mieux s'il perdait son travail.

Il appela Mikhal et lui annonça qu'il allait quitter l'appartement et loger à l'hôtel à partir du week-end. Jusqu'à ce qu'il rencontre Avi Avraham. Jusqu'à ce que les choses s'éclaircissent.

— Tu te sentiras sans doute mieux sans moi, lui dit-il en toute sincérité, estimant que dès le début c'était lui qui aurait dû partir, pas elle.

Taraudé par la question de savoir si elle reviendrait, il s'endormit sur le canapé du salon, face à la télévision allumée, et dans la nuit, chose inhabituelle, il fit des rêves dont il se souvint vaguement le matin.

Lorsqu'il entendit la porte s'ouvrir, il était toujours sur le canapé. Malgré la légère couverture multicolore de son fils qu'il était allé chercher au milieu de la nuit, il avait les membres raidis par le froid. Ce qui s'était passé la veille ne lui revint pas d'un seul coup en mémoire, mais lentement.

Mikhal entra dans le salon. Seule. Elle avait laissé Ilaï chez ses parents.

— Je regrette d'être partie, commença-t-elle en s'asseyant à côté de lui. Comment as-tu dormi ?

— Bien. Et beaucoup, je pense. Quelle heure est-il ? Et vous, comment avez-vous dormi ?

— Je veux qu'on discute, toi et moi. Je veux que tu m'expliques pourquoi tu as fait ça, parce que je n'arrive pas à comprendre.

— Moi non plus, dit-il, avant d'éclater en sanglots pour la première fois depuis la veille.

— Calme-toi. On va s'en sortir.

— Non, c'est de joie. Je ne pensais pas que tu reviendrais.

Elle lui caressa la tête. Ses cheveux qui n'avaient rien perdu de la teinte châtain clair de sa jeunesse. Ensuite elle ouvrit les volets de leur étroite véranda afin d'aérer l'appartement, alla préparer deux verres de café qu'elle vint poser sur la table du salon. À côté, elle plaça un paquet de cigarettes.

— J'ai pensé que ça nous ferait du bien de recommencer à fumer tous les deux.

Comme dans une machine à remonter le temps, ils firent un bond de plusieurs années en arrière, restèrent enfermés pendant quarante-huit heures dans l'appartement et ne bougèrent pas du canapé. Ils étaient redevenus étudiants, comme s'ils croyaient qu'en ce shabbat passé presque sans dormir ils pourraient reconstruire, mais différemment, toutes les années d'avant la disparition d'Ofer et ainsi arriver au dimanche matin dans un monde où les lettres n'avaient jamais été écrites, où ils ne connaissaient pas l'adolescent et où Zeev n'avait aucune raison de se rendre au commissariat. Peut-être aussi ne dormirent-ils pas parce qu'ils voulaient être éveillés lorsque viendrait le moment qu'ils appréhendaient tant.

Ils parlèrent de tout, pas seulement des lettres, mais aussi de la dernière année écoulée, difficile, depuis la naissance d'Ilaï, de leurs carrières respectives, de l'emménagement à Holon. Ils passaient alternativement d'une profonde intimité à une distance tangible. Tantôt, il avait l'impression qu'elle lui pardonnait, tantôt que l'incompréhension et l'incrédulité qu'elle avait éprouvées en apprenant ce qu'il avait fait les séparaient à nouveau.

— Quand j'ai lu les lettres, déclara-t-elle, j'ai tout de suite compris que tu parlais plus de toi que d'Ofer. Ensuite j'ai pensé que tu aurais dû me les envoyer. Que c'était moi, leur réelle destinataire. Que tu aurais dû glisser ces lettres anonymes dans notre boîte après avoir inscrit mon nom sur l'enveloppe.

— Toi, quelle drôle d'idée ! Et je ne suis pas d'accord quand tu dis qu'elles parlent davantage de moi que d'Ofer. Je veux bien envisager qu'elles parlent de lui et de moi, mais tu sais bien que mes parents sont morts et que je ne peux pas leur envoyer de lettres.

— Quoi qu'il en soit, tu comprends maintenant que tu n'aurais jamais dû mettre tes lettres dans la boîte des Sharabi, même si tu avais décidé que ce serait ça, ton œuvre. Comment se fait-il que tu ne puisses pas dissocier l'écriture de ces lettres, qui est une chose, de leur envoi, qui est un acte abominable ?

— Pour l'instant, je ne sais plus quoi dissocier de quoi. J'ai juste peur de ce que j'ai fait et peur de ta réaction. Je me fiche de la police. Il n'y a que toi qui comptes pour moi.

Ces paroles n'étaient pas destinées à la soulager. Il les avait prononcées uniquement parce qu'en cet instant précis il voulait vraiment obtenir le pardon de sa femme, même si la faute à pardonner ne lui apparaissait pas encore dans toute sa netteté.

— Tout va bien pour moi, comme tu vois. Oublie ma réaction. Ils ne peuvent rien contre moi. Ni contre Ilaï. Si j'ai peur, c'est pour toi. Et j'essaie de comprendre ce qui t'a poussé.

Alors seulement il lui raconta. Presque tout et presque depuis le début. Il lui décrivit comment il avait compris que c'était l'histoire qu'il attendait et comment il avait su que la lettre serait pour lui le biais par lequel il voulait la raconter. Il ne mentionna pas son coup de téléphone anonyme à la police.

Au cours de la nuit du vendredi – ce fut un des pires moments de cette longue conversation –, Mikhal lui demanda à nouveau :

— Tu es sûr qu'il ne s'est rien passé entre toi et Ofer ?

— Arrête, oui, arrête de me demander ça ! C'est insupportable que toi, tu me poses cette question ! C'est pour ça que tu as laissé Ilaï chez tes parents ?

— Ne dis pas de bêtises ! Je l'ai laissé parce que je ne veux pas qu'il soit ici.

— Pourquoi ?

— Peut-être parce que j'ai peur que la police débarque tout à coup et peut-être aussi parce que je ne peux pas agir en mère en ce moment. Je ne peux même pas y penser. Je sens que je ne dois être qu'avec toi.

Tout ce qu'elle disait était pour lui d'un incommensurable secours.

— Merci d'être revenue, murmura-t-il en se lovant dans ses bras.

— Je ne pouvais pas t'imaginer ici, tout seul. J'avais peur de ce que tu risquais encore de faire.

— C'est terminé, plus jamais je ne prendrai d'initiative sans te demander conseil. Promis.

Elle sourit.

Le lundi, ils se rendirent ensemble au commissariat.

11

L'enquête que retrouva Avraham Avraham n'avait plus rien à voir avec celle qu'il avait laissée. Le dossier ne lui appartenait plus, même si, officiellement, il continuait à diriger l'équipe d'investigation et signait toutes les conclusions avant qu'elles ne soient envoyées au parquet. Il enclencha aussi les opérations qui permirent la résolution de l'enquête et pourtant non, il ne la dirigea pas. Et il ne savait même pas qui en tenait les rênes, à supposer que quelqu'un les ait tenues.

Le dimanche matin, après trois heures de sommeil à peine, il avait rejoint Ilana dans son bureau au Central de Tel-Aviv et essayait de comprendre ce qu'elle lui suggérait avec des pincettes.

— Voilà, nous sommes arrivés à la conclusion que jusqu'à présent l'enquête se fondait sur une seule hypothèse, et nous n'avons aucune certitude qu'elle soit juste.

Il encaissa ces paroles, fatigué et perplexe.

L'avion d'El-Al en provenance de Bruxelles avait atterri à l'aéroport Ben-Gourion avec du retard, et

Avraham Avraham avait encore dû attendre presque quarante minutes pour récupérer sa valise. Lorsqu'il était arrivé à Holon, à une heure et demie du matin, il avait remarqué que, depuis bien longtemps, son appartement n'avait pas brillé d'une telle propreté. Dans son réfrigérateur, un litre de lait frais et une boîte neuve de fromage blanc ainsi que, dans un bac à légumes rutilant, deux sacs plastique, l'un contenant des tomates bien mûres et l'autre six petits concombres. Sur sa grande table trônait une brioche de shabbat. Il alluma le téléviseur juste pour le son et défit sa valise. Pendant son absence, sa mère avait rangé son armoire et même plié ses chemises bleues d'uniforme sur une étagère à part. Il n'y avait que les draps verts du lit qu'elle n'avait pas changés et qui dégageaient son odeur habituelle.

— Je ne suis pas sûr de comprendre ce que tu veux dire, répondit-il à sa supérieure en sortant de sa poche un paquet de cigarettes.

La divisionnaire se leva et ouvrit la fenêtre qui surplombait la rue Shalma, mais la matinée étant caniculaire, aucun souffle d'air ne rafraîchit la pièce.

— Ce que j'essaie de t'expliquer, reprit-elle en revenant s'asseoir face à lui, c'est que, à la différence de ce qui a été évoqué ici au cours de notre première réunion, nous avons tout revu depuis le début et sans aucune certitude. Il y a une chose que nous avons trop vite prise pour argent comptant, sur laquelle nous avons fondé toutes nos recherches et que nous avons eu tort de ne pas considérer uniquement comme une hypothèse : c'est le fait qu'Ofer ait disparu mercredi matin. Tu le sais aussi bien que moi.

— Qu'aurions-nous dû faire ? Qu'est-ce que tu entends par « trop vite » ?

Elle avait oublié de poser le cendrier sur la table.

— Que c'était une erreur parce que *nous ne savons pas* si c'est vrai. Nous n'avons ni preuve tangible ni témoignages concordants qui le confirment. Au contraire. Depuis deux semaines et demie, nous cherchons en vain quelqu'un d'autre que sa mère qui l'aurait vu ce fameux mercredi matin. Nous n'arrivons absolument pas à reconstituer ce qui s'est passé ce jour-là, et ça a commencé à nous sembler, à tous, extrêmement bizarre. En supposant, par exemple, qu'Ofer ait disparu sur le chemin du lycée, soit qu'il ait décidé de sécher les cours, soit que quelqu'un l'ait poussé à ne pas se rendre au lycée, on aurait déjà dû trouver une preuve matérielle pour le confirmer. Or, jusqu'ici, personne ne l'a vu, ni descendre de l'immeuble, ni en sortir, ni monter dans un bus, rien. Nous avons fait circuler sa photo parmi tous les chauffeurs de transports en commun et de taxis de la région, nous l'avons montrée aux habitants et aux commerçants – personne ne peut certifier l'avoir vu le mercredi matin. N'oublie pas qu'on a diffusé des avis de recherche, que tu es même passé à la télé, et, pourtant, aucun témoin ne s'est manifesté en déclarant qu'il l'avait vu le mercredi matin aller dans telle ou telle direction. Tu comprends ? Nous n'avons pas bougé d'un iota depuis le début de cette enquête, Avi, or le temps presse, il se peut même que nous n'en ayons plus. C'est ce que nous avons été obligés d'admettre, du moins entre nous. Nous ne sommes pas arrivés à reconstituer ce qui s'est passé depuis l'instant où Ofer a prétendument quitté l'appartement familial.

C'est pourquoi nous avons pensé qu'il fallait au moins réexaminer cet axiome, le remettre en question ou du moins envisager des variantes et voir où ça nous mènerait. On n'a rien à perdre.

Il garda le silence. Alluma une cigarette malgré le manque d'air dans la pièce et l'absence de cendrier devant lui. Au cours de leurs conversations téléphoniques, Maaloul ne lui avait parlé que de la découverte du sac, pas un mot sur le changement d'optique, ni le jeudi ni au cours de leur dernière conversation le vendredi après-midi avant qu'il ne rentre de Bruxelles. Quand exactement ses hypothèses de base avaient-elles été remises en question ? Par qui ? Quant au vocabulaire professionnel d'Ilana, il ne cachait pas une accusation sans ambiguïté : Tu as très mal dirigé les investigations et surtout les interrogatoires des parents.

Il revit la mère assise, le premier soir, dans son bureau au commissariat. Il se remémora le petit sac en plastique d'où, le lendemain matin, elle avait tiré les photos d'Ofer qu'elle avait déposées sur la table. Ilana continuait à lui asséner des reproches à peine voilés :

— Avi, tout ce que *nous savons avec certitude*, c'est que le mardi il était au lycée. Eliyahou a visionné les vidéos des caméras de surveillance placées dans la cour et à la sortie de l'établissement. On le voit. On le voit franchir la grille du lycée. Et nous savons aussi qu'il est rentré chez lui le mardi après-midi. Nous avons trois témoins en plus de la mère : un garçon et une fille de sa classe qui marchaient derrière lui, et un voisin qui l'a vu entrer dans l'immeuble avant quatorze heures. Mais c'est tout. Jusque-là, on peut être formel, on sait où il était, on a des témoignages concordants, mais après, on n'a plus aucune certitude. Ofer rentre chez lui. C'est à partir de là que nous avons décidé de commencer à le chercher.

C'était la première fois depuis le jeudi précédent qu'on prononçait le nom du disparu à ses oreilles, mais il avait l'impression de ne pas l'avoir entendu depuis bien plus longtemps.

— Parfait, où veux-tu qu'on aille le chercher, Ilana ? Tu crois qu'il se cache sous son lit ? ne put-il s'empêcher de lui demander.

La gêne entre eux, il l'avait sentie dès qu'il était entré dans le bureau, à neuf heures et demie du matin. Ilana l'attendait sur le seuil, en uniforme ; elle l'accueillit à bras ouverts mais rien de chaleureux n'était passé dans leur accolade. Elle l'avait invité à s'installer comme s'il entrait là pour la première fois. Et, bien qu'assis sur sa chaise habituelle, la bleue de droite, face à la table de travail, il ne s'était pas senti à sa place.

Les premiers mots d'Ilana avaient dû parcourir des kilomètres pour l'atteindre. Et il avait eu l'étrange impression que c'étaient d'autres visages qui l'observaient sur les vieilles photos accrochées aux murs du bureau. Certes, il avait déjà connu des sensations similaires, mais jamais aussi désagréables. En fait, s'ils restaient longtemps sans se voir, ils devaient toujours surmonter une certaine gêne au moment où ils se retrouvaient. Rompre la glace. Qui se rompait toujours. D'habitude, Avraham pensait qu'il en était le seul responsable, parce qu'il avait toujours besoin de temps pour se libérer en présence de sa supérieure.

Cette fois, il sentait que la froideur venait aussi d'elle. Qu'elle était au moins autant que lui responsable du fossé qui s'était creusé entre eux.

— Bon allez, raconte comment ça s'est passé, avait-elle commencé.

— Une perte de temps. Rétrospectivement, je n'aurais pas dû faire ce voyage.

— Tu as pourtant l'air en forme, on dirait que tu ne veux pas admettre que tu as pris du bon temps.

Peut-être était-ce vrai.

Elle lui avait ensuite demandé des nouvelles de Jean-Marc Carrot et avait voulu savoir s'il avait rencontré un officier supérieur de la Division centrale de Bruxelles, un Belge charmant qu'elle avait connu lors d'un congrès à Madrid. Il s'avéra que c'était un des deux officiers qui avaient dirigé l'enquête sur le meurtre de Johana Gätz, apparemment celui qui avait percé le mystère. Avraham lui raconta que leur rendez-vous avait été annulé justement à cause de ce meurtre et commença à lui expliquer à quel point ce dossier, qui avait été bouclé le jour de son départ, avait gâché tout son séjour. Mais elle l'interrompit très vite :

— Attends qu'Eliyahou et Eyal arrivent, qu'ils profitent de ton récit en même temps que moi. On a d'autres choses à voir ensemble.

Elle voulut cependant savoir s'il avait croisé la femme de Jean-Marc et si elle était aussi jolie qu'on le prétendait. Surpris par la question, il répondit que oui. Lors de son passage à Tel-Aviv, le policier belge avait rencontré Ilana, mais en tête à tête, et il ignorait de quoi ils avaient parlé.

— Et la ville, tu as eu le temps de la visiter ?

— À peine, seulement le dernier jour.

Les minutes passaient, il sentait bien qu'elle avait quelque chose à lui dire mais qu'elle tournait autour du pot. Ce n'est qu'ensuite qu'il comprit à quel point il avait vu juste. D'ailleurs, lui non plus n'arrivait pas à parler. Comme si sa présence dans cette pièce pourtant familière n'était plus naturelle. Malaise d'autant plus douloureux qu'il n'avait été absent que quelques jours. Lorsqu'il s'était enfin décidé à interroger Ilana sur l'évolution de l'enquête, il lui avait précisé qu'il était resté en contact permanent avec Maaloul toute la semaine, et c'était à ce moment-là qu'elle lui avait balancé la remise en question de leur hypothèse de base.

À dix heures, Sharpstein et Maaloul arrivèrent. Ensemble.

Sharpstein prit la chaise libre avec l'assurance de quelqu'un dont la place est réservée, Ilana alla chercher une chaise supplémentaire pour Maaloul qu'Avraham Avraham accueillit en se levant.

— Notre homme de Bruxelles ! Tu as l'air d'aller beaucoup mieux, lança l'inspecteur en lui serrant la main. Tu t'es bien amusé là-bas ? reprit-il d'un ton sous lequel semblait pointer un léger reproche.

Malgré la canicule, il portait le même coupe-vent gris qu'à la précédente réunion et Avraham Avraham songea un bref instant qu'il cachait peut-être ses bras. Sharpstein, pour sa part, occulta ce voyage comme si son chef n'était ni parti ni revenu. Ils échangèrent un rapide bonjour des yeux, le jeune policier attendit en silence qu'Ilana revienne avec la chaise et que Maaloul s'y asseye, puis il commença à parler sans laisser le temps à leur supérieure de prendre la direction de la réunion ni de dire le moindre mot d'introduction.

— Tout d'abord, le sac à dos. On a les premiers résultats d'analyse. Aucune trace de sang ou d'autres substances intéressantes, ni à l'intérieur ni à l'extérieur. En revanche, on a beaucoup d'empreintes digitales, une partie exploitable, une autre non. Et le labo a besoin de deux à trois jours de plus pour terminer toutes les vérifications du contenu.

Il leur distribua des feuilles avec la liste des objets trouvés dans le sac. Avraham se rendit compte qu'il avait presque enterré ce nouvel élément sous la stupéfaction dans laquelle l'avait plongé sa conversation avec Ilana. Il demanda tout de même à Sharpstein s'il avait des photos du scellé et de son contenu.

— Non, pas ici.

Il refoula une envie de sauter dans sa voiture et de se rendre à Jérusalem afin de prendre ce satané sac dans ses mains. Il regretta à nouveau de ne pas avoir été présent pour le réceptionner, il en aurait alors examiné le contenu, pièce par pièce. La liste ne lui apprit rien de plus que ce que Maaloul avait déjà mentionné par téléphone. Dans le sac, ils avaient retrouvé la carte d'identité d'Ofer, un stylo, deux billets de vingt shekels, des cahiers et des manuels scolaires dont Sharpstein, sur sa liste, donnait tous les détails, éditeurs compris. Il la lut attentivement :

- Éducation civique : *Être un citoyen en Israël – un État juif et démocratique ;*
- Sociologie : *Les Cercles sociaux ;*
- *Antigone* de Sophocle dans la traduction de Shlomo Dykman ;
- *Exercices de grammaire,* vol. I.

Étaient également mentionnés deux grands cahiers à spirales, l'un à petits carreaux et l'autre normal. L'équipe d'investigation était censée récupérer tous ces objets dès que la police scientifique en aurait terminé. Il lut deux fois la liste des manuels. Quelque chose le titillait, mais Sharpstein continuait :

— Les techniciens ont passé au crible le contenu de la benne et n'ont rien trouvé qui aurait pu avoir appartenu à Ofer. Cela ne nous mène à aucune piste, de même que son sac, passé au crible lui aussi. Et nous cherchons toujours quelqu'un qui aurait vu la personne qui l'a jeté. Je me demande si ça ne vaudrait pas la peine de faire une entorse au secret de l'instruction à ce sujet dans l'espoir de toucher un témoin potentiel. À part ça, j'ai contacté ce matin le service juridique et j'ai compris que, pour l'instant, on n'avait aucune chance d'obtenir du parquet des écoutes téléphoniques, faute d'éléments suffisamment convaincants. Il faudrait pouvoir leur présenter un élément concret, et la question est de savoir comment l'obtenir sans attirer leur attention.

Avraham Avraham leva les yeux de sa feuille, son regard passa de l'inspecteur à Ilana.

— Je ne comprends pas, l'attention de qui? Qui est-ce que vous voulez mettre sur écoutes?

Devant l'embarras de la divisionnaire, il comprit qu'elle ne lui avait pas tout dit.

— Les téléphones des parents, lâcha-t-elle.

— Fixes et portables, ajouta Sharpstein.

— Des parents? Pourquoi?

L'expression du jeune policier s'emplit de pitié, mais il n'eut pas le temps de répliquer, Ilana s'en chargea à sa place :

— J'ai expliqué à Avi que nous avions décidé, en fin de semaine dernière, de reconsidérer notre théorie fondée sur une disparition le mercredi matin. Comme je te l'ai dit, Avi, nous voulons nous assurer qu'elle est juste ou, plus exactement, réfuter l'hypothèse contraire.

— Ça, je l'ai déjà compris. Mais quel est le rapport ? Vous pensez qu'ils mentent ? Si tel est le cas, vous croyez vraiment qu'ils en parleront au téléphone ?

Sentant qu'il bouillait à nouveau, elle essaya d'adoucir sa voix :

— Nous ne pensons rien du tout. Nous réexaminons simplement notre théorie de départ. Il est possible que les parents nous aient tout dit, qu'ils ne sachent rien au-delà des dépositions qu'ils ont faites et qu'ils ne nous cachent rien. Mais nous devons aussi prendre en compte l'éventualité qu'ils ne nous ont pas donné tous les renseignements en leur possession – ne serait-ce que pour nous débarrasser de cette possibilité. Il s'agit d'enquêter d'une manière plus systématique, c'est tout.

Il ne put s'empêcher de réagir violemment et d'élever la voix :

— Mais enfin, quelle mouche vous a piqués ? Si vous voulez réfuter cette hypothèse – bien que je ne comprenne pas qui a soudain tiré de son chapeau une telle idée –, je vais les convoquer et les interroger de nouveau, à quoi bon avoir recours à des écoutes téléphoniques ?

— Cette hypothèse a été évoquée parce que ça fait deux semaines et demie qu'on est coincés et que chaque seconde qui passe sans que nous avancions me fait peur. Parce qu'on commence à me poser des questions, qu'on s'étonne de ce que, au bout de deux semaines et demie, on n'ait pas la moindre idée de ce qu'est devenu Ofer. Parce que le sac à dos ayant été retrouvé, il est de plus en plus probable que nous enquêtions sur un acte criminel et pas sur une fugue. Tu es d'accord ? Mais surtout parce que jusqu'à présent on n'a pas cherché dans suffisamment de directions, même si, dès le début, j'avais insisté sur l'obligation de ne pas nous laisser enfermer. Je pense donc qu'il est grand temps de mettre cela en pratique. Avant qu'on nous retire le dossier.

Malgré ce ton sans réplique, Ilana sembla marquer une certaine hésitation et Sharpstein intervint en abondant dans son sens, comme s'il cherchait à lui donner de l'assurance. Un instant, les rôles furent presque inversés, on aurait dit qu'il était le supérieur et elle sa subalterne.

— Et cette hypothèse nous est venue d'une chose que je ne comprends pas : pourquoi le sac d'Ofer n'est-il apparu dans une benne de Tel-Aviv qu'après le retour du père en Israël ?

Avraham Avraham fixa l'inspecteur. Il allait de surprise en surprise et venait de comprendre à quel point il s'était fait manipuler.

— Le sac a été retrouvé dans la benne une semaine et demie après le retour du père, pas le lendemain, susurra-t-il.

Ils se taisaient. Tous les quatre. Que de longs silences avaient déjà été partagés dans ce bureau ! Des silences d'où émergeait une pensée. Des silences au cours desquels des idées s'échangeaient sans un mot, rien que par le regard. Mais là, c'était différent. Ce silence allait aboutir à de nouvelles dispositions et chacun tentait de se positionner au mieux dans les rapports de forces qui en résulteraient. Avraham Avraham, quant à lui, s'efforçait surtout de se calmer et de digérer l'affront qu'il essuyait.

— OK, alors ayez au moins l'amabilité de me révéler le fond de votre pensée, finit-il par dire en allumant une nouvelle cigarette. Parce que, ce que j'entends, c'est que je n'ai pas bien fait mon boulot avec les interrogatoires des parents.

— Là n'est pas la question, répliqua aussitôt Maaloul. Nous proposons simplement d'aller dans toutes les directions.

— Réfléchis, intervint Sharpstein. Si nous déplaçons le curseur et supposons qu'Ofer Sharabi a disparu le mardi après-midi – parce que c'est la dernière fois qu'il a été formellement vu quelque part –, eh bien, le tableau change complètement. Cela veut dire qu'il a disparu avant le départ de son père et non après. Et, dans ce cas, le fait que le sac ait été découvert après le retour du père peut prendre une autre signification. C'est tout de même étrange qu'il ait refait surface deux semaines après la disparition de son propriétaire. Tu ne penses pas que c'est un point qui mérite d'être clarifié ?

Maaloul opina à sa place.

— Ces supputations me semblent n'être qu'un monceau de spéculations gratuites, commença Avraham Avraham en essayant d'adopter le ton le plus neutre possible. Pourquoi, dans ce cas, ne pas envisager une disparition le lundi et se demander si celui qui apparaît le mardi sur les caméras de surveillance du lycée n'est pas un sosie ? Imaginer que les parents cachent des informations revient à mettre en doute tout mon travail. Il n'y a pas deux manières de le formuler. Et moi, je vous garantis qu'ils ne cachent rien et qu'ils font tout ce qu'ils peuvent pour nous aider. Je suis le seul à être allé les voir chez eux, à avoir discuté avec eux, et j'ai senti à quel point c'est dur pour eux. Ce serait vraiment injuste de douter de leur version. Je n'ai pas l'intention de le faire.

— As-tu une autre théorie qui puisse expliquer pourquoi on n'arrive pas à reconstituer ce qui s'est passé le mercredi ? demanda Sharpstein avec une prudence qui fut peut-être la cause de ce qui suivit.

Car Avraham Avraham explosa :

— Je n'ai aucune théorie et je n'en cherche pas ! cria-t-il. J'ai recueilli le témoignage des parents d'Ofer et je sais ce qu'ils ont dit. Celui qui cherche des théories, c'est toi ! D'ailleurs, j'y pense, tu as définitivement abandonné ta théorie du pervers de quartier ? Maintenant, tu as décidé de faire une fixation sur les parents ?

Ilana répondit à la place de son protégé :

— Avi, ça suffit. Il n'y a rien de personnel là-dedans, aucune critique à ton égard. Je vous demande à tous de reprendre cette enquête en réfléchissant d'une manière adulte et efficace.

À nouveau, le silence s'installa. S'il demandait à présent à être dessaisi du dossier, il savait que Raphaël et Hannah Sharabi se retrouveraient sous les feux d'une enquête remodelée et c'était hors de question. Il ne voulait pas qu'un autre les interroge. Le portable d'Ilana sonna. Elle répondit en chuchotant et se couvrit la bouche de la main. Sharpstein, drapé dans sa dignité, fit semblant d'être amusé par quelque chose puis envoya un SMS et Maaloul profita de la diversion pour changer de sujet :

— Allez, vas-y, déballe, qu'est-ce que tu as fait là-bas ?

— Franchement, rien, répondit-il.

— Mais elle est comment, leur unité ?

— Elle m'a paru sérieuse, mais c'est difficile de savoir, mon emploi du temps a été complètement chamboulé parce que le jour de mon arrivée ils avaient un meurtre sur les bras, tout le service a travaillé sous pression vingt-quatre heures sur vingt-quatre. Il me semble qu'ils ont fait du bon boulot, vu qu'ils ont arrêté un suspect, apparemment le coupable, le jour de mon départ.

Ilana les pria de l'excuser et sortit continuer sa conversation téléphonique à l'extérieur du bureau. Maaloul voulut avoir les détails de l'enquête et Avraham lui raconta ce qu'il en savait : la découverte du cadavre de Johana Gätz, le compagnon de la victime arrêté et l'information relayée dans tous les médias. En fait, il s'agissait d'un leurre, le type avait un alibi en béton. La police avait misé sur la publicité autour de cette arrestation pour que le vrai meurtrier baisse la garde. Deux jours plus tard, ils avaient libéré leur faux suspect et arrêté à sa place le propriétaire de l'appartement de la victime, un homme qui vivait dans le même immeuble, au troisième étage, un directeur de lycée à la retraite, le genre original avec des yeux brûlants et une crinière à la Einstein. Avraham Avraham avait réussi à comprendre que ses anciens élèves et certains collègues avaient fait des révélations inattendues relatives aux bizarreries et aux étranges habitudes du bonhomme. Il ne savait pas si cette arrestation faisait aussi partie d'une stratégie prédéfinie. Dans les salles de réunion du quartier général de la Division centrale, il avait vu des dizaines de croquis d'architecte datant de la construction du bâtiment, au début du vingtième siècle, et en avait déduit que la police cherchait des sorties de service et des issues qui auraient été condamnées au fil des années, sans doute parce qu'ils supposaient que le ou les agresseurs de Johana ne l'avaient pas fait sortir par l'entrée principale. Le vieux directeur était resté en garde à vue jusqu'au samedi matin, et c'est là qu'avait été arrêté un autre voisin, un chômeur néerlandais arrivé à Bruxelles quelques années auparavant et âgé d'une trentaine d'années. Tout portait à croire que c'était lui le vrai coupable. Jean-Marc Carrot l'avait qualifié, au cours de leur dernière conversation téléphonique, de psychopathe.

Ilana réintégra le bureau, apaisée et souriante. Elle s'écria :

— Quoi ? J'ai loupé une bonne histoire ?

— Mais comment l'ont-ils démasqué ?

— À la vérité, je n'en sais rien, avoua Avraham. Grâce à une chaussette peut-être.

— Une chaussette ?!

— Le cadavre a été retrouvé avec une chaussette en moins. En laine rose. Et ça les obsédait, cette chaussette, je n'ai pas compris pourquoi. Ils étaient tous persuadés que ce truc les conduirait au meurtrier. Alors c'est peut-être ce qui s'est passé. J'appellerai Jean-Marc ce soir pour le remercier de son hospitalité. Je lui demanderai s'ils l'ont finalement retrouvée, cette fameuse chaussette.

Ils revinrent à leurs propres affaires. Ilana, qui avait repris les rênes de la discussion, décida de conclure :

— Tout d'abord, je vous demande à tous de garder votre sang-froid. Je répète qu'il n'y a aucune critique personnelle dans mes décisions et je ne veux pas que ce genre de chose vienne perturber notre travail, est-ce clair ? Ensuite, je vous demande de ne tirer aucune conclusion et de ne négliger aucune direction. On va attendre les résultats complets du labo et on verra si ça nous fait avancer. À part ça, on va continuer à chercher des témoins qui auraient vu quelqu'un jeter le sac à dos. Eyal, je veux que tu suives cette piste-là. Avi, tu vas convoquer les parents d'Ofer pour un nouvel interrogatoire et tu vas essayer, en douceur, de confronter leurs versions, de voir s'il n'y a pas de contradictions entre elles, tout ce qui peut ressembler de près ou de loin à une tentative d'entrave à la justice. Mais, surtout, je ne veux pas qu'ils soupçonnent que nous mettons leur parole en doute, donc je compte sur ton tact. Je tiens à ce que ce soit toi qui les interroges à nouveau. Ça te va ? Si tu veux, on prend quelques minutes ensemble après la réunion pour établir une stratégie. Y a-t-il d'autres pistes que j'aurais oubliées et qui vous sembleraient intéressantes ?

Sharpstein et Maaloul gardèrent le silence. Au moment où ils se levaient, Avraham dit tout à coup :

— Oui. Je pense qu'on n'a pas assez travaillé le voisin, Zeev Avni. Le professeur d'anglais. Il m'a appelé jeudi quand j'étais à Bruxelles pour me demander un rendez-vous d'urgence. Il était stressé, a déclaré avoir quelque chose à me révéler qui n'était pas directement lié à l'enquête. Il a quand même insisté pour ne parler qu'à moi et je pense qu'il ne nous a pas livré tous ses secrets.

— La piste mérite d'être exploitée, approuva Maaloul.

— Je ne sais pas pourquoi, mais j'ai comme l'intuition qu'il est plus impliqué dans cette histoire qu'il n'y paraît.

— Parfait, aucun problème, tu l'as convoqué pour quand ? demanda la chef.

— Je dois le rappeler et j'ai l'intention de le faire venir aujourd'hui ou demain matin. Mais si on envisage des écoutes, j'aurais préféré que ce soit pour lui.

— L'un n'empêche pas l'autre. On dispose de suffisamment de matériel d'écoute pour tous ceux que nous aurons besoin de surveiller, déclara-t-elle.

Avraham remarqua que son ton avait changé et se demanda avec qui elle avait discuté au téléphone.

En rentrant chez lui, il s'arrêta au commissariat pour prendre le dossier d'enquête dans son bureau. Ensuite, il roula jusqu'à la rue de la Histadrout et se gara à une certaine distance de l'immeuble des Shabi. Assis dans sa voiture, il attendit.

Bien qu'Ilana se fût efforcée de terminer la réunion dans l'apaisement, il n'avait eu qu'une seule envie : rentrer chez lui, dormir une heure ou deux, digérer – ou plutôt oublier – ce qui venait de se passer et chercher comment poursuivre cette satanée enquête. Les autres avaient proposé d'aller déjeuner ensemble même si c'était un peu tôt, il avait refusé et n'était pas resté dans le bureau de la divisionnaire plus de dix minutes après leur départ.

« Ton esclandre était totalement déplacé », lui

avait fait remarquer Ilana, et il avait préféré ne pas répondre. « Tu as essayé d'humilier Sharpstein et il ne le mérite pas. Il travaille dans ton équipe, avec toi, pas contre toi. Et sache que l'idée de remettre en question notre hypothèse de départ vient de moi, pas de lui. »

Il ne comprenait pas en quoi cela devait l'aider à avaler la pilule. Et ce qu'il comprenait encore moins, à supposer que cette initiative vienne effectivement d'elle, c'était pourquoi elle n'avait pas attendu son retour pour l'évoquer. Il jugea la question superflue. Ou peut-être n'arriva-t-il pas à la formuler. Le principal était d'avoir gardé la main sur les interrogatoires des parents.

Les volets de l'appartement des Sharabi étaient ouverts. Il ne vit personne à la fenêtre et songea à monter et à frapper à leur porte mais il était trop fatigué, trop perturbé aussi, et surtout, il ne savait pas comment il vérifierait leurs versions « en douceur », puisque telle était la volonté d'Ilana.

Grâce à la climatisation, l'intérieur de sa voiture de fonction restait bien frais, mais le volant était brûlant. Les conducteurs ralentissaient en approchant de lui, sans doute persuadés qu'un tel véhicule garé là ne pouvait qu'être une embuscade des agents de la circulation en quête de la moindre infraction au Code de la route. Un facteur, sa sacoche postale rouge sur l'épaule, passait d'un immeuble à l'autre. De loin, Avraham Avraham ne pouvait pas voir s'il apportait des lettres pour les parents d'Ofer. Il n'arriva pas non plus à se rappeler si la véranda de l'appartement de Zeev Avni donnait sur la rue ou sur la cour.

Une voiture s'arrêta à sa hauteur. Le conducteur lui fit signe de baisser sa vitre et lui demanda la route pour arriver à Azour. C'est à cet instant qu'il vit la mère sortir du bâtiment. Elle prit à gauche et continua à avancer lentement le long du trottoir. Vêtue d'un pantalon de survêtement gris et d'un tee-shirt jaune, avec des tongs aux pieds. Elle tenait son porte-monnaie à la main et entra dans l'épicerie, cette même épicerie où Ofer se rendait tous les matins. Quelques instants plus tard, il la vit revenir vers son immeuble avec deux sacs en plastique roses. Sans doute avait-elle glissé son porte-monnaie dans l'un d'eux, avec ses courses. Les avis de recherche affichant la photo d'Ofer étaient toujours collés aux poteaux électriques de la rue, elle passa sans les regarder. Il la suivit des yeux jusqu'à ce qu'elle ouvre la porte de l'immeuble et s'engouffre dans le hall. Après quoi, il rentra chez lui.

Il dormit tout l'après-midi et se réveilla dans une obscurité qui le surprit. Le soir, il téléphona à Raphaël et Hannah Sharabi, leur annonça qu'il était de retour et leur demanda de se présenter au commissariat le lendemain après-midi sous prétexte de leur communiquer de vive voix les dernières évolutions de l'enquête et de passer en revue avec eux la liste des objets trouvés dans le sac à dos d'Ofer. Ensuite il appela Zeev Avni sur son portable mais ce fut sa femme qui répondit. Il discerna comme un tremblement dans sa voix lorsque, ayant compris qui était son interlocuteur, elle demanda à son mari de prendre la communication. Rendez-vous fut fixé dans le bureau d'Avraham Avraham pour huit heures, le lendemain matin. Un instant, il se demanda s'il ne devrait pas convoquer aussi l'épouse pour complément d'information.

Il s'installa devant son ordinateur posé sur un meuble en bois blanc, dans la petite pièce qui lui servait à la fois de bureau et de débarras. Tira du dossier d'enquête tous les PV des dépositions ainsi que ses notes personnelles. Parmi les différents feuillets, il tomba sur la retranscription de la conversation de Maaloul avec Maayan Aharon, l'adolescente qui devait accompagner Ofer au cinéma le vendredi, deux jours après sa disparition. Il vit aussi la photocopie de l'emploi du temps scolaire qu'il avait lui-même déniché dans un tiroir du disparu lors de sa visite chez les Sharabi, le même vendredi.

Il voulait écrire à Marianka mais ne savait pas quoi lui dire. Son père, qui téléphona pour prendre de ses nouvelles, lui demanda comment s'était passé son séjour à Bruxelles et l'invita à dîner chez eux. Il déclina sous prétexte qu'il avait trop de travail.

— À t'entendre, on dirait que tu es très fatigué, poursuivit son père.

— Je viens de me réveiller. Je n'ai presque pas dormi cette nuit dans l'avion et j'ai passé la journée au bureau.

— Bon, nous, on est là, au cas où tu changerais d'avis. Ta mère a été marcher mais elle sera bientôt de retour. Tu as vu qu'elle t'a rempli le frigo ?

Que pouvait-il bien écrire à Marianka ? Il allait la remercier pour la visite touristique de la ville, bien sûr, mais quoi d'autre ? Son cendrier débordait, il le vida dans la poubelle et alla prendre un verre d'eau.

Chère Marianka, commença-t-il en anglais, me voilà de retour en Israël où j'ai retrouvé mon enquête sur la disparition de l'adolescent dont je t'ai parlé (le jeune qui se trouve peut-être à Koper). Je voulais à nouveau te remercier pour la visite de Bruxelles.

Sans toi, je n'aurais rien eu à raconter à tous les gens qui, depuis ce matin, me harcèlent de questions sur mon séjour, veulent savoir à quoi ressemble la ville, ce qu'on peut y faire, etc. Et toi, comment vas-tu? As-tu repris

Il effaça tout. Elle n' avait pas encore repris le travail, on était dimanche et même si les Israéliens commençaient leur semaine de travail ce jour-là, cela ne concernait pas les Européens.

Il appela Jean-Marc Carrot mais personne ne décrocha et il ne laissa pas de message sur le répondeur.

Il reprit son mail en anglais :

Marianka, je t'écris pour te remercier à nouveau de m'avoir fait découvrir Bruxelles. Grâce à toi, cette semaine, qui n'a pas été facile, s'est bien terminée. J'espère que je n'ai pas pris trop de temps sur ton week-end et que tu passes un dimanche agré

À nouveau il s'arrêta et effaça ces lignes insipides et par trop mensongères.

Piètres tentatives. Il y renonça.

12

Une image de cette matinée que Zeev n'oublierait jamais : la couleur bleue du ciel limpide sous lequel ils avaient marché et la brise, aussi légère qu'une plume, qui les avait accompagnés jusqu'à destination.

La canicule s'était dissipée pendant la nuit. Ils ne prirent pas le chemin le plus court mais passèrent par la rue Henkin. Lorsqu'ils arrivèrent devant le centre commercial, Zeev s'assit en terrasse, à l'une des tables en fer rondes du Cup o'Joe, Mikhal entra dans l'établissement et en ressortit avec deux tasses de café et deux croissants, un au beurre pour elle et l'autre aux amandes pour lui. À côté d'eux était assise une femme d'une quarantaine d'années les yeux braqués sur la page des offres d'emploi du journal ouvert devant elle. Ils burent et mangèrent en silence jusqu'à ce que Mikhal lui demande :

— Tu es inquiet ?

— Oui, mais je suis prêt, dit-il en souriant.

La veille au soir aussi, ils avaient évité de parler de la suite des événements car que pouvaient-ils encore ajouter ? Ils avaient récupéré Ilaï, et la reprise des discussions habituelles et quotidiennes les avait aidés à se persuader que rien n'avait changé dans leur vie, ou du moins avait mis de la distance entre eux et la peur d'un probable changement.

Mikhal avait été merveilleuse avec lui pendant tout le week-end et il s'était désespérément accroché à ce qu'il tentait de croire encore en son for intérieur.

Parce que, franchement, écrire des lettres, et même les envoyer, en quoi était-ce un tel crime ? Sous le calme apparent qu'elle affichait à son intention, il sentait pourtant à quel point elle était tendue. À plusieurs reprises, il l'avait vue au bord des larmes mais, au prix d'énormes efforts et avec une incroyable détermination, elle ne s'était pas écroulée. Cette crise lui avait permis de découvrir sa femme dans toute sa puissance. Un grand cadeau à partager ensemble, elle et lui.

Et il y avait une autre image : un rayon de soleil dont les éclats de lumière étaient éparpillés sur le drap, et lui qui se réveillait dans les bras de Mikhal, la tête posée sur son épaule, la joue contre le vieux tee-shirt qu'elle avait enfilé. Dès qu'il avait ouvert les yeux, il s'était souvenu de la journée qui l'attendait. Et avait été submergé de colère. Mais lorsqu'il l'avait vue, endormie à côté de lui, il avait compris qu'il n'avait pas le choix.

Ils avaient tous les deux prévenu qu'ils ne feraient pas cours ce jour-là et s'étaient arrangés pour qu'Ilaï reste à la maison avec sa grand-mère. Ce n'était pas son jour de garde, mais elle avait répondu présent et à sept heures et quart précises, elle était là. Au moment de la séparation, le petit avait échappé à la vieille dame pour se pendre au cou de son père. Zeev l'avait serré contre lui une dernière fois, avait approché sa bouche de la joue si douce pour lui chuchoter quelque chose à l'oreille, mais il s'était ravisé. Ils sortaient tous les deux ensemble pour la première fois depuis que Mikhal était au courant de ce qu'il avait fait. En son for intérieur, il pria pour qu'ils ne croisent pas les parents d'Ofer, ni dans les escaliers ni sur le parking. Pas tant pour lui que par égard pour elle.

Arrivés devant le commissariat, ils s'arrêtèrent et elle se tourna vers lui.

— On n'a pas décidé si je t'attendais ici ou ailleurs.

— Mieux vaut que tu ne m'attendes pas du tout. Qui sait combien de temps ça va durer. Je t'appellerai quand je sortirai, ou même avant, si je peux.

— D'accord. Je vais peut-être rentrer à la maison. Je ne sais pas encore. N'aie pas peur. Quoi qu'il arrive, je suis avec toi.

Elle ne bougea pas avant qu'il soit entré dans le bâtiment et qu'il ait refermé la lourde porte vitrée derrière lui.

Ce qui sauva Zeev ce jour-là d'une totale soumission à la terrible pression qu'on exerça sur lui, ce fut non seulement le soutien qu'il avait reçu de Mikhal, mais aussi le fait qu'il avait bien préparé cette entrevue. Presque rien de ce qui se passa au cours de son interrogatoire ne le surprit, sauf la fin, qu'il n'aurait jamais pu imaginer. Et si un interrogatoire de police est souvent décrit dans les livres comme une partie d'échecs, eh bien on peut dire qu'il garda tout le temps deux ou trois coups d'avance sur son adversaire. Jusqu'à ce que l'échiquier soit renversé.

Il se présenta au policier de l'accueil. Effectivement, le commandant Avraham l'attendait et Zeev connaissait le chemin. Il avança le long du corridor gris et s'arrêta devant la troisième porte de gauche. Sa peur ne se dissipa qu'une fois dans le bureau, à présent familier. Quelques secondes auparavant, la main sur la poignée et guettant un signe qui lui permettrait d'entrer, il avait eu l'étrange sensation qu'il serait, dans une minute, confronté à son Créateur.

Mais ce n'était qu'Avi Avraham, assis en uniforme entre sa table de travail et le mur, qui le pria de prendre place. L'observa poser son sac sur le sol, tirer la chaise et s'installer.

En le voyant, il se sentit un peu ému. Et soulagé. Avi Avraham lui prit à nouveau sa carte d'identité et nota quelques mots au stylo bleu sur une feuille de papier blanc, Zeev lui demanda comment il allait mais ne reçut aucune réponse. En bout de table, contre le mur, était posé un enregistreur qui pour l'instant n'avait pas été mis en marche. Il attendit que le policier appuie sur le bouton ou entame officiellement la conversation.

Mais celui-ci prenait son temps. Il continua à écrire encore une ou deux minutes avant de poser son stylo, puis il leva la tête de sa feuille et déclara :

— J'ai bien compris que vous vouliez me parler de quelque chose qui n'est pas lié à mon enquête, mais je dois tout d'abord vous poser quelques questions au sujet de la disparition d'Ofer Sharabi.

— Ce que j'ai à vous dire n'est pas totalement étranger à cette histoire.

Zeev marqua une brève pause avant de reprendre :

— Est-ce que vous allumez votre enregistreur ou on n'a pas encore commencé?

Il savait qu'il ne pourrait pas répéter deux fois ce qu'il avait à dire.

— Vous pensez que je dois l'allumer? demanda Avi Avraham, d'un ton qui lui parut sévère et plus distant que lors de leur précédent entretien, comme retombé dans les codes classiques et puérils des banals interrogatoires.

La dernière fois, ils avaient parlé sans masques, à bâtons rompus. Et par moments au moins, une vraie rencontre avait été possible, rien à voir avec le rapport entre un enquêteur et son suspect. Zeev avait donc espéré qu'il en serait de même ce matin aussi. C'était pour cela qu'il tenait à parler avec lui.

Il savait qu'il devait tout avouer, tout de suite, ne pas perdre de temps, avancer comme il l'avait planifié, c'était le seul moyen de sortir de ce carcan et de libérer leur dialogue.

— Je ne sais pas s'il faut que vous l'allumiez, répondit-il. D'un point de vue légal.

L'appareil resta éteint.

— Je vous écoute, dit Avi Avraham.

— Alors voilà. Il y a deux semaines, la police a reçu un appel anonyme disant qu'il fallait chercher Ofer dans les dunes, derrière les tours de H-300. Je voulais vous dire que ce correspondant anonyme, c'était moi. J'ai appelé d'une cabine de Rishon-leZion.

Tel était son plan : d'abord le coup de téléphone, ensuite les lettres, respecter exactement l'ordre chronologique des événements afin que le commandant comprenne comment les choses s'étaient déroulées. Et révéler ce coup de téléphone ne lui coûtait moralement pas grand-chose. Bien que trop secoué pour jauger la réaction de son interlocuteur, il eut tout de même l'impression qu'un éclair de surprise passait dans ses yeux : jamais il n'aurait imaginé que ce pût être lui – Zeev.

Avi Avraham tendit la main vers l'enregistreur, mais la retira, comme s'il changeait d'avis.

— Continuez, dit-il en saisissant à nouveau son stylo bleu.

— Moi aussi, ça m'a étonné sur le moment. Mais je n'ai pas grand-chose à ajouter à ce sujet sauf que c'est là que tout a commencé. Parce que je n'avais pas l'intention de vous dire de chercher un cadavre. Je voulais juste signaler que j'avais vu Ofer traîner dans le coin. Mais j'étais tellement stressé que je n'ai pas suivi ce que j'avais prévu. Je tiens sincèrement à m'excuser pour le dérangement causé.

— Quand est-ce que vous l'avez vu dans les dunes ? Quel jour ?

Zeev, déçu par la question, répéta ce qu'il avait cru couler de source :

— Mais enfin, je ne l'ai vu nulle part, c'est ce que je suis en train de vous expliquer. J'ai inventé ce que j'ai raconté au téléphone. Voilà pourquoi je vous dois de sincères excuses.

Mikhal n'avait cessé de lui répéter : « Le plus important, c'est que tu t'excuses. » Mais Avraham n'avait toujours pas compris.

— Si vous ne l'avez pas vu, insista-t-il, pourquoi nous avoir téléphoné ?

— Justement, je ne sais pas. Si seulement j'avais une réponse logique ! Si j'ai demandé à vous parler aujourd'hui, c'est dans l'intention d'essayer de trouver une explication à ce que j'ai fait, mais ce qui est primordial, c'est que vous compreniez que je n'ai pas vu Ofer là-bas. Cette information a été inventée de toutes pièces. Et je tenais à vous le dire à vous, oui, à vous tout particulièrement, non pas parce que vous dirigez l'enquête mais parce qu'on a passé deux heures à discuter et que je ne vous l'ai pas avoué, malgré la compréhension mutuelle qui s'était instaurée entre nous, la franchise qui a caractérisé notre échange. J'aurais dû vous en parler. Ne pas attendre. Il se peut que ce soit trop tard, et si tel est le cas, eh bien, je vous prie une nouvelle fois de m'excuser, c'est pour ça que je suis venu. Sachez que je n'ai eu, à aucun moment, l'intention de nuire à votre enquête. Je veux qu'on retrouve Ofer. Autant que vous.

Le commandant le laissa seul dans le bureau. Et ce n'était qu'un début.

En fait, il n'était pas totalement seul. Grâce à Mikhal. Et même aux pires moments, lorsque l'interrogatoire lui échapperait totalement et que toutes les règles du jeu seraient bouleversées, il réussirait à la garder à ses côtés, Mikhal ne lui reprochant pas de n'avoir rien dit de l'appel téléphonique, comprenant qu'il ne le lui avait pas révélé pour ne pas accroître sa douleur ; Mikhal acceptant sans broncher sa colère et ses reproches : n'était-ce pas elle qui l'avait poussé là, dans ce bureau ? Oui, tout ce temps, Mikhal, très proche, lui avait chuchoté à l'oreille : « Tu le fais pour moi. Pour nous. »

Il décida de parler des lettres dès qu'Avraham aurait réintégré le bureau, mais lorsqu'il revint, celui-ci, au lieu de lui expliquer pourquoi il était sorti, actionna l'enregistreur et annonça sur un ton officiel :

— Interrogatoire de Zeev Avni, 22 mai, huit heures

vingt-deux. Je vous demande de répéter ce que vous venez de me dire, ajouta-t-il en regardant le susnommé.

Zeev se demanda s'il devait orienter ses paroles vers l'appareil argenté ou vers le policier assis en face de lui.

— J'ai dit que je voulais m'excuser pour l'appel anonyme que j'ai passé à la police.

— L'appel à quel sujet ?

— Au sujet d'Ofer Sharabi.

— Et qu'avez-vous dit au téléphone ?

— Qu'il fallait chercher le disparu dans les dunes, derrière les tours de H-300.

— Ce n'est pas ce qui a été dit au cours de l'appel anonyme.

— Je sais, j'ai dit que la police devait chercher le cadavre d'Ofer.

— Comment avez-vous su où se trouvait le cadavre d'Ofer ?

Il s'attendait bien sûr à des questions pièges de ce genre, mais il s'affola tout de même et regretta qu'elles viennent d'Avi Avraham. D'autant que là n'était pas le but de cette conversation.

— Je ne savais rien. J'ai inventé ce que j'ai dit. Et je n'avais pas l'intention de dire ça.

— Que vouliez-vous dire ?

— Que j'avais vu Ofer, mais ça non plus, ce n'était pas vrai. J'ai fait une bêtise, je suis prêt à en porter la responsabilité et je vous présente toutes mes excuses.

— Quel jour avez-vous téléphoné ?

— Le vendredi. Le vendredi d'il y a deux semaines et demie.

— Vous vous souvenez de la date ?

— Non.

— Le vendredi 6 mai ?

— Sans doute.

— À quelle heure ?

— Je ne m'en souviens plus. Le soir. Entre neuf et dix heures du soir.

— Et d'où avez-vous appelé ?

— D'une cabine téléphonique de Rishon-leZion, je vous l'ai déjà dit. Je ne me souviens plus du nom de la rue. C'était en centre-ville.

— Et vous soutenez qu'au moment où vous avez appelé la police vous saviez que c'était un faux témoignage. Alors expliquez-moi pourquoi vous avez appelé.

Enfin les questions importantes, celles qui pouvaient déboucher sur une vraie conversation ! Outre le fait que Mikhal avait insisté, s'il avait tenu à rencontrer ce policier (et pas un autre), c'était pour une motivation toute personnelle : il espérait, par cet entretien et grâce à l'aide du policier, comprendre ce qui lui était réellement arrivé. Il voulait revenir avec le commandant sur cet instant précis où il avait vu les voitures à gyrophare garées devant son immeuble et avait compris qu'elles étaient là pour lui. Certes, il avait évoqué la rare intensité de ce moment avec Mikhal, mais n'avait pas réussi à bien cerner ses sensations, à formuler ce qui l'avait soudain tant exalté. En son for intérieur, il misait (même si, comme aurait dit sa femme – c'est pour cela qu'il ne lui en avait pas parlé –, le lieu ne s'y prêtait pas) sur Avi Avraham pour trouver les mots justes.

— Je viens de vous expliquer que je n'arrive pas moi-même à cerner exactement mes motivations. Il y en a plusieurs, je pense. Je sais que dès l'instant où j'ai appris qu'Ofer avait disparu j'ai voulu être impliqué dans les recherches, aider non seulement la famille et la police, mais Ofer lui-même. Et j'ai compris qu'en parallèle j'allais écrire là-dessus. Si vous voulez une explication facile, eh bien, j'ai peut-être eu peur que la police ne prenne pas l'affaire suffisamment au sérieux et j'ai donc voulu l'obliger à élargir et à intensifier ses recherches, mais peut-être aussi – et je sais que ce que je vais dire va vous choquer – voulais-je voir de près à quoi ressemble le dispositif et comment vous vous organisez... dans le but de le retranscrire ensuite. Mais ça n'explique rien, et je suis sûr qu'il y a des raisons inconscientes et plus profondes. Mais sans doute comprendrez-vous mieux si je vous raconte tout. J'ai encore des révélations à vous faire.

— Un instant, je veux d'abord comprendre ce que vous avez déjà dit. À quelles raisons plus profondes songez-vous ?

— Au cours de notre précédente conversation, je vous ai décrit les liens qui s'étaient noués entre Ofer et moi au fur et à mesure des cours que je lui donnais. Il s'agissait d'une réelle empathie, je comprenais tellement ce qu'il vivait chez lui ! Vous et moi nous sommes rencontrés pendant la battue dans les dunes, le samedi, vous vous souvenez ? Et avant, le jeudi soir, nous avions fait connaissance. Vous êtes venu chez nous prendre nos dépositions. Eh bien, c'est à ce moment-là que j'ai senti en moi une volonté farouche de participer activement aux recherches. Il fallait absolument que je vous décrive la personnalité d'Ofer, ce que j'avais décelé en lui, mais je n'y suis pas arrivé. En plus, vous étiez tous très pressés ce jour-là.

Peut-être ai-je eu peur, si je ne prenais aucune initiative, de ne plus avoir l'occasion de discuter avec vous et de vous parler du gamin...

Avraham coupa le fil de ses réflexions :

— Vous avez une femme et un enfant, n'est-ce pas? lui demanda-t-il soudain.

— Oui, vous les avez d'ailleurs rencontrés.

— Quel âge a votre fils?

— Bientôt un an. Pourquoi?

Avi Avraham ignora sa question. Et devoir ainsi parler de Mikhal et d'Ilaï mit Zeev terriblement mal à l'aise. Bien plus que le reste.

— Depuis combien de temps habitez-vous dans l'immeuble d'Ofer?

— Ça aussi, vous le savez. Un peu plus d'un an.

— Dans le lycée où vous enseignez, vous avez votre propre bureau?

— Moi? Certainement pas. Je vais dans la salle des professeurs.

— Quand vous avez vu Ofer dans les dunes, avait-il son sac, un sac à dos noir?

— Je vous ai dit que je ne l'avais pas vu. S'il vous plaît, il faut me croire.

Avraham resta silencieux. Il tapotait sur sa feuille de papier avec son stylo. Tout à coup, il chercha les yeux de Zeev.

— Je pense qu'il y a une autre raison qui vous a poussé à appeler la police et qui vous pousse aujourd'hui à venir me parler, lâcha-t-il enfin.

Zeev soutint son regard et, sans la moindre peur, juste de la curiosité, il demanda :

— Laquelle?

— La vérité, c'est que vous me traquez depuis le

début de l'enquête. Le premier jour, vous m'invitez à revenir chez vous dans la soirée, vous vous souvenez, n'est-ce pas ? Le lendemain, vous appelez la police pour signaler que vous avez trouvé le corps d'Ofer, le samedi, vous participez à la battue et vous ne me lâchez pas d'une semelle. La semaine suivante, vous vous faites convoquer à un interrogatoire complémentaire avec moi et maintenant idem. On en est à quatre fois.

La description d'un Zeev pourchassant Avraham méritait qu'on s'y arrête. D'autant que lui ne voyait pas du tout les choses ainsi.

— Vous ne vous en souvenez certainement pas, répondit-il, mais nous nous sommes croisés une fois de plus : dans les escaliers de l'immeuble, ce fameux vendredi où j'ai appelé la police. C'était totalement fortuit, je vous garantis que je ne vous suivais pas et, de toute façon, vous ne m'avez pas reconnu. Enfin peu importe. Je ne dirais pas que je vous traque, mais qu'est-ce que vous insinuez par là ?

— Je pense que c'est vous qui insinuez. Que vous voulez me dire quelque chose sur votre relation avec Ofer mais que vous n'y arrivez pas. Vous voulez sans vouloir. Peut-être attendez-vous que je vous aide ?

Même plus tard, il serait incapable d'évaluer le temps écoulé entre le début de leur conversation et le moment où l'échiquier se brisa sur le sol sans qu'aucun d'eux l'ait pourtant envoyé valser.

Il regarda autour de lui. Avant que tout cela ne leur explose à la figure, Avi Avraham avait poussé la conversation dans une direction qui le répugnait mais était sans doute incontournable. Zeev répondit à toutes les questions et ce qui le sauva fut sa capacité à se retrancher à l'intérieur de lui-même en se raccrochant à l'écriture : il décida de graver dans sa mémoire chaque détail de ce minable bureau afin d'être capable, un jour, de le décrire dans un livre, peut-être un roman, et il se dit que, si un jour il osait effectivement écrire un tel roman, il prendrait peut-être comme personnage principal un enquêteur de police. Il nota donc l'aspect des murs et le peu d'espace entre eux, des murs blancs et sans ornements mais qui paraissaient aussi sombres que si on ne les avait pas chaulés depuis longtemps. Une pièce aveugle qui ressemblait davantage à une cellule qu'à un bureau. Trois rayonnages, sur lesquels s'entassaient en désordre des dossiers cartonnés, quelques livres dont il oublia les titres et une plaque dorée, une sorte de médaille de reconnaissance pour bons et loyaux services. Zeev profita d'une des sorties d'Avraham pour se lever de sa chaise, se dégourdir un peu les jambes et se pencher en avant : sur l'écran de l'ordinateur, il vit la photo d'une ville européenne qu'il ne reconnut pas, dans les teintes bleutées d'une aube ou d'un crépuscule. Dans la partie inférieure du cadre s'inscrivait la façade d'un vieil immeuble ; d'une des fenêtres, derrière un rideau, filtrait une lueur orange.

Les lettres n'avaient pas encore été évoquées, et il n'en était pas le seul fautif. Il avait dit qu'il avait encore des choses à raconter, mais le policier s'était entêté à lui poser de plus en plus de questions obscures sur ses rapports avec Ofer. Peut-être même Zeev avait-il abondé dans son sens. En fait, il se rendit compte qu'il avait moins de mal à réagir à des allusions à peine voilées qu'à parler, justement dans cette pièce et justement de cette manière, des lettres d'Ofer.

— Si vous voulez, reprit Avi Avraham, j'éteins l'enregistreur. Si ce qui s'est passé entre vous et ce garçon n'a rien à voir avec sa disparition, je ne divulguerai pas un mot de cette conversation, je vous le promets. Tout ce que vous direz restera ici, entre ces quatre murs.

Cela devenait presque humiliant.

— Non, n'éteignez pas l'enregistreur, je suis ici pour tout dire. Quant à mes relations avec Ofer, je vous en ai parlé la dernière fois. J'ai été son professeur particulier pendant quatre mois et, au-delà de l'enseignement de l'anglais, je pense avoir réussi à l'approcher, à avoir été pour lui un peu comme un guide. J'ai discerné des faces cachées de sa personnalité et je l'ai écouté comme jamais personne n'avait pris la peine de le faire, ou n'en avait eu la capacité.

Avi Avraham réussit à l'étonner par une question : il lui demanda s'il pensait qu'Ofer l'aimait.

— S'il m'aimait ? Quelle drôle de manière de s'exprimer ! Ofer a sans doute senti que j'étais prêt à lui donner certaines choses que les autres ne lui donnaient pas, mais de là à dire qu'il *m'aimait*...

— Et vous, vous l'aimiez ?

— Vous utilisez à nouveau un mot qui n'est pas du tout approprié. J'aime mon fils, et ça n'a rien à voir. Je pense que je me suis identifié à Ofer, que j'ai vu en lui des qualités qui faisaient écho aux miennes, et j'ai éprouvé une réelle empathie envers lui, à la hauteur de ma volonté de l'aider.

— Mais n'avez-vous pas senti qu'il en voulait plus ? Qu'il vous en demandait plus ?

— Absolument pas. Je ne comprends pas bien le sens de vos insinuations.

— Ne voulait-il pas que vous deveniez encore plus proches, comme un père et son fils par exemple, que vous l'adoptiez, est-ce que je sais, moi ? Parce que d'après les témoignages que nous avons récoltés durant notre enquête, il apparaît qu'Ofer vous était très attaché, peut-être même éprouvait-il une sorte d'amour, pardon de répéter ce mot qui ne vous plaît pas.

Il regarda attentivement le commandant et, pour la première fois, il ne fut pas certain d'arriver à deviner ses intentions. Avi Avraham lui disait-il la vérité ? Avait-on rapporté aux enquêteurs une telle rumeur ? Bien sûr, cela pouvait être vrai, mais avec qui avaient-ils parlé à part les parents ? Ofer aurait-il pu se confier à des amis ?

— Ce mot me plaît beaucoup, rétorqua-t-il. C'est juste qu'en l'occurrence il n'est pas approprié.

— Et qu'avez-vous à dire sur les sentiments d'Ofer à votre égard ?

— Je ne sais pas. Je suis sûr qu'il appréciait la manière dont je l'écoutais et dont je le considérais, mais je ne pense pas que cela signifie qu'il m'aimait.

— Dites-moi, monsieur Avni, pourquoi Ofer a-t-il cessé de prendre des cours avec vous ?

Et pourquoi le commandant ne l'appelait-il pas Zeev ?

— Il n'a rien cessé du tout, je vous l'ai dit la fois précédente. Sa mère m'a annoncé qu'il n'avait plus besoin de soutien en anglais, et je pense que ce n'était pas uniquement pour des raisons financières, puisque j'étais prêt à continuer gratuitement. Peut-être que mes relations avec lui ne plaisaient pas aux parents.

— C'est effectivement ce que vous m'avez dit la dernière fois. Je m'en souviens. Mais figurez-vous que ce n'est pas exact. J'en ai parlé avec eux et ils sont formels : les cours ont été arrêtés à la demande d'Ofer. C'est leur fils qui ne voulait plus que vous veniez chez lui.

Zeev se remémora leur dernier cours.

Tout s'était déroulé normalement, dans la chambre d'Ofer, ils avaient préparé un contrôle de grammaire sur le *present perfect.* Le garçon ne l'avait pas prévenu que ce serait la dernière fois mais, avant de commencer la leçon, il lui avait rendu le coffret Hitchcock. Zeev avait essayé de savoir s'il avait regardé les DVD et ce qu'il en pensait, mais il n'était pas arrivé à engager une vraie conversation sur le sujet. Hannah Sharabi lui avait apporté un verre de thé bouillant et des biscuits aux dattes. La pluie s'était mise à tomber, de grosses gouttes qui avaient roulé sur la vitre. Et au moment où il partait, elle lui avait proposé un beignet. C'était la troisième ou la quatrième bougie de Hanoukka. Il se souvint aussi que ce soir-là il avait trouvé merveilleux d'avoir pu découvrir la pluie sous un angle inhabituel, à travers d'autres fenêtres que les siennes. Deux jours plus tard, Hannah frappait à sa porte et tout en s'excusant lui expliquait qu'Ofer prendrait dorénavant des cours de soutien en mathématiques et non plus en anglais.

Dire qu'il n'avait même pas été informé de la note obtenue par son élève au contrôle de grammaire !

— Sans doute préfèrent-ils présenter la chose sous

cet angle, mais moi, j'entends pour la première fois que l'arrêt des cours vient d'Ofer.

— Peut-être en a-t-il décidé ainsi parce qu'il sentait qu'il vous aimait trop ?

— Mais qu'est-ce qui vous prend avec ce mot ? Je vous assure que les parents ne disent pas la vérité. Ça ne peut pas être Ofer qui a demandé que nos cours s'arrêtent !

— Je suis désolé de vous décevoir. Ils ont tous les deux donné la même version en interrogatoire.

— Eh bien, ils se trompent ou ils mentent.

Le commandant resta un instant silencieux, attendant peut-être que Zeev continue, puis il reprit :

— Vous savez quoi, je pense que vous avez raison. Moi non plus, je ne les crois pas. Et je suis sûr qu'après l'arrêt de vos cours Ofer vous a recontacté, je me trompe ?

— Qu'est-ce que ça veut dire ?

— Ça veut dire que j'ai recueilli certains témoignages qui me portent à croire qu'il a essayé de vous revoir alors que vous ne lui donniez plus de cours. Peut-être même l'a-t-il fait en cachette de ses parents.

— Je ne comprends pas. Votre enquête s'est focalisée sur mes cours d'anglais ?

— Entre autres. L'enquête se focalise sur la vie d'Ofer, et les cours que vous lui donniez en sont une partie importante, je me trompe ?

— Non, pour ça, je suis d'accord. Mais je ne comprends toujours pas votre question.

— Ma question est de savoir si effectivement Ofer a tenté de vous revoir bien que vous ne lui donniez plus de cours, parce que je sais qu'il le voulait. Peut-être a-t-il essayé de vous approcher mais s'est heurté à votre refus ?

Ofer le voulait-il vraiment ? Chaque fois qu'ils se croisaient fortuitement dans la cage d'escalier, son jeune voisin du dessus lui paraissait si gêné, si timide ! Il détournait même la tête comme pour ignorer sa présence. Quelques semaines avant qu'il ne disparaisse, un matin en bas de l'immeuble, l'adolescent avait traversé la cour vêtu d'une chemise grise à manches courtes, juste au moment où Zeev enlevait la chaîne de son scooter. Il l'avait appelé, lui avait demandé comment se dessinait la suite de son année scolaire, le garçon avait répondu que tout allait bien et qu'il était en retard pour le lycée puis s'était vite éclipsé. Zeev avait bien pensé lui proposer de l'emmener en scooter – le casque de Mikhal était dans son coffre –, mais ayant perçu comme une réticence de sa part, réticence qui l'avait d'ailleurs un peu froissé, il y avait renoncé.

— Ofer n'a pas cherché à me revoir, dit-il. Au contraire. Je vous ai déjà expliqué que j'avais l'impression qu'il m'évitait, peut-être parce qu'il se sentait mal à l'aise d'avoir arrêté les cours. S'il avait voulu me voir, je n'aurais pas refusé. Je vous ai dit que j'avais proposé à ses parents de continuer à l'aider gratuitement.

— Vous espérez vraiment que je vous croie quand vous prétendez ne pas lui avoir parlé depuis le mois de décembre ?

— Bien sûr que je lui ai parlé, puisqu'on se croisait dans l'immeuble, un mot par-ci, un mot par-là... mais s'il vous plaît, ça suffit. J'ai encore une chose à vous dire.

Avraham recula sur sa chaise et Zeev eut l'impression qu'enfin son interlocuteur acceptait de l'écouter.

— D'après vos questions, j'en déduis que vous me soupçonnez d'avoir continué à avoir des relations avec Ofer alors que je ne lui donnais plus de cours. Ce n'est pas vrai, alors cessez de me titiller là-dessus. Je me doutais que vous iriez dans ce sens et m'y suis préparé, mais franchement, c'est dommage. Je ne vous ai pas caché le lien privilégié qui s'était noué entre nous. Si j'avais voulu le taire, il me semble que je ne serais pas venu ici de ma propre initiative pour vous en parler. Que je ne vous aurais pas traqué – comme vous dites. Je me trompe ?

Devant l'absence de réaction du commandant, il continua :

— Je comprends parfaitement que vous me soupçonniez à cause de cet appel anonyme dont je vous ai avoué être l'auteur, ou au moins que vous estimiez devoir vérifier si j'ai un lien ou pas avec la disparition d'Ofer, c'est normal, vous ne faites là que votre travail. Mais vous vous engagez sur une fausse route. Je le répète : si j'avais une part de responsabilité dans la disparition d'Ofer, trouvez-vous logique que j'appelle la police ou que je vienne ici de mon plein gré pour en parler ? Que je vous avoue, en toute sincérité, avoir passé ce coup de fil ? Mais laissons cela, parce que j'ai autre chose à vous révéler. Après, vous pourrez m'interroger autant que vous voudrez.

— Je vous écoute.

— Parfait. Mais d'abord, je tiens à préciser que je suis tout à fait conscient d'une chose : ce que je vais vous raconter maintenant va renforcer vos soupçons à mon encontre. Cependant, là aussi, je vous en supplie à l'avance, réfléchissez logiquement et demandez-vous ceci : si j'étais impliqué dans la disparition d'Ofer, serais-je venu de ma propre initiative vous révéler ce que je vais maintenant vous révéler ?

Il cherchait encore un moyen de parler des lettres mais sans que cela ait l'air d'une confession, car son acte lui paraissait toujours aussi innocent. Il se sentait comme quelqu'un qui, dans une synagogue, s'enveloppe de son châle de prières et sort ses phylactères alors qu'il a perdu la foi.

Le commandant lança un bref coup d'œil à l'enregistreur pour s'assurer que l'appareil marchait.

— Voilà : c'est aussi moi qui ai écrit les lettres signées d'Ofer, lâcha-t-il enfin.

Avraham Avraham le dévisagea comme s'il ne savait pas du tout de quoi il parlait.

Le bruit de l'échiquier qui se brisait ne retentit que bien plus tard. Au début, il y eut un silence, puis cette question du policier :

— De quelles lettres parlez-vous ?

— De celles-ci, répondit Zeev en se penchant pour extirper de son sac le fameux cahier noir.

Il en tira les précieuses feuilles qu'il avait pliées en deux et glissées à l'intérieur, les feuilles sur lesquelles il avait recopié la version quasi définitive des trois lettres envoyées au nom d'Ofer, et il les tendit au policier.

Lorsque, quelques jours plus tard, il découvrirait ce qu'elles étaient devenues, il se dirait que cet homme avait été non seulement son quatrième mais peut-être aussi son dernier lecteur, car il était peu probable que quelqu'un veuille un jour les relire. Certainement pas Mikhal, et lui non plus. Dire que ces trois lettres étaient le début de ce qui aurait pu devenir, avait-il cru, sa première œuvre. Eh bien voilà, Avraham Avraham en serait à tout jamais le dernier lecteur.

Le commandant les parcourut tout d'abord rapidement. Réussissait-il à déchiffrer son écriture ? Après avoir lu la première lettre, il la posa sur la table en la retournant et passa à la deuxième. Dans la troisième, il sembla s'intéresser de plus près aux lignes que Zeev affectionnait tout particulièrement : la série de questions autocentrées qui interrogeaient le mode de lecture des Sharabi. Il les connaissait par cœur : « Où vous trouviez-vous quand vous avez lu les deux lettres que je vous ai envoyées ? Dans ma chambre ? Dans le salon ? Qu'avez-vous pensé en les lisant ? Vous êtes-vous dit qu'elles n'étaient pas de moi, qu'elles ne pouvaient pas être de moi, tant vous vouliez vous protéger de leur contenu ? Avez-vous tenté de vous persuader que quelqu'un d'autre les écrivait à ma place, tant vous ne vouliez pas avoir à affronter la douleur éveillée par ce que j'essayais de vous dire ? Qu'avez-vous fait de mes lettres après les avoir lues ? Les avez-vous détruites pour être sûrs de ne pas avoir à relire des mots que vous ne vouliez pas entendre ? Moi, jamais je ne cesserai d'écrire. »

Il attendit patiemment qu'Avi Avraham ait terminé pour préciser :

— J'ai un peu modifié la formulation ici et là, mais en gros, ce sont les lettres que j'ai envoyées.

Le policier le contempla et à nouveau Zeev n'arriva pas à décrypter ce qu'exprimaient ses yeux. Il y capta une sourde terreur, mais peut-être prenait-il ses désirs pour des réalités.

— Vous les avez écrites au nom d'Ofer ? demanda Avi Avraham dans un souffle.

— Oui.

— Pourquoi avez-vous fait ça ?

Le ton était davantage affirmatif qu'interrogatif, et pour la première fois de leur conversation il sentit qu'il avait réussi à éveiller une réelle curiosité chez son interlocuteur.

— C'est une longue histoire, et je suis venu ici vous la raconter.

— Ce que vous allez avoir tout le loisir de faire, dites-moi juste à qui vous les avez envoyées et si vous les avez aussi adressées à nos services.

Ne savait-il rien ou était-ce à nouveau une stratégie pour vérifier sa sincérité ? Il était inconcevable que le commandant voie ces lettres pour la première fois. Soudain, une pensée le fit frémir : Et si elles n'étaient pas arrivées à leurs destinataires ? Et si quelqu'un les avait retirées de la boîte aux lettres des Sharabi avant les parents ? Il retint en lui un cri qui n'était destiné qu'à Mikhal : si les lettres avaient disparu pour une raison ou pour une autre et qu'Avi Avraham les voyait pour la première fois, eh bien, venir tout avouer relevait de l'irresponsabilité la plus totale. Mais c'était impossible. Au pire, les parents d'Ofer avaient communiqué les lettres à l'un des enquêteurs, qui, au lieu d'en informer son chef, s'était empressé de les jeter à la poubelle.

— Je les ai envoyées aux parents d'Ofer, dit Zeev. C'est-à-dire que je les ai glissées dans leur boîte aux lettres.

— Quand ?

— La première remonte à deux semaines à peu près, la deuxième c'était la même semaine, et la troisième la semaine dernière.

Avi Avraham prit les trois feuilles manuscrites et sortit du bureau. Cette fois, il ne revint qu'au bout d'une bonne heure.

À son retour, il le pria de le suivre dans une autre pièce et Zeev comprit qu'on le plaçait dans une salle d'interrogatoire. Le commandant lui avait demandé son téléphone portable et l'avait emporté avec lui.

Il attendit longtemps.

Des policiers qu'il ne connaissait pas entrèrent et sortirent sans lui dire un mot. Pour s'assurer qu'il était toujours là ? Qu'il ne faisait rien d'interdit ? À moins que ce ne fût pour le voir, comme s'il était une bête curieuse qu'on avait capturée et mise en cage. Voilà que ça ne se déroulait pas comme prévu. Plus il y réfléchissait, moins le comportement du commandant lui paraissait clair. Quoi, juste au moment où il pensait passer enfin aux choses sérieuses, l'interrogatoire se terminait ?

Un coup fut frappé à la porte et une jeune femme en uniforme entra avec un plateau-repas. Du gigot accompagné de purée de pommes de terre et de petits pois, une bouteille d'eau minérale. Il termina la bouteille d'un trait. Ne toucha pas à son plat. Avi Avraham revint avec une femme qui se présenta comme commissaire divisionnaire et directrice du service. Elle lui demanda s'ils pouvaient le déranger pendant qu'il mangeait, et il indiqua le plateau intact comme preuve qu'il ne mangeait pas. Les deux policiers posèrent un calendrier devant lui et exigèrent qu'il leur donne les dates précises auxquelles il avait glissé les lettres dans la boîte des Sharabi. Il se demanda si la supérieure aussi avait lu son texte. Il remarqua ses longs cheveux bruns, trop épais à son goût, et le bleu de ses yeux.

— Les lettres que vous avez écrites constituent une grave infraction à la loi, je suis sûre que vous en avez conscience, commença-t-elle sur un ton qui l'irrita aussitôt parce qu'on aurait dit qu'elle s'adressait à un gamin. Pour l'instant toutefois, la seule chose qui nous importe vraiment, c'est de retrouver Ofer – rien d'autre jusqu'à nouvel ordre. Alors je vais tout d'abord vous demander, une fois et une seule, si vous savez ce qui lui est arrivé. Je veux de vous une réponse sincère. Et je vous préviens : l'authenticité de ce que vous direz à partir de maintenant devra être confirmée par le détecteur de mensonges. Inutile de biaiser. À présent répondez-moi : savez-vous ce qui est arrivé à Ofer et où il se trouve ?

Il était non seulement trop fatigué mais aussi trop blessé pour tout déballer devant une femme qu'il ne connaissait pas. Il se borna donc à répéter les réponses déjà données au commandant :

— J'ai dit tout à l'heure que je ne savais pas ce qui est arrivé à ce garçon et que je ne suis pour rien dans sa disparition. Si seulement je savais où il se trouve ! Mais franchement, si j'étais mouillé là-dedans, croyez-vous que j'aurais tellement insisté pour venir ici vous parler de ces lettres et de l'appel anonyme ? Moi, je suis là pour m'excuser et aussi parce que je m'en voudrais de porter préjudice à l'enquête... mais peut-être est-ce déjà trop tard ?

— Alors pourquoi avoir écrit que vous saviez ce qui était arrivé à Ofer ? demanda-t-elle.

— Ce n'est pas ce que j'ai écrit, répliqua-t-il en s'efforçant de s'exprimer avec calme. Je ne sais pas si vous avez lu mes lettres, mais si vous le faites, vous constaterez qu'elles sont écrites par Ofer, c'est le personnage qui parle, les choses sont présentées de son point de vue. Si vous lisez attentivement, vous verrez qu'il n'y a aucune indication factuelle, parce que j'ignore ce qui lui est réellement arrivé.

— Alors pourquoi les avez-vous écrites ? explosa Avi Avraham.

— Mais justement, j'allais vous le raconter, répondit-il tout bas, sauf que je n'ai pas eu le temps parce que vous avez interrompu notre conversation. Je sais que c'était une erreur de les envoyer, mais les écrire revenait pour moi à commencer enfin mon roman. C'est comme ça que je les ai conçues. Oh, je me doute bien que vous allez trouver cette explication bizarre, mais j'avais dans l'idée de construire un roman basé sur des lettres envoyées par un adolescent disparu à ses parents. En ce qui concerne le réel Ofer, je n'ai aucune information et je suis prêt à passer au détecteur de mensonges quand vous voudrez.

Ce n'était pas par ce biais-là qu'il voulait s'expliquer et il n'avait pas imaginé avoir à évoquer la conception de son roman. La chef le toisa d'un regard chargé de mépris, voire de haine. Et elle... son approche, la manière dont elle avait qualifié l'écriture des lettres de grave infraction, c'était d'un ridicule !

Les deux policiers sortirent de la pièce.

Une fois seul, il goûta la purée de pommes de terre et mangea la plus grande partie des petits pois avec une cuillère en plastique.

Au cours de l'après-midi, il tambourina à plusieurs reprises contre la porte, mais le commandant ne revint qu'au bout de très longues heures. Zeev voulut savoir quand il en aurait fini et demanda à parler à sa femme.

— Elle a déjà téléphoné.

— Avec qui a-t-elle parlé ? s'affola-t-il. Que lui avez-vous dit ?

— Que nous vous interrogions et qu'elle serait informée ultérieurement de la suite des événements.

— Quand est-ce que je sors d'ici ?

— Je ne sais pas encore.

— Pouvez-vous au moins me dire si j'ai besoin d'un avocat ?

— Je ne sais pas encore sous quelle forme nous allons poursuivre cet interrogatoire. Alors, pour l'instant, nous vous demandons juste de rester là et... Vous acceptez, n'est-ce pas ?

— Qu'est-ce que ça veut dire, vous me le demandez ? J'ai le choix ?

— Oui. Si vous me dites que vous voulez partir, nous vous mettons aussitôt en garde à vue. Ce ne sont pas les motifs qui nous manquent. Mais comme nous n'avons pas encore décidé quoi faire de vous, nous vous demandons juste de prendre votre mal en patience.

Zeev décida d'imaginer qu'il faisait la queue à la sécurité sociale ou au service des cartes grises et se sentit moins menacé. Il se mit à observer la salle d'interrogatoire afin d'en graver les moindres détails dans sa mémoire. À la lecture de ses lettres, Avi Avraham avait été aussi bouleversé que s'il les voyait pour la première fois. L'expression de son visage avait aussitôt fait écho à ce que Mickaël Rozen leur avait dit pendant l'atelier : à chaque texte son destinataire, unique, qui sera ébranlé par sa lecture. Peut-être que son destinataire à lui était Avraham Avraham et non les parents d'Ofer ? Au bout d'un certain temps, il eut l'impression que le soir tombait et demanda de nouveau à parler à sa femme.

Il sut tout de suite qu'elle pleurait. Il entendait en arrière-fond les voix de son fils et de sa belle-mère, qui était apparemment restée chez eux. Savait-elle d'où il appelait et pourquoi ?

— Je ne peux pas parler, mais ne t'inquiète pas, ma chérie, je voulais juste te dire que je ne suis pas en garde à vue, ils ne m'ont pas arrêté, ils veulent juste continuer à m'interroger. Ne pleure pas, je t'en prie.

— Ils ont pris ça comment ? Est-ce que tu vas rentrer ce soir ? demanda-t-elle.

Il leva les yeux vers le commandant, qui ne perdait pas un mot de leur conversation, et poursuivit :

— Je ne sais pas. J'espère que oui.

— Tu veux que je contacte un avocat ? chuchota-t-elle.

— Je ne peux rien te dire pour l'instant. Je ne comprends pas moi-même ce qui se passe. J'espère pouvoir rentrer dans quelques heures. Qu'est-ce que tu as raconté à ta mère ?

Entendre ainsi Mikhal sangloter était terriblement douloureux, mais en même temps il lui en voulait toujours de l'avoir poussé : s'il était là, c'était à cause d'elle.

Elle ne répondit pas à sa question.

— Bon, ma chérie, je dois raccrocher. Embrasse Ilaï pour moi.

Elle le supplia de rester encore un peu au téléphone mais il dit qu'il n'avait pas le choix et coupa court à la conversation.

13

— Allô ?

Avraham Avraham reconnut aussitôt la voix de Hannah Sharabi, bien qu'il ne l'ait pas entendue depuis longtemps.

Aucune tension perceptible. Si elle n'attendait pas de coup de fil, elle n'était pas non plus étonnée qu'on l'appelle si tôt le matin.

— Suis-je bien chez M. et Mme Sharabi ?

Zeev Avni en revanche parlait avec beaucoup d'hésitation, sur un ton où perçaient à la fois le stress et l'épuisement. L'hésitation ralentissait son débit, le stress précipitait les syllabes les unes contre les autres, l'épuisement lui ouvrait la bouche et les mots sortaient tout seuls. Peut-être le professeur d'anglais se demandait-il s'il arriverait à aller au bout de ce qu'il avait à dire ; il pouvait encore reculer et raccrocher. Après la nuit passée en salle d'interrogatoire, sans dormir et presque sans manger, il n'avait pris qu'une gorgée du verre de café qu'on lui avait apporté au petit matin, et n'y avait plus touché, comme s'il l'avait oublié.

— Oui, qui est à l'appareil ? demanda Hannah Sharabi.

La conversation téléphonique entre les deux voisins s'était déroulée à sept heures et quart, mais Avraham Avraham ne l'entendit qu'après huit heures. On lui en fit écouter l'enregistrement dans le bureau de Sharpstein. Où se trouvait donc le poste fixe chez les Sharabi, il n'arriva pas à s'en souvenir, alors il imagina que Hannah soulevait le combiné dans la cuisine où elle était en train de débarrasser les restes du petit déjeuner ou bien qu'elle sortait en courant d'une des chambres pour l'atteindre avant qu'il ne soit trop tard.

On entendait Avni dire :

— Je vous appelle au sujet d'Ofer.

De l'autre côté, ce fut le silence.

— Vous m'entendez ? reprit-il.

Ce fut la voix de Raphaël Sharabi qui s'éleva de l'enregistreur.

Il n'était apparemment pas loin au moment où sa femme avait décroché et elle avait dû lui faire signe de la main ou une grimace pour qu'il prenne le téléphone.

— Qui est-ce ? Que voulez-vous ? demanda le père.

— C'est moi qui vous ai transmis les lettres d'Ofer. Je sais où se trouve votre fils.

À nouveau, ce fut le silence. Raphaël Sharabi aurait pu raccrocher mais il resta en ligne.

Il l'avait fait. Pourtant, jusqu'au bout, Avraham Avraham avait douté. Il avait comme une intuition, peut-être un espoir, que cet étrange individu repousserait leur proposition à la dernière minute.

— Vous m'entendez ? répéta Avni dans le combiné. Je sais où se trouve Ofer et je peux vous le dire.

Il n'essayait pas de transformer sa voix, pourtant on avait du mal à comprendre ce qu'il disait. Avait-il recouvert le micro avec le bas de sa chemise ?

Avraham entendit le père demander :

— Qui êtes-vous ? Pourquoi nous appelez-vous ?

— Je sais où se trouve Ofer et ce qu'il a fait depuis sa disparition. Je vous recontacterai ce soir pour vous le dire.

La conversation fut coupée.

Sharpstein éteignit l'enregistreur, leva les yeux vers ses collègues qui s'étaient réunis dans son bureau et ne réprima pas un sourire triomphant. Avraham Avraham tenait à la main un verre en polystyrène blanc rempli de café noir. Il en avait déjà vidé sept ou huit depuis le début de son service, vingt-quatre heures auparavant. Ilana terminait elle aussi son café. Ils venaient tous les trois de passer une nuit blanche.

— Voilà ce qui s'est passé il y a une heure, claironna l'inspecteur. Il l'a fait, ce dingo ! Maintenant, il ne nous reste plus qu'à attendre.

Ils attendirent.

Tout cela avait commencé la veille. Lorsque « le dingo », comme le surnommait à présent Sharpstein, avait frappé à la porte de son bureau. Zeev Avni portait un pantalon noir et une chemise bleu ciel, il semblait s'être mis sur son trente et un comme s'il se rendait à une réunion de travail officielle. Par la suite, Avraham Avraham se dirait que cet accoutrement rappelait un uniforme de police. Au début, il pensait que le professeur d'anglais avait l'intention de lui parler d'une chose sans rapport avec l'enquête, puisque c'était ce qu'il avait prétendu lors de son appel à Bruxelles et que cela cadrait bien avec la personnalité du bonhomme ou du moins avec ce qu'il en captait. Il lui avait d'ailleurs dit qu'il ne s'occupait pour l'instant que de la disparition d'Ofer, mais l'autre avait insisté. Sûr qu'il lui parlerait de ses états d'âme, ou peut-être soupçonnait-il un de ses élèves de se droguer ?

Mais, à son grand étonnement, Avni lui avait parlé du coup de téléphone anonyme qui avait provoqué la battue.

Initiative qui avait été avouée sur un ton de contrition un peu forcée, comme s'il récitait un texte rédigé pour un flash d'information. Avraham était aussitôt sorti du bureau pour en informer Ilana et, même si les éléments étaient encore frais dans sa mémoire, il en avait profité pour aller vérifier la date exacte de cet appel et son contenu. Il se souvenait très bien d'avoir été alerté le jour de son anniversaire, alors qu'il dînait chez ses parents, la dernière fois qu'il était passé chez eux.

— Qu'est-ce que ça signifie, à ton avis ? lui avait demandé Ilana.

— Que j'avais raison, avait-il répondu avec assurance. Que mon intuition ne m'a pas trompé : ce type est bien plus impliqué dans l'affaire que ce qu'il nous a révélé.

Malgré la peur de ce qu'il risquait d'apprendre, il retourna à son interrogatoire avec enthousiasme. Il avait eu raison et reprenait la main sur l'enquête tout en l'éloignant des parents d'Ofer.

— Qu'est-ce que tu vas faire ? avait encore demandé Ilana.

— Je ne sais pas. D'abord, je continue à l'interroger et ensuite je pense qu'on aura de quoi le mettre en garde à vue. Pour entrave à la justice, ce qui nous permettra aussi d'obtenir un mandat de perquisition chez lui et pour son ordinateur. Peut-être aussi pour un bureau qu'il aurait au lycée. Je vais tout clarifier avec lui.

À cet instant, il se souvint que le professeur avait toujours son portable sur lui. Avant de raccrocher, Ilana lui demanda de la tenir informée et de ne pas hésiter à la contacter s'il avait besoin de quelque chose.

Lorsqu'il réintégra la petite pièce, il trouva son suspect debout, face aux étagères murales, qui fixait les dossiers cartonnés. Zeev se retourna aussitôt, étonné parce qu'il venait de constater que le dossier d'Ofer ne s'y trouvait pas. Et pour cause : Avraham Avraham l'avait emporté la veille chez lui et l'avait rangé dans un tiroir en arrivant le matin. Après avoir activé l'enregistreur, il demanda à Avni de répéter ses aveux.

Que supposait-il exactement à ce stade de l'enquête ? Il s'efforçait de ne pas laisser ses espoirs aller plus vite que les informations qu'il récoltait, mais c'était impossible, surtout après deux semaines et demie d'enquête stérile, jalonnée de trop d'échecs, après ce désagréable sentiment de ne pas dominer son dossier sans compter l'angoisse de plus en plus intense quant au sort d'Ofer. Il devait cependant interroger le voisin sans tirer de conclusions et sans le moindre *a priori.* Il fallait rester ouvert à toutes les directions possibles, sauf qu'il était persuadé d'avoir enfin trouvé le bout de la piste qui le mènerait au disparu, de l'avoir là, entre les mains. C'était plus fort que lui. Première possibilité : Avni avait aidé Ofer à se cacher quelque part. La deuxième possibilité était plus effrayante. Il détailla l'homme assis en face de lui, examina sa constitution physique, ses yeux. N'y trouva sur le moment rien d'évident.

Il mit le professeur sur la sellette en testant plusieurs pistes et en opérant de brusques volte-face, dans le but de le déstabiliser, de lui faire perdre le contrôle de lui-même. Il essaya de le prendre de court en évoquant le sac à dos d'Ofer et l'effraya avec des questions incisives sur sa femme et son fils. Mais quelque chose lui disait qu'il ne fallait justement pas chercher à intimider Zeev Avni. Que mieux valait lui donner l'impression qu'il était compris et estimé. Sans y avoir vraiment réfléchi, il demanda au professeur s'il pensait qu'Ofer l'aimait, sentit tout de suite qu'il avait marqué un point et continua en lui assénant que c'était le garçon qui avait exigé d'interrompre leurs cours particuliers. Plus il avançait, plus l'autre perdait de l'assurance. Avraham était persuadé qu'il arriverait à le pousser dans ses retranchements. La victoire était à portée de main, son intuition allait se vérifier, encore un petit effort et il aurait la preuve qu'Ilana et Sharpstein se trompaient, qu'il avait raison depuis le début. Et ce fut le moment que choisit Avni pour lui parler des lettres.

Les mots se propagèrent lentement.

Il ressortit de son bureau, téléphona à Maaloul, lui demanda s'il avait entendu parler de lettres anonymes qui auraient été envoyées aux parents d'Ofer pendant son séjour à Bruxelles. L'inspecteur n'en savait pas davantage que lui.

— Pourquoi me poses-tu la question ? De quelles lettres s'agit-il ?

Mais il avait déjà raccroché et entrait sans frapper dans le bureau de Sharpstein. Ce qui gagnait petit à petit ses neurones ne prenait pas le chemin d'une résolution de dossier mais d'une peur panique.

— Est-ce que les parents d'Ofer ont essayé de prendre contact avec toi pendant que j'étais à Bruxelles ?

L'inspecteur répondit par la négative et ne comprit pas non plus à quelles lettres il faisait allusion.

Il sortit du commissariat et alluma une cigarette. Après deux jours de canicule, la matinée s'était nettement rafraîchie et il faisait presque froid. Une fois sur le trottoir, il remarqua une jeune femme postée devant le portail de l'Institut de technologie. Elle recula puis s'en alla. Il crut reconnaître la femme d'Avni.

Comment présenter la chose à Ilana par téléphone ? se demanda-t-il.

— Bon, alors tu en déduis quoi ? lui lança la divisionnaire comme si elle voulait l'obliger à tirer des conclusions à sa place.

— Qu'apparemment les parents nous ont caché l'existence de ces lettres et je ne sais pas pourquoi ils l'ont fait. Mais, à l'évidence, ils nous ont caché des informations essentielles.

— Es-tu sûr qu'il a bien mis les lettres dans leur boîte ? Tu le crois ?

— Oui, répondit-il après un instant de réflexion. Pourquoi avouerait-il une chose pareille si ce n'était pas vrai ?

Une demi-heure plus tard, Ilana débarquait et il lui présentait les brouillons des lettres.

Étant donné que Zeev Avni attendait la suite des événements dans le bureau du commandant, ils se regroupèrent dans celui, beaucoup plus spacieux, de Sharpstein. La divisionnaire avait insisté pour que le jeune inspecteur participe à la prise de décisions et Avraham dut lui décrire rapidement l'étrange voisin : trente-cinq ans, marié, père d'un bébé, installé dans l'immeuble de la rue de la Histadrout depuis un peu plus d'un an. Professeur d'anglais dans un lycée de Tel-Aviv, ville où il habitait avant son emménagement à Holon. Avni avait donné des cours particuliers à Ofer pendant les quatre mois d'hiver et prétendait avoir réussi à créer une relation privilégiée avec le disparu. Sa perception de la réalité était quelque peu tordue. L'enquête avait aussi révélé qu'Ofer avait demandé à arrêter les cours. Le professeur avait déclaré avoir éprouvé, dès le début des recherches, un désir irrépressible de participer aux investigations. Il expliquait ainsi pourquoi il avait appelé la police deux jours après le début de l'enquête et avait transmis une information, fausse à ses dires, sur l'endroit où se trouvait le corps d'Ofer. C'était pour la même raison qu'il avait commencé à écrire les lettres. Il avait aussi participé à la battue. Évidemment, tout cela éveillait de lourds soupçons et faisait douter de l'équilibre psychique du voisin. Il fallait à présent vérifier ses dires, mais il n'avait pas l'air de mentir. Que ce soit pour l'appel téléphonique ou pour le reste. Il avait d'ailleurs tout avoué de sa propre initiative.

Ensuite, ils en vinrent aux parents.

Sharpstein était contre la proposition d'Ilana qui

voulait demander un mandat de perquisition afin de trouver les lettres et peut-être d'autres indices prouvant qu'ils avaient fait entrave à la justice.

— S'ils les ont détruites, on aura un problème, objecta l'inspecteur. Dès qu'ils sauront que nous doutons de leur version des faits, ils deviendront plus prudents. Et si on les mettait simplement en garde à vue pour quarante-huit heures ?

Avraham voulut protester mais il sentait qu'il n'avait plus droit à la parole. Ilana hésitait.

— Trop tôt. Je ne peux pas arrêter comme ça les parents d'un adolescent disparu. Même s'ils ont reçu les lettres... ce dont nous n'avons aucune preuve, à part les affirmations de ce curieux professeur. Lequel, je le précise, a déjà fait un faux témoignage. Je ne comprends pas, moi non plus, pourquoi ils n'ont rien dit, mais ce n'est peut-être que de la bêtise.

— Et s'ils ne les avaient pas reçues ? Par exemple si quelqu'un les avait retirées de leur boîte aux lettres. C'est possible, non ? risqua Avraham, à qui ces dernières paroles avaient un peu rendu espoir.

Personne ne réagit. Sur le bureau était posée une photo encadrée de la femme et des deux très jeunes enfants de Sharpstein. À côté attendaient les lettres de Zeev Avni, écrites au stylo noir.

— Je propose qu'on envisage à nouveau des écoutes téléphoniques, dit l'inspecteur. Nous avons maintenant suffisamment d'éléments pour en obtenir du parquet.

— Mais qu'est-ce que ça va nous donner ? objecta Ilana.

— On ne peut pas savoir. S'ils ne nous ont pas parlé

des lettres, ils nous cachent sans doute d'autres informations.

Elle leva les yeux vers Avraham Avraham. Espérait-elle qu'il dise quelque chose ? Au bout d'un instant, elle s'excusa et sortit de la pièce, les laissant seuls tous les deux. Au début, Sharpstein ne dit rien, alors qu'à l'évidence il en crevait d'envie... et puis, n'y tenant plus, il lâcha :

— À ton avis, il est complètement fou ?

— Je n'arrive pas à le cerner et je ne comprends pas pourquoi il a écrit ces lettres, ni pourquoi, de surcroît, il les a signées du nom d'Ofer. Mais ce qui me laisse le plus perplexe, c'est pourquoi il est venu m'en parler.

— Peut-être parce qu'il est tombé amoureux de toi, ne put s'empêcher de lâcher l'autre.

Avraham décida d'aller fumer une cigarette.

Lorsque Ilana revint, juste après lui, elle avait retrouvé toute sa détermination.

— Bon, Eyal, commença-t-elle, la décision est prise. Vu que c'est moi qui dois présenter la requête pour les écoutes, on va tous les deux chercher le mandat au tribunal. Ce qui nous permettra de commencer sans attendre. On va aussi faire établir des mandats d'arrêt à l'encontre des parents, mais pour l'instant, on ne s'en sert pas. On attend de voir ce que donne la suite de l'interrogatoire du voisin. Avi, tu continues avec lui et tu lui fais cracher la date exacte où chaque lettre a été glissée dans la boîte des Sharabi, et essaie de savoir s'il a vu le père ou la mère les en sortir. Envoie donc Maaloul jeter un coup d'œil à cette boîte aux lettres.

Soudain il se souvint que Raphaël et Hannah Sharabi étaient censés venir au commissariat dans l'après- midi.

— Eh bien, annule ! lui ordonna-t-elle aussitôt. Je ne veux pas les voir traîner ici pour l'instant. On doit maintenant changer de stratégie, je veux qu'on prépare minutieusement leurs interrogatoires. De toute façon, toi, tu continues à presser le voisin comme un citron.

— Et j'en fais quoi ? Je l'arrête ?

Ilana se tourna à nouveau vers Sharpstein, qui répondit à sa place :

— À mon avis, c'est prématuré. Il est venu de son plein gré, et tant qu'il ne demande pas à rentrer chez lui, on n'a pas besoin de l'arrêter. Une garde à vue, ça veut dire un avocat, la rumeur se répandra dans tout l'immeuble et arrivera aux oreilles des parents. Or, sauf erreur de ma part, on n'a aucun intérêt à ce qu'ils apprennent l'arrestation de leur voisin.

Pas pour l'instant.

Zeev Avni attendait toujours dans le bureau.

Sa conversation avec Raphaël Sharabi fut le pire moment de cette journée.

Comme ils ne répondaient pas au téléphone de leur appartement, il appela Raphaël Sharabi sur son portable, évoqua vaguement une réunion qui s'éternisait, annula leur venue au commissariat et lui promit de le recontacter sous peu pour fixer un autre rendez-vous.

La voix du père ne trembla pas lorsque, en réponse à sa question, il déclara :

— En ce qui nous concerne, non, nous n'avons rien de nouveau. Et vous, avez-vous reçu le résultat des analyses du sac à dos ?

Avraham Avraham se fit violence pour ne rien dire de plus, au risque d'anéantir définitivement leurs chances de résoudre un jour cette enquête. Mais tout de même... Comment avez-vous pu nous cacher l'existence de ces lettres ? Et pourquoi, nom de Dieu ? De quoi avez-vous peur ? Pourquoi vous mettez-vous dans une situation si problématique sans raison ? Comment avez-vous pu ne pas porter à ma connaissance des lettres trouvées dans votre boîte et signées du nom de votre fils, même si vous pensiez qu'il n'en était pas l'auteur ?

Il se contenta d'une réponse laconique :

— On n'a encore rien reçu. Je vous informerai dès que ça arrivera, sans doute demain.

Il installa ensuite Zeev Avni dans une salle d'interrogatoire vide afin de libérer son bureau et se fit monter un déjeuner. Il mangea seul, attendant le retour de Sharpstein et d'Ilana, comme s'il ne pouvait pas poursuivre l'interrogatoire du voisin en leur absence. Il n'entra qu'une seule fois dans la salle d'interrogatoire et s'assit en silence face à Zeev Avni. Au bout d'une ou deux minutes, ce dernier lui dit :

— Je tiens vraiment à vous expliquer ce qui m'a poussé à écrire les lettres au nom d'Ofer, comment l'idée m'est venue et pourquoi je n'ai pas pensé commettre un acte répréhensible. Êtes-vous prêt à m'écouter ?

En guise de réponse, Avraham sortit de la pièce. Il ne pouvait plus supporter la voix de ce type. Peut-être aussi cherchait-il à le mettre sous pression. Il croyait encore arriver à le faire craquer et à obtenir qu'il avoue n'avoir jamais envoyé ces lettres.

Ilana et Sharpstein revinrent du tribunal de district en début d'après-midi. Ils n'avaient eu aucune difficulté à obtenir les mandats pour les écoutes téléphoniques et pour les arrestations.

Le plan s'était apparemment construit au cours du trajet, à l'aller ou au retour, et le lendemain, lorsque chacun se trouverait assis dans son bureau à attendre, Avraham ne saurait toujours pas qui l'avait conçu. La divisionnaire avait été suffisamment intelligente pour laisser l'inspecteur le lui exposer :

— L'idée, c'est d'épuiser Zeev Avni sans le mettre en garde à vue. On le retient ici le plus tard possible, toute la nuit si on y arrive. Et on l'intimide. De toute façon, il ne m'a pas l'air d'un dur à cuire. Si tu veux, on peut se relayer. Tu t'en occupes maintenant et moi, je passe la nuit avec lui. On le laisse mariner tout seul en salle d'interrogatoire et on se met de temps en temps derrière la porte, pour crier par exemple : « Je suis sûr que c'est lui, pourquoi on ne l'arrête pas tout de suite ? », le genre de trucs qui le fera bien flipper. Quand il sera au bout du rouleau, on lui laissera entendre qu'il peut espérer notre clémence s'il accepte de collaborer...

— De collaborer comment ? le coupa Avraham Avraham, qui n'avait pas encore compris ses intentions.

— On lui explique avec tact qu'on est prêts à oublier sa confession, à lui rendre les lettres et, uniquement parce que ses infractions ne représentent pas un trouble à l'ordre public, à tirer un trait sur toutes ses conneries, à condition qu'il appelle les parents d'Ofer, se présente comme l'auteur des lettres et leur dise qu'il sait où se trouve leur fils.

Abasourdi, Avraham se tourna vers Ilana.

— Ça va nous donner quoi ?

— Cette conversation sera bien sûr enregistrée, continua Sharpstein, et s'ils ne viennent pas, dans les heures qui suivent, nous informer qu'ils ont reçu un appel téléphonique anonyme de quelqu'un prétendant savoir où se trouve Ofer, on n'aura pas besoin d'y réfléchir à deux fois avant de les coffrer.

— La question épineuse est d'obtenir d'Avni, avec tact, qu'il fasse une chose pareille, compléta Ilana.

— On trouvera le moyen, répliqua l'inspecteur, tout sourire. Je t'assure qu'après une nuit au poste, à croupir tout seul, persuadé que d'un instant à l'autre on va l'arrêter et qu'il ne reverra pas de sitôt sa femme et son gosse, si tout à coup on lui met le marché en main, il acceptera. D'ailleurs, n'a-t-il pas dit qu'il voulait s'impliquer dans l'enquête ? Eh bien, on va lui en donner l'occasion !

Avraham Avraham se souvint de la frayeur qu'il avait captée dans les yeux du voisin chaque fois que, pendant l'interrogatoire, il avait mentionné sa famille. Mais se laisserait-il pour autant manipuler ?

Force lui fut cependant de reconnaître que Sharpstein avait eu raison en assurant que, mis en condition, la majorité des gens accepteraient un tel marché.

— Est-ce que c'est légal, cette méthode ? se hasarda-t-il à demander.

— Pourquoi ça ne le serait pas ? Et tu as l'impression qu'il ira en parler à quelqu'un ?

Ilana suivit des yeux un homme de grande taille qui passait sur le parking, sous la fenêtre du bureau.

À ce moment, une collègue entra dans la pièce.

— Le type que vous avez mis en salle d'interrogatoire n'arrête pas de tambouriner contre la porte et d'appeler Avi. On en fait quoi ?

Assis dans son bureau, il actionna à nouveau l'enregistreur pour réécouter la conversation avec les parents. Et cette fois, ce fut comme si le voisin ne s'adressait qu'à lui.

— C'est moi qui vous ai transmis les lettres d'Ofer, disait-il. Je sais où se trouve votre fils.

Et Avni, où se trouvait-il à présent ? Sans doute restait-il cloîtré entre ses quatre murs. Pourtant, lorsque au petit matin on l'avait renvoyé chez lui une fois sa mission accomplie, on lui avait expliqué qu'il sortait du commissariat totalement libre... même si ce n'était pas tout à fait exact : Ilana avait exigé qu'une équipe de surveillance le prenne en filature jusqu'à ce que le mystère soit intégralement dissipé : « Le fait que les parents nous aient caché des informations ne veut pas encore dire que nous allons découvrir ce qui est arrivé à Ofer. On garde donc le professeur dans le collimateur tant que les choses n'ont pas été intégralement éclaircies. »

Et depuis, ils attendaient, tout simplement. Chacun à sa manière : Sharpstein en espérant sans doute ne pas recevoir d'appel des parents leur relatant le coup de fil anonyme et ainsi crédibiliser son hypothèse ; Avraham, lui, comptait les secondes les unes après les autres, et à chaque seconde qui passait, il avait un peu plus de mal à garder les yeux ouverts. Et Ilana ? Il n'arrivait pas à savoir ce qu'elle attendait, Ilana.

Il devait préparer l'interrogatoire des époux Sharabi au cas où ceux-ci ne téléphoneraient pas et viendraient comme une fleur au commissariat, l'obligeant, lui, le chef de cette enquête, à les mettre face à leur dissimulation. Il nota précisément les dates auxquelles avaient été déposées les lettres et relut encore une fois les textes écrits à l'encre noire, afin de choisir les passages dont il se servirait pour les confondre. Certaines lignes le glaçaient, comme «Ofer, qui n'est plus votre fils». Ils avaient décidé que si les parents ne se manifestaient pas ils iraient les chercher pour les ramener au poste ensemble – mais les interroger séparément – et que cela aurait lieu le lendemain matin, après le départ des deux enfants pour l'école. Sharpstein s'occuperait du père et lui de la mère. Peut-être ces gens-là avaient-ils une infinité de bonnes raisons pour ne pas appeler la police tout de suite ? Peut-être se demandaient-ils à qui ils devaient s'adresser ? Ou bien attendaient-ils parce que leur correspondant anonyme avait promis de rappeler ? Il ne cessait de vérifier que son portable était allumé et captait sans problème. Il tendait l'oreille à la moindre sonnerie, que ce soit à l'accueil ou dans les autres pièces. Il savait aussi que sa porte pouvait être ouverte à n'importe quel moment. Que tout pouvait encore basculer.

Il prit le dossier de l'enquête et étala tous les documents sur sa table de travail. Comme la première fois qu'il l'avait vue, deux jours auparavant dans le bureau d'Ilana, la liste des objets trouvés dans le sac à dos l'interpella. Il attrapa la photocopie de l'emploi du temps d'Ofer et la posa à côté, ses yeux se fermèrent presque de fatigue... mais se rouvrirent soudainement.

Il sortit fumer une nouvelle cigarette.

Quelques minutes après avoir réintégré son bureau, il ouvrit sa boîte mail, qu'il n'avait pas vérifiée depuis la veille au matin. Il avait reçu plus d'une vingtaine de nouveaux messages, la majorité à jeter.

Il y avait aussi un message de Marianka.

Il venait de commencer à le lire lorsque le téléphone sonna dans son bureau et le fit sursauter. On l'appelait du parquet au sujet du dossier Igor Kintaev. Il l'avait complètement oublié, celui-là.

Le message de Marianka était en anglais :

Avi, tu m'avais promis de me donner des nouvelles de ton enquête, mais j'imagine que depuis ton retour tu n'as pas eu le temps. As-tu retrouvé ton jeune disparu ? Je réfléchis beaucoup à ce que tu m'as raconté sur cet adolescent, et aussi sur toi. Je suis sûre que tu le retrouveras et je prie pour qu'il ne lui soit rien arrivé de grave. Écris-moi quand tu pourras. Marianka.

Qu'avait-elle voulu dire en ajoutant, sur la dernière ligne, *my thoughts are with you.* Comment comprendre ce *« you »* ? À qui pensait-elle ? Ce *« you »* se rapportait-il à lui tout seul ou à lui et à Ofer ? Impossible de savoir.

Il se promit de répondre rapidement.

Ilana l'appela pour savoir s'il y avait du nouveau et lui demander comment il allait.

Il n'y avait rien de nouveau et comment pouvait-il aller ?

— Quand cette enquête sera terminée, tu vas prendre des vacances, dit-elle. Je n'en peux plus de te voir dans cet état.

— Oui, se contenta-t-il de répondre.

— Rentre chez toi dormir, tu es sur le pont depuis hier matin. Tu sais quelle heure il est ?

Il était dix-sept heures trente.

— Il ne se passera plus rien aujourd'hui, ils

n'appelleront pas, continua-t-elle. Ce qui veut aussi dire que demain tu auras une rude journée. Ce sera épuisant, physiquement et psychologiquement. L'interrogatoire de la mère d'Ofer ne va pas être une partie de plaisir, tu dois ménager tes forces.

S'il se plia à son conseil, ce fut uniquement par habitude et aussi parce que la fatigue l'empêchait de réfléchir. Mais à nouveau il s'arrêta en chemin devant cet immeuble maudit de la rue de la Histadrout qui exerçait sur lui la même attirance que ces lieux où l'on a passé son enfance et vers lesquels on revient malgré soi. L'appartement dans lequel avait habité Ofer était plongé dans le noir. Le lendemain matin, il y entrerait accompagné de trois ou quatre policiers. Demanderait aux Sharabi de le suivre immédiatement pour interrogatoire. S'ils refusaient, il brandirait son mandat.

Zeev Avni marchait dans la rue.

Au début, Avraham n'en crut pas ses yeux, persuadé de divaguer d'épuisement. Mais c'était bien lui qui rentrait à la maison avec son fils dans la poussette et sa femme qui marchait à son côté.

Lorsque, au petit matin, il avait compris le marché que la police lui mettait entre les mains, qu'il s'était convaincu qu'on n'essayait pas de lui coller sur le dos un délit qu'il n'avait pas commis et qu'on n'utiliserait pas contre lui ce qu'il dirait au téléphone, le professeur avait demandé à rester seul quelques minutes. Pour réfléchir. Ils avaient tous attendu dans le couloir, derrière la porte de la salle d'interrogatoire, jusqu'à ce qu'ils l'entendent cogner contre la paroi.

« Je vais le faire, même si je ne comprends pas ce

que vous tramez exactement», leur avait-il tout de suite annoncé.

Puis il avait fixé Avraham Avraham droit dans les yeux.

«Je tiens à insister sur le fait que si j'accepte, c'est pour vous, commandant, parce que j'ai confiance en vous et que c'est vous qui me le demandez. Jusqu'à présent, j'ai entravé la bonne marche de l'enquête, alors d'accord, je vais vous aider. Et je le fais aussi pour ma famille. Parce que je pense que c'est ce que ma femme aurait souhaité. J'ai pourtant la sale impression que de toutes les bêtises que j'ai commises jusqu'à présent, celle-là est la pire.»

Et voilà qu'il revoyait ce type devant le bâtiment, occupé à libérer son fils du harnais de la poussette. Il ne remarqua aucun enquêteur dans les environs, mais quelqu'un devait être en planque quelque part.

Et comme personne ne pouvait l'entendre, il chuchota de sa voiture :

— Au revoir, Zeev.

À vingt-trois heures, son portable sonna et le tira d'un sommeil chaotique. Il s'était endormi tout habillé sur le fauteuil, devant son téléviseur allumé.

C'était une nouvelle fois Ilana qui voulait s'assurer que tout était prêt.

— Demain, j'arrive à six heures et demie au commissariat, lui dit-il. On sera en bas de l'immeuble à sept heures et on attendra que les enfants soient partis.

— Si seulement tu pouvais te débrouiller pour qu'ils acceptent de te suivre sans utiliser les mandats...

Il éteignit la lumière.

Le lendemain, un peu après sept heures du matin, trois semaines jour pour jour après ce fameux mercredi où la mère était entrée dans son bureau, deux voitures de police blanches stoppaient à quelques mètres de l'immeuble. Un peu plus loin, un camion de livraison était garé devant l'épicerie et le chauffeur en déchargeait sa marchandise.

À sept heures et demie, Hannah Sharabi sortit de l'immeuble. Une adolescente avançait à côté d'elle d'un pas lourd, gauche et hésitant. Danite. C'était la première fois qu'Avraham la voyait. Plus grande et plus grosse que sa mère, elle gardait les yeux braqués sur le trottoir. Les quelques minutes où elles attendirent devant l'immeuble, elles ne se lâchèrent pas la main. Un minibus jaune arriva, le conducteur en descendit et aida la lourde silhouette à monter. Hannah resta pour s'assurer que sa fille était bien assise et lui fit au revoir de la main.

À huit heures moins dix, Raphaël Sharabi conduisit en voiture son jeune fils à la maternelle. Le véhicule dans lequel se trouvait Sharpstein le prit en filature. Au bout de vingt-cinq minutes, le père était de retour et, quelques instants plus tard, des coups furent frappés à sa porte.

Le mandat d'arrêt se révéla inutile.

Certes, Raphaël Sharabi s'étonna :

— Mais pourquoi vous êtes-vous déplacés ? Nous attendions votre appel et nous serions venus tout de suite.

Ni l'un ni l'autre ne refusa cependant d'accompagner les policiers au commissariat pour complément d'information.

Avaient-ils compris que cet interrogatoire ne serait

pas comme les précédents ? Si oui, ils n'en dirent rien, même au moment où on les pria de monter dans deux voitures différentes.

Avraham Avraham était assis au volant. La mère monta derrière. Pas un mot ne fut échangé pendant le court trajet, et il évita de scruter son visage dans le rétroviseur.

Ils entrèrent au commissariat par la porte qui donnait sur le parking. Les parents furent installés chacun dans une salle d'interrogatoire différente.

14

Face à lui était assise une mère. Cette fois, ce n'était pas « encore une mère ».

Trois semaines auparavant, Avraham Avraham avait essayé de se débarrasser d'elle. Il lui avait demandé si elle savait pourquoi on n'écrivait pas de romans policiers en hébreu, elle n'avait pas compris ce qu'il lui voulait. Depuis, il s'était juré de ne plus poser cette question. Il avait renvoyé une femme en détresse : elle n'avait qu'à chercher son fils elle-même. Pourtant, il savait qu'elle était toute seule, puisque son mari se trouvait alors sur un bateau en direction de Trieste. Le soir même, il l'avait regretté. Le lendemain, lorsqu'il l'avait vue à l'entrée du commissariat, il s'était figé. Elle ne lui avait pas dit grand-chose avant de poser sur son bureau les photos de son fils. Ce jour-là, il s'était rendu chez elle et avait essayé de la faire parler. Sans succès. Le lendemain, le jour de son anniversaire, il était revenu, elle l'avait suivi dans la chambre des garçons. Ensemble, ils avaient ouvert les tiroirs d'Ofer. Mais c'était aussi cette mère qui avait reçu trois lettres signées par son fils et leur en avait dissimulé l'existence. Cette mère qui avait répondu au téléphone, entendu un correspondant anonyme lui annoncer qu'il savait où était Ofer et qui n'en avait pas informé la police.

Depuis le début de l'enquête, qu'avait-il appris sur elle ? Pas grand-chose : qu'elle avait servi dans la marine et épousé Raphaël Sharabi à vingt et un ans, un mari qui parfois partait loin et restait pendant des mois sans rentrer ; qu'elle avait travaillé dans une crèche ; qu'elle avait mis leur premier fils au monde après quelques années de mariage, puis rapidement leur deuxième enfant, une fille, lourdement handicapée. La gravité du problème leur avait-elle été révélée à la naissance ou au bout de quelques mois ? Le matin même, il les avait vues sur le trottoir, elles attendaient le minibus en se tenant la main, la fille avait une tête de plus que la mère, mais elle était toute raide et si vulnérable ! Hannah Sharabi avait élevé ses deux enfants seule pendant que le mari était en mer, situation qu'elle avait acceptée parce qu'elle n'avait pas eu le choix. Il savait aussi qu'elle avait quitté son travail pour s'occuper de sa fille, la protéger de la violence ou de l'indifférence du monde extérieur, et qu'elle refusait, encore aujourd'hui, en dépit de la volonté du mari, de l'envoyer dans un internat, alors que Danite était déjà grande. Pendant toute l'enquête, il avait eu l'impression d'avoir en face de lui une femme soumise, recroquevillée sur elle-même. Une femme qui n'élevait pas la voix, n'exigeait rien et n'émettait jamais de critique. Seul son refus d'éloigner sa fille de la maison prouvait qu'elle était capable de résister. De ne pas se briser. Et puis, des années plus tard, Hannah avait accouché d'un second fils, peut-être grâce aux progrès de la médecine prénatale.

— Savez-vous pourquoi vous êtes là ? lui demanda-t-il. Pourquoi nous vous avons amenés tous les deux ici pour complément d'information ?

L'interrogatoire était filmé par une caméra vidéo fixée au plafond de la pièce. Il posa les coudes sur la table, croisa les mains et s'en couvrit la bouche chaque fois qu'il n'avait pas à parler. Elle était assise à trente centimètres environ de la table. Durant l'entretien, elle évita son regard, bien qu'il fût assis en face d'elle. Il avait l'impression que ses yeux le traversaient pour rester braqués sur la porte, comme si elle attendait que quelqu'un entre et mette fin à la discussion, ou comme si elle planifiait de s'enfuir.

— Non, répondit-elle, et comme il ne réagissait pas, elle rompit le silence : Vous avez quelque chose de nouveau ?

Il se contenta d'un oui laconique. Depuis le début de l'enquête, c'était le premier interrogatoire qu'il avait minutieusement préparé, du travail comme il aimait. Sa stratégie s'était clairement imposée la veille en milieu d'après-midi et il avait eu le temps de la peaufiner, de peser chaque mot. Chaque silence aussi.

Lorsqu'elle comprit qu'il n'avait pas l'intention de parler, elle demanda :

— Pourquoi ne me dites-vous pas ce que vous avez découvert ?

— Pour vous donner la possibilité de me le dire d'abord.

Elle laissa se peindre sur son visage une expression d'étonnement :

— Vous dire d'abord... quoi ?

— Que vous avez peut-être quelque chose de nouveau à m'apprendre sur la disparition d'Ofer.

C'était sa dernière chance.

— Non, à part le sac à dos que vous avez retrouvé, dit-elle.

Il essaya sans succès de piéger son regard.

— Hannah, je veux que vous réfléchissiez bien avant de me répondre, tenta-t-il une toute dernière fois. Je vous demande si, depuis qu'une enquête a été ouverte à la suite de la disparition de votre fils, vous n'avez pas omis de nous transmettre, à moi ou à quelqu'un d'autre de la police, la moindre information en votre possession. Prenez votre temps, réfléchissez bien avant de répondre.

Fort heureusement, personne d'autre que lui ne vit ni ne verrait la vidéo de cet interrogatoire. La bande serait classée avec tout le matériel de ce dossier, et sans doute ultérieurement détruite ou effacée, il n'était pas au fait des règles de conservation appliquées en l'occurrence. Un bon enquêteur est censé arracher à son suspect une preuve de culpabilité. Or tous ceux qui auraient visionné cet interrogatoire auraient tout de suite vu que ce n'était pas ce qu'avait essayé de faire le commandant Avraham. Lorsqu'il le regarda, quelques jours plus tard, il se rendit compte qu'à certains moments on ne comprenait pas très bien ce qu'elle disait. C'était d'ailleurs un des inconvénients des traces filmées. Mais cette conversation-là, il pourrait toujours la reconstituer.

Elle avait commencé par affirmer avoir raconté à la police tout ce qu'elle savait et qui avait un rapport avec les recherches. Sur l'enregistrement, on le voit encaisser la réponse, puis réfléchir et enfin se décider à ouvrir la chemise cartonnée posée au coin de son bureau pour en retirer des feuilles de papier sous plastique transparent.

— Vous ne m'avez pas dit que vous aviez reçu ces lettres, déclara-t-il sans toutefois les lui tendre.

— Quelles lettres ?

— Celles que quelqu'un a déposées dans votre boîte. En fait, les feuilles que j'ai en ma possession ne sont pas les originales, puisque c'est vous qui les avez. Ce sont des brouillons. Voulez-vous que je vous dise à quelles dates exactement elles ont été déposées dans votre boîte aux lettres ?

Elle ne répondit pas. Fixa la porte avec une détermination décuplée.

— Voulez-vous que je vous explique le rapport entre ces lettres et Ofer, ou le savez-vous déjà ? demanda-t-il.

— Je ne sais rien. Comment les avez-vous trouvées ?

Au lieu de répondre à sa question, il commença a lui lire la première lettre.

Je sais que vous me recherchez depuis quelques jours, alors un conseil : arrêtez. C'est peine perdue, vous ne me retrouverez pas. Pas plus que la police, même avec des chiens.

Sur les affichettes que vous avez collées dans la rue, j'ai vu qu'il était écrit que j'avais disparu mercredi matin, mais nous savons tous les trois que cela n'est pas vrai, nous savons tous les trois que j'ai disparu bien avant, que j'ai disparu sans que vous vous en aperceviez, parce que vous ne m'avez jamais vraiment observé et qu'en plus cela ne s'est pas fait en un jour. Ce fut un long processus, et à la fin vous aviez encore l'impression que j'étais à la maison simplement parce que vous n'avez pas essayé de regarder vraiment.

Il s'arrêta avant d'avoir à lire les lignes suivantes qui, à ses yeux, étaient terrifiantes, et observa l'effet que ces mots avaient produit sur le masque qu'elle lui offrait. Ultérieurement, sur la vidéo de l'interrogatoire, il n'identifierait pas davantage le moindre étonnement. Soudain, une pensée lui traversa l'esprit et le mit dans tous ses états.

Il avait eu raison ! Ce dingo d'Avni avait eu raison ! D'instant en instant, l'hypothèse qu'Ofer n'ait pas disparu le mercredi matin devenait de plus en plus plausible. Le voisin aurait-il pu être au courant ?

— Qu'est-ce que c'est ? demanda à nouveau Hannah Sharabi.

Avraham Avraham se ressaisit aussitôt.

— Vous savez très bien qui a signé cette lettre. Mais allez-y, regardez vous-même : « Ofer, qui n'est plus votre fils. »

Et il posa la feuille devant elle.

— Ce n'est pas l'écriture de mon fils.

Sans hésiter, il embraya alors sur une question qui ne faisait pas partie de celles qu'il avait préparées à l'avance :

— Pourquoi Ofer écrirait-il une chose pareille ? Pourquoi affirmer que vous savez tous les trois qu'il n'a pas disparu le mercredi matin mais avant ?

— Ce n'est pas son écriture, répéta-t-elle. Ce n'est pas lui qui a écrit cette lettre. Comment est-elle arrivée chez vous ?

— Elle n'est pas arrivée chez nous, Hannah, elle est arrivée chez vous, dit-il calmement. Nous n'en avons récupéré qu'une copie. Alors expliquez-moi, s'il vous plaît, pourquoi vous n'en avez pas informé la police.

Elle resta silencieuse quelques secondes.

— Je n'ai jamais vu cette lettre. Ce n'est pas Ofer qui l'a écrite, s'entêta-t-elle.

Se pouvait-il qu'elle dise vrai ? Et ce fut la première fois de sa vie qu'il se trouva, en interrogatoire, dans une situation aussi étrange : il essayait de la pousser dans ses retranchements et de l'obliger à se couper dans ses affirmations afin qu'elle avoue avoir déjà vu la lettre, mais en même temps il espérait qu'elle continuerait à nier. En regardant la vidéo après coup, il comprendrait que pour la faire craquer il lui aurait suffi de la questionner sur le contenu des lettres comme s'il ignorait que l'auteur n'en était pas Ofer, de la bombarder des mêmes reproches que ceux énoncés par Avni. Sauf qu'il avait choisi une autre tactique.

— Je sais que ce n'est pas Ofer qui les a écrites. Et je sais aussi qu'elles ont été mises dans votre boîte aux lettres et qu'on les en a sorties. Se peut-il que votre mari les ait trouvées et ne vous en ait pas parlé ?

Cette possibilité ne lui était venue à l'esprit qu'en l'évoquant. Non pas que Raphaël Sharabi ait pu les cacher à sa femme, à cela il avait déjà pensé, non, c'était autre chose : il songea soudain que le père ne connaissait peut-être pas l'écriture d'Ofer et avait donc cru que son fils avait vraiment écrit ces lettres. Il avait en effet du mal à imaginer Raphaël Sharabi en train de vérifier les devoirs ou les contrôles de son aîné. Et, dans ce cas, peut-être n'en avait-il pas parlé à sa femme. Dans l'unique but de la protéger.

— Non. Il me les aurait données, dit-elle.

— Les enfants les auront peut-être prises ?

— Ils n'ouvrent pas le courrier. Même Ofer n'y touchait pas.

Avraham Avraham jeta un œil sur sa montre et sortit de la pièce.

Sharpstein l'attendait dans l'ancienne salle d'interrogatoire au bout du couloir.

— Alors ?

— Elle n'a pas vu ces lettres, lança Avraham en secouant la tête. Elle n'en a pas entendu parler et elle sait que ce n'est pas Ofer qui les a écrites.

— Lui, c'est pareil.

— Tu le crois ? Comment tu le trouves ?

— Il a la trouille et je ne crois pas un traître mot de ce qu'il me raconte. Je te garantis qu'au moment où je lui balance la conversation téléphonique il s'écroule.

Avraham hésita un instant avant de dire :

— Eh bien maintenant, je n'ai quasiment plus de doute sur le fait qu'ils aient reçu ces satanées lettres.

— Pourquoi ? Elle a laissé échapper quelque chose ?

— Non, c'est à cause de toi. C'est-à-dire, à cause du père. Je suis persuadé que le père n'aurait pas pu reconnaître l'écriture d'Ofer. S'il sait qu'Ofer n'a pas écrit ces lettres, c'est uniquement parce qu'elle le lui a dit.

— Tu oublies qu'il peut y avoir une autre raison, objecta l'inspecteur, un peu étonné.

— Laquelle ?

— Il sait qu'Ofer n'a pas pu les écrire.

Il y avait certaines choses qu'Avraham préférait occulter.

— Avi, dès que je rentre dans la salle, j'attaque direct sur le coup de téléphone.

Après avoir décidé que ce serait Sharpstein qui mettrait Ilana au courant, ils se séparèrent.

Les véhicules qui passaient devant lui roulaient lentement. Tous les conducteurs ralentissaient rue Fichman, à l'approche du commissariat. C'était la rue de Holon où il y avait le moins d'accidents de voitures. Il alluma sa deuxième cigarette. Le ciel était d'un bleu limpide. Le premier soir, il avait expliqué à Hannah Sharabi ce qui était sans doute arrivé à Ofer. Il lui avait dit que son fils avait peut-être oublié de réviser un contrôle et donc préféré sécher les cours. Le lendemain matin, il avait déjà compris que tel n'était pas le cas. Il se souvint aussi que le mercredi soir, en rentrant chez lui, il avait imaginé Ofer tout seul dans l'obscurité de quelque jardin public, qui posait son sac à dos noir sur un banc et se préparait à dormir. Y avait-il encore de la place pour ce genre d'espoir ? Ou bien ne restait-il plus qu'à prier, comme le lui avait écrit Marianka ?

En regagnant la salle d'interrogatoire, il attaqua lui aussi sur l'appel téléphonique. Les yeux de la mère continuaient à l'esquiver, mais il passa outre.

— Voyez-vous, Hannah, je vais vous expliquer pourquoi j'ai du mal à vous croire quand vous me dites que vous n'avez jamais vu ces lettres ou quand vous m'assurez ne rien me cacher, m'avoir donné toutes les informations en votre possession. C'est à cause de cet appel téléphonique dont vous ne m'avez toujours pas parlé.

— Quel appel ? lâcha-t-elle immédiatement.

Quelque chose dans sa voix avait changé, elle le regarda tout à coup droit dans les yeux et ce qu'il vit, c'était de l'ahurissement. Elle posa sa main gauche sur la table.

— Je parle de l'appel téléphonique que vous avez reçu hier matin. Vous savez de quoi il s'agit, n'est-ce pas ?

Elle fit semblant d'essayer de se souvenir et finalement admit que oui.

— Et vous pouvez m'expliquer pourquoi vous ne m'en avez pas parlé ?

Elle ne répondit pas.

— Pouvez-vous me répéter ce qui a été dit au cours de cette conversation ? continua-t-il.

— Quelqu'un a prétendu qu'il connaissait Ofer. Et qu'il rappellerait plus tard pour nous révéler où il était.

Il choisit de garder le silence une longue minute. Le temps de lui permettre de comprendre toute seule ce que signifiait cet aveu. Lorsqu'il reprit la parole, son ton monta graduellement, si bien qu'à la fin il lâcha un vrai cri, un cri dans lequel la rage n'était pas simulée :

— Nous recherchons votre fils depuis trois semaines, un nombre incalculable de policiers retournent chaque caillou de cette ville, moi-même je vais dormir en pensant à Ofer Sharabi et je me lève avec lui le matin, et vous, quoi ? Vous recevez un appel téléphonique de quelqu'un qui vous dit qu'il sait où se trouve votre fils et vous ne nous en informez pas ? Vous êtes ici et vous continuez à me le cacher ? Ensuite vous prétendez sans ciller m'avoir transmis toutes les informations que vous détenez ! C'est de la folie ! Enfin, madame, non seulement vous mettez votre enfant en danger, mais avez-vous conscience que vous vous rendez coupable d'un grave délit ? Avez-vous déjà entendu parler du délit d'entrave à l'exercice de la justice ? Savez-vous que sur ce motif je peux vous arrêter tous les deux, vous et votre mari ?

Il s'attendait à ce qu'elle ne dise rien.

Il se leva et commença à marcher dans la pièce exiguë. Aller et retour. D'un mur à l'autre. Ensuite, il s'approcha à nouveau du bureau et tout bas, si bas que peut-être elle ne l'entendit pas, il murmura :

— Rien de ce que vous direz ne pourra justifier une telle dissimulation. Rien. Mais tout de même, je vous demande d'essayer de m'expliquer. Pourquoi ne pas nous avoir prévenus ?

Ses déambulations portèrent leur fruit. Hannah Sharabi essayait de le suivre et il put enfin piéger son regard. Pour la première fois, il y discerna une lueur de peur... ce qui le désola presque. Il songea même à ressortir de la salle d'interrogatoire, justement à ce moment-là, pour la laisser se ressaisir. Elle aussi semblait ne pas avoir dormi depuis trois semaines. Lors d'une conversation précédente, Raphaël Sharabi ne lui avait-il pas dit que sa femme faisait des cauchemars ? Il remarqua qu'elle avait abandonné le sac à main qu'elle portait le premier soir et le lendemain. Comme si, dès l'instant où son mari était rentré, elle n'avait besoin ni de porte-monnaie, ni de clés, ni de portable.

— On pense qu'il ne connaît pas Ofer et que c'est quelqu'un qui ne cherche qu'à nous harceler. Un dingue, chuchota-t-elle, répétant presque les mots de Sharpstein comme si elle avait écouté les conversations des policiers et pas l'inverse.

— Je ne vous crois pas.

Il recommença à marcher d'un mur à l'autre, puis

décrivit des cercles de plus en plus petits autour de la table et de la chaise de Hannah Sharabi, de telle sorte qu'une partie de ses propos atterrit dans le dos de son interlocutrice :

— Non, madame, je ne crois pas qu'une mère dont le fils a disparu depuis trois semaines et qui reçoit un appel de quelqu'un prétendant savoir où il se trouve ne le prendrait pas au sérieux. Ça n'existe pas. Toutes les mères du monde s'y raccrocheraient, au contraire. La seule chose que vous deviez faire, c'était me téléphoner et me dire : « Un détraqué nous a contactés, il prétend connaître Ofer, faites-en ce que vous voudrez. » Et n'était-il pas censé vous retéléphoner hier soir pour vous révéler où se trouvait Ofer ? Et s'il savait effectivement quelque chose ? On aurait pu localiser l'endroit d'où l'appel avait été passé et remonter jusqu'à lui. Vous connaissez une mère au monde prête à renoncer à cette chance, fût-elle infime ?

— Il n'a pas rappelé.

— Mais ça, vous ne pouviez pas le savoir à l'avance ! explosa-t-il. Comment suis-je censé interpréter votre attitude ? Soit vous êtes idiote, mais vraiment idiote, puisque vous n'avez pas pensé que cela pouvait intéresser la police, soit vous vous fichez de ce qui est arrivé à Ofer, soit vous le savez, ce qui expliquerait que cet appel ne vous paraisse pas important. Quelle hypothèse choisissez-vous ? Laquelle vous semble sonner le plus juste ?

Il attendait depuis cinq bonnes minutes dans l'ancienne salle d'interrogatoire un Sharpstein qui ne venait pas.

Ils étaient pourtant convenus de se retrouver toutes les demi-heures... sauf en cas de virage dramatique en cours d'interrogatoire. Dix heures passées de quatre minutes. Raphaël Sharabi s'était-il effondré, comme l'avait prédit Sharpstein ? Et si oui, qu'est-ce que les ruines avaient laissé apparaître ?

Dans aucune autre enquête les nerfs d'Avraham n'avaient été mis à aussi rude épreuve, jamais. Bien sûr, il y avait aussi toute sa fatigue accumulée. Peut-être aurait-il dû accepter la proposition d'Ilana et la laisser interroger la mère à sa place.

Il demanda à sa collègue de l'accueil d'informer Sharpstein, si elle le voyait dans le couloir, qu'il l'attendait dehors.

Il alluma une cigarette et s'assit sur les marches du commissariat. Il n'avait toujours pas décidé s'il révélerait à Hannah Sharabi ce qui le préoccupait depuis la veille et qui, d'après son plan, était son prochain point d'attaque : la questionner sur ce que personne ne savait. Ni Sharpstein ni Ilana. Et ce qu'il allait s'obliger à lui demander, ce n'était pas pour la briser, mais au contraire dans l'espoir qu'elle lui donne la réponse qu'il voulait entendre.

Il regrettait d'être sorti de ses gonds. Au moment où il avait claqué la porte derrière lui, il avait intercepté le regard blessé mais empreint de haine qu'elle lui avait lancé.

Il remarquerait aussi, en visionnant ultérieurement la vidéo de l'interrogatoire, l'hésitation et la peur que révélait sa démarche lorsqu'il rentra dans la pièce, la lenteur avec laquelle il avait traîné sa chaise de la place où il était assis vers l'autre côté de la table, tout près d'elle, à portée de chuchotement.

Ce changement de place les rendait soudain aussi proches que le jour où ils s'étaient retrouvés assis côte à côte sur le lit d'Ofer.

— Qu'est-ce que vous me voulez? lâcha-t-elle.

— Encore une chose. Ensuite, vous pourrez partir.

Comme il aurait voulu le croire!

— Un détail me tracasse au sujet de la disparition d'Ofer et j'aimerais avoir votre avis là-dessus. Quand vous êtes venue me voir la première fois, vous m'avez dit qu'Ofer était sorti le mercredi à huit heures moins le quart pour aller au lycée, c'est bien ça?

— Oui.

— Et vous êtes sûre qu'il a pris le chemin du lycée? Vous ne saviez pas, à l'époque, et vous ne savez toujours pas s'il avait d'autres plans?

— Je vous ai dit que non.

Avait-il discerné une lueur d'espoir dans ses yeux? Du soulagement, peut-être? Après l'avoir questionnée sur les lettres et le coup de téléphone passés sous silence, on en revenait à Ofer. Au matin de sa disparition. Mais elle ne pouvait masquer la tension qui crispait les muscles de son visage frémissant.

Il tira vers lui la chemise cartonnée et en sortit une feuille de papier.

— Voilà l'emploi du temps de votre fils. Je l'ai pris dans le tiroir de sa chambre, vous vous en souvenez? En fait, on l'a trouvé ensemble. Hier soir, j'ai même vérifié auprès de son professeur principal que c'était bien son emploi du temps actuel. D'après ce que je vois, le mercredi, Ofer a algèbre de huit à dix, ensuite une heure d'anglais, une heure de gymnastique, une heure de sociologie et une heure de littérature.

Il la regarda dans l'attente d'une confirmation mais

elle n'avait pas la moindre idée de là où il voulait en venir.

Il sortit une autre feuille du dossier.

— N'ayez pas peur, je n'essaie pas de vous piéger, je veux vous aider, murmura-t-il.

Elle resta silencieuse.

— Ça, c'est la liste des livres retrouvés dans le sac à dos d'Ofer. Un livre d'instruction civique, un de sociologie, *Antigone* – certainement pour son cours de littérature – et un livre de grammaire. Pas de livre d'algèbre ni d'anglais, bien que les trois premières heures du mercredi soient anglais et algèbre. Ça ne ressemble pas à Ofer, je me trompe ? Comment expliquez-vous cette incohérence ?

Elle ne tendit pas les mains vers la liste des objets trouvés dans le sac. Elle les laissa posées sur ses cuisses.

— Mon explication à moi, reprit-il, c'est que si Ofer a lui-même préparé son sac, il n'avait, en toute logique, pas l'intention d'aller en cours ce jour-là. Vous me suivez ?

Pour la deuxième fois, elle posa sa main gauche sur la table, comme elle l'avait fait au moment où elle avait été prise de court par l'évocation de l'appel téléphonique. Il était si proche d'elle que, de son visage, il effleurait presque sa joue gauche et les mèches noires qui recouvraient son oreille.

Ce fut sans doute cette trop grande proximité qui la désarçonna.

— Dans ce cas, peut-être qu'il savait que..., dit-elle d'une voix vacillante.

— C'est bien ce que je pense, la coupa-t-il. Mais quelque chose me turlupine tout de même. Vous m'avez dit qu'Ofer était un garçon très organisé. Je l'ai d'ailleurs moi-même constaté en regardant sa chambre, vous vous souvenez ?

Elle hocha la tête.

— Ce qui me turlupine c'est que, en supposant qu'il n'ait pas eu l'intention d'aller au lycée ce mercredi-là, eh bien il aurait certainement laissé dans son sac les livres de la veille, non ?

Il attendit qu'elle réponde mais elle garda le silence. Il continua donc en détaillant de nouveau l'emploi du temps :

— Mais là non plus, ça ne colle pas. Mardi, cours de Bible de huit à neuf, géométrie de neuf à dix, ensuite deux heures d'anglais, une heure de géographie et une d'histoire. Vous comprenez ? On retombe sur la même bizarrerie. Votre mari m'a demandé avant-hier au téléphone si nous avions découvert quelque chose dans le sac. Or là est le problème. Nous ne pouvons en tirer qu'une conclusion : Ofer n'avait pas l'intention d'aller au lycée le mercredi. Sinon, il aurait pris les bons livres. Mais d'un autre côté, s'il avait volontairement fugué, pourquoi se charger de manuels scolaires ? En supposant qu'il ait été au lycée le mardi avec les livres adéquats, voilà le scénario absurde qui en résulte : mardi soir, Ofer prépare son sac en vue de sa fugue ou de sa disparition, il sort les livres du jour et les remplace par d'autres livres pris au hasard. Ça vous semble logique, ça correspond à votre fils ?

Il écarta son visage de celui de Hannah Sharabi, et sa voix se brisa lorsqu'il prononça pour la première fois une phrase qu'il n'avait pas préparée en amont et ne résultait pas de ce qu'il venait d'évoquer. Et pendant qu'il parlait, il eut l'impression de voir les yeux de la mère se remplir de larmes.

— Il y a une dernière possibilité : Ofer est rentré à la maison mardi, il a sorti ses livres, peut-être pour faire ses devoirs, ou il les a juste rangés sur l'étagère. Et c'est quelqu'un d'autre – quand, je ne sais pas – qui a mis dans son sac à dos ce que nous avons retrouvé à l'intérieur. Quelqu'un qui n'est pas votre fils et ne connaissait pas son emploi du temps, ou n'y a pas pensé. Quelqu'un qui s'est contenté de fourrer n'importe quels livres dans le sac avant d'aller le jeter dans la benne.

Il s'approcha à nouveau tout près d'elle et attendit.

— Hannah, murmura-t-il, dans le sac à dos d'Ofer, il y avait un livre de grammaire et il n'a plus du tout de cours de grammaire. Vous savez bien que c'est une épreuve du bac qu'il a passée l'année dernière.

À nouveau, elle planta de toutes ses forces son regard dans la porte fermée, les muscles raidis comme pour empêcher son visage de se désagréger. Si elle avait pu enfouir sa tête entre ses mains, elle l'aurait certainement fait.

Ni l'un ni l'autre ne parlait. Il n'avait plus rien à dire, l'interrogatoire tel qu'il l'avait planifié était terminé. Mais soudain, elle lui lança :

— Écartez-vous de moi !

— Pardon ?

— Laissez-moi tranquille. Ne vous approchez pas.

Il se recula sur sa chaise puis se leva.

Et attendit.

Il recommença à faire les cent pas dans la pièce, tout en la surveillant du coin de l'œil, cette fois non pas pour la coincer mais pour se calmer.

Lentement, il eut l'impression qu'elle reprenait ses esprits. Ses joues ne tremblaient plus. La force avec laquelle elle fixait toujours la poignée de la porte lui glaça le sang.

Il n'allait pas pouvoir la garder éternellement dans cette salle d'interrogatoire.

Soudain, un élan de haine le submergea. Combiné à une terrible envie de se jeter sur elle pour la tabasser. La tirer par les cheveux, l'envoyer valser contre le mur. Qu'elle s'y cogne encore et encore.

L'interrogatoire était filmé.

La porte s'ouvrit et Sharpstein apparut dans l'embrasure.

— Avi, suis-moi.

— Pas maintenant, je n'ai pas terminé !

— Avi, sors d'ici immédiatement ! hurla l'inspecteur.

Ce fut ce hurlement qui le poussa hors de la pièce. Sharpstein avait l'air en état de choc. Lorsqu'il parla, aucune joie n'illuminait son regard.

— Il a avoué.

15

Ilana arriva en urgence de Tel-Aviv. Ils s'enfermèrent dans la salle de réunion afin d'analyser les différents éléments des aveux du père et de planifier la suite des opérations. Ils doutaient de certains détails : dans sa version, Raphaël blanchissait totalement sa femme et prenait sur lui l'entière responsabilité des faits. Sharpstein pensait qu'il fallait arriver à la briser elle aussi. Leur arracher la vérité à tous les deux. Ilana hésitait, avec une tendance à se contenter, pour l'instant, de la déposition du père. Elle avait suffisamment d'éléments pour obtenir du juge une garde à vue prolongée du couple.

Avraham Avraham, quant à lui, n'intervint pas dans la discussion. À ses oreilles sifflait encore le hurlement de Sharpstein : « Avi, sors d'ici immédiatement ! », et il ne cessait de voir le regard terrorisé que la mère lui avait lancé au moment où il quittait la salle d'interrogatoire.

Elle avait compris.

Raphaël Sharabi avait craqué au moment où l'inspecteur lui avait laissé croire que la police détenait d'autres pièces à conviction que les lettres et le coup de téléphone anonyme. Peut-être même un cadavre. Sa tactique avait été totalement différente de celle d'Avraham Avraham. Il avait menacé, n'avait pas hésité à prêcher le faux, s'était sans cesse servi de l'interrogatoire de Hannah qui se déroulait dans la pièce voisine, n'avait pas eu peur de frôler les limites de la légalité, exploitant les zones d'ombre situées à la frontière entre ce qui était permis et ce qui ne l'était pas. Surtout, à aucun moment, il n'avait perdu son sang-froid.

Avraham aurait-il, lui aussi, réussi à faire craquer le père ?

Lors de leurs précédentes rencontres, Raphaël Sharabi, tout comme sa femme, lui avait menti. Or il les avait crus et il avait continué à les croire alors que, en réunion d'équipe, ses collègues avaient émis de lourdes réserves sur leur témoignage. Il s'était obstiné à les croire pendant l'interrogatoire de la mère, même au moment où il avait explosé, où il avait dû lutter contre l'envie de briser le silence de cette femme sur le mur.

Il avait grand besoin d'une cigarette mais ne pouvait pas sortir de la pièce. Sharpstein et Ilana étaient assis, tendus, les yeux rivés sur le petit écran du moniteur. L'air grave, la divisionnaire lui ordonna d'appeler Maaloul – que l'on attendait au poste d'un instant à l'autre – afin qu'il contacte d'urgence les services sociaux.

Il apparut que Sharpstein ne leur avait pas révélé qu'il détenait, lui aussi, un joker, ou du moins il ne leur avait pas précisé qu'il avait l'intention de l'abattre en cours d'interrogatoire : on avait retrouvé les empreintes digitales du père sur le sac à dos. Certes, ce détail n'avait aucune importance et il n'y avait rien d'étonnant à la présence de telles empreintes sur le sac du fils ; n'importe quel avocat débutant, s'il avait été présent à ce moment-là, aurait écrasé comme des mégots de cigarette les allusions douteuses de Sharpstein, mais là était tout l'avantage de la ligne de conduite qu'ils avaient réussi à respecter : les parents n'avaient pas encore été mis en garde à vue. Ils étaient là de leur plein gré, et donc s'étaient présentés seuls, sans assistance juridique.

Sharpstein avait commencé par mentionner les lettres, ensuite il avait tiré de son chapeau le coup de fil anonyme et finalement il avait bluffé en insistant plusieurs fois sur le fait que la présence des empreintes du père sur le sac prouvait qu'il était la dernière personne à l'avoir touché. Et Raphaël Sharabi était affolé. Dès le début de l'interrogatoire. Bien plus que sa femme. Sur le moniteur, Avraham détailla son visage qui s'était desséché, couvert d'une barbe argentée et semblait creusé par le chagrin. Il portait un jean, un polo blanc et des chaussures de sport, blanches elles aussi. On aurait dit un homme qui se privait de nourriture. La fragilité qu'Avraham avait détectée en lui dès leur première entrevue s'étalait à présent au grand jour. Cet homme avait peur de l'inspecteur, peut-être parce qu'il ne l'avait pas rencontré auparavant mais peut-être aussi parce qu'il sentait l'implacable détermination qui animait son adversaire. Dès l'instant où l'interrogatoire avait commencé, il était clair que la séance se terminerait par des aveux.

« Vous ne comprenez pas pourquoi vous devez me parler ? lui avait lancé Sharpstein. Votre femme est dans la pièce d'à côté et vous savez qu'elle ne tiendra pas le coup. J'y étais à l'instant, j'ai pu me rendre compte de l'état dans lequel elle se trouve. Ce n'est pas joli joli. Vous ne connaissez pas le commandant Avi Avraham, il lui tirera les vers du nez, peu importe par quel moyen. Si vous me dites la vérité tout de suite, vous vous épargnerez, à vous et à elle, beaucoup de souffrance inutile, croyez-moi. Parce que lui, il voulait qu'on vous arrête tous les deux hier et qu'on vous envoie à Abbou-Kabir. Quoi, vous tenez vraiment à vous retrouver en prison ? Vous voulez que votre femme se retrouve en prison ? »

Raphaël Sharabi avait essayé de résister encore un peu :

« Pour quel motif nous mettrait-il en prison ? Pour des lettres que nous n'avons pas reçues ? Dans ce cas, nous allons nous adresser à un avocat.

— Je vous en prie. Vous voulez un avocat, pas de problème. Mais vous comprenez bien la conclusion que nous en tirerons, n'est-ce pas ? De plus, ça risque de prendre beaucoup de temps avant qu'on vous trouve un téléphone, ensuite votre avocat mettra beaucoup de temps à arriver, et dans l'autre pièce, votre femme aura depuis belle lurette craché ce que vous nous cachez tous les deux. Et non seulement elle le crachera, mais, croyez- moi, elle le hurlera. Alors, c'est vous qui voyez... »

— J'espère, intervint Ilana, qu'à aucun moment tu ne lui as conseillé de ne pas parler avec un avocat.

— Bien sûr que non, marmonna l'inspecteur.

Sur l'enregistrement apparut alors un Raphaël Sharabi qui s'apprêtait à prendre la décision la plus difficile de sa vie. Il serra le poing et posa sa main sur le bureau, presque comme l'avait fait sa femme.

La porte de la salle de réunion s'ouvrit et Maaloul entra.

— J'ai appelé les services de l'enfance, ils nous envoient une assistante sociale, déclara-t-il avant d'effleurer l'épaule d'Avraham Avraham.

Comme il n'ajouta rien, impossible de savoir si par ce geste il voulait le féliciter ou le consoler.

Le compteur digital en bas de l'écran avançait rapidement. Assis sur sa chaise, dos voûté, Raphaël Sharabi avait pris sa tête dans ses mains. Sharpstein s'était alors penché vers lui.

« Vous ne comprenez pas que vous êtes foutu ? Vous ne le comprenez vraiment pas ? Il ne vous reste qu'une seule solution afin de ne pas empirer les choses, pour vous, pour votre femme et aussi pour Ofer, c'est de nous dire enfin la vérité. »

Un sanglot s'échappa de la gorge du père. Et ce fut à cet instant que l'inspecteur lui donna le coup de grâce :

« Dites-moi, vous ne comprenez vraiment pas pourquoi vous êtes ici ? lui chuchota-t-il à l'oreille. Vous pensez qu'on vous aurait fait venir uniquement à cause d'une conversation téléphonique ? Alors je vais être sincère avec vous. Nous avons les lettres, nous avons l'appel anonyme, nous avons vos empreintes qui prouveront que personne n'a touché le sac après vous. Et nous avons aussi Ofer. »

Raphaël Sharabi se redressa soudain et, les yeux écarquillés, fixa le policier, qui resta silencieux.

« Vous l'avez retrouvé ? » finit-il par lâcher.

Rien dans le visage de Sharpstein ne remua lorsqu'il chuchota :

« Pourquoi pensez-vous que vous êtes là ? »

Et ce fut la fin.

En entendant le sanglot qui remontait du plus profond de cet homme, Avraham Avraham se demanda comment le bruit n'avait pas retenti jusque dans sa salle d'interrogatoire.

Ilana se leva.

— Arrête la vidéo, s'il te plaît. Je ne peux pas voir ça, dit-elle.

Maaloul sortit de la pièce.

Avraham Avraham ne réintégra la salle d'interrogatoire où l'attendait la mère que deux heures après en être sorti. Elle le suivit du regard tandis qu'il déplaçait sa chaise pour la remettre à sa place – les petits jeux étaient devenus superflus. Il s'assit face à elle.

— Bon, eh bien voilà, c'est terminé, dit-il.

Elle ne réagit pas mais posa sa main gauche sur le bureau. Avant qu'il ne reprenne l'interrogatoire, Ilana lui avait proposé de le remplacer ou de le seconder pour la suite des opérations. Il avait refusé mais à présent, devant cette femme figée, il comprit qu'il avait eu tort. Ne serait-ce que la regarder lui était pénible et il se demanda si cela venait d'un sentiment de rage ou de pitié.

— Je sais ce qui est arrivé à Ofer, inutile de continuer à me le cacher. Je ne comprends pas pourquoi vous nous avez menti, vous et votre mari. C'est une erreur très grave.

— Vous avez retrouvé Ofer ?

— Ça suffit, Hannah, dit-il sans élever la voix.

Raphaël nous a fait des aveux détaillés et je vais maintenant les reprendre point par point avec vous. Il me faut votre réaction sur chacun d'eux. Pour votre bien et pour le bien de vos enfants, je vous demande, cette fois, de me dire la vérité.

Il avait posé devant lui la feuille sur laquelle il avait résumé, en plusieurs paragraphes, la déposition du père.

— Le 3 mai, c'est-à-dire le mardi soir, commença-t-il, vous et votre mari êtes sortis pour retrouver des amis. Pouvez-vous me confirmer à quelle heure ?

— On vous l'a déjà dit. Vers neuf heures.

Elle n'arrivait plus à contrôler le tremblement de sa voix.

Avraham Avraham se souvenait parfaitement de la description qu'ils avaient donnée de ce jour-là : Ofer était rentré du lycée à deux heures de l'après-midi. Les parents ne savaient pas exactement ce qu'il avait fait et n'avaient d'ailleurs pas cherché à le savoir. Il avait déjeuné seul, joué à l'ordinateur, regardé la télévision et fait ses devoirs dans sa chambre. Après une sieste de quelques heures dans sa propre chambre, Raphaël Sharabi avait commencé à préparer son sac en vue de son départ du lendemain. Hannah avait attendu le retour du petit de la maternelle et celui de Danite de l'institution. À sept heures du soir, ils avaient dîné tous ensemble. Le père avait donné le bain au petit et l'avait couché dans la chambre des garçons. La mère avait douché sa fille, l'avait aidée à se mettre en chemise de nuit et à se coucher. Ofer avait réintégré sa chambre une fois son petit frère endormi. Il s'était installé devant l'ordinateur sans allumer la lumière.

— Pouvez-vous me donner le nom des amis que vous avez retrouvés et le lieu de votre rendez-vous ?

Elle hésitait encore. Se demandait-elle ce qu'avait exactement dit son mari ? À moins qu'elle n'ait voulu croire que la sortie théâtrale d'Avraham Avraham puis son retour avec des aveux en main deux heures plus tard n'étaient qu'un piège pour la faire parler.

— Hannah, souvenez-vous de ce que je viens de vous expliquer, dit-il. Nous savons tout, et s'il y a quelque chose que nous ignorons encore, on n'aura aucun problème pour le vérifier. Donnez-moi le nom des amis que vous avez retrouvés mardi soir et celui du café où vous étiez.

— C'était au centre-ville mais je ne me souviens plus du nom.

— Très bien. D'après ses aveux, votre mari serait rentré tout seul à vingt-deux heures trente parce qu'il ne se sentait pas bien et vous seriez restée avec vos amis, mais nous n'en croyons rien.

L'équipe d'investigation était unanimement persuadée que les parents avaient concocté une même version. Il lui sembla cependant discerner de la surprise dans les yeux de la mère et il eut même l'impression qu'elle essayait de deviner où il voulait en venir. Qu'est-ce qui, précisément, l'avait étonnée dans ce qu'il venait de dire ? Se pouvait-il que Raphaël et Hannah Sharabi n'aient rien préparé à l'avance et que, sans la prévenir, le mari ait décidé de donner une version qui l'innocenterait ? Ce point ne serait jamais élucidé.

— C'est vrai, chuchota-t-elle, ça s'est passé comme il a dit.

— Ça ne correspond pourtant pas à ce que vous

avez déclaré lors d'une précédente audition. Vous avez tous les deux affirmé être rentrés ensemble. C'est facilement vérifiable, vous vous en doutez, n'est-ce pas? Il nous suffit de convoquer vos amis, eux nous diront la vérité.

— Raphaël ne se sentait pas bien et devait se coucher tôt puisqu'il partait le lendemain. Moi, je voulais rester encore un peu.

Sans que cela soit formulé explicitement, c'était la première fois que tous les deux, Hannah Sharabi et Avraham Avraham, reconnaissaient que ce dossier était autre chose qu'une disparition inquiétante. Depuis le début. Qu'Ofer n'avait pas fugué. Qu'il n'était ni à Rio de Janeiro, ni à Koper, ni même à Tel-Aviv. À cet instant, l'histoire qu'elle lui avait racontée et qu'il s'était racontée pendant trois semaines s'évapora. Celle qu'il était obligé de lui faire avouer, celle-là, il ne voulait pas l'entendre.

— Je peux voir mon mari? demanda-t-elle.

— Pas encore. Peut-être un peu plus tard.

Ce qu'il ne comprit pas à ce moment précis de l'interrogatoire, c'est que cette femme tenait bon. Qu'elle ne craquait pas. Au contraire. Certes, elle changea de version et confirma les détails donnés par son mari, mais elle continua à ne lâcher que ce qu'il savait déjà. Pas la moindre virgule de plus. Il pouvait s'entêter et essayer de lui faire cracher la vérité, pour reprendre les termes de Sharpstein, ou se contenter de cette version-là, du moins pour l'instant, comme l'avait suggéré Ilana.

— Combien de temps après votre mari êtes-vous rentrée?

— Combien de temps?

— Combien de temps s'est écoulé entre le moment où votre mari est parti du café et celui où vous-même êtes entrée dans l'appartement ?

— Je ne sais pas exactement. Peut-être une heure.

— Et vous rappelez-vous comment vous êtes rentrée ?

— Comment je suis rentrée ?

— Oui, comment vous êtes rentrée chez vous ? À pied ? En taxi ? Vos amis vous ont déposée ?

— À pied.

— Et si je comprends bien, quand vous êtes rentrée, Ofer était déjà mort ?

Ils furent tous deux abasourdis par la brutalité de ces paroles. Et sans doute lui encore plus qu'elle. Il avait appris la nouvelle deux bonnes heures auparavant, mais ce ne fut qu'à cet instant qu'il digéra l'information : Ofer était mort.

Était-ce pour faire machine arrière, repousser le définitif induit par ses mots trop clairs, qu'il répéta aussitôt sa question dans une formulation différente et qui laissait peut-être une possibilité que le gamin fût encore en vie ?

— Où se trouvait votre fils quand vous êtes rentrée ?

— Dans sa chambre.

Il vit son visage se durcir à nouveau.

Ce n'était pas ce qu'avait déclaré Raphaël Sharabi. Avraham sentit à nouveau la colère monter en lui et s'efforça de la cacher. Il voulait qu'elle dise la vérité. En même temps, il ne le voulait pas. La directive d'Ilana était de ne pas exercer de pression excessive. Pas à ce stade : « Il suffit qu'elle nous aide à valider les aveux du mari, même si tout n'est pas exact », lui avait-elle précisé.

— Votre mari a raconté autre chose, reprit-il.

— C'est de ça que je me souviens.

— Alors faites un effort pour reconstituer votre retour. Vous rappelez-vous comment vous avez ouvert la porte de l'immeuble ? Avec votre clé ou avez-vous sonné à l'interphone pour que votre mari vous ouvre ?

— Je suis rentrée par moi-même.

Cette réponse lui rappela le vendredi, deux jours après le signalement de la disparition d'Ofer, où il avait attendu devant la porte de l'immeuble après avoir sonné en vain à l'interphone. Une voisine lui avait ouvert et il avait trouvé Hannah Sharabi qui sortait de la douche. Ils avaient bu un café sur le comptoir de séparation entre la cuisine et la partie salle à manger. Elle lui avait demandé s'il avait du nouveau. Dire que tout ce temps elle savait ce qui était arrivé à son fils...

— Comment êtes-vous entrée chez vous ? Avec votre clé ? reprit-il.

— Oui.

Alors, dans sa mémoire aussi, la porte de l'appartement s'ouvrit, avec le salon à sa gauche, à sa droite la partie salle à manger puis la cuisine. En face, l'étroite ouverture vers le couloir qui menait aux chambres et au bout, celle d'Ofer.

— Vous êtes entrée dans l'appartement et qu'avez-vous vu ?

— Rien.

— Y avait-il de la lumière ou l'appartement était-il plongé dans l'obscurité ? Qu'avez-vous vu ?

— La lumière était allumée mais il n'y avait personne. Tout paraissait calme.

Le téléviseur était éteint et le salon vide. Les

placards de la cuisine, la grande table, les murs aussi, tout se taisait sous un éclairage feutré. Non, les choses ne s'étaient pas passées ainsi.

— Où était votre mari ?

— Dans la salle de bains.

Elle avait vu de la lumière filtrer sous la porte de la salle de bains et entendu des bruits qui provenaient de là. Peut-être de l'eau qui coulait. Non, les choses ne s'étaient pas passées ainsi.

— Et qu'avez-vous fait une fois à l'intérieur ? Racontez-moi. Quelle a été votre première réaction ? Vers où vous êtes-vous dirigée ?

— J'ai été frapper à la porte de la salle de bains et j'ai demandé à Raphaël comment il se sentait.

— Et ensuite ? Il est resté dedans ? Vous avez découvert Ofer toute seule ?

— Non. Il est sorti. Il avait vomi.

La porte de la salle de bains s'était ouverte et elle avait vu son mari. Avait-elle tout de suite compris, à son expression, qu'il était arrivé quelque chose de grave ? Mais non, les choses ne s'étaient pas passées ainsi. Elle était là tout le temps. Dans l'appartement. Avec lui. Il en était certain.

Ils restèrent tous les deux face à face, sans rien dire.

Il pouvait encore sortir de la pièce et demander à Ilana qu'elle vienne le remplacer.

— Comment avez-vous découvert Ofer ? s'entêta-t-il.

— Raphaël m'a dit qu'il lui était arrivé quelque chose et il m'a guidée jusque dans la chambre des garçons.

— Donc vous persistez à dire que vous avez trouvé Ofer dans sa chambre ?

— Oui, allongé sur le sol.

— Il saignait ?

— Non. Il ne saignait pas. Il était allongé sur le sol et il n'y avait pas de sang du tout.

Il pouvait se satisfaire de ces paroles. Ilana cautionnerait. Certes, les deux versions divergeaient au moins sur un point, la pièce où se trouvait Ofer, mais à ce stade de l'enquête, cela n'avait pas d'importance. Le problème, c'est qu'il n'arrivait plus à endiguer la colère que lui inspiraient les mensonges à répétition dont cette femme l'avait abreuvé trois semaines durant. Plus tard dans la nuit, lorsqu'il essaierait de rédiger ses conclusions, il aurait enfin l'impression de comprendre ce qu'il avait voulu lui extorquer et pourquoi. Pourquoi aussi elle avait refusé de raconter ce qui pourtant était déjà révélé au grand jour.

— Au dire de votre mari, Ofer n'était pas dans sa chambre, insista-t-il.

— Moi, je me souviens de ça comme ça.

— Votre mari assure l'avoir trouvé dans la chambre de Danite.

La seule pièce de l'appartement dans laquelle il n'était pas entré, n'avait même pas songé à entrer. À chacune de ses visites chez les Sharabi, la porte de cette chambre était restée fermée. Si bien que, même en imagination, il ne pouvait pas y pénétrer.

— Quand je suis arrivée, il était dans sa chambre.

Elle avait parlé sans aucune hésitation dans la voix. Rien que de la haine.

— Hannah, savez-vous ce que faisait Ofer dans la chambre de Danite ?

— Il n'y était pas, insista-t-elle tout bas. Je vous ai dit qu'il était dans sa chambre à lui.

— Ce n'est pas ce qu'a déclaré votre mari.

Elle ne répondit pas, se contentant de le fixer d'un regard impénétrable.

— Était-ce la première fois que vous et votre mari trouviez Ofer dans la chambre de sa sœur ?

Il pourrait la lui poser mille fois, cette question, jamais elle n'y répondrait. Il devait arrêter.

— Hannah, je vous demande si c'était la première fois que vous et votre mari trouviez Ofer chez Danite ?

Elle n'entendait même plus ses questions.

À nouveau, il sentit, au bout de ses doigts, la même envie que précédemment de se jeter sur elle pour la secouer.

— Vous ne comprenez pas que je vais continuer à vous poser encore et encore cette question jusqu'à ce que vous répondiez ? s'écria-t-il. Dites-moi depuis combien de temps ça durait. Depuis quand Ofer abusait-il de sa sœur ? Quand est-ce que ça a commencé ?

Il ne voulait pas savoir. Alors pourquoi ne relâchait-il pas la pression ?

— Vous ne comprenez donc pas que, pour le bien de vos enfants, il faut que vous nous racontiez tout ? Vous avez une fille qui a besoin d'être prise en charge.

Ces mots-là, elle les entendit parfaitement et tourna vers lui un visage méprisant.

— Ce n'est pas vous qui allez me dire comment je dois m'occuper de mes enfants. Je ne leur ferai jamais de mal, peu importe qui me le demandera.

— Votre mari nous a raconté qu'il était rentré à la maison et avait surpris Ofer avec Danite. Ofer n'a pas entendu que quelqu'un rentrait. Vous savez ce que votre fils faisait dans la chambre de sa sœur, n'est-ce pas ?

La nuit aussi, lorsqu'il visionnerait l'enregistrement de l'interrogatoire afin de commencer à rédiger son rapport d'enquête, il ne saurait pas décrypter sur son propre visage ce qu'il attendait d'elle.

— Ne me dites pas comment je dois m'occuper de mes enfants. Je ne laisserai personne les toucher, répéta-t-elle.

La vidéo touchait à sa fin. L'enquête aussi. Peut-être le lendemain aurait-il déjà tout oublié de ce qui s'était passé au cours de ces dernières semaines.

Il se mit à parler plus vite et le dialogue se fit plus pressant.

— Qu'est-ce que votre mari vous a raconté ?

— Il ne m'a rien raconté du tout. Juste qu'il s'était disputé avec Ofer.

— À quel sujet ?

— Il ne me l'a pas dit.

— Et vous ne lui avez pas demandé ? Vous n'espérez tout de même pas que je vous croie ?

— Je n'espère rien. Qu'est-ce que ça aurait changé pour Ofer si je lui avais demandé ?

— Alors que s'est-il passé ?

— Quand ?

— Quand Ofer et votre mari se sont disputés. Que s'est-il passé pendant cette dispute ?

— Raphaël a poussé Ofer, sa tête s'est cognée contre le mur et il s'est écroulé. C'était un accident. Et ça s'est passé dans la chambre d'Ofer.

— Et comment avez-vous réagi à ce qu'il vous a raconté ?

— Comment pensez-vous que j'aie réagi ?

Sur l'enregistrement, il verrait à quel point il était proche de l'implosion.

— Je n'en sais rien. Vous êtes assise là, en train de mentir sans honte, et moi, je vous regarde et je ne sais pas. Vous n'arrêtez pas de mentir. Pendant trois semaines, vous n'avez pas dit un seul mot de vrai sur votre fils. Je n'arrive pas à comprendre quel genre de mère vous êtes. Je vous demande de me raconter comment est mort votre enfant et vous n'en êtes pas capable. Je vous demande de le regarder et vous n'en êtes pas capable. Même maintenant qu'il est mort.

Elle ne répondit pas. Il renonça enfin.

— Bon, qu'avez-vous fait ensuite ? demanda-t-il, à bout de force.

Elle hésita un instant avant de répondre :

— Qu'est-ce que je pouvais faire ?

— Qu'avez-vous fait avec Ofer quand vous l'avez retrouvé mort, dans la chambre de Danite ou dans la sienne, peu importe ?

— Ce que j'ai fait ? Je l'ai pris dans mes bras. C'est tout. Qu'est-ce que je pouvais faire d'autre ?

*

Sharpstein demanda qu'on le laisse « cinq minutes avec la mère », et elle cracherait ce qu'elle avait dans le ventre.

— Elle a assisté à tout, c'est moi qui vous le dis. Je ne crois pas qu'elle soit rentrée après lui, c'est du baratin.

Ils savaient qu'il avait raison mais Ilana hésitait. Elle demanda à Avraham Avraham ce qu'il en pensait et il lui répondit qu'il n'avait pas d'avis tranché et qu'elle devait prendre la décision. Elle opta donc pour la suspension des interrogatoires.

— Laissons-leur quelques heures, voire quelques jours, pour digérer. Parce que, même s'ils nous ont menti tout ce temps, ils se sont surtout menti à eux-mêmes. Dans quelques jours, ils auront moins de mal à parler. Et même si nous avons raison et que la mère a assisté à la scène, je ne sais pas quoi faire de cet élément. Gagnerons-nous quelque chose à recommander qu'elle aussi soit mise en examen ?

— Elle est au moins autant coupable que son mari, protesta aussitôt Sharpstein. Et des deux, c'est elle qui a le plus fait obstruction à la vérité.

Mais Ilana resta déterminée.

— De toute façon, ce sera le parquet qui tranchera en dernier recours, dit-elle pour clore la discussion.

L'assistante sociale arriva à seize heures. La cinquantaine et des cheveux qui commençaient à blanchir. Avraham était en train de lui transmettre toutes les informations utiles lorsque la divisionnaire entra dans son bureau, sans frapper. Les deux femmes se connaissaient et Ilana la salua par son prénom, Éthy.

— Les parents vont rester en garde à vue, il faut donc trouver une solution pour les enfants, continua-t-il. La grande fille, qui souffre d'un retard mental, a sans doute été abusée.

— Par qui ? demanda Éthy.

Comme il ne répondait pas, Ilana s'en chargea à sa place :

— Par son frère, l'adolescent qui a été tué. Selon toute vraisemblance, le père l'a surpris en train d'agresser sa sœur, ce qui a déclenché une violente dispute entre eux.

Il n'avait pas allumé de cigarette depuis des heures.

L'assistante sociale demanda si les enfants avaient de la famille et Ilana mentionna les grands-parents.

— La mère est très attachée à sa fille et réciproquement, jugea-t-il bon de préciser. Je ne pense pas qu'elle accepte de la confier à qui que ce soit.

Il les revoyait encore, le matin même, à travers la vitre de la voiture dans laquelle il avait ensuite ramené Hannah au commissariat. Elles attendaient ensemble au bord du trottoir le véhicule scolaire qui venait chercher Danite. La mère n'avait pas lâché la main de sa fille.

— Mme Sharabi aussi reste en garde à vue ? s'enquit Éthy.

— Oui. Au moins cette nuit, répondit Ilana.

— Elle est impliquée dans la mort de son fils ?

— Nous ne savons pas encore dans quelle mesure. Ce qui est sûr, c'est qu'elle est coupable de dissimulation de preuves. Ils nous ont concocté une version qui la blanchit, mais comment savoir si ce n'est pas uniquement dans l'espoir qu'elle reste avec les enfants ?

La porte s'ouvrit et Maaloul annonça que Danite arrivait. Les deux femmes sortirent du bureau à la hâte, Avraham se demanda s'il devait les suivre et s'arrêta à la porte du bâtiment. L'adolescente dégingandée, accompagnée sans doute par une jeune responsable de son institution, se laissa conduire à travers le hall d'accueil du commissariat et passa entre les policiers qui s'étaient figés. Elle marchait à petits pas prudents.

Ilana, qui avait demandé à ce qu'on leur libère la salle de réunion, alla ensuite chercher la mère dans la pièce où il l'avait laissée pour l'introduire dans celle où se trouvait sa fille. Elle la poussa vers l'intérieur tandis que pour sa part elle n'y entrait pas. La porte se ferma et ce fut à travers cette porte close, à l'abri des murs de leur salle de réunion, qu'il entendit Hannah Sharabi éclater en sanglots pour la première fois.

Une demi-heure plus tard, Danite, encadrée d'Éthy et de la jeune éducatrice, ressortait du commissariat. Pour aller où ?

Vers onze heures du soir, Avraham Avraham trouva enfin le temps de rédiger leur demande de prolongation de garde à vue. Il avait pris un stylo bleu et en un instant ses doigts se retrouvèrent tachés d'encre, comme d'habitude. À part lui et Sharpstein, le bâtiment était vide. Ilana était rentrée chez elle en début de soirée. Maaloul aussi.

Il n'eut aucune difficulté à écrire les premiers mots. Il résuma les circonstances de l'ouverture d'une enquête pour disparition inquiétante et arriva assez vite à la description de l'interrogatoire qui avait commencé le matin même... Mais là, il resta bloqué et alla trouver Sharpstein dans son bureau.

— Je pense que ça va me prendre plus de temps que prévu, lui dit-il.

— Dans ce cas, as-tu une objection pour que je rentre chez moi et n'y jette un coup d'œil que demain matin ?

Avraham n'avait aucune objection.

Les nuits étaient encore agréables, et l'humidité restait supportable. Les lumières du centre commercial, de la bibliothèque municipale et du musée égayaient l'obscurité. Il alluma une dernière cigarette. De là où il se tenait, impossible de voir l'immeuble de la rue de la Histadrout, juste derrière les terrains vagues : bien que très proche, il se cachait au milieu d'autres bâtiments aux volets déjà clos, qui ne se rouvriraient qu'au matin.

Il réintégra son bureau.

Il lui fallait décrire en quelques phrases sèches comment Raphaël Sharabi, rentré chez lui plus tôt que prévu, avait trouvé Ofer dans la chambre de sa sœur. Comment il avait perdu son sang-froid, attrapé violemment son fils pour l'écarter de sa fille, l'avait frappé puis poussé. Comment la tête de l'adolescent avait heurté le mur puis comment il était tombé sur le sol, inanimé. Il lui fallait aussi écrire que quelques heures plus tard le père avait pris une grande valise, y avait coincé le corps d'Ofer, l'avait descendue avec lui à l'aube dans la cage d'escalier obscure et l'avait fourrée dans le coffre de sa voiture. D'après sa déclaration, sa femme avait aussitôt voulu prévenir la police mais il l'en avait dissuadée. Il lui avait dicté sa ligne de conduite : attendre le lendemain soir pour aller au commissariat et seulement alors signaler la disparition. Elle n'était pas d'accord mais avait obéi par peur. C'était aussi la peur qui avait poussé Raphaël Sharabi à cacher ce qui s'était passé : la peur d'une condamnation mais surtout la peur de ce qui adviendrait de sa famille sans lui. Avraham Avraham devait décrire comment Raphaël Sharabi avait attendu d'être en pleine mer et, la nuit, plus de douze heures après avoir embarqué sur un cargo au port d'Ashdod, avait jeté par-dessus bord la valise contenant le cadavre. Loin des côtes. Lorsqu'il était rentré en Israël, sa femme l'avait de nouveau supplié d'aller tout raconter à la police, mais il avait refusé. Ensuite, ils avaient découvert le sac à dos d'Ofer oublié dans un coin de la chambre des garçons, alors le père l'avait rempli de livres pris au hasard et était allé le jeter dans une benne au sud de Tel-Aviv. En tant que chef de l'enquête, Avraham devait écrire que, malgré le coût, il insistait pour que des recherches soient effectuées en mer à moins qu'auparavant la valise avec son macabre contenu ne soit rejetée quelque part sur une côte méditerranéenne.

Il n'y arriva pas. Pas un mot. Le stylo lui glissa entre les doigts.

Le dossier était ouvert devant lui et, au milieu de la pile de documents, apparurent les petits caractères noirs formés par la main de Zeev Avni. Soudain, il reprit son stylo et commença à écrire :

Chers maman et papa,

Je vous écris pour vous dire de ne pas vous inquiéter. Je veux que vous sachiez que je suis bien arrivé. Et que, malgré ce qui s'est passé, tout va pour le mieux. Je vous écris de Koper, une charmante ville de province. Je pense que son joli petit port t'aurait plu, papa. J'ai décidé de rester là-bas jusqu'à nouvel ordre, mais qui sait, je reviendrai peut-être un jour. Et je vous demande pardon pour tout.

Votre fils, Ofer

Il n'avait personne à qui envoyer cette lettre.

Il la froissa et la fourra dans sa poche, mieux valait éviter que quelqu'un ne la trouve.

16

Il répondit à Marianka le samedi matin, de chez lui. Annonça à la jeune femme que l'enquête était bouclée et qu'Ofer était mort. Qu'il ne savait pas encore exactement quand et comment seraient organisées les recherches en mer. Qu'ils avaient contacté les autorités chypriotes, turques et grecques pour leur demander de les prévenir au cas où une valise contenant un corps d'adolescent serait rejetée sur leurs côtes ou si des pêcheurs locaux en ramenaient une dans leurs filets. Il ne lui donna pas d'autres détails parce qu'il avait décidé de ne parler à personne de ce dossier.

La réponse arriva moins d'une demi-heure plus tard. Marianka exprimait sa tristesse pour la fin malheureuse de l'enquête et lui demandait comment il allait. Elle terminait son message par « les prières, parfois, ne servent à rien ». Il lui répondit qu'il allait mal et qu'il avait l'intention de prendre des vacances pour se changer les idées. Il lui demanda aussi comment elle allait. Cette fois, elle ne répondit qu'au bout de plusieurs heures. Son message arriva dans le courant de la nuit et il le lut le dimanche, à six heures du matin, juste après s'être réveillé.

Elle lui annonçait qu'elle s'était séparée de Guillaume et qu'elle aussi traversait une période difficile, d'autant qu'ils travaillaient encore ensemble dans la même patrouille, ce qui ne facilitait pas la séparation. Qu'elle aussi avait l'intention de prendre des vacances.

Il ne chercha pas à savoir si l'invitation à venir passer ses vacances en Israël n'était qu'une formule de politesse, même s'il ajouta qu'il lui devait au moins ça après la balade touristique qu'elle lui avait offerte à Bruxelles. Là-bas, il était à peine cinq heures du matin mais elle lui répondit aussitôt en une phrase : « Tu es sérieux ? » Il écrivit un seul mot : « Oui. »

Des articles de presse relatant le dénouement de l'enquête parurent dans les journaux du dimanche, au moment où Raphaël Sharabi était présenté au juge pour une prolongation de sa garde à vue devant déboucher sur une mise en examen. La mort d'Ofer devint « Un drame familial à Holon ». On ne donna aucun détail sur les circonstances de la violente dispute qui avait conduit à cette tragédie. Afin d'assurer la protection des mineurs impliqués dans cette affaire, le juge prit des dispositions pour interdire la diffusion de la majorité des éléments du dossier. Seuls les proches de l'enquête savaient pourquoi les journalistes s'étaient montrés relativement cléments envers ce père accusé d'infanticide mais décrit par ses avocats comme totalement dévoué à ses enfants. Un pauvre homme qui voyait à présent tout son monde s'écrouler. Dans un des articles, on affirmait même que le parquet envisageait de ne pas retenir contre lui la tentative d'obstruction à la justice et lui avait trouvé des circonstances atténuantes. Dans tout cela, il fut très peu question d'Ofer, à croire que l'adolescent avait été oublié ou avait à nouveau disparu.

Avraham Avraham rejeta la demande, transmise par le porte-parole de la police, d'interviews à la télévision et à la radio, si bien que, pendant les deux jours où les médias s'intéressèrent à l'affaire, Sharpstein apparut dans trois émissions de télévision et intervint dans plusieurs matinales à la radio. On le questionna sur « cette enquête compliquée et dont il n'était pas possible de révéler tous les détails », il sourit d'un air entendu aux remarques sur « les tactiques d'interrogatoire particulièrement complexes qui avaient permis de résoudre cet épineux dossier », insista sur le fait que les circonstances tragiques qui avaient amené le père à agir comme il l'avait fait ne le laissaient pas indifférent et, en réponse à la question d'une journaliste, confia que l'accusé regrettait amèrement ses tentatives de dissimulation. Lorsqu'on lui demanda de donner son sentiment sur la conclusion de cette enquête, Sharpstein répéta dans toutes les émissions : « Cela fut, sans aucun doute, un des moments les plus pénibles de ma vie professionnelle, mais tel est notre rôle. »

Le dimanche soir, juste après la diffusion sur une des chaînes privées d'un court reportage consacré à la tragédie de Holon, le téléphone sonna chez Avraham Avraham. Il savait qui était au bout du fil avant même de décrocher.

— Tu regardes les infos ? lui demanda sa mère, bouleversée.

— Non, pourquoi ? répondit-il en se hâtant de baisser le volume de sa télévision.

— Tu as bien participé à l'enquête sur cet adolescent qui a été assassiné par son père, n'est-ce pas ?

Je viens de voir le reportage à la télé, c'est bizarre mais personne n'a parlé de toi. Et je suis sûre d'avoir déjà vu le père quelque part. J'ai l'impression qu'il marchait sur le même parcours que moi.

Avraham confirma avoir participé à l'enquête. Il ne pouvait pas le nier : ses parents avaient eu vent de sa brève intervention télévisuelle au moment où Ofer était encore considéré comme disparu.

— Eh bien moi, dès le début, je te garantis que j'ai senti qu'il y avait quelque chose avec ce type. Je ne sais pas pourquoi, mais j'avais comme un pressentiment. C'est toi qui l'as interrogé ?

— Non.

— Et l'inspecteur Sharpstein, tu le connais ? On l'a vu à la télé, il a un de ces charismes !

— Effectivement.

— Tu travailles avec lui ? Est-ce que tu sais quel âge il a et s'il est marié ?

Son rendez-vous avec Ilana avait été fixé au lundi matin. Il arriva en retard mais elle l'accueillit chaleureusement et lui dit qu'elle était contente de le voir. Elle avait troqué son uniforme contre une robe violette qui ne lui allait pas du tout, une robe qu'il n'avait jamais vue.

Chaque fois qu'un gros dossier était bouclé, ils se retrouvaient pour en tirer ensemble les conclusions. La rencontre se passait en général dans le bureau de la divisionnaire, quelquefois, mais rarement, dans un restaurant, pour déjeuner ou dîner. Ils trinquaient, analysaient les différentes étapes de l'enquête, essayaient de cerner leurs erreurs pour éviter de les réitérer. Cette fois, tous les deux savaient que cela se déroulerait autrement. Ils s'étaient beaucoup trop fourvoyés et n'avaient aucune raison de se réjouir.

Pourquoi avait-il l'impression que leurs relations ne redeviendraient plus jamais comme avant, alors qu'Ilana l'avait toujours soutenu et même peut-être empêché de commettre de plus graves erreurs encore? Elle l'avait aussi soutenu lorsqu'il avait demandé qu'on lui épargne la reconstitution. Il ne voulait plus retourner sur les lieux du crime. Quelque chose en lui refusait d'aller ouvrir la porte de la chambre de Danite – accès que la mère lui avait refusé. Ce fut Sharpstein qui conduisit Raphaël Sharabi jusqu'à l'immeuble de la rue de la Histadrout le jeudi suivant en soirée, afin de croiser le moins de regards curieux possible, et ce fut aussi lui qui observa la manière dont celui-ci poussa Maaloul – dans le rôle d'Ofer – contre le mur de la chambre. Comme trop de temps s'était écoulé depuis les faits, ils n'avaient pu trouver sur place aucune trace de lutte, rien n'avait gardé la marque de l'affrontement violent ayant entraîné la mort d'Ofer. Raphaël Sharabi poussa d'abord Maaloul contre un mur de couleur rose, dont une partie était occupée par une petite armoire à jouets, puis il l'envoya contre un autre mur, blanc celui-là. En écoutant Ilana lui décrire la scène, Avraham se remémora ce qu'avait raconté la femme de Zeev Avni, au premier jour de l'enquête : il l'avait interrogée dans la cuisine de l'appartement du deuxième, elle tenait son fils dans les bras et s'était souvenue d'avoir entendu une discussion ou même une dispute à l'étage au-dessus le mardi soir. Avraham n'avait d'ailleurs pas négligé ce témoignage, il avait essayé de le vérifier auprès d'autres voisins – sans succès. Pourtant voilà, tout était là, sous ses yeux.

— Quand est-ce que tu prends tes vacances? demanda alors la divisionnaire.

— Peut-être la semaine prochaine. Je n'ai pas encore prévenu les autorités compétentes.

— Et quand est-ce que tu reviens?

— Je n'ai pas non plus décidé. Je ne sais pas combien de jours je prends.

Il préférait pour l'instant ne pas partager avec elle certaines de ses considérations.

Il aimait le bureau de sa supérieure. La photo du Lions Gate de Vancouver, les visages familiers sur les autres clichés qu'elle avait encadrés, la fenêtre qui n'était ouverte que pour lui et l'avait tant de fois rasséréné.

Mais il ne voulait plus voir cet endroit comme le seul foyer auquel il pouvait se raccrocher.

Ilana lui conseilla de ne pas accepter de nouvelle enquête avant ses vacances et il acquiesça.

— Comment expliques-tu que ce dossier ait été si pénible pour toi? lui demanda-t-elle soudain.

— Il a été pénible pour toute l'équipe, non?

— Oui, mais pour toi particulièrement.

Cette question, il se la posait lui aussi, et n'avait pas trouvé de réponse. Peut-être était-ce la proximité géographique, peut-être la sensation de n'avoir pas réussi à contrôler les événements.

— Si tu veux mon avis, c'est parce que tu étais miné par la culpabilité, dit-elle. Dès le début de l'enquête, tu t'es senti coupable envers Ofer et ses parents, et c'est cette culpabilité qui t'a empêché de voir ce qui s'était vraiment passé dans cette famille, jusqu'à ce que... finalement, bon, tu sais très bien comment tout ça s'est terminé.

En fait non, il ne savait pas. Du moins, c'est ainsi qu'il le sentait. Il pensait aussi qu'elle se trompait, que la culpabilité n'avait joué aucun rôle là-dedans. Mais il n'était pas venu pour parler de son cas personnel et il lui demanda plutôt ce que le parquet avait décidé concernant Hannah Sharabi. Elle lui apprit que la mère avait été renvoyée chez elle. Et qu'on n'avait pas encore décidé quelles charges seraient retenues contre elle – à supposer qu'on retienne quelque chose. Pour le moment, elle avait été rendue à ses enfants. Ilana lui précisa aussi que Maaloul avait rencontré les amis avec lesquels les parents avaient rendez-vous le soir du drame, et ceux-ci avaient confirmé leurs dires, à savoir qu'elle était rentrée après son mari et pas en même temps que lui – ce qui, de toute façon, n'apportait aucune preuve de sa présence ou non sur les lieux au moment où Ofer avait été tué.

Tout cela ne l'intéressait plus. Il n'avait pas grand-chose à dire et il y eut de longs silences dans leur conversation.

— As-tu l'intention de partir quelque part pour tes vacances ? demanda Ilana.

— Pour aller où ? Non, je vais rester à la maison. Peut-être vais-je enfin me décider à y mettre un peu d'ordre.

De retour au commissariat, il essaya de joindre quelqu'un du service informatique, sans succès. Il fallait enlever la photo d'Ofer de la page des disparus, sur le site de la police. L'adolescent maigre, avec le duvet de moustache noir, le fixait encore de l'écran de l'ordinateur, au milieu des autres disparus, chacun dans sa petite case. Il se fit la réflexion que certains étaient là depuis très longtemps. Des jeunes gens qu'on avait vus pour la dernière fois en 2008, 1996,1994. Il agrandit un des clichés : « Mickaël Lotenko, sexe masculin, né en 1980, de langue maternelle russe, parlant aussi hébreu, taille : 1,73 m, corpulence maigre, nez normal, peau claire, pas de lunettes, habitant à Ramat Gan. A été vu pour la dernière fois à Ramat Gan. Date de sa disparition le 23/6/1997. »

Il entendit un léger coup frappé à la porte de son bureau. Lital Levy entra. C'était elle qui l'avait appelé le jour de son anniversaire pour l'informer du coup de fil anonyme en rapport avec la disparition d'Ofer.

— Un homme a déposé ceci pour vous.

Elle lui tendit une enveloppe brune sur laquelle était inscrit au stylo noir « À l'attention du commandant Avi Avraham ».

— Le type est encore là ? demanda-t-il en se levant.

Elle lui répondit que non et lui proposa de venir déjeuner avec elle, mais il s'était déjà élancé hors de la pièce. Lorsqu'il jaillit sur le trottoir, Zeev Avni n'était plus là.

Assis sur les marches du commissariat, après avoir allumé une cigarette, Avraham lut la lettre que lui adressait le professeur d'anglais :

Commandant Avraham bonjour,

Vous allez certainement être surpris de recevoir une lettre de moi. À vrai dire, je ne pensais pas vous écrire un jour, et puis j'ai vu dans la presse les articles relatant le dossier Ofer Sharabi et c'est là que j'ai compris que moi aussi, j'avais besoin de mettre un point final à cet épisode. Il est clair que je resterai marqué à vie par ces quelques semaines, mais je voudrais pouvoir passer à autre chose, exactement comme vous le ferez. Ce que j'aimerais par-dessus tout, c'est avoir l'occasion d'en discuter avec vous, non pas au commissariat mais dans un lieu agréable et sympathique. Nous pourrions ainsi poursuivre, ou plutôt engager enfin cette fameuse conversation que je n'ai pas réussi, malgré mes espoirs, à nouer avec vous. Comme je sais que cela est impossible (n'est-ce pas ?), je me rabats sur l'envoi d'une lettre. C'est aussi, je ne le nie pas, un acte symbolique (d'aucuns le qualifieraient de cynique) à la lumière des circonstances dans lesquelles nous nous sommes rencontrés.

Tout d'abord, je tiens à ce que vous sachiez que je ne me pardonne pas mon acte, même après avoir découvert (partiellement, car j'avoue ne pas avoir encore tout compris) le rôle déterminant que j'ai joué dans l'inculpation des parents d'Ofer. Peut-être justement à cause de ça. Il va sans dire que Raphaël Sharabi doit rendre des comptes, je ne voudrais pas qu'il en soit autrement, mais j'ai du mal à assumer ma participation dans le piège que vous lui avez tendu (est-ce une interprétation correcte de ce qui s'est passé ?). Rétrospectivement, je regrette de ne pas avoir refusé votre « généreuse proposition », ou plus exactement de ne pas être de ceux qui l'auraient refusée. Malheureusement, je n'ai, pour l'instant, pas un tel cran. À force de me torturer au sujet de cette peur qui m'a poussé à entrer dans votre jeu, j'arrive presque à me convaincre que, pour ma femme et mon fils, je n'avais pas d'autre choix. De plus, je me console en pensant que je détiens maintenant contre la police une information secrète. Ne sommes-nous pas presque à égalité ? Vous détenez sur moi un secret qui, je l'espère, ne sera jamais révélé, et je détiens sur vous, moi aussi, quelque chose que vous ne voudrez jamais voir révélé, n'est-ce pas ? (Ceci n'est pas une menace.) La deuxième chose que je voulais exprimer, c'est la profonde déception que m'a causée notre dernière rencontre (j'espère que vous serez capable d'apprécier ma franchise). La première fois que je vous ai vu, j'ai cru que nous pourrions parler à cœur ouvert l'un avec l'autre, mais je me suis apparemment trompé. Dès le début, vous ne m'avez pas compris, vous avez mal interprété mes intentions et vous m'avez jugé trop vite. Tout ce que je vous ai raconté sur mes liens avec Ofer a été traduit en soupçons à mon encontre, au point que, aujourd'hui, j'ai même du mal à me remémorer nos relations sans sentir planer l'ombre d'un doute. C'est ce que je n'arrive pas à vous pardonner. Et pour finir, vous avez bassement profité de ma confiance et du respect que vous m'inspiriez pour me manipuler (à propos, votre brillante « réussite » vous a-t-elle fait obtenir de l'avancement ou une belle médaille ?).

Et il y a un dernier point que je tiens à aborder, à signifier avec des mots, davantage pour moi que pour vous. Il s'agit d'écriture. J'ai, soyez sans crainte, abandonné mon projet de roman épistolaire tel que je l'avais commencé, bien que je comprenne aujourd'hui la force de ce que j'avais écrit. Car sans rien savoir (me croyez-vous enfin ?), ces lettres se faisaient l'écho d'une vérité, non seulement littéraire mais factuelle, une vérité que tout le monde ignorait à ce moment-là. Peut-être est-ce cela que l'on appelle l'inspiration? J'avoue éprouver une certaine satisfaction (et aussi de l'horreur) à imaginer les parents d'Ofer lisant les lettres chargées de toutes les accusations que leur fils osait leur adresser, alors qu'ils s'évertuaient à cacher au monde leur culpabilité. C'est surtout cela qui m'encourage à ne pas arrêter d'écrire, malgré diverses tentatives d'intimidation (vous n'êtes pas le seul à avoir exercé des pressions sur moi). Je ne sais pas encore ce que je vais écrire, mais je sais que je le ferai – très bientôt. D'ailleurs, peut-être accoucherai-je d'un livre sur les enquêteurs de police? Mon fils Ilaï est maintenant à l'âge où il aime écouter les histoires que j'invente pour lui, même s'il ne comprend pas tout, alors peut-être me tournerai-je plutôt vers la littérature pour enfants.

Séparons-nous bons amis...

Zeev Avni

NB : Au cas où vous chercheriez à me retrouver, je vous préviens à l'avance que nous allons changer d'adresse dans quelques semaines. Nous avons en effet l'intention de déménager, bien que personne dans l'immeuble ne soit au courant de mon implication dans cette affaire (et j'aimerais que cela reste ainsi). Nous n'avons pas envie d'élever Ilaï dans un quartier tel que celui-ci et moi, je voulais de toute façon quitter cette banlieue.

Fallait-il classer cette lettre parmi les documents du dossier Ofer Sharabi? La jeter à la poubelle? La garder pour une prochaine enquête, dans laquelle apparaîtrait à nouveau le nom de Zeev Avni ? Depuis qu'il travaillait dans la police, jamais Avraham n'avait été confronté à un tel comportement, jamais personne ne s'était autant efforcé de devenir l'objet d'une enquête criminelle. Cet homme devait certainement avoir quelque chose de lourd sur la conscience, mais Avraham n'avait pas réussi à découvrir quoi. Peut-être Avni lui-même ne le savait-il pas.

Marianka arriva une semaine plus tard, le lundi, à quatre heures de l'après-midi.

Elle arriva en jean, chemisier fleuri rose à manches courtes, chaussures de sport, et ses cheveux bruns étaient toujours aussi courts. Ils s'embrassèrent sur les joues, deux fois, et il lui prit des mains sa valise métallisée qu'il tira derrière lui en direction du parking. En chemin, il ne put s'empêcher de songer à l'autre valise, celle dans laquelle avait été enfermé le corps d'Ofer. Gêné, il eut l'impression que son invitée remarquait l'ombre qui passait sur son visage.

Les quelques jours précédant son arrivée, il s'était démené pour préparer l'appartement. Depuis des mois aucune femme n'avait mis le pied chez lui et depuis deux ans aucune n'y était restée ne serait-ce qu'une nuit. Dès le jeudi, son dernier jour de travail, il était sorti plus tôt que la normale pour se rendre dans la zone industrielle de Holon et acheter un canapé-lit. Ensuite, il avait vidé la petite pièce qui lui servait à la fois de bureau et de débarras. Il relégua au *boydem*[1]

1. Mot yiddish qui veut dire « grenier », utilisé en hébreu pour indiquer un placard agencé dans un faux plafond, aménagement très courant en Israël.

tous les cartons remplis de vieux documents, certains liés à son travail, d'autres à sa vie personnelle. Les deux ventilateurs couverts de poussière ainsi que sa vieille chaîne stéréo furent descendus dans le local poubelle et l'ordinateur immigra au salon avec sa petite table. Il faisait déjà nuit lorsqu'il eut enfin le temps de frotter les carreaux, et la faible lumière que dispensait l'ampoule sale accrochée au plafond ne lui permit que d'espérer ne pas avoir laissé trop de traces. Le lendemain matin, il briqua le reste des pièces, surtout la cuisine, ensuite il prit sa voiture et alla acheter des fruits, des légumes, des épices, toutes sortes de graines pour l'apéritif au marché haCarmel de Tel-Aviv, puis des draps pour le nouveau canapé-lit qui lui fut livré le dimanche matin. Il ne savait pas s'ils mangeraient à la maison. Il ne savait même pas s'ils seraient ensemble pendant toute la durée du séjour de Marianka en Israël. Le samedi, il passa de longues heures à surfer sur Internet pour trouver, au cas où, les meilleures tables de Tel-Aviv. Si Marianka exprimait le désir de prendre ses repas à la maison, il avait prévu de lui expliquer qu'en général il mangeait dehors et qu'il avait donc préféré l'attendre pour faire les courses avec elle au supermarché. Devait-il aussi prévoir un programme pour les soirées ?

Elle trouva l'appartement à son goût même si, au début, elle avança prudemment dans le salon, comme si elle pénétrait chez un total inconnu. Elle regarda la photo noir et blanc encadrée qu'il avait accrochée au mur, un père aidant son jeune fils à faire du vélo sur une route de campagne, lut le nom des disques rangés dans une haute colonne métallique et s'arrêta devant la bibliothèque.

— Ce sont les romans policiers dont tu m'as parlé ? demanda-t-elle en indiquant les livres, presque tous en hébreu.

— Oui, entre autres. Viens, je vais te montrer la chambre d'amis.

Il la guida jusqu'à la petite pièce qui, sans les cartons ni la table d'ordinateur mais avec le nouveau canapé-lit, les coussins bleus et le petit abat-jour qu'il avait eu le temps d'acheter le matin même, paraissait spacieuse et très claire.

Il lui proposa d'aller dîner à Tel-Aviv ou à Jaffa et de décider là-bas du programme de sa visite. Mais Marianka n'avait pas envie de faire encore de la route, elle était restée assise trop longtemps dans l'avion et avait plutôt besoin de se dérouiller la carcasse. Elle voulut savoir si on pouvait y aller à pied, ce qui le fit rire.

— Allons donc nous balader par ici, proposa-t-elle, j'ai vraiment envie de marcher.

— Mais il n'y a rien à voir dans le coin, et nulle part où manger.

— C'est bien ici que tu vis, non ? Il y a donc assurément des choses à voir. Je me trouve dans un endroit où je n'ai jamais mis les pieds, tu crois que ça peut être ennuyeux ? À propos, comment m'as-tu dit qu'elle s'appelait, cette banlieue ?

Ils se promenèrent donc dans les rues de Holon. Elle observa les immeubles, le visage des passants, les vêtements qu'ils portaient, comme si elle avait atterri à New York ou était en mission secrète. Ici, elle marchait moins vite qu'à Bruxelles. Ils allèrent partout, sauf dans une rue où Avraham Avraham ne pouvait pas retourner et qu'il s'arrangea pour éviter.

En rentrant, ils passèrent devant l'immeuble de ses parents, rue des Généraux-de-Tsahal.

— Ne crois-tu pas qu'il est temps que je les rencontre ? lança-t-elle soudain.

— Ils viendront au mariage, tu les verras suffisamment tôt, crois-moi ! répliqua-t-il.

C'était si étrange, si différent ! Il avait l'impression que leur balade dans les rues de Bruxelles se prolongeait, ici et maintenant. Ils se parlaient en anglais, et il songea soudain que c'était la première fois qu'il utilisait une langue étrangère dans la ville où il était né et où il avait vécu à peu près toute sa vie.

— Que s'est-il passé avec Guillaume ? demanda-t-il.

— Rien de spécial. J'ai très vite su que je n'étais pas amoureuse de lui, au bout de quelques semaines, mais je n'arrivais pas à rompre. C'est la deuxième fois que je fais la même erreur, avoir une aventure avec quelqu'un du travail.

— Et comment a-t-il réagi ?

Elle sourit.

— Lui non plus n'était pas amoureux. Je pense qu'en secret il en pince pour Élise, la femme de Jean-Marc.

Quoi de plus logique ?

Il était en train de chercher dans sa poche les clés de la porte d'entrée de son immeuble lorsqu'elle lui dit tout à coup :

— Si je ne t'ai pas encore posé de questions sur ton enquête, ce n'est pas parce que je m'en désintéresse, mais parce que je sens que tu ne veux pas en parler. Si tu éprouves le besoin d'évoquer ce qui s'est passé et comment tu l'as vécu, sache que je suis prête à t'écouter.

Ils mangèrent des tomates, des poivrons orange, de la mangue, des raisins, de la pastèque, le tout accompagné d'épaisses tranches de pain, simplement parce que c'était ce qu'il y avait à manger chez lui. Ils regardèrent un peu la télévision – Marianka voulait entendre de l'hébreu – et ils planifièrent la semaine. À vingt-deux heures passées, elle alla se doucher et sortit de la salle de bains en pyjama. Elle l'embrassa sur la joue, lui souhaita une bonne nuit et se retira dans la chambre d'amis. Il alla faire la vaisselle, revint au salon dans l'intention de lire un peu, ce qu'il n'avait pas fait depuis des semaines, mais elle réapparut, s'assit à côté de lui, plia les jambes et posa ses pieds nus sur le canapé. Au bout de quelques instants, elle lui demanda :

— Je peux m'asseoir plus près de toi ?

— Oui, répondit-il, son cœur se mettant à battre la chamade.

Leur merveilleux corps-à-corps commença. Il ne sut pas tout le temps ce qu'elle voulait. Parfois elle se dérobait, lui posait un doigt sur les lèvres, lui demandait d'arrêter, parfois au contraire elle l'attirait de tout son être. Il lui proposa de passer dans la chambre à coucher mais elle voulait rester dans le salon. Elle lui demanda d'éteindre la lumière mais chercha ses yeux dans le noir, même quand il les fermait malgré lui. Il voulait ardemment ne pas cesser de regarder les mains qui le touchaient et le corps qu'il tenait entre ses bras. N'y arriva pas toujours. Incapable de comprendre comment un tel miracle le traversait de part en part. Nus, ils écoutèrent David Bowie emplir le salon obscur de *« We're absolute beginners »*.

— Que ce soit clair, je vais dormir dans ma

chambre, déclara soudain Marianka, ce qu'il ne prit tout d'abord pas au sérieux.

— Je ne te fais aucun reproche, mais alors pourquoi avoir...

— Parce que j'en avais très envie, et aussi parce qu'un peu de moi ne le voulait absolument pas. Parce que c'est interdit. Parce que maintenant, entre toi et moi, ça va être encore plus facile qu'avant. Ça va être très facile.

Il alla dormir dans son lit et le matin, lorsqu'il se réveilla et sortit de sa chambre à coucher, il la vit par l'entrebâillement de la porte de la salle de bains occupée à se brosser les dents.

Sans le souvenir encore cuisant de la conclusion du dossier Ofer Sharabi, il est probable que cette semaine-là aurait été la plus belle de sa vie. Le mardi, ils roulèrent jusqu'à Massada et la mer Morte, il resta sur la plage à l'observer tandis que, non sans hésitation, elle s'enfonçait dans l'eau épaisse et verdâtre, puis étalait de la boue sur ses joues, son front, partout... Lui, il avait toujours détesté la mer Morte. Le mercredi, tôt le matin, il la conduisit à Jérusalem-Est et, de là, elle continua seule, en taxi collectif, jusqu'à Bethléem. Il regretta trop tard de ne pas l'avoir, malgré ses supplications répétées, accompagnée là-bas, surtout qu'elle en revint particulièrement calme et sérieuse. Elle lui toucha le visage et les mains avec des gestes qu'il sentit lourds de signification. Ensuite, elle lui raconta qu'elle était restée plus d'une heure dans l'église de la Nativité, à réfléchir sur sa vie.

— Et qu'as-tu demandé ?

— Rien. Ce n'est pas une fontaine magique, c'est

une église. J'ai senti que je voulais vivre autrement mais je ne sais pas comment.

Ce soir-là, elle repoussa sa proposition d'aller se promener au bord de la mer à Tel-Aviv, et resta à lire dans la petite chambre. Avraham, quant à lui, alla se coucher, assailli de peur et en proie au désespoir. Le lendemain, lorsqu'il ouvrit les yeux, il la trouva endormie à côté de lui.

Marianka ne plaisantait pas quand elle avait dit qu'elle voulait rencontrer ses parents. Il appela donc sa mère le jeudi, lui expliqua qu'il recevait une amie belge, elle lui proposa aussitôt de venir dîner le vendredi soir et... eut du mal à cacher sa surprise en entendant son fils accepter !

Elle le rappela encore deux fois ce jour-là pour lui demander ce que mangeaient les Belges et si des boulettes en sauce lui semblaient dignes de son invitée.

— Tu n'as qu'à lui préparer du riz avec des haricots verts, sûr qu'elle ne connaît pas ça ! entendit-il son père lancer du fond de la pièce.

Marianka tint à ne pas arriver chez eux sans bouteille de vin. Au grand étonnement d'Avraham, le repas ne se termina pas en catastrophe.

Ses parents s'étaient mis sur leur trente et un, son père avait même enfilé des chaussures. Ils avaient dressé la grande table du salon et, au milieu, sa mère avait posé un beau bouquet de roses blanches dans un vase aux reflets verts. Marianka portait une robe noire et, pour la première fois, Avraham la vit maquillée. On ne lui posa aucune question sur la nature de sa relation avec la jeune femme et ni lui ni elle ne donna la moindre explication. Mme Avraham voulut savoir d'où venait son prénom et elle raconta qu'elle était née en Slovénie et avait immigré en Belgique avec sa famille.

— Ah, donc vous n'êtes pas née en Belgique ! lâcha sa mère d'une voix un rien déçue.

— Et alors, nous, on est nés ici ? Mes parents viennent d'Iraq. Et elle, où croyez-vous qu'elle soit née ? En Hongrie ! lança son père.

— Arrête, tu lui casses la tête, elle se fiche de l'endroit où je suis née.

Il sentit les doigts de Marianka qui, sous la table, grimpaient le long de sa cuisse. Sa mère débarrassa les assiettes du hors-d'œuvre et il la suivit dans la cuisine pour l'aider.

— Elle est adorable. Et très jolie. Où vous êtes-vous rencontrés ? chuchota-t-elle.

— En Belgique, répondit-il laconiquement.

Marianka était restée à table, il la contempla de loin, la trouva effectivement très belle et se demanda si, selon les critères belges ou slovènes, il avait une chance d'être considéré, lui aussi, comme un bel homme.

Il la vit regarder son père avec un grand sérieux. La conversation en anglais rendait les choses difficiles pour le vieil homme, qui avait fait des efforts au début, mais ensuite était passé à l'hébreu et attendait qu'on lui traduise pour finalement se fatiguer et s'enfermer dans le silence. Les yeux braqués sur son assiette, il n'avait commencé, avec des gestes prudents, à approcher la nourriture de sa bouche que lorsque les autres avaient déjà fini leur plat. Avant la visite, Avraham Avraham avait pris le temps d'expliquer à Marianka l'état de santé de son père. Elle l'avait donc, pendant tout le repas, écouté avec patience, même lorsqu'il avait tenu, en hébreu, quelques propos incohérents... comme cette réflexion qu'il fit soudain, au moment du dessert :

— C'est bien que vous partiez d'ici, tous les deux, chuchota-t-il presque pour lui-même, vous n'avez rien à faire dans ce pays.

Puis il se tourna vers Marianka et ajouta, en articulant lentement :

— Il va beaucoup me manquer. Vous savez à quel point je l'aime ?

Le lendemain, ils se rendirent ensemble à Jérusalem. C'était le samedi, le dernier jour de Marianka en Israël.

Au début, ils se promenèrent dans la partie ouest de la ville, il lui fit visiter le vieux quartier de Nahlaot, juste derrière le marché, lui montra les ruelles où avait vécu son grand-père et celle où il avait lui-même habité pendant un an, au cours de ses études. Dans la ville, déserte en ce jour de shabbat, on n'entendait pas un bruit. La tristesse de la séparation rendait l'air suffoquant.

Dès son arrivée, Marianka avait parlé d'aller au mont des Oliviers. Elle lui avait expliqué que, de nombreuses années auparavant, son père était venu en visite en Israël et avait gardé de ce lieu le souvenir d'un endroit sacré d'où l'on voyait Jérusalem dans toute sa splendeur. Il eut un peu de mal à trouver son chemin parmi les nouvelles routes qui menaient à l'est de la ville, mais ils finirent tout de même par atteindre, pris dans le flot d'une circulation de plus en plus dense, le haut du mont, où ils se mêlèrent à l'agitation d'une foule de touristes. Ils s'assirent sur un banc en bois et purent effectivement apprécier Jérusalem, étendue à leurs pieds, plate et pétrifiée. Les déclics des appareils photo fusaient autour d'eux, et le dôme doré d'al-Aqsa paraissait incandescent sous la chaleur.

Avraham sombrait petit à petit dans le mutisme, malgré les efforts de Marianka pour le dérider. Bien avant que l'avion ne décolle, il sentait la distance les séparer.

— Tu sais que c'est par cette porte que le Messie entrera un jour à Jérusalem ? dit-elle en indiquant la vieille ville.

— Je n'en doute pas.

— Tu te moques de moi ? Pourtant, les Juifs aussi croient que c'est au mont des Oliviers que commencera la résurrection des morts. Il me semble que le prophète Élie est censé sonner du shofar ici, insista-t-elle, très sérieuse.

— Je ne pense pas qu'on l'entende jusqu'à Holon. D'où as-tu appris tout cela, toi ?

— De mon père. Il n'a pas fait que m'enseigner le karaté.

Ils restèrent silencieux un long moment, jusqu'à ce qu'Avraham ne soit plus capable de masquer sa tristesse.

— Le pire, tu vois, c'est qu'il m'arrive de penser que c'est mieux comme ça, dit-il soudain. Qu'il soit mort. Et si tu savais comme je lui en veux, même si je ne l'ai pas connu !

— De qui parles-tu ?

— D'Ofer. L'adolescent qui avait disparu. L'adolescent qu'on recherchait.

Et pour la première fois depuis le soir où il avait pris ses vacances, il évoqua ce qui s'était passé. Il revint pour elle sur l'interrogatoire de Hannah Sharabi, son refus de détailler quoi que ce soit, une sorte de déni total de ce qu'ils avaient surpris dans la chambre de Danite – cette pièce dont on ne lui avait pas ouvert la porte. C'était aussi la raison pour laquelle ils s'étaient arrangés, dès le début, pour qu'il ne rencontre jamais la jeune handicapée.

— Je suis tellement en colère que je me suis surpris à penser qu'il avait mérité sa mort. Si tu savais comme cette pensée m'a effrayé, avoua-t-il.

Marianka lui lâcha la main.

— Il y a une chose que je ne comprends pas : pourquoi es-tu si sûr qu'il a effectivement abusé de sa sœur ?

Avraham alluma une cigarette.

— Je ne crois pas que ça s'est passé comme ça, poursuivit-elle.

Il ne s'agissait pas de « croyance » !

— Avi, tu m'écoutes ? Je n'arrive pas à comprendre pourquoi tu as choisi de prêter foi au père et non à la mère. Tu n'as pas envisagé un seul instant que peut-être elle n'avait pas menti ? Qu'elle avait trouvé Ofer gisant dans sa chambre, comme elle te l'a dit ? Et qu'Ofer n'avait pas abusé de sa sœur ?

Il tourna vers elle un regard éteint.

— Qu'est-ce que ça veut dire ? murmura-t-il.

— Que c'est le père qui a menti. Et il a un mobile évident pour le faire : ce qu'il vous a raconté sur Ofer et sa sœur va être pris en compte dans la peine que les jurés décideront de lui infliger, n'est-ce pas ?

— Certainement. Et à juste titre, non ?

— Tu m'accordes donc que s'ils s'étaient disputés pour un autre motif, ça aurait tout changé ? Imagine qu'il ait inventé cette histoire dans le but de justifier son acte et de pouvoir compter sur des circonstances atténuantes… Vous vous êtes tous précipités sur ses aveux au lieu d'écouter ce que la mère essayait de vous dire.

Celui qui était convaincu de la sincérité de Raphaël Sharabi, qui l'avait décrit comme un homme brisé tout en accusant Hannah Sharabi de continuer à mentir, c'était Sharpstein. Et personne dans l'équipe n'avait songé à mettre ses affirmations en doute.

— Parce que moi, continuait Marianka, je ne crois pas que la mère ait menti. Elle t'a dit la vérité. D'ailleurs, vous avez déjà découvert qu'elle était effectivement rentrée après son mari, que ce n'était pas un mensonge. Est-ce que l'un d'entre vous a réfléchi à ce retour anticipé du père à la maison ? Ce n'est qu'une hypothèse, mais... et si c'était lui qui avait abusé de sa fille ? Peut-être a-t-il cru que son fils dormait, alors il est entré dans la chambre de sa fille. Imagine qu'Ofer ne dormait pas, ou qu'il a été réveillé par le bruit et que c'est lui qui a surpris son père. Ce qui expliquerait non seulement le meurtre, mais aussi pourquoi c'était si important de cacher ce qui s'était réellement passé et en premier lieu de simuler la disparition d'Ofer. Comment se fait-il qu'à aucun moment vous n'ayez envisagé le fait qu'Ofer avait juste essayé de défendre sa sœur ?

Il la regarda, bouleversé, tandis qu'une phrase de Hannah Sharabi lui revenait à l'esprit : « Je ne ferai jamais de mal à mes enfants, peu importe qui me le demandera », suivie des mots d'Ilana qui lui avait décrit comment, au cours de la reconstitution, le père avait poussé Maaloul contre un mur, puis contre un autre.

— Mais pourquoi n'a-t-elle pas dit explicitement que son mari mentait ? demanda-t-il.

— N'a-t-elle pas dit qu'elle avait peur de lui ? Et d'ailleurs, si, elle l'a dit explicitement. Tu viens de m'expliquer qu'elle t'avait répété à plusieurs reprises qu'elle avait trouvé Ofer mort dans sa chambre à lui et insisté sur le mal qu'elle ne voulait pas faire à ses enfants. Vous avez simplement décidé de croire la version du père et pas celle de la mère.

Ilana ne répondit pas au téléphone. Il lui laissa un message, stipulant qu'il devait lui parler d'urgence. Tout tanguait autour de lui. Il luttait contre l'envie furieuse de se précipiter dans sa voiture, de rouler directement jusqu'au commissariat, de reprendre le dossier et les vidéos, de ramener Raphaël Sharabi en salle d'interrogatoire. Il voulait l'interroger lui, Avraham Avraham. Et puis il refusait l'idée d'avoir à se séparer de Marianka. Il se mit debout face à elle, dos à la ville.

— Tu ne peux pas partir.

— Je reprends le travail lundi.

— Démissionne.

— Et ?

Lui aussi pouvait démissionner. De toute façon, il n'avait aucune envie de continuer. Le soir de ses vacances, lorsqu'il avait franchi le seuil du commissariat, il s'était dit que ce serait apparemment sa dernière enquête.

— Tu n'as pas le droit de démissionner, protesta-t-elle. Tu ne te souviens pas de ce que tu m'as dit ? Que même quand tu n'étais pas flic tu restais flic ?

Mais peut-être que maintenant il pouvait changer ? Il se rassit sur le banc à côté d'elle.

— Tu ne peux pas craquer à cause d'une enquête, aussi pénible soit-elle, et je comprends qu'elle a été pénible. De plus, elle n'est pas terminée. Tu te souviens de ce que tu m'as raconté ? Que tu arrivais toujours à démontrer que l'enquêteur se trompait ? Que la vraie solution était différente de ce qui était révélé ? Eh bien voilà, il t'arrive peut-être la même chose.

— Non, moi, je te parlais des romans policiers, pas de la vraie vie, lâcha-t-il, espérant qu'il se trompait.

L'image d'Ofer lui revint à l'esprit : l'adolescent posait à nouveau son sac à dos sur le banc d'un jardin public et mettait la tête dessus.

Il ferma les yeux.

Le ciel s'obscurcit.

Ils repassèrent à l'appartement pour récupérer la valise de Marianka et prirent la direction de l'aéroport.

Avraham Avraham promit d'essayer de prolonger ses vacances et de venir la retrouver, peut-être même dans deux ou trois jours.

Ils s'enlacèrent, très fort, comme s'ils n'allaient plus jamais se revoir. Mais ce n'était pas vrai.

Ces deux-là se reverraient.

À suivre

DU MÊME AUTEUR

Aux Éditions Gallimard

Dans la collection Série Noire

UN SIMPLE ENQUÊTEUR, 2023.

UNE DEUX TROIS, (prix Mystère de la critique 2021), 2020, Folio Policier nº 938.

Aux Éditions du Seuil

LES DOUTES D'AVRAHAM, 2016.

LA VIOLENCE EN EMBUSCADE, 2015.

UNE DISPARITION INQUIÉTANTE, 2014, Folio Policier nº 1001.